D1876258

Das Werk einschließlich aller seiner Teile ist urheberrechtlich geschützt. Jede Verwertung außerhalb des Urhebergesetzes ist ohne Zustimmung des Verlages unzulässig und strafbar. Dies gilt insbesondere für Vervielfältigungen, Übersetzungen, Mikroverfilmungen und die Einspeicherung und Verarbeitung in elektronischen Systemen.

Das vorliegende Buch ist sorgfältig erarbeitet worden.
Dennoch erfolgen alle Angaben ohne Gewähr.

Weltbild Buchverlag
-Originalausgaben-
© 2005 Verlagsgruppe Weltbild GmbH, Steinerne Furt 67,
86167 Augsburg
2. Auflage 2006
Alle Rechte vorbehalten

Projektleitung: Gerald Fiebig
Konzeption und Zusammenstellung: Renaissance Books, München
Einbandgestaltung: Sabine Novotny, München
Titelbild: GK Hart/Vikki Hart/Getty Images
Satz: Sabine Müller
Druck und Bindung: Oldenbourg Taschenbuch GmbH, Hürderstraße 4,
85551 Kirchheim

ISBN 3-89897-296-8

Neue Katzenkrimis

Neue

Katzenkrimis

Mord auf leisen Pfoten

Herausgegeben von Johannes Thiele

Weltbild

Das Werk einschließlich aller seiner Teile ist urheberrechtlich geschützt. Jede Verwertung außerhalb des Urhebergesetzes ist ohne Zustimmung des Verlages unzulässig und strafbar. Dies gilt insbesondere für Vervielfältigungen, Übersetzungen, Mikroverfilmungen und die Einspeicherung und Verarbeitung in elektronischen Systemen.

Das vorliegende Buch ist sorgfältig erarbeitet worden.
Dennoch erfolgen alle Angaben ohne Gewähr.

Weltbild Buchverlag
–Originalausgaben–
© 2005 Verlagsgruppe Weltbild GmbH, Steinerne Furt 67,
86167 Augsburg
Alle Rechte vorbehalten

Projektleitung: Gerald Fiebig
Konzeption und Zusammenstellung: Renaissance Books, München
Einbandgestaltung: Sabine Novotny, München
Titelbild: GK Hart/Vikki Hart/Getty Images
Satz: Sabine Müller
Druck und Bindung: Oldenbourg Taschenbuch GmbH, Hürderstraße 4,
85551 Kirchheim

ISBN 3-89897-296-8

INHALT

DER DUNKLE

Lilian Jackson Braun

Nur Dakh Won kennt den wahren Grund für sein Verhalten in jener Nacht auf dem Pfad entlang der Schlucht. Eine Katze ist nicht von Natur aus rachsüchtig – oder heldenhaft. Sie tut bloß, was nötig ist, um sich Nahrung, Wärme, Bequemlichkeit, Ruhe und gelegentlich ein Kraulen hinter den Ohren zu sichern. Doch Dakh Won ist ein Siamkater, eine Rasse, die für ihre Intelligenz und Loyalität bekannt ist.

Er wurde immer »der Dunkle« genannt, weil sein Fell einen ungewöhnlich dunklen rehfarbenen Ton hatte. Sein Rücken hat zwischen den schwarzbraunen Ohren und dem schwarzbraunen Schwanz kaum Schattierungen. Nur seine weiche Unterseite ist hell. Er ist ein starker Kater, dessen kräftige Muskeln unter dem seidigen Fell spielen, und seine saphirblauen Mandelaugen stecken voller Geheimnisse.

Während seiner frühen Jugend erfuhr Dakh Won bei der Katzenzüchterin all die Annehmlichkeiten und – vor allem – die Ruhe, die er brauchte. Dann, eines Tages, als er erwachsen geworden war, wurde er in fremde Arme gelegt und erlebte zum ersten Mal Feindseligkeit und Konflikte.

Bevor er in ein Körbchen gesetzt und weggetragen wurde, sagte eine sanfte, vertraute Stimme: »Dakh Won ist etwas ganz Besonderes. Ich würde ihn niemand anderem als dir verkaufen, Hilda.«

»Du weißt, ich werde ihm ein gutes Zuhause geben, Elizabeth.«

»Was ist mit deinem Mann? Mag er Tiere?«

»Er hat lieber Hunde, aber ich bin schließlich diejenige, die ein Haustier braucht. Jack ist die meiste Zeit unterwegs. Alle seine Bauaufträge scheinen ihn in andere Teile des Staates zu führen.«

»Im Ernst, Hilda, ich weiß nicht, wie du es auf dem Lande aushältst. Als Städterin warst du so aktiv.«

»Es ist einsam, aber ich habe mein Klavier. Ich würde sehr gerne den Bauernkindern in meiner Gemeinde Klavierunterricht geben.«

»Warum tust du es nicht? Es würde dir guttun.«

»Jack will es nicht.«

»Warum in aller Welt sollte er etwas dagegen haben?«

Das war Hilda offenbar unangenehm. »Oh, er ist in manchen Dingen komisch ... Ich hoffe, Dakh Won mag Musik. Mögen Katzen Musik?«

Elizabeth betrachtete das Gesicht ihrer alten Freundin. »Hilda, ist mit dir und Jack alles in Ordnung? Ich mache mir Sorgen um dich.«

»Natürlich ist alles in Ordnung ... Und jetzt sollte ich gehen, wenn ich meinen Bus erwischen will. Ich hoffe, die Fahrt macht dem Kater nichts aus.« Dakh Won schnupperte an dem fremden Paar Schuhe und knabberte an den verlokkenden Schnürsenkeln; er hatte noch nie Schnürsenkel mit kleinen Quasten gesehen. Hilda sagte: »Ist das nicht süß, Elizabeth? Er macht meine Schnürsenkel auf.«

»Ich binde sie dir wieder zu.«

»Danke.« Ein Seufzen. »Sind diese Schuhe nicht furchtbar? Der Arzt sagt, ich werde nie wieder schöne Schuhe tragen.«

»Das war ein schrecklicher Unfall, Hilda – in mehr als einer Hinsicht. Du hast Glück, daß du noch am Leben bist.«

»Es war nicht wirklich Jacks Schuld, weißt du.«

»Ja, das hast du mir schon gesagt. Hast du noch immer Schmerzen?«

»Nicht allzu schlimme, aber ich werde für immer hinken.

Das ist ein Grund, weshalb es mir nichts ausmacht, mich auf dem Land zu verstecken.«

Dann wurde Dakh Won übergeben. Er protestierte ein wenig und spreizte ängstlich die Zehen, doch als er sich in einem geschlossenen Körbchen wiederfand, legte er sich hin und verhielt sich während der ganzen langen Reise still. Gelegentlich beruhigten ihn kräftige Finger, die in das Körbchen faßten, und er gestattete gutmütig, daß seine Ohren flachgestrichen und sein Fell leicht zerzaust wurde.

Dakh Wons neues Heim war ein kleines Haus auf dem Lande mit Blick auf eine Schlucht – eine faszinierende unbekannte Welt mit fransenbesetzten Läufern, altertümlichen Heizkörpern, breiten Fensterbrettern, weichen Sesseln und einem Konzertflügel.

Bald entdeckte er, welchen Spaß es machte, in dieser erhöhten Kiste mit dem halbgeöffneten Deckel zu sitzen, doch wie sich herausstellte, war sie für Katzen verboten. Wenn nachts das Licht gelöscht wurde, durfte er jedoch das Bett mit einer warmen Achselhöhle und einem beruhigenden Herzschlag teilen. Dort schlief er – außer an den Wochenenden.

»Hilda, ich sage es dir zum letzten Mal: Wirf dieses Tier aus dem Bett!«

»Er belästigt dich doch nicht, Jack. Er bleibt ja auf meiner Seite.«

»Ich will ihn nicht hier im Schlafzimmer haben! Sperre ihn in den Keller.«

»Da unten ist es feucht. Er wird die ganze Nacht miauen.«

»Okay, wenn dir dieser Kater wichtiger ist als ich, dann gehe ich hinunter und übernachte auf dem Sofa.«

»Spar dir Mühe. Ich schlafe selbst auf dem Sofa.«

»Danke.«

»Ich wußte, das würde dir gefallen.«

»Knall nicht mit der Tür.«

Dakh Won sprang aus dem warmen Bett und folgte den Hauspantoffeln, die langsam, Stufe für Stufe, die Treppe hinunterstiegen. Er hatte die Ohren angelegt, und sein Fell war gesträubt. Er haßte laute Stimmen, und die Spannung, die er spürte, empfand er als vage beunruhigend.

Streitereien waren nicht die einzigen Unannehmlichkeiten an den Wochenenden. Er wurde von Füßen attackiert. Nirgendwo auf dem Fußboden konnte sich Dakh Won sicher fühlen. Er lag gerne ausgestreckt auf einem sonnenbeschienenen, warmen Fleckchen auf dem Läufer. Der Fußboden war sein Revier, und er erwartete, daß Füße um ihn herumgingen. Doch an den Wochenenden wurden seine Rechte ignoriert.

Am Samstag erwachte er mit einem schmerzerfüllten Knurren, als seine Schwanzspitze von einem erdrückenden Gewicht getroffen wurde, und am nächsten Tag, als er vertrauensvoll mitten auf dem Gang ausgestreckt dalag, erhielt er einen grausamen Tritt in den Bauch.

»Dieser verdammte Kater! Ich bin über ihn gestolpert! Ich hätte mir den Fuß brechen können. *Hilda, hörst du mich?*«

»Du solltest aufpassen, wo du hintrittst. Hast du wieder getrunken?«

»Du denkst mehr an dieses stinkende Vieh als an mich.«

»Er riecht besser als die Zigarre, die du rauchst.«

»Das ist mein Haus, und ich rauche, was ich will, und ich gehe, wo ich will, und wenn mir dieses Flohbündel nicht aus dem Weg geht ...«

»Du redest schon wie diese miesen Typen, mit denen du dich abgibst.«

»Wenn er mir nicht aus dem Weg geht, ertränke ich ihn!«

»Er hat keine Flöhe, und du wirst ihn nicht anrühren. Er gehört mir. Ich werde in dieser gottverlassenen Gegend nicht vor Einsamkeit sterben. Du weißt nicht, wie es ist, die ganze Woche isoliert zu sein ...«

»Was ist bloß los mit euch Frauen? Erst wollt ihr alle möglichen arbeitssparenden Geräte, und dann meckert ihr darüber, daß ihr nichts zu tun habt. Warum backst du nicht Brot oder so, statt alles fertig zu kaufen, wenn dir so langweilig ist?«

»Geh doch nicht ständig auf und ab – oder zieh diese schweren Stiefel aus. Du ruinierst den Fußboden.«

»Versuch doch mal die Wäsche mit dem Waschbrett zu waschen, wenn du keine andere Beschäftigung hast.«

»Ich bin Pianistin, nicht Wäscherin. Du scheinst zu vergessen, daß ich eine Karriere aufgegeben habe, um dich zu heiraten. Eines Tages werde ich wieder Klavierstunden geben ...«

»Damit die Leute denken, ich kann keine ... keine kranke Frau ernähren?«

»Wenn du nicht aufhörst, auf und ab zu gehen und mir endlich zuhörst ...«

»Und ein Rudel dreckiger Bauernkinder durch das Haus trampeln zu lassen? Nur über meine Leiche!«

»Paß doch auf! Du bist ihm fast auf die Pfote gestiegen!«

»Blödes Katzenvieh!«

Dakh Won lernte bald, sich an den Wochenenden unsichtbar zu machen. Die meiste Zeit war er draußen. Er saß gerne irgendwo hoch oben, und der Pfad, der den Rand der Schlucht entlang verlief, war ein Balkon mit Blick auf Dakh Wons Universum. Am Fuß des Felshangs floß ein gurgelnder Bach; am anderen Ufer ragte der Wald auf, und im Unterholz ertönten geheimnisvolle Geräusche.

Dakh Won konnte stundenlang auf dem Pfad an der Schlucht sitzen und die Eindrücke auf sich wirken lassen. Er sah zu, wie ein Blatt vom Wind gestreichelt wurde, roch wilde Kirschen und den würzigen Duft der sonnenwarmen Erde, kostete bitteres Gras und den sauren Geschmack der Insekten, die er mit der Pfote fing, hörte das Flüstern, wenn sich eine Wurzel auf der Suche nach Feuchtigkeit in die Tiefe senkte.

Er horchte auch auf die Geräusche aus dem Haus – die lauten, mißtönenden Stimmen, das Türknallen, das Trampeln grausamer Stiefel. Die hohen Schnürstiefel mit den Stahlkappen und den dicken Sohlen gaben ihm das Gefühl, klein und verletzlich zu sein.

Wenn das Wochenende vorbei war, fühlte er sich wieder sicher. Als wüßte er, daß er gebraucht wurde, blieb er immer in der Nähe und saß auf der Klavierbank, während Finger auf den Tasten tanzten und ein Fuß das Pedal betätigte. Die Schuhe waren mit Lederquasten gebunden, die bei jeder Bewegung hüpften.

An den Nachmittagen folgte er den auf- und abwippenden Quasten auf dem Pfad an der Schlucht. Der schmale ausgetretene Lehmpfad war auf einer Seite von Sträuchern mit Wildkirschen und auf der anderen von Grasbüscheln gesäumt, die über die Kante der Schlucht hinunterhingen. Die Schuhe mit den Quasten gingen stets recht unsicher den Pfad an der Schlucht entlang und blieben stehen, um sich auf eine altersschwachen Bank auszuruhen, bevor sie zu dem Drahtzaun am Ende des Weges weitergingen. Dort war ein Tor und dahinter ein anderes Haus, doch die Schuhe mit den Quasten gingen niemals weiter als bis zum Zaun.

Eines Tages, nach dem Nachmittagsspaziergang, wurde der große runde Tisch in der Küche mit einem einzigen Teller und einer einzigen Tasse und Untertasse gedeckt, und Dakh Won saß auf einem Stuhl und sah zu, wie Häppchen vom Teller auf die Gabel und von der Gabel in den Mund befördert wurden.

»Ich fühle mich in deiner Gesellschaft sehr wohl, Dakh Won. Du bist mein bester Freund.«

Er kniff die Augen zusammen.

»Du bist ein großer, starker, tapferer, intelligenter Kater.«
Dakh Won leckte sich eine Pfote und fuhr damit bescheiden über seine schwarzbraune Maske.
»Möchtest du ein Stückchen Krabbenfleisch kosten?«
Dakh Won stimmte mit einem gutturalen Laut zu und sprang auf die Tischplatte.
»Du meine Güte! Katzen sollen eigentlich nicht auf den Eßtisch springen.«
Dakh Won setzte sich manierlich hin und hielt respektvollen Abstand vom Krug mit der Sahne.
»Aber wenn wir allein sind – nur du und ich, ist das schon in Ordnung. Wir sagen es niemandem.«
Den Rest der Woche waren die Mahlzeiten ein freundschaftliches Ereignis, doch als der Freitagabend kam, spürte Dakh Won eine Veränderung.
Auf dem Tisch lag ein braunes Tischtuch, und darauf standen Messingkerzenständer und zwei Teller statt einem. Allein in der Küche, sah er sich den gedeckten Tisch an. Auf der Stelle, wo er gewöhnlich saß, stand jetzt Eßgeschirr, aber zwischen den Kerzenhaltern war noch genug Platz. Er sprang leichtfüßig hinauf, ging anmutig zwischen dem Porzellan und den Gläsern durch und legte sich als dunklen Tafelschmuck mitten auf das braune Tischtuch.
In diesem Augenblick ertönten draußen beunruhigende Geräusche. Ein Auto war auf den Hof gefahren, Reifen knirschten auf dem Kies, und die schweren Stiefel, die Dakh Won fürchtete, erklommen polternd die hintere Veranda. Er kauerte sich zu einem kleinen reglosen Bündel zusammen. Auf dem Tisch konnten ihm die Stiefel nichts anhaben.
Die Hintertür wurde zugeknallt und klapperte leise beim Aufprall.
»He, Hilda! Hilda! Wo zum Teufel bist du? Was ist mit dieser Tür passiert?«

»Hier bin ich. Ich war oben, mich umziehen.« – »Warum? Wer kommt denn?«
»Niemand. Ich dachte, es wäre nett, ...«
»Was, zum Teufel, hast du mit der Hintertür gemacht?«
»Das ist eine kleine Katzentür. Ich habe sie einbauen lassen, damit Dakh Won ein- und ausgehen kann. Sie hat Scharniere, weißt du ...«
»Eine Katzentür! Du hast eine gute Tür ruiniert! Wer hat das gemacht? Wer hat das Ding ausgeschnitten?«
»Ein sehr netter Mann von der Farm am Ende der Straße. Es hat nichts gekostet, wenn du dir darüber Sorgen machst.«
»Wie hast du diesen Mann kennengelernt? Warum hat es nichts gekostet?«
»Nun, als ich auf meinem Spaziergang die Schlucht entlangging, reparierte der Farmer gerade den Zaun um sein Grundstück, und wir haben uns unterhalten. Dakh Won war auch mitgekommen, und der Mann sagte, wir sollten eine Katzentür haben. Also ist er mit seiner Werkzeugkiste herübergekommen ...«
»Du warst allein und hast diesen Mann ins Haus gelassen?«
»Jack, der Mann ist siebzig Jahre alt. Er hat dreizehn Enkelkinder. Einer seiner Enkelsöhne möchte Klavier spielen lernen, und ich werde diesem Jungen Unterricht geben, ob es dir paßt oder nicht.«
»Wie alt ist er?«
»Was spielt das für eine Rolle?«
»Ich möchte wissen, was her vorgeht, während ich weg bin.«
»Sei nicht dumm, Jack.«
»Du hast kein Interesse an mir, also denke ich mir, du hast etwas anderes laufen.«
»Das ist eine Beleidigung – und primitiv!«
»Du weißt einen richtigen Mann nicht zu schätzen. Du hättest einen von diesen langhaarigen Musikern heiraten sollen.«

»Jack, du bist ermüdend. Ziehst du dich jetzt um, oder willst du mit diesen blöden Stiefeln den Fußboden ruinieren?«
»Das ist doch ein Witz. Du läßt ein Loch in die Tür schneiden und machst mich nieder, weil ich den Fußboden zerkratze.«
Die Stimmen wurden immer lauter, und Dakh Won wurde immer unbehaglicher zumute. Nervös änderte er seine Stellung.
»Hilda! Er ist auf dem Tisch! ... Verschwinde! Hau ab!«
Eine grobe Hand fegte Dakh Won auf den Fußboden, und ein unbarmherziger Stiefel traf ihn am Bauch und hob ihn in die Luft.
»Jack! Wage es ja nicht, den Kater zu treten!«
»Ich lasse nicht zu, daß eine lausige Katze auf meinem Tisch sitzt!«
Dakh Won sauste durch die Katzentür hinaus und über die Veranda, wo er kurz innehielt, um über seinen zitternden Körper zu lecken. Dann lief er zur Schlucht. In den Gräsern am Rand des Pfades kauerte er sich bekümmert hin und lauschte dem Summen der abendlichen Insekten.
Bald darauf hörte er das Auto lauter als gewöhnlich davonfahren, und dann sah er die Schuhe mit den Quasten den Pfad entlanghumpeln.
»Dakh Won! Wo bist du? ... Du armer Kater! Bist du verletzt?«
Kräftige Hände hoben Dakh Won hoch und glätteten sein Fell. Er ließ sich ganz fest drücken und zuckte mit einem Ohr, als ein nasser Tropfen darauf fiel.
»Ich weiß nicht, was ich tun soll, Dakh Won. Ich weiß es einfach nicht. So kann es nicht weitergehen.«
Die bösartigen Stiefel blieben das ganze Wochenende weg, und auch das nächste und das übernächste, doch jetzt betraten fremde Füße das Haus. Die Besucher kamen durch das Tor am Ende des Pfades an der Schlucht. Sie brachten ange-

nehme Stimmen und Lachen und kleine Leckerbissen für Dakh Won mit, und sie achteten darauf, wo sie hintraten.

Eines Nachts, nach einem Musikabend, die Besucher hatten das Haus schon verlassen, und Dakh Won streckte sich in voller Länge mitten auf dem Wohnzimmerfußboden aus, hob er plötzlich den Kopf. In der Dunkelheit draußen ertönte ein bedrohliches Geräusch – das vertraute Poltern schwerer Stiefel auf der hinteren Veranda. Sie trampelten unsicher ins Haus.

»Jack! ... Also hast du dich entschlossen zurückzukommen! Wo warst du?«

»Wasschbielddasfür'ne Rolle?«

»Du hast wieder getrunken.«

»Ich hab' getrunken und nachgedacht und getrunken und ...«

Dakh Won hörte in der Küche etwas krachen.

»Du bist sternhagelvoll! Du kannst dich nicht mal auf einen Stuhl setzen.«

»Ich suche den Kater. Wo ist der Stinker? Ich will ihn ertränken.«

»Jack, du solltest lieber gehen.«

Ein weiteres Krachen, und Dakh Won flitzte durch das Haus – ein verschwommener brauner Fleck, der durch die Küche schoß und zur Katzentür hinauslief. Er kauerte sich unter die Hintertreppe und lauschte dem Zorn in den Stimmen.

»Ich warne dich, Jack. Mach mir keinen Ärger. Geh weg von hier.«

»Du willst mich aus meinem eigenen Haus werfen?«

»Ich bin mit dir fertig. Und zwar endgültig.«

»Was heißt das?«

»Ich reiche die Scheidung ein.«

»Juhuu! Jetzt kann ich wieder Spaß haben.«

»Du hast jede Menge Spaß gehabt, wie du das nennst. Ich weiß alles über diesen Wohnwagen, in dem du lebst. Ich weiß, was vorgeht, wenn du auswärts arbeitest – über dich und deine Flittchen!«

»Na los – laß dich scheiden. Es will dich sowieso keiner. Niemand will einen – einen Krüppel!«

»Du hast mich zum Krüppel gemacht, weil du betrunken Auto gefahren bist! Und du wirst zahlen – bis du schwarz wirst.«

»Du Hexe!«

»Wenn der Richter mit dir fertig ist, wirst du keinen Dollar mehr für irgendwelche Flittchen übrighaben!«

»Du verkrüppelte, häßliche alte Hexe! Ich zerschmettere dir die Finger!«

»Faß mich ja nicht an!«

»Ich bringe dich um ...«

»Hör auf! ... HÖR AUF ...«

Dakh Won hörte die Schreie und das Gerangel der Füße auf dem Fußboden. Dann sah er, wie die Schuhe mit den Quasten eilig aus dem Haus und in die Nacht hinkten. Sie gingen auf die Schlucht zu, schneller, als er je gesehen hatte.

Als er den Füßen nachlief, die unsicher den Pfad entlang Richtung Tor humpelten, hörte er Schluchzen und Stöhnen. Der Lehmpfad war im Licht des Mondes weiß und wand sich zwischen den dunklen Kirschsträuchern und der Finsternis der Schlucht.

Im Haus waren krachende Geräusche und eine brüllende Stimme zu hören. Dann sah Dakh Won die brutalen Stiefel über den Hof und auf den weißleuchtenden Pfad zutorkeln. Vor ihm liefen die Schuhe mit den Quasten voll Panik weiter, und hinter ihm kamen die Stiefel. Der Kater legte die Ohren an, und sein seidiger Schwanz wurde zu einem bauschigen Federwisch. Er blieb abrupt stehen und machte einen Katzenbuckel.

Dann streckte sich Dakh Won unerklärlicherweise plötzlich

träge auf dem Pfad aus und blieb reglos liegen. Die Stelle, an der sich sein dunkler Körper zufällig niedergelassen hatte, lag in dem schmalen Schatten, den ein Wildkirschenstrauch auf den mondbeschienenen Pfad warf. In diesem kleinen Streifen Dunkelheit war Dakh Won eine unsichtbare Erhebung aus dunkelbraunem Fell.

Die Stiefel kamen schwerfällig näher. Die Stimme brüllte: »Ich erwische dich, du Hexe! Ich bringe dich um!«

Dakh Won schloß die Augen. Die Füße kamen auf ihn zu. Die Stiefel stolperten über ihn und trafen ihn tief in seine ungeschützte Flanke. Mit einem schmerzerfüllten Fauchen sprang er auf – und in diesem Augenblick flogen die bösartigen Stiefel über ihn hinweg und verschwanden. Während der Kater seine verletzte Seite leckte, hörte man in der Schlucht das Geräusch loser Steine und dann nur das Plätschern des Flusses in der Tiefe.

Nur Dakh Won kennt den wahren Grund für sein Verhalten in jener Nacht auf dem Pfad entlang der Schlucht. Eine Katze ist nicht von Natur aus rachsüchtig – oder heldenhaft –, doch Dakh Won ist ein Siamkater, und wenn die Leute über den tödlichen Unfall in der Schlucht reden, sind seine saphirblauen Augen voller Geheimnisse.

DER KATER MIT DEN LANGEN SCHNURRHAAREN

Lilian Jackson Braun

Im Vergleich zu anderen Anwesen in der Gegend war die Hopplewood Farm nicht besonders groß. Gerade ausreichend für die Bedürfnisse von Mr. und Mrs. Hopple und ihren drei Kindern – ein Haus mit acht Schlafzimmern und einer Garage für sechs Autos; ein Swimmingpool, ein Tennisplatz und ein kleiner Golfplatz; ein Stall mit angrenzender Koppel, umfriedet von einer halben Meile Lattenzaun; eine Wiese, groß genug, daß Mr. Hopple mit seinem kleinen Flugzeug darauf landen konnte; und selbstverständlich die erforderlichen Dienstbotenunterkünfte sowie ein Glashaus und ein Hangar.

Das Haus war eine alte Mühle mit einem riesigen Mühlrad, das sich jedoch nicht mehr drehte. Die gegenwärtigen Bewohner hatten das Gebäude für viel Geld umgestalten lassen und mit amerikanischen Antiquitäten eingerichtet. In Architekturzeitschriften waren bereits zwei Reportagen darüber erschienen.

Die Hopples, deren Vorfahren zu den ersten Siedlern in Amerika gezählt hatten, waren gutherzige, gesunde Menschen mit einem einfachen Geschmack; sie liebten ihre Familie und die Natur. Sie hatten Spaß an Picknicks auf der Wiese und an Campingurlauben in ihrem zwölf Meter langen Wohnmobil, und sie umgaben sich mit Tieren. Außer den vier erstklassigen Araberstuten und dem ganz gewöhnlichen Pony gab es in einem Zwinger hinter dem Glashaus reinrassige Jagdhunde, einen Stall mit Angorahasen, einige polnische Hühner, die seltsam gefärbte Eier legten, und – im Haus – vier exotische Katzen, die von der Familie »die Bande« genannt wurden.

Kurze Zeit gab es auch einen Kater, der zu klein für seine Schnurrhaare war.

Die Bande umfaßte ein Siamkatzenpaar mit schokoladebraunen Abzeichen, eine schildpattfarbene Perserkatze und eine rote Abessinierkatze. Sie hatten beeindruckende Stammbäume und schienen das auch zu wissen. Sie machten sich niemals die Pfoten schmutzig, indem sie ins Freie gingen, sondern waren glücklich und zufrieden in ihrer geräumigen, mit Plüschteppich ausgelegten Suite mit gemütlichen Sitzplätzen, eine gepolsterten Leiter, geheimen Verstecken und vier Schlafkörbchen. Sonnige Fenster gingen auf das Wasserrad hinaus, in dem jetzt die Vögel ihre Nester bauten, und für Schönwetter gab es einen mit Fliegengitter umspannten Balkon. Im Badezimmer standen vier Katzenkistchen, die ihre Namen trugen.

Als der Kater, der zu klein für seine Schnurrhaare war, ins Spiel kam, war es Anfang Juni, und nur eines der Hopple-Kinder wohnte zu Hause. Donald, ein kleine Junge von sechs Jahren mit großen, staunenden Augen, wurde täglich in eine Privatschule im Nachbarbezirk chauffiert. John besuchte eine Militärakademie in Ohio, und Mary war in einer Mädchenschule in Virginia eingeschrieben. Donald. John. Mary. Die Hopples liebten einfache, ehrliche Namen mit Tradition.

Ihren Jüngsten überhäuften sie sowohl mit Liebe und Aufmerksamkeit als auch mit Spielsachen, die seine Interessen formen sollten. Er hatte seinen eigenen Computer, sein eigenes Teleskop und seine eigene Videothek, seine Kindergitarre, seine Kindergolfschläger und seinen kleinen NASA-Raumanzug. Zum großen Kummer seiner Familie interessierte das alles Donald nicht im geringsten. Seine größte

Freude war es, mit den Katzen im Stall herumzutollen und ihnen Gutenachtgeschichten zu erzählen.

Das war eines Abends Anfang Juni das Gesprächsthema. Mr. Hopple war gerade von einer zehntägigen Geschäftsreise in den Orient zurückgekehrt. In seinem Kammgarnanzug aus London, seinen italienischen Maßschuhen und dem natürlich aussehenden Toupet war er von Kopf bis Fuß der typische erfolgreiche Unternehmer. Auf der Wiese erwartete ihn der Jeep, und seine Frau bereitete ihm glücklich eine zärtliche Begrüßung, während sein Sohn aufgeregt herumhüpfte und bat, seine Aktentasche tragen zu dürfen.

Dann, während sich der kleine Donald für das Abendessen duschte und umkleidete, genossen seine Eltern eine ruhige Stunde in ihrer privaten Suite. Mr. Hopple, in einem seidenen Schlafrock, öffnete einen riesigen niederländischen Schrank, der angeblich einmal Peter Stuyvesant gehört hatte und jetzt als Bar eingerichtet war. »Trinkst du das Übliche, Schatz?« fragte er.

»Findest du nicht, daß der Anlaß mit Champagner gefeiert werden sollte, Liebling?« erwiderte seine Frau. »Ich bin so froh, daß du wieder gesund zurück bist. Im Kühlschrank steht eine Flasche D. P.«

Ihr Mann schenkte den Champagner ein und brachte einen gefühlvollen Toast auf seine reizende Frau aus. Mrs. Hopple war vor zwanzig Jahren amerikanische Schönheitskönigin gewesen und sah immer noch wie damals aus, ob sie nun auf einer Wohltätigkeitsveranstaltung eine original Pariser Kreation trug oder auf der Farm in Designerjeans herumlief.

»Als erstes erzähl mir von den Kleinen«, sagte Mr. Hopple. »Ich habe die ganze Woche an sie gedacht.« Die Hopples nannten ihre Kinder niemals »Kinder«.

»Gute Neuigkeiten von John«, sagte seine Frau mit strahlendem Gesicht. »Er hat wieder zwei Auszeichnungen in Mathematik bekommen und ist in die Golfmannschaft aufgenommen worden. Er will diesen Sommer in ein Mathematiklager, aber vorher möchte er gerne fünf Schulkameraden mit nach Hause bringen, sie wollen eine Woche angeln und jagen.«

»Braver Junge! Er hat die richtige Einstellung. Interessiert er sich schon für Mädchen?«

»Das glaube ich nicht, Lieber. Er ist ja erst zehn. Mary hat dieses Wochenende ihr erstes Rendezvous, und zwar mit dem Sohn eines Botschafters ...«

»Von welchem Land?« warf Mr. Hopple rasch ein.

»Irgend etwas Südamerikanisches, glaube ich. Übrigens, sie hat dieses Frühjahr alle möglichen Reitsportauszeichnungen gewonnen, und sie will, daß wir ihr erlauben, Polo zu spielen. Ihre Noten sind hervorragend. Sie fängt schon an, von Harvard zu reden – und von Betriebswirtschaft.«

»Braves Mädchen! Eines Tages wird die Firma Hopple & Tochter heißen. Und welche Fortschritte macht Donald?«

Mrs. Hopple glühte vor Freude. »Sein Lehrer sagt, er ist seiner Altersgruppe im Lesen drei Jahre voraus, und er hat eine lebhafte Phantasie. Vielleicht haben wir einen Schriftsteller in der Familie, Lieber. Donald denkt sich ständig kleine Geschichten aus.«

Mr. Hopple schüttelte traurig den Kopf. »Ich hätte mir für Donald etwas Besseres gewünscht. Wieviel Zeit verbringt er mit seinem Computer und seinem Teleskop?«

»Gar keine, fürchte ich, aber ich drängte ihn nicht. Er ist ein so kluges, gewissenhaftes Kind, und so brav! Im Augenblick gilt sein Hauptinteresse den Katzen. Die mehrfarbige Katze im Stall hat vorigen Monat Junge bekommen, wie du weißt, und Donald benimmt sich wie ein völlig vernarrter Patenonkel. Manchmal glaube ich, er wird vielleicht mal Tiermedizin studieren.«

»Der Aussicht, ihn einmal als ›mein Sohn, der Pferdedoktor‹ vorzustellen, kann ich nur wenig abgewinnen. Da hätte ich noch lieber einen Schriftsteller in der Familie.« Mr. Hopple schenkte Champagner nach. »Und wie läuft der Haushalt, Liebes?«

»Diese Woche war ziemlich ereignisreich, mein Herz. Ich habe eine Liste aufgestellt. Erstens hatten wir anscheinend Mittwoch nacht einen Stromausfall; am Donnerstagmorgen gingen alle elektrischen Uhren um siebenundvierzig Minuten nach. Es hat aber kein Gewitter gegeben, das die Ursache gewesen sein könnte. Ich wünschte, wir hätten ein Gewitter gehabt. Wir brauchen dringend Regen. Seit dem Stromausfall ist der Fernsehempfang schlecht. Der Fernsehmechaniker hat alle unsere Empfangsgeräte kontrolliert und kann nichts finden. Das Personal regt sich ziemlich darüber auf. Der Hausdiener gibt geheimen Atomtests dafür die Schuld.«

»Und wie geht es dem Personal sonst?« Die Hopples sprachen niemals von »Dienstboten«.

»Es gibt mehrere Neuigkeiten. Beide Dienstmädchen haben mir mitgeteilt, daß sie schwanger sind ... Den Stalljungen mußte ich wegen seiner schrecklichen Ausdrucksweise entlassen ... Und die Köchin verlangt mehr Sonderzulagen.«

»Gib ihr, was sie verlangt«, sagte Mr. Hopple. »Wir wollen Suzette ja nicht verlieren. Ich hoffe, den Gärtnern geht es gut?«

Mrs. Hopple konsultierte ihre Liste. »Mr. Bunsens Arthritis ist etwas schlimmer geworden. Wir sollten noch eine Aushilfskraft für ihn einstellen.«

»Stell gleich zwei ein. Er ist ein loyaler Mann«, erwiderte er. »Ist der neue Hausdiener zufriedenstellend?«

»Ich habe nur eine Beschwerde. Wenn er Donald in die Schule bringt, macht er dem Jungen mit irgendwelchem

Unsinn über russische Komplotte, Besucher aus dem Weltall und Giften in unseren Lebensmitteln angst.«

»Ich werde sofort mit dem Mann sprechen. Hast du einen Ersatz für den Stalljungen finden können?«

»Zum Glück ja. Der Schuldirektor hat mir einen Schüler im letzten Schuljahr geschickt, der sich einer anständigen Ausdrucksweise bedient. Er hat gute Manieren und gerade einen Wissenschaftswettbewerb mit Teilnehmern aus dem ganzen Staat gewonnen. Vielleicht hat er ja einen guten Einfluß auf unseren Sohn, Lieber. Heute hat Donald zum ersten Mal seinen NASA-Anzug getragen.«

»Das ist vielversprechend. Wie heißt der Junge?«

»Bobbie Wynkopp. Er wohnt in dem kleinen Haus hinter unserem Südtor.«

»Erinnere mich, daß ich ihn frage, meine Liebe, ob er auf der Südwiese irgendwelche Fremden gesehen hat. Mir sind heute nachmittag beim Landen Spuren eines Lagerfeuers aufgefallen. Ich habe nichts dagegen, wenn Leute dort ein Picknick abhalten, aber ich will nicht, daß sie bei dieser Trockenheit einen Steppenbrand verursachen.«

Eine melodische Glocke ertönte, und die Hopples kleideten sich an und gingen hinunter zum Abendessen.

Donald erschien in seinem kleinen weißen italienischen Seidenanzug bei Tisch, sonnte sich im Lob seiner Eltern und wartete ungeduldig darauf, daß sich die Unterhaltung ihm zuwandte. Nachdem das Dienstmädchen den Lauch in Vinaigrette serviert hatte, sagte Mr. Hopple: »Nun, junger Mann, hast du diese Woche irgendwelche Abenteuer erlebt?«

»Ja, Sir«, sagte der Junge mit großen, glänzenden Augen. »Ich habe im Stall einen seltsamen Kater gesehen.« Er saß auf zwei Kissen und nahm mit seinem Kinderbesteck, das zum Familiensilber passend angefertigt worden war, geschickt

den Lauch in Angriff. »Ich weiß nicht, woher er gekommen ist. Er hat lange Schnurrhaare.« Donald hielt beide Hände im Abstand von etwa fünfundvierzig Zentimetern hoch.
»Das hört sich aber nach Anglerlatein an«, sagte Mr. Hopple und zwinkerte heftig mit einem Auge.
Donald lächelte über die Neckerei seines Vaters. »Es ist wahr. Er ist zu klein für so lange Schnurrhaare. Er ist seltsam.«
Seine Mutter sagte sanft: »Junge Katzen haben lange Schnurrhaare und große Ohren, Lieber. Dann wachsen sie und passen dazu.«
Donald schüttelte den Kopf. »Er ist kein junges Kätzchen mehr, Mutter. Er benimmt sich erwachsen. Manchmal sind seine Schnurrhaare lang und manchmal kurz. Er ist seltsam. Ich nenne ihn Whiskers – Schnurrhaare.«
»Stell dir das vor!« sagte sein Vater und bemühte sich, ein ernstes Gesicht zu machen. »Einziehbare Schnurrhaare.«
Donald erklärte: »Sie werden lang, wenn er nach etwas sucht. Er steckt seine Nase in alles hinein. Er ist neugierig.«
»Der Ausdruck, den wir verwenden, Liebling, ist *wißbegierig*«, sagte seine Mutter ruhig.
»Seine Schnurrhaare leuchten im Dunkeln«, fuhr der Junge, jetzt mit wachsender Selbstsicherheit, gewichtig fort. »Wenn er in einer dunklen Ecke ist, sind sie grün, wie unsere Computerbildschirme. Und seine Ohren drehen sich im Kreis.« Donald drehte seine Finger wie einen Kreisel. »So fliegt er. Er steigt gerade auf, wie ein Hubschrauber.«
Die Erwachsenen wechselten einen raschen Blick. »Dieser Mr. Whiskers ist ein kluger Kopf«, sagte Mr. Hopple. »Was für eine Farbe hat er denn?«
Donald dachte einen Augenblick nach. »Manchmal ist er blau. Die meiste Zeit aber grün. Gestern habe ich gesehen, wie er lila wurde. Das war, weil er sauer war.«

»*Zornig,* Liebling«, murmelte seine Mutter. »Und was sagt der neue Stalljunge zu Whiskers?«
»Bobbie konnte ihn nicht sehen. Whiskers mag keine großen Menschen. Wenn er Erwachsene sieht, verschwindet er. Puff! Einfach so!«
Mrs. Hopple läutete nach dem nächsten Gang. »Und was für eine Stimme hat dieses wunderbare Tierchen, Lieber? Schimpft er wie eine Siamkatze oder miaut er wie die anderen Katzen?«
Donald überlegte sich seine Antwort, während er gewissenhaft kaute und den letzten Bissen Lauch schluckte. Dann brach er in ein lautes Gewirr von Lauten aus: »AWK AWK ngngngngng hhhhhhhhhh biep-biep-biep biep biep-biep AWK.«
Das Dienstmädchen machte erschrockene Augen, als sie ins Eßzimmer kam, um die Teller abzutragen, und als sie den nächsten Gang servierte, sah sie Donald noch immer mißtrauisch an.
In diesem Augenblick rief der Junge: »Da ist er! Da ist Whiskers!« Er zeigte auf das Fenster, doch als seine Eltern den Kopf wandten, um hinzuschauen, war Whiskers schon verschwunden.
Der Hauptgang war die Art von schlichten, ländlichen Gerichten, welche die Hopples bevorzugten: ein bunter Eintopf aus weißen Bohnen, Lammfleisch, Schweinerippchen, hausgemachten Würsten, Kräutern und ein wenig eingemachtem Fasan. Ihre Köchin, die sie aus einem französischen Weinbaugebiet importiert hatten, wollte nichts mit Mikrowellenherden oder Küchenmaschinen zu tun haben, und so hatten sie eine primitive Küche mit einer offenen Feuerstelle gebaut, um Suzette bei Laune zu halten. Das Cassoulet, das jetzt serviert wurde, hatte den ganzen Tag in dem Steinofen vor sich hin geköchelt. Mit dem neuen Gang

wandte sich das Gespräch einem neuen Thema zu, und die Mahlzeit endete ohne ein weiteres Wort über Whiskers.

Nach dem Essen kam Donald seiner täglichen Pflicht nach und fütterte die Bande – im gläsernen Aufzug brachte er das Tablett mit ihrem Abendessen hinauf, spülte ihre wertvolle alte silberne Trinkschale aus (die man Paul Revere zuschrieb) und füllte sie mit Tafelwasser. Inzwischen wurde seinen Eltern in der Bibliothek der Kaffee serviert.

»Du hattest recht mit dem Jungen«, bemerkte Mr. Hopple. »Seine Phantasie geht mit ihm durch.«

Seine Frau sagte: »Vielleicht basiert Donalds Geschichte ja auf einem wirklichen Ereignis, und er hat sie nur ausgeschmückt. Der Kater ist zweifellos ein Streuner, vielleicht der Kleinste in seinem Wurf, den der Besitzer nicht wollte und aus einem fahrenden Auto geworfen hat.«

»Du hast für alles eine Erklärung, Schatz. Und du bist so tüchtig. Hast du für das Wochenende irgendwelche Pläne gemacht?«

»Nein, Liebling. Ich wußte, du würdest erst den Jet-lag überwinden müssen. Aber ich habe die Enkelkinder des Gärtners zum Mittagessen mit Donald eingeladen. Sie sind in seinem Alter, und er muß ab und zu mit Kindern aus der Stadt zusammenkommen.«

Samstags frühstückten die Hopples gewöhnlich ganz formell im Wintergarten, doch an diesem Tag litten beide Dienstmädchen an morgendlicher Übelkeit, also marschierte die Familie in die Küche. Dort saßen sie an einem sehr alten Tisch aus einem französischen Kloster unter einem Baldachin aus Kupfertöpfen und zum Trocknen aufgehängten Kräutern, während Suzette in einer langstieligen Kupferpfanne über dem offenen Feuer ein Omelett zubereitete.

Nach dem Frühstück sagte Donald: »Mutter, kann ich etwas

vom Futter der Bande für die jungen Kätzchen im Stall mitnehmen?«
»*Darf* ich, Liebling«, verbesserte sie sanft. »Ja, du darfst, aber stell dir selbst die Frage, ob es ratsam ist, sie zu verwöhnen. Schließlich sind sie nur Stallkatzen.«
»Zwei der Jungen sind sehr klug, Mutter. Sie sind so klug wie die Siamkatzen.«
»In Ordnung, Donald. Ich respektiere deine Meinung.« Nachdem er davongeflitzt war, sagte Mrs. Hopple zu ihrem Mann: »Siehst du? Diese Whiskers-Geschichte war nur Phantasie. Er hat sie schon wieder vergessen ... Übrigens, vergiß nicht, Bobbie wegen des Lagerfeuers zu fragen, Lieber.«
Ihr Mann dankte ihr dafür, daß sie ihn erinnert hatte, und ging zur Gegensprechanlage, um im Stall anzurufen. »Guten Morgen, Bobbie. Hier spricht Hopple. Wir haben uns noch nicht persönlich kennengelernt, aber ich habe nur Gutes über Sie gehört.«
»Danke, Sir.«
»Da Sie in der Nähe des Südtors wohnen – haben Sie vielleicht Fremde auf der Wiese gesehen? Irgend jemand hat dort ein Lagerfeuer gemacht, und das ist nicht gut.«
»Nein, Sir. Hab' niemanden gesehen«, sagte der neue Stalljunge, »aber ich war drei Tage weg, auf einer wissenschaftlichen Veranstaltung.«
»Wenn Sie irgendwelche bedenklichen Aktivitäten beobachten, rufen Sie uns bitte sofort an – zu jeder Tages- und Nachtzeit.«
»Selbstverständlich«, sagte Bobbie.
»Noch eine Frage: Haben Sie im Stall oder auf dem Grundstück irgendwelche ... ungewöhnlichen Katzen gesehen?«
»Nur einen Rudel Katzenjungen und ein altes Muttertier.«
»Keinen merkwürdig aussehenden Streuner mit langen Schnurrhaaren?«

Es entstand eine Pause, und dann sagte der junge Mann: »Nein, ich habe nur komische Geräusche gehört – wie eine quakende Ente, und dann so eine Art elektronisches Piepsen. Ich konnte mir nicht vorstellen, woher es kam.«
»Vielen Dank, Bobbie. Machen Sie so weiter.«
Mr. Hopple schaltete die Gegensprechanlage aus und sagte zu seiner Frau: »Diese lächerlichen Geräusche im Stall macht Donald. Wie lange sollen wir noch zusehen, bevor wir zu einem Arzt gehen?«
»Liebling, er spielt doch nur. Er wird da bald herauswachsen. Es ist ganz normal, daß kleine Kinder imaginäre Freunde erfinden und sich mit ihnen unterhalten.«
»*Ich* habe das nie getan, das kann ich dir versichern«, sagte ihr Mann. Dann ging er in sein Arbeitszimmer und bat, nicht gestört zu werden.
Gegen Mittag fuhr der Hausdiener mit dem Mercedes in die Stadt, um die Bunsen-Kinder abzuholen, einen Jungen und ein Mädchen. Mrs. Hopple hieß sie herzlich willkommen und reichte ihnen einen Picknickkorb, in den die Köchin genug Lebensmittel für zwölf Kinder gepackt hatte. »Nimm deinen Pieper mit, Donald, mein Schatz«, erinnerte sie ihn. »Ich melde mich, wenn es Zeit ist, deine Gäste zurückzubringen.«
Donald fuhr mit den Zwillingen in einem Ponywagen auf die Wiese. Er hatte seinen Vater in Gesellschaft beobachtet und spielte die Rolle des Gastgebers sehr gut, und das Picknick verlief reibungslos. Niemand fiel hin. Niemand raufte. Niemandem wurde schlecht.
Als Mrs. Hopple ihren Sohn anpiepte, brachte er seine Gäste auf kleinen Umwegen über den Hundezwinger, den Kaninchenkäfig, den Hühnerstall und den Pferdestall zurück.
»Hat es euch Spaß gemacht?« fragte Mrs. Hopple die aufgeregten Zwillinge.

»Ich habe vier Schokoladendinger gegessen«, sagte der Junge.
»Meine Mutter hat gesagt, ich soll danke sagen«, sagte das Mädchen.
»Ich habe eine Schlange gesehen«, sagte der Junge.
»Wir haben Whiskers gesehen«, sagte das Mädchen.
»Er ist grün!«
»Nein, er ist blau mit grünen Schnurrhaaren.«
»Seine Augen leuchten auf.«
»Aus seinen Schnurrhaaren kommen Funken.«
»Er kann fliegen.«
»Wirklich?« sagte Donalds Mutter. »Hat er etwas zu euch gesagt?«
Die Zwillinge sahen einander an. Dann quakte der Junge wie eine Ente, und das Mädchen sagte: »Biep biep biep!«
Mrs. Hopple dachte: Das hat ihnen Donald eingetrichtert! Aber bei der Erwähnung von Funken war ihr trotzdem nicht ganz wohl zumute. Da die Hopples so weit außerhalb der Stadt wohnten, hatten sie verständlicherweise Angst vor Feuer. Sie ging eilig aus dem Haus und fuhr mit einem Moped zum Stall.
Bobbie war in der Koppel und bewegte die Pferde. Donald spannte das Pony aus. Die Stallkatzen sah sie, aber von einem Wesen mit rotglühenden Schnurrhaaren war keine Spur. Ihre übliche strahlende Laune kehrte zurück, und sie lachte sich selbst aus, weil sie so leichtgläubig war.
Auf dem Rückweg zum Haus überholte sie den Obergärtner, der sich mit einem Korb mit Tulpen und Narzissen arthritisch den Hügel hinaufplagte. Sie schalt ihn freundlich. »Mr. Bunsen, warum lassen Sie die Blumen nicht von einem der Jungen hinaufbringen?«
»Muß in Bewegung bleiben«, sagte er, »sonst werden die alten Knochen zu Zement.«

»Mr. Hopple wird noch mehr Hilfskräfte für Sie einstellen.«
»Na, das wird nichts nützen. Heutzutage will keiner mehr arbeiten.«
»Übrigens, Sie haben zwei entzückende Enkelkinder, Mr. Bunsen. Es war eine Freude, sie als Gäste zu haben.«
»Sie sehen zuviel fern«, jammerte er. »Seh'n Sie, wie das Gras braun wird. Seit zehn Tagen kein Regen! Noch was. Im Glashaus war irgendein Tier. Hat die Geranienknospen abgefressen. Und jetzt ist der Traktor kaputt. Weiß nicht, was passiert ist. Hat heute nachmittag einfach den Geist aufgegeben.«
»Sie müssen am Montag in der Früh gleich den Mechaniker anrufen«, sagte Mrs. Hopple aufmunternd. »Sagen Sie, es sei dringend.«
»Na, das wird keinen Unterschied machen. Die kommen, wann sie wollen.«
Die griesgrämige Einstellung des Gärtners hatte auf Mrs. Hopple keinerlei Einfluß. Sie war stets fröhlich. Während sie im Geist ein paar Zeilen von Wordsworth aufsagte, brachte sie die Blumen ins Gewächshaus, einen zur Gänze mit Fliesen ausgelegten Raum. Dort suchte sie gerade aus einem Sortiment von fünfzig oder mehr Vasen eine aus, als sie ein fürchterlicher Krach in der Küche veranlaßte, schnell hinüberzulaufen und nachzusehen.
Suzette stand in der offenen Feuerstelle – die jetzt kalt und saubergefegt war – und schlug Töpfe und Pfannen aneinander und schrie den Rauchfang hinauf. Aus dem irren Geschrei der Köchin – drei Viertel Englisch und ein Viertel Französisch – war herauszuhören, daß anscheinend ein *diable* auf dem *toit* oben versuchte, durch den *cheminée* hinunter in die *cuisine* zu gelangen.
Mrs. Hopple lobte die Köchin, wie tapfer sie den Teufel vom Dach vertrieben habe, versicherte ihr jedoch, daß der

Rauchfang mit einem Gitter gut gesichert sei und absolut nichts über diesen Weg in die Küche gelangen könne, ob es nun ein Waschbär, ein Eichhörnchen, eine Feldmaus oder der Teufel sei.

Ins Gewächshaus zurückgekehrt, fand sie einen silbernen Champagnerkübel für die roten Tulpen und suchte gerade ein Gefäß für die Narzissen, als sie das Summen der Gegensprechanlage bei ihrer Tätigkeit unterbrach.

»Der Traktor geht wieder, Mrs. Hopple«, sagte der Gärtner. »Ist von ganz allein wieder angesprungen. Aber im Glashaus sind ein paar Scheiben zerbrochen.«

Sie dankte Mr. Bunsen und ging wieder zurück zu ihren Blumen. Sie mußte über die sture Gewohnheit des Mannes schmunzeln, jede gute Nachricht mit einer kleinen schlechten zu dämpfen. Als sie gerade die Narzissen in einem Kupferkrug arrangierte, stürzte Donald in das Gewächshaus. »Ich konnte dich nirgends finden, Mutter«, sagte er überaus bekümmert. »Die Kaninchen sind weg! Ich glaube, irgend jemand hat sie gestohlen!«

»Nein, Lieber«, erwiderte sie ruhig. »Ich glaube, du wirst sie im Glashaus finden, wo sie sich den Bauch mit Geranienknospen vollschlagen. Also, was hältst du von Erdbeeren Chantilly heute abend?« Das war das Lieblingsdessert der Familie, und Donald hüpfte auf und ab und umarmte seine Mutter.

Später sagte sie im Kauderwelsch der Köchin zu Suzette: »Ich fahre zur *ferme* und hole die *fraises* und die *crème*.« Mrs. Hopple war froh über jeden Vorwand, unter dem sie mit dem offenen Ferrari-Kabriolett auf den Landstraßen herumbrausen konnte. Heute würde sie für frisch gepflückte Erdbeeren zur Erdbeerfarm und für dicke Sahne zur Milchfarm fahren.

Vorher lief sie ins Obergeschoß und holte ein Tuch für ihre

Haare. Als sie an der Tür der Suite der Bande vorbeikam, hörte sie Donald seine lächerlichen Geräusche machen und die Katzen darauf mit Miauen und Heulen antworten. Sie legte die Hand auf die Klinke, beschloß aber dann, ihren Sohn nicht in Verlegenheit zu bringen, indem sie hineinging.

Als sie einen Augenblick später mit einem Seidenschal und einem Kaschmirpullover zurückkam, verließ Donald gerade die Suite. Er wirkte sehr zufrieden.

»Unterhältst du dich gut, Liebling?« fragte sie.

»Whiskers war da drinnen«, antwortete er. »Er ist auf dem Wasserrad herumgeklettert und hat zum Fenster hereingeschaut. Ich habe ihn hereingelassen. Er mag unsere Katzen unheimlich.«

»Er mag sie *sehr*, Liebling. Ich hoffe, du hast das Fenster wieder geschlossen. Wir wollen schließlich nicht, daß die Bande hinausläuft, nicht wahr?«

Heiter ging Mrs. Hopple zur Garage und glitt auf den Sitz des Ferrari. Sie drückte auf einen Knopf, um das Garagentor zu öffnen und drehte dann den Zündschlüssel. Nichts geschah. Der Motor gab nicht einmal ein Husten von sich, und das große Tor bebte nicht einmal. Sie ließ nicht locker. Sie arbeitete mit reiner Willenskraft. Nichts geschah.

Der Hausdiener war noch nicht mit dem Mercedes zurück, mit dem er die Zwillinge nach Hause gebracht hatte, aber es gab ja noch drei andere Autos. Sie stieg in den Rolls; er sprang nicht an. Der Cadillac war genauso tot. Und ebenso der Jeep. Irgend etwas, dachte sie, stimmt hier nicht. Sehr rätselhaft. Der Hausdiener würde dem KGB oder dem sauren Regen die Schuld geben.

Resolut marschierte sie zurück ins Haus und erstattete ihrem Mann in seinem Arbeitszimmer Bericht, wo er sich mit Computer, Aktentasche und Diktiergerät eingesperrt hatte. Er hörte sich ihre unglaubliche Geschichte an, seufzte und ging sich das Problem dann ansehen, während Mrs. Hopple ein paar Atemübungen machte, um ihre Gelassenheit wiederzuerlangen.

»Alles in Ordnung«, sagte er, als er zurückkam. »Die Autos springen an, und die Tore gehen auf. Ich glaube, du brauchst einen Tapetenwechsel, Herzblatt. Wir essen heute abend auswärts. Zieh dein neues Kleid von Saint-Laurent an, und wir gehen in den Club. Suzette kann dem Jungen sein Essen geben.«

»Das geht nicht, Liebling. Es gibt Erdbeer-Chantilly, ich habe es Donald versprochen.«

Also blieben die Hopples zu Hause und genossen einen altmodischen Abend im Kreis der Familie. Das Abendessen wurde auf der Terrasse serviert, danach spielten sie auf dem Rasen Krocket und machten über heißen Kohlen in der offenen Feuerstelle im Freien Popcorn. Donald sagte kein Wort über Whiskers, und seine Eltern stellten keine Fragen.

Zeitig am Sonntagmorgen, als die aufgehende Junisonne und die zwitschernden Vögel versuchten, alle zu ungewöhnlich früher Stunde aus dem Bett zu locken, läutete in der Hopplewood-Farm das Telefon.

Mr. Hopple stützte sich verschlafen auf einen Ellbogen und sah mit zusammengekniffenen Augen auf den digitalen Radiowecker. »Halb fünf! Wer ruft bloß zu einer so unchristlichen Zeit an?«

Mrs. Hopple setzte sich im Bett auf. »Auf der alten Uhr am Kaminsims ist es fünf vor halb sechs. Der Strom ist schon wieder ausgefallen.«

Ihr Mann räusperte sich und hob den Hörer ab. »Ja?«

»Hallo, Mr. Hopple. Hier ist Bobbie Wynkopp. Entschuldigen Sie, daß ich so früh anrufe, aber Sie haben gesagt – wenn ich irgend etwas sehe ...« – »Ja, Bobbie. Was ist?«

»Die Stelle auf der Wiese, die verbrannt war – wie groß war die?«
»Hmm ... so gut ich es auf der Luft schätzen konnte ... hatte sie ... etwa drei Meter Durchmesser. Ein kreisrunder Fleck.«
»Nun, es gibt noch eine zweite.«
»Was! Hast du jemanden auf dem Grundstück gesehen?« Jetzt war Mr. Hopple vollkommen wach.
Es entstand eine Pause. »Mr. Hopple, Sie werden es nicht glauben, aber heute nacht bin ich aufgewacht, weil mein Zimmer hell erleuchtet war. Ich schlafe in der Mansarde, auf der Seite, die zur Wiese hinausgeht. Es war so ein grünliches Licht. Ich sah zum Fenster hinaus ... Sie werden das jetzt nicht glauben, Mr. Hopple.«
»Nur weiter, Bobbie – bitte.«
»Also, da ist so ein Flugzeug gelandet. Nicht wie Ihr Flugzeug, Mr. Hopple. Es war rund, wie ein Frisbee. Es ist senkrecht heruntergekommen – ganz langsam, ganz leise. Und es hat irrsinnig viel Licht abgegeben.«
»Wenn du damit eine fliegende Untertasse meinst, Bobbie, sage ich, du hast geträumt – oder halluziniert.«
»Ich war hellwach, Sir. Ich schwöre es! Und ich nehme keine Drogen. Sie können fragen, wen Sie wollen.«
»Weiter, Bobbie.«
»Das Komische war ... es war so klein! Zu klein für eine Crew. Es ist gelandet, und dann gab es rundherum Bewegung. Ich konnte keine Einzelheiten erkennen. Über der Wiese stieg Nebel auf. Also lief ich hinunter, um mir das Fernglas meines Vaters zu holen.
Es war schwierig, es im Dunkeln zu finden. Das Licht funktionierte nicht. Wir hatten einen Stromausfall, wissen Sie ... Sind Sie noch dran, Mr. Hopple?«
»Ich höre. Und deine Eltern? Haben die das Flugzeug gesehen?«

»Nein, aber ich wünschte es. Dann würde ich mir nicht vorkommen wie ein Verrückter. Meine Mutter hat Nachtdienst im Krankenhaus, und wenn Dad schlafen geht, ist er sofort weg.«

»Was hast du mit dem Fernglas gesehen?«

»Ich bin zu spät gekommen. Sie starteten schon wieder. Das Ding ist senkrecht aufgestiegen – ganz langsam. Und als es in der Luft war – ZIP – verschwand es. Im Ernst, ich konnte danach nicht mehr schlafen. Als es halbwegs dämmrig wurde, ging ich hinaus auf die Wiese und sah nach. Das Ding hat ein kreisförmiges Stück Wiese verbrannt, von etwa drei Meter Durchmesser. Sie können es sich selbst ansehen. Vielleicht sollten Sie es auf Radioaktivität oder so was untersuchen lassen. Vielleicht hätte ich ja gar nicht so nah rangehen sollen.«

»Vielen Dank, Bobbie. Das ist ein überaus interessanter Bericht. Wir werden uns darüber weiter unterhalten, wenn ich ein paar Nachforschungen angestellt habe. Inzwischen würde ich es an Ihrer Stelle als vertrauliche Information betrachten.«

»Vertraulich! Keine Sorge, Mr. Hopple.«

»War das der Stallbursche?« fragte seine Frau. »Stimmt etwas nicht? ... *Liebling, stimmt etwas nicht?*«

Mr. Hopple war zum Südfenster gegangen und starrte in Richtung Wiese – ein Bild der Geistesabwesenheit. »Verzeihung. Was hast du gesagt? Dieser Junge hat mir eine wilde Geschichte erzählt ... Drei Meter Durchmesser! Er hat recht; das ist bemerkenswert klein.«

Ein lauter, dumpfer Schlag ertönte. Ein Sechsjähriger warf sich gegen die Schlafzimmertür und stürzte ins Zimmer.

»Liebling«, erinnerte ihn seine Mutter, »wir klopfen stets an, bevor wir eintreten.«

»Sie sind weg! Sie sind weg!« schrie er mit schriller Kinder-

stimme. »Ich wollte guten Morgen sagen, und sie sind nicht da!«
»Wer ist nicht da, Liebling?«
»Die Bande! Sie sind aus dem Fenster hinaus und über das Wasserrad hinuntergeklettert.«
»Donald! Hast du das Fenster offengelassen?«
»Nein, Mutter. Das Fenster ist *gebrochen.* Zerbrochen«, fügte er hinzu, als er den Blick seiner Mutter sah. »Das Glas sieht aus wie *geschmolzen*! Ich glaube, das war Whiskers. Er hat sie gekidnappt!«
Sie scheuchte ihn aus dem Schlafzimmer. »Geh dich anziehen, Lieber. Wir finden die Bande schon. Wir organisieren einen Suchtrupp.«
Mrs. Hopple schlüpfte in ein Negligé und ging hinaus. Als sie einen Augenblick später zurückkam, starrte ihr Mann noch immer aus dem Südfenster ins Nichts. »Donald hat recht«, sagte sie. »Das Glas ist tatsächlich *geschmolzen.* Wie überaus seltsam!«
Mr. Hopple starrte noch immer vor sich hin, wie in Trance.
»Liebster, ist alles in Ordnung? Hast du gehört, was Donald gesagt hat?«
Ihr Mann riß sich zusammen und trat vom Fenster weg. Er sagte: »Du kannst einen Suchtrupp organisieren, wenn du willst, aber du wirst die Bande niemals finden. Sie kommen nicht zurück. Und Whiskers auch nicht.«
Er hatte recht. Sie kamen nie mehr zurück. Wie Donald berichtete, verschwanden auch die beiden klügsten Kätzchen im Stall, doch die Kaninchen fand man im Glashaus, wo sie das Fest ihres Lebens feierten.
Jetzt ist das Leben auf der Hopplewood-Farm wieder ziemlich normal. Die Garagentore öffnen sich. Die Autos springen an. Der Strom fällt nur während heftiger Gewitter aus. Niemand läßt die Kaninchen aus ihrem Käfig. Der Traktor

ist vollkommen zuverlässig. Nichts versucht, den Rauchfang hinunterzukommen. Fensterglas schmilzt nicht.
Und der kleine Donald, der vielleicht mehr ahnt, als er zugibt, spricht beim Abendessen über Planeten und Asteroiden, und wenn seine Eltern glauben, daß er schläft, schaut er stundenlang durch sein Teleskop.

MIDNIGHT LOUIE IN DER BAKER STREET

Carole Nelson Douglas

Wieder einmal befinde ich mich mit dem Rücken zur Wand. Die Wand besteht aus soliden rußgeschwärzten Backsteinen. Weit und breit kein Fenstersims, woran ein Kater in Not hochklettern könnte.

Vor mir steht eine andere Wand. Eine zerlumpte, stinkende und lebende Wand, zusammengewürfelt aus den brutalsten jugendlichen Übeltätern, die mir je untergekommen sind. Bewaffnet mit Stöcken und Steinen (und anderen weniger spitzen, aber um so abstoßenderen Angeboten der Londoner Straßen) haben sie mich in eine Sackgasse gejagt. Jetzt beratschlagen sie darüber, ob sie mir nur den Schwanz oder doch lieber gleich den Hals abschneiden sollen.

Ich sehe Stahl glitzern, und Zähne blitzen bedrohlich aus den grinsenden, rußverschmierten Gesichtern. Diese Sorte jugendlicher Tunichtguts ist der schlimmste Feind meiner Art, und ich bereite mich innerlich auf den kühnen, aber vermutlich erfolglosen Versuch vor, ihre geschlossenen Reihen zu durchbrechen. Meine Chancen, heil zu entkommen, sind gleich Null. Ich mache mich auf das Schlimmste gefaßt – den Tod.

»He, ihr da. Was hat die Katze euch getan?«

Der Sprecher gehört derselben Gattung an wie meine Peiniger: ein Junge, aber größer als die anderen und etwas weniger zerlumpt. In seiner Stimme liegt eine gewisse, im täglichen Kampf auf der Straße erworbene Autorität.

Sie murmeln etwas, aber natürlich können sie nichts gegen mich vorbringen, abgesehen davon, daß ich einen schwarzen Pelz habe und praktisch wehrlos bin.

»Bringt nix, 'ne Katze umzubringen. Ist 'n prima Ratten- und Mäusefänger. Überlaßt sie mir.«
Aus dem Murmeln wird ein Murren, aber ihre Reihen teilen sich, als der größere Junge herantritt. »Komm her, Miezekatze. Der alte Wiggins sucht dir 'n nettes Zuhause.«
Ich spüre kein Verlangen danach, mich einem dieser Rauhbeine anzuvertrauen, aber dieser Wiggins scheint ein gewisses Ansehen unter ihnen zu genießen, und es gibt Zeiten, in denen gibt sich unsereins besser sanft und zutraulich.
Immer noch keuchend, gestatte ich ihm, mich hochzuheben.
»Uff! Bist 'n schwerer Brocken. Mußt 'n guter Jäger sein, Kumpel. Und ab geht die Post.«
Mit mir auf dem Arm schreitet Wiggins durch die Reihen meiner Möchtegernmörder, die zur Seite springen wie Flöhe, wenn der Kamm durchs Haar fährt.
Wiggins ist nicht gerade eine Sportskanone, und mich durch die Gegend zu schleppen strengt ihn so an, daß er schon bald heftig schnauft. Zum Glück ist die Reise nicht weit, und kurz darauf klingelt er an einer Tür, die für uns beide viel zu vornehm wirkt. Nach einer Weile öffnet eine energische und doch mütterlich wirkende Dame. Bei unserem Anblick zieht sie die Augenbrauen bis zum Spitzenbesatz der Haube hoch, die auf ihrem schneeweißen Haar ruht.
»Was ist das, junger Freund? Du möchtest doch nicht andeuten, daß er aus irgendeinem Grund eine Katze bestellt hat?«
»Nein, Ma'am, Missus Hudson. Aber ich hab' mir gedacht, vielleicht woll'n er und der Doktor 'n Tier um sich haben. Ist zu ruhig da oben, und 'n paar Jungs wollten sie grad kaltmachen.«
»Ach, das arme Tier!«
Die Tür schwingt auf. Es gibt nichts Wirkungsvolleres als die Opferrolle, um bei Frauen Mitleid zu erregen. Eine Er-

kenntnis, die dem gerissenen Wiggins offenbar ebenso geläufig war wie mir.

»Aber ich bezweifle, daß er sich mit dieser Kreatur abgeben will«, ruft Mrs. Hudson uns nach, während Wiggins mich eine schmale lange Treppe hochträgt.

An ihrem Ende befindet sich eine geschlossene Tür, daneben eine Klingel, die Wiggins ohne Zögern betätigt.

Einen Augenblick später öffnet eine weltmännisch wirkende, gutgekleidete und wohlgenährte Erscheinung.

»Ah, Master Wiggins. Hat er nach dir geschickt?«

»Nein, Sir, Doktor Watson. Ich bin ganz von allein gekommen. Hab' diese Katze gefunden, als 'n paar üble Burschen sie grad 'n Kopf kürzer machen wollten, und da dacht' ich mir, Sie und Mr. 'Olmes hätten vielleicht gern ein bißchen Gesellschaft. Er ist so schwer, daß er bestimmt 'n erstklassiger Mäusefänger ist, jede Wette!«

»Hmm.« Dr. Watson runzelt die Stirn, während Wiggins mich zu Boden plumpsen läßt wie einen Sack Kartoffeln. »Ich persönlich hätte gegen ein kleines, sanftes Kätzchen nichts einzuwenden, aber ich bezweifle, daß *er* etwas mit einer Katze anfangen kann, obwohl er nicht weniger unberechenbar ist als diese Spezies. Wenn ich mich recht entsinne, hat er noch nie eine Katze erwähnt.«

Ich wage die Prognose, daß diese betrübliche Ignoranz ein Ende findet, denn ein großer, hagerer Typ kommt aus dem angrenzenden Zimmer herübergeschlendert. Er ist damit beschäftigt, seine knochigen Arme in ein Jackett zu zwängen.

»Was geht hier vor, Watson? Wiggins? Gibt es etwas Besonderes?«

»So könnt' man's auch nennen, Mr. 'Olmes«, sagt Wiggins und tritt gemeinsam mit Dr. Watson zur Seite, um den Blick auf meine Wenigkeit freizugeben.

»Eine Katze?« Mr. Olmes rümpft die Nase wie ich, wenn man mir ein besonders übelriechendes Abendessen vorsetzt. »Eine unzuverlässige und weibische Kreatur. Sie verfügt weder über den hervorragenden Geruchssinn des Hundes, noch ist ihr das Bedürfnis zu eigen, sich im Haus nützlich zu machen.«

»Ist ’n Kater, Sir. Er frißt Mäuse und Ratten.«

»Dasselbe tut eine Boa Constrictor. Trotzdem komme ich ohne sie aus. Da fällt mir ein, Watson, ich erwarte jeden Moment eine recht ... ähm, berühmte Klientin. Ich hoffe, Sie bleiben, um zu ... dolmetschen, sozusagen. Und Wiggins! Befördern Sie das Tier hinaus. Vielleicht hat Mrs. Hudson ja in der Küche etwas für den kleinen Schmarotzer.«

Der auf diese Weise abgekanzelte Wiggins gehorcht prompt und packt mich wie ein Stück Strandgut. Als wir die Treppe hinuntersteigen, weht uns der betörende Duft von gefülltem Teegebäck entgegen, vermischt mit einem Hauch Gardenie, einer Spur Sandelholz und einer Prise Zimt. So viel zum angeblich minderwertigen Geruchssinn einer Katze!

Blitzschnell kombiniere ich, daß die berühmte Klientin gerade das Haus betritt, und entwinde mich Wiggins’ allzu sorglosem Griff.

»He! Komm zurück, du Gauner! Zurück, oder ich reiß’ dir jedes Barthaar einzeln raus!«

Ich bin schon übler beschimpft worden, und das von Kerlen, die größer und häßlicher waren als Wiggins, deshalb achte ich nicht darauf. Nicht, wenn ich eine Ratte rieche!

Die Ratte entpuppt sich als etwas Exotisches, vielleicht ein Vicuña. Sie ist außerdem tot und dekoriert notdürftig den Kragen eines Chiffonkleides.

»Sock-rah Blue!« ruft die Dame, die das Kleid trägt. »Ist das das neue Butler-Englisch?« Sie macht eine Pause und betrachtet stirnrunzelnd die steile Treppe. »Soll isch diese Stüfen erklimmen wie ein *alpiniste? Mon Dieu!* Der Engländer liebt 'alt seine Körperertüschtigung.«

Mit diesen Worten schlägt sie ihren toten Rattenkragen hoch und fegt nach oben.

Ich eilte hinterher und ignorierte Wiggins' erboste Befehle zurückzukommen.

Oben angelangt, klingelt sie nicht, sondern klopft energisch mit dem silbernen Knauf ihres Sonnenschirms an. Der Schirm ist so groß, daß er auch als Spazierstock gute Dienste leisten dürfte.

Die bereits vertraute Figur von Dr. Watson öffnet die Tür, und ich betrete das Zimmer ein zweites Mal, diesmal in einer Woge von Parfum und Rockfalten. Praktisch unsichtbar stehle ich mich unter ihrem Rock hinein.

»Mistair Olmes?« erkundigt sie sich.

»Äh, nein ... Madame.« Dr. Watson errötet. Eine sehr lästige Eigenart der Menschen, die mir durch meinen Pelz erspart bleibt. »Ich wußte nicht, daß ...«

»Madame Sarah Bernhardt«, ertönt die dünne, hohe Stimme des großen Mannes.

Er steht am Kaminsims, das vollgestellt ist mit einer überwältigenden Sammlung von Nippes, die offenbar dort steht, um von einer flinken Katze hinunterbefördert zu werden. Die Puristen der Art Nouveau mögen über die vollgepfropften viktorianischen Domizile die Nase rümpfen, aber ich schätze sie sehr, weil ich mich dort meinen Lieblingsbeschäftigungen widmen kann: Mittagsschläfchen halten, meine Klauen schärfen und die stets beglückende Verbesserung der Raumdekoration.

Eine nahe Tischplatte glitzert verführerisch voller Fläschchen und Flakons, die in viele hübsche Scherben zerspringen werden, sobald ich sie umwerfe. Ein wahres Paradies für einen anspruchslosen Streuner wie mich.

Aber Madame Sarah Bernhardt ist nicht an dem Spielzeug interessiert. »Unsere Verabredung wurde unter dem Namen der Marquise de Ligne getroffen!« sagt sie von oben herab.

»Ein bißchen Wunschdenken Ihrerseits, Madame, nicht wahr?« Olmes zupft eine Fingerspitze voll Kraut aus seinem Tabakbeutel mit persischen Stickereien und stopft es in seine Pfeife.

Madame Sarah wirft stolz den Kopf zurück. »Sie werdähn diese widerlische Pfeife *nischt* in meiner Gegongwart rauchen.«

»Verzeihen Sie mir, eine nervöse Angewohnheit. Ich habe nur mit der Pfeife gespielt.« Mr. Olmes löst sich vom Kamin, um ihr einen Stuhl anzubieten.

Madame Sarah wirft ihm einen Blick zu, mit dem ich persönlich einen Hundekadaver bedenken würde, bohrt die Spitze ihres Sonnenschirmes in den Teppich und prescht mit ihrem umständlich verhüllten Körper auf den Stuhl los. Dann hält sie inne und setzt sich wie eine Kaiserin, eine Rolle, die sie, nebenbei gesagt, schon oft gespielt hat. Sowohl ihr Gesicht als auch ihre Gestalt sind unverwechselbar. Ich erkenne sie sofort wieder, da ich sie schon mehrfach auf Theaterplakaten in der Altstadt gesehen habe.

Trotz ihrer umfangreichen Garderobe und der gigantischen, leicht gelockten und obendrein feuerroten Haarwolke, die sich über ihrem kleinen, scharfgeschnittenen Gesicht türmt, erinnert sie mich an einen zerbrechlichen Vogel. Sie ist klein und knochig, deshalb friert sie zweifellos sehr häufig. Eine solche Frau braucht dringend den Schutz eines kühnen Katers.

Ich mache es mir unter den Falten ihrer Schleppe gemütlich und spähe unter dem mit Rattenpelz verzierten Saum hervor.

»Es sollte mir nicht schwerfallen, die vermißten Diamanten

wieder aufzuspüren«, sagt Mr. Olmes nachdenklich, »aber in Zukunft kann ich für ihre Sicherheit nicht garantieren, wenn Sie, Madame, darauf bestehen, Ihre Juwelen weiterhin der Öffentlichkeit vorzuführen.«
»Ihr Verlust wurde mit keinem Wort in der Presse erwähnt! Ihre deduktiven Fähigkeitähn sind tatsächlich so phenomänal, wie man sagt.«
»Keineswegs, Madame, aber die Presse hat die Präsenz Ihrer Diamanten so laut hinausposaunt, daß diese Schlußfolgerung auf der Hand lag. Jedes Kind hätte den Grund Ihres Kommens erraten.«
Er macht eine kleine, kühle Verbeugung. Auf seine Art ist er ein ebenso begnadeter Schauspieler wie sie. Ich spüre, wie der Saum sich hebt, als sie sich im Stuhl aufrichtet, um aufmerksamer zuhören zu können. Obwohl ihre Kleider schwer sind, ist sie eine fragile Erscheinung, ein Geschöpf aus Nebel und Fantasie. Darin gleicht sie mehr als einer der divahaften Katzendamen, die kennenzulernen ich das Privileg hatte.
»Sie müssen misch für ein Kind ’alten, Mistair Olmes, daß isch meine hübschen Klunker riskiere, aber sie machen dasselbe für misch wie Mr. Barnum in Amerika: Werbüng.«
»Gestatten Sie mir die Bemerkung, Madame, daß Sie selbst und Ihre Erfolge auf der Bühne Werbung genug sind. Juwelen verwahrt man am besten diskret, wenn man sie behalten möchte.«
»Aber isch bin nischt diskret, Mistair Olmes! Das ist eine meinähr am meisten bewunderten Qualitäten, meinen Sie nischt?« Seine ohnehin hohe Stimme wurde noch höher, als er ihr antwortete. »Werbung ist nicht mein Metier. Mir wäre sehr gedient mit einer knappen Beschreibung der Juwelen, ihrem Verwahrungsort und dem Haushalt von Madame.«
»Was ist dieses ›knappen‹? So ein Wort! So ’äßlisch, wie die meisten Wörter in der englischen Sprache.«

»Kurz, Madame Bernhardt«, schaltete sich der gute Doktor ein.
»*Bref.*«
»Ah.« Sie nimmt diesen Einwurf offenbar wohlwollend zur Kenntnis, wirft sich dann in ihrem Stuhl zurück. Es folgt ein eleganter, französisch eingefärbter Wortschwall. Das melodiöse Auf und Ab ihrer Stimme ähnelt einem Cello und schlägt ihre Zuhörer so in Bann, daß ich unbemerkt die schützende Schleppe verlasse und mich unter Dr. Watsons Stuhl schleiche.
Ihre Geschichte ist schnell erzählt. Um die Öffentlichkeit auf ihr aktuelles Gastspiel in London aufmerksam zu machen, stellt sie die Juwelen täglich in der Eingangshalle ihres jeweiligen Hotels aus. »Das 'abe isch auch währänd meiner Amerikatournee getan.«
»Wurde das dort nicht als Einladung mißverstanden, die Juwelen zu entwenden?« wirft Olmes ein. Er hat es sich auf einem anderen Stuhl bequem gemacht. Dabei lehnt er sich so entspannt zurück, als würde er ihr bei einer Aufführung zusehen. Seine Augen sind halb geschlossen. Genau in dieser Haltung bin ich selbst am wachsamsten.
Madame Sarah senkt die lüsternen dunklen Augen.
»Sie 'aben räscht. Es war sehr aufregähnd. Sie dachten, mein Privatwaggon könnte gestürmt werden, des'alb brachten die Männer Pistolen mit. Wild-West-Pistolen. Isch selbst bekam auch eine. Isch 'abe sie bei mir im 'Otelsimmer. 'Ätte isch den Dieb gesehen, 'isch 'ätte –« Sie hebt den Sonnenschirm wie ein Gewehr und zielt damit auf Mr. Olmes' Herz. Von meinem Platz unter Dr. Watsons Stuhl sehe ich, wie ein Lächeln über seine dünnen Lippen huscht, obwohl seine Augen nach wie vor fast geschlossen sind.
»Sie wären zweifellos eine zweite Annie Oakley.«
»Isch wäre bessair als Annie Oaklie!«

»Aber der Juwelendieb gab Ihnen dazu keine Gelegenheit.«
»*Non*. Eines Morgens waren die Juwelen fort. Einfach so.« Sie schnippt scharf mit den Fingern, als wolle sie Mr. Olmes aufwecken. Sein Lächeln wird breiter; er weiß, daß er, indem er sich den Anschein gibt, sie zu ignorieren, ihren Ehrgeiz anstachelt, seine Aufmerksamkeit auf sich zu ziehen. Ich selbst habe diese hohe Kunst schon angewandt, um meine Beute anzulocken.
Wirklich, dieser Mr. Olmes und ich haben viel gemein. Wie schade, daß er zu den Menschen gehört, die unbegründete Vorurteile gegen meine Gattung hegen.
Bereitwillig antwortet Madame Sarah auf die plötzlich über sie hereinbrechende Flut von Fragen. Die Juwelen würden in einem Lapislazulikästchen verwahrt, das sie auf einer ihrer Tourneen geschenkt bekommen hat. Nein, es sei kein besonders stabiles Kästchen, aber hübsch. Es befinde sich in ihrem Schlafzimmer.
Bei dieser Antwort flattern seine schläfrigen Augenlider kurz. Und wie viele Personen hätten Zutritt zu ihrem Schlafzimmer? »Mistair Olmes, ein Gentleman fragt so etwas nischt!« Dann zählt sie eine halbe Armee auf: Da sind das Zimmermädchen, der Butler, der Page, ihr Manager, ihre Besucher ... Kurz und gut, ihr Schlafzimmer dient gleichzeitig als Empfangszimmer und Büro und ist darüber hinaus ihr zweiter Wohnsitz neben dem Appartement in Paris. Viele ihrer Möbelstücke nimmt sie auf ihre Reisen mit.
Mr. Olmes seufzt. »Sind das wirklich alle Personen?« fragt er leicht ironisch, nachdem sie etwa ein Dutzend Leute aufgezählt hat.
»Nün ... meine neuen Bewunderer natürlisch. Der Amerikaner Scharles und dieser charmante englische Duke. Außerdem der Prinz von Wales. Und«, fügt sie leichthin an, »Otto, Absinthe und Malice; Melange, Fifi und Guillotine.«

Eine weitere Befragung bringt ans Licht, daß die letztgenannten Individuen alle tierischer Natur sind. Absinthe und Malice sind »'übsche, kleine, grüne Schlonggen, wie man bei Ihnen sagt, non?« Otto ist eine Boa Constrictor und Guillotine ein panthère noire. Bei Melange und Fifi handelt es sich natürlich um Hunde. Ich spitze meine Ohren. Offenbar halten die schlichten Gaumenfreuden von Mrs. Hudsons Küche keinen Vergleich mit dem exotischen Ambiente von Madame Sarah stand, deren unentbehrlicher und umhätschelter Begleiter ich in Kürze zu werden gedenke. Immer habe ich von Reisen in ferne Länder geträumt, und mir wird klar, daß sich nun diese Gelegenheit bietet. Es reicht, ihr sagenumwobenes Schlafzimmer zu betreten. Was macht es da schon, wenn ich mit ein paar Schlangen der geschuppten und der menschlichen Art teilen muß? Ich habe nichts gegen Schlangen ... als leckeres Freßchen! Allerdings ist Otto so groß, daß er wohl eher mich fressen würde.
»Es ist, wie ich es befürchtet habe«, stöhnt Olmes. »Ich werde Ihren Räumlichkeiten einen Besuch abstatten müssen.«
Madame Sarah hebt die Augenbrauen, und ich tue dasselbe. (Ich habe lange, geschmeidige Augenbrauen und kann sie deshalb, wenn mir diese Bemerkung gestattet ist, noch effektvoller heben als die berühmte Schauspielerin.) Mr. Olmes scheint ausgerechnet das zu widerstreben, was den meisten Männern so begehrenswert erscheint, daß sie vor lauter Gier über ihre eigenen Gamaschen stolpern würden. Für wen hält dieser Kerl sich eigentlich?
Dr. Watson dagegen springt sofort auf, stottert ein paar Entschuldigungen und begleitet Madame Sarah voller Ehrerbietung an die Tür. Dabei versichert er ihr, sie dürfe in gut zwei Stunden mit dem Besuch von Mr. Olmes und seiner Wenigkeit rechnen.

Die prekäre Lage der Dame hat mich so gefangengenommen, daß ich, auch wenn es mir peinlich ist, es zu gestehen, darüber vergessen habe, daß ich unbemerkt bleiben wollte.
»Was ist das?« fragt Mr. Olmes und zeigt dabei auf mich, als wäre sein Finger ein zu kurz geratenes Gewehr.
»Ah.« Madame Sarah hält in ihrem rauschenden und glitzernden Abgang sofort inne. »*Mon ami, le chat noir. Ma petite Guillotine.* Wie soll isch ihn nennen? *Minuit.*«
»Mitternacht«, übersetzt Dr. Watson und beobachtet aufmerksam Mr. Olmes.
»Mittärnacht«, wiederholt Madame Sarah, die daran Gefallen zu finden scheint. »Isch werde ihn mitnähmen. Ein Souvenir aus Englahnd.«
Und so verlasse ich die Baker Street und tausche sie gegen eine wesentlich noblere Adresse in Piccadilly ein.
Als erstes wird Madame Sarahs Page, besser gekleidet und besser riechend als der stämmige Wiggins, gerufen, um mich zur Kutsche zu tragen.
Mr. Olmes sieht meinem Abschied ebenso emotionslos zu wie ein Kammerjäger, der beobachtet, wie man Ratten in der Themse ertränkt.
»Ein verhängnisvolles Tier, Watson. Betrügerisch und unzuverlässig, wie ich bereits sagte.«
»Da bin ich nicht so sicher«, meint der gute Doktor, während ich in eine Welt des Luxus getragen werde. »Ich muß an die Katze denken, der man gestattete, der Königin ins Gesicht zu blicken. Midnight hat eine wesentlich bessere Umgebung gefunden als die, aus der er kommt.«
»*Chez* Sarah. Ein Zirkus!« schnaubt Mr. Olmes verächtlich und steuert auf den Tabakbeutel auf dem Kaminsims zu. »Den Juwelendieb aufzuspüren wird eine Spurensuche in der Menagerie.«
Dann werde ich durch die Tür getragen, fort von Mr. Olmes,

Dr. Watson und der Baker Street. Für immer, wie sich später herausstellen wird.

»In diesem Fall«, erklärt Dr. Watson beschwingt, als sich gerade die Tür hinter mir schließt, »müssen Sie eben den Zirkusdirektor spielen und die Ordnung wiederherstellen.« *Pardonnez moi.* Ich werde der Zirkusdirektor sein. *Minuit. Monsieur Minuit.* Mr. Midnight. Klingt gar nicht übel!

Madame Sarahs Hotelsuite ist der Garten Eden für das Kind in der Katze. Es gibt Vorhänge, die es zu erklimmen gilt, Pfauenfedern, die gezaust werden wollen, und Parfumfläschchen, die förmlich danach lechzen, den Tisch hinabzustürzen. Ich habe nicht viel Zeit, um mir ein Bild von der Situation zu machen, bevor sich die Baker-Street-Brigade an meinen Schwanz heftet. Falls ich den Juwelendieb schnappen sollte, dürfte mein Name hier fortan einen ausgezeichneten Klang haben. Aber es gibt jede Menge klangvoller Namen, wie ich zu meinem Leidwesen feststellen muß. Otto, die Boa Constrictor, ist ein widerlich feister Typ, der den Weltmeistertitel im Schwergewicht anstrebt. Zum Glück wird er vom Pagen gefüttert und ist die meiste Zeit mit Verdauen beschäftigt.

Sobald Madame Sarah zu Hause ist, streift sie ihren Kleiderkokon ab und schlüpft in einen seidenen Morgenrock mit Federn an Ärmelenden und Kragen (welch Behagen!). Dann nimmt sie zwei schlanke grüne Schlangen aus einer Schachtel, die sich vertraulich um ihre Handgelenke schlingen und hin und wieder den schmalen Kopf heben, um mit hervorschnellender Zunge Temperatur und Luftfeuchtigkeit zu prüfen.

Nun ja, in jedem Garten Eden verbergen sich ein oder zwei Schlangen. Aber die Schlange, nach der ich suche, gehört zweifellos zur menschlichen Spezies.

Guillotine ist aus anderem Holz geschnitzt. Er ist groß, *Mon Diö,* er ist *richtig* groß. Und so schwarz wie der Amboß des Hephaistos. (Gelegentlich schleiche ich mich ins Theater, um mir Mäuse & Mythologie einzuverleiben.) Aber seine Zähne und Krallen sind manikürt, und das träge Dasein auf seidenen Kissen hat ihn weich gemacht. Er begrüßt mich mit einem freundschaftlichen Knuff, worauf ich ihm meinen Namen, Rang und Stammbaum an den Kopf knalle, und wir einigen uns auf einen Waffenstillstand.
Melange und Fiffi brauchen erst ein paar Nasentatoos, aber nachdem sie sich winselnd dafür entschuldigt haben, daß sie etwas an meiner Gegenwart auszusetzen hatten, befördere ich sie zu meinen persönlichen Leibwächtern. Damit bleiben nur noch zwei Kreaturen, die es zu unterwerfen gilt. Eine davon ist eine Vampirfledermaus, die eindrucksvoll ihre Zähne fletscht und über dem kunstvoll verzierten Kopfende von Madame Sarahs Bett die Schwingen ausbreitet; die andere ist ein rattenschwänziges Wesen, das es sich in Madame Sarahs offenem Reisesarg gemütlich gemacht hat. Na schön, Madame Sarah ist vielleicht ein bißchen exzentrisch. Sagen Sie bloß, das ist Ihnen noch nicht aufgefallen! Aber sie ist nicht komplett *fou*, sprich übergeschnappt. Die Vampirfledermaus ist ausgestopft (das ermittle ich, indem ich ihr meine Klauen in ihren Hals schlage und dort lediglich Wolle finde), und das Wesen im Sarg, von Madame Sarah »Pocahontas« genannt (fragen sie mich nicht, warum), ist Stammgast in Morpheus' Dämmerwelt. (Noch ein bißchen Mythologie aus der Welt des Theaters.) So habe ich den Ort im Handumdrehen in der Pfote. Kurze Zeit später erscheinen Olmes und Watson. Beide haben sich piekfein herausgeputzt und tragen schicke Zylinder. Aber Olmes setzt wie gewohnt seine Leidensmiene auf, sobald er Madame Sarah trifft. Schweigend nimmt er eine gründliche Inspek-

tion der Räumlichkeiten vor. Er erbleicht beim Anblick der Vampirfledermaus und Pocahontas' Sarg; rümpft die Nase, als er sieht, wie ich mir, wohlig ausgestreckt auf einem Leopardenfell, die Pfoten lecke, und hüstelt diskret in sein seidenes Taschentuch, während er das Boudoir besichtigt. Diesmal ist er es, der einen Spazierstock dabeihat, und er hebt damit hier und da einen Vorhang hoch, als hielte der Dieb sich dahinter versteckt.

»Ich benötige die Dramatis Personae«, verkündet er schließlich, zur Schauspielerin gewandt, die schon die ganze Zeit vergeblich versucht, ihn einzuwickeln wie Otto sein Opfer. Madame Sarahs Laune sinkt.

»Unnatürlischer Mann!« Sie stampft mit ihrem pantoffelbewehrten Fuß auf, worauf Absinthe und Malice, die sich immer noch um ihre Handgelenke ringeln, böse zischen. »Isch 'abe Ihnen alles ersählt, was isch weiß. Faktän! Sie interessieren sisch nur für Faktän! Name und Ort und wer wann wo war. Und all das in diesem absurden, anstrengendähn Englisch! Bald werden Sie mein *adoré Minuit,* meine jüngste Liebe, beschuldigen, das Verbräschen begangen zu 'aben.«

»Ihr Manager arbeitet seit drei Jahren für Sie«, fährt Mr. Olmes ungerührt fort. »Ihr Page seit zwei Jahren. Was ist mit diesem Amerikaner?«

»Scharlie Olsen. Ein Angestellter von Mr. Barnum, den isch auf meiner letzten Amerikatournee kennenlernte. Er ist ... Presseagent. Wie kann isch es erklären? Ihr Engländer versteht nichts von Theater. Ihr versteht nichts von Showbusiness. Und ihr versteht nichts von Frauen. Oder Katzen. Ah! Sie müssen es fühlen, um es zu verstähen. *Femme. Chat.*«

Mr. Olmes blinzelte irritiert. Vielleicht braucht er eine Brille.

»Die Juwelen wurden also jede Nacht in Ihr Schlafzimmer gebracht? Demnach wurden sie aus diesem Zimmer entwendet. Ich muß leider indiskret sein, Madame. Ich muß nach den Motiven Ihrer ... Verehrer fragen.«

»Isch! Isch bin das Motiv meine Verehrer! Wagen Sie etwa anzudeuten, daß jemand die göttlische Sarah benutzt?«

»Jemand ... Ein Mann.« Wieder das Lächeln.

»Ja, es ist wahr. Isch liebe, wie ich spiele! Mit Passion! Ich erwarte nischt, daß Sie dieses Wort kennen. Es ist französischen Ursprungs. Das ist der Grund, weshalb Sie gut sind bei dem, was Sie tun, Mistair Olmes, und nischt bei dem, was isch tue. Manschmal denke isch ... nur manschmal, daß die Problähm auf diesem Gegensatz beruhen. Ich sehe, für Sie ist es genauso wischtig, meinen Juwelendieb zu fangen, wie für misch, Ihre Aufmerksamkeit zu erlongen. Isch wäre Ihnen dankbar, wenn Sie mir meine Juwelen surückbringen. Das ist alles. Reicht das nischt?«

Olmes lacht. »Auf der Bühne herrschen Sie unumschränkt, Madame; streben Sie nicht nach der Herrschaft über den kalten Intellekt. Erzählen Sie mir etwas über Ihre Liebhaber.«

Sie beichtet ihm ihre intimsten Geheimnisse, mit mir als einzigem Zeugen, denn Dr. Watson ist abgelenkt von ihrer Menagerie. Ihre Liebhaber sind zahlreich. Sie selbst sucht sie sich aus. Oft wird sie von ihnen im Stich gelassen und kann nur sich selbst die Schuld dafür geben. Aber sie ist frei.

Als sie fertig ist, fährt sich Mr. Olmes mit den Händen über das Gesicht.

»Ich muß schon sagen, Sie sind eine echte Herausforderung. Praktisch jeder Ihrer Freunde und Bekannten ist eines Verbrechens fähig. Sie öffnen dem Bösen Tür und Tor. Dennoch sind Sie Herrin der Lage.«

»Ah, isch glaube, wenn man Sie nur rischtig ermutigt, könnten Sie Fransose werden.«

»Ich bin Franzose. Mütterlicherseits.«

Sie nickte. »Es geschah in der Nacht. Die Juwelen waren da drüben. Am nächsten Morgen waren sie fort. Sie könnten einen Liebhaber dafür verantwortlich machen. Sie könnten misch selbst dafür verantwortlich machen. Sie könnten damit räscht 'aben. Ich 'offe, Sie finden eine Möglichkeit, es nicht zu tun. Verlange isch zuviel?«

»Allerdings.« Er verengt seine Augen. »Aber die Lösung, die Sie vorschlagen, ist zu offensichtlich. Es muß eine andere geben.«

Madame Sarah seufzt, aber ihr Busen kommt dadurch nicht besser zur Geltung, da er kaum der Rede wert ist.

»Isch sähle auf Sie, Mr. Olmes. Ist das nicht der Ausdruck?«

Er antwortet nicht.

Natürlich zählt niemand auf mich, außer ich selbst.

Ich habe einen Vorteil gegenüber meinen menschlichen Kollegen: meine vierbeinigen bzw. fußlosen Freunde.

Otto hatte nichts gesehen, da er wie üblich mit Verdauen beschäftigt war.

Absinthe und Malice befanden sich in der fraglichen Nacht in ihrer Schachtel. Die ausgestopfte Fledermaus schwieg hartnäckig. Guillotine hatte geschlafen. Fifi und Melange waren aus dem Schlafzimmer verbannt worden, da sie gebellt hatten, als Madame Sarah ... nun ja, als Madame Sarah Besuch empfing.

Zu ihren Besuchern zählten der englische Duke und ihr Manager, aber nicht der Amerikaner, Charlie Olsen.

Die Fledermaus blieb stumm.

Was das Geschöpf im Sarg namens Pocahontas angeht, so stellt sich heraus, daß sie ein Beuteltier aus der Neuen Welt ist. Was für eine Dumpfbacke! Rosa Nase, rosa Pfoten, rosa Rattenschwanz, aber größer als eine Ratte und mit rosaroten Augen.

Aber sie ist ein nachtaktives Tier. Eine etwas geschwollene Art zu sagen, daß sie an Schlaflosigkeit leidet.
»Was hast du gesehen?« frage ich.
»Nicht viel. Ich bin kurzsichtig«, antwortete Pocahontas.
»Hat jemand das Schlafzimmer betreten?«
»Sock-rah Blue«, entgegnet Pocahontas. »Es betreten so viele Menschen Madame Sarahs Schlafzimmer, daß sich auch das mutigste 'Possum am liebsten in den Bäumen verkriechen würde.«
»Was ist das, ein 'possum?« frage ich.
»*L'opossum, c'est moi!* Ich sehe alles bei Nacht.«
»Dann mußt du den Dieb gesehen haben.«
»*Non.* Kein Dieb. Ich sehe nur, wie die Menschen ein und aus gehen.«
»Aber einer muß die Juwelen gestohlen haben.«
»Was sind Juwelen?«
»Helle, glitzernde Dinge.«
Pocahontas leckt sich die rosa Lippen. Ihre kurzsichtigen Augen blinzeln im Lampenlicht. »Ich weiß nichts von Juwelen. Ich weiß nur, was für ein wunderschönes Gefühl es war, Babys zu haben. Sie hingen an meinem Schwanz und schliefen in meinem Beutel. Er hat mir meine Babys weggenommen.«
»Das ist ja furchtbar! Wer hat das getan?«
»Mein Fänger. Dann hat er mich hierhergebracht, zu all diesen seltsamen Kreaturen. Ich schlafe tagsüber und träume von meinen Babys; ich erwache nachts und trauere um meine verlorenen Babys.«
»Das ist schrecklich! Ich habe mich aus freien Stücken entschieden, bei Madame Sarah zu logieren, obwohl sie das nicht weiß. Anscheinend ist es nur gerecht, daß jemand sie bestiehlt. Aber du ... du bist ihre Gefangene. Und die anderen?«

»Die anderen akzeptieren ihre Gefangenschaft. Sie müssen nicht um ihre Babys trauern. Finden Sie meine Babys, Mister Midnight, und ich werde Ihnen ewig dankbar sein.«
Ich verlasse Pocahontas erschüttert. Ich hielt uns alle für willige Gefangene der charmanten Madame Sarah, aber jetzt sehe ich sie in einem neuen Licht.
Jetzt sehe ich ein System hinter dem scheinbaren Zirkus.

»Die Methode ist verrückt«, sagt Mr. Olmes zu Dr. Watson am nächsten Morgen, während sie in der Eingangshalle von Madame Sarahs Hotel auf das Erscheinen der Diva warten, »aber sie ist trotzdem sehr gerissen.«
»Und worin besteht diese Methode?« fragt Dr. Watson.
Mr. Olmes holt etwas aus seiner Westentasche.
»Kunsthaar?«
»Exakt.«
»Haben Sie das etwa aus Madame Sarahs Schlafzimmer? Ich protestiere!«
»Beruhigen Sie sich. Es wurde mir von einem Tier aus ihrem Zirkus ... hinterlassen. Als wir gestern ankamen, sind die Viecher doch ständig um mich herumscharwenzelt.«
»Der Dieb war ein Tier?«
»Ein Tier mit sehr geschickten ... Pfoten. Ein Tier, das trainiert wurde, um etwas zu tun, das über seinen Verstand hinausgeht.«
»Denken Sie an einen der Hunde?«
»Oh, wesentlich intelligenter als die Hunde, Watson. Ein Wesen, das ganz allein überleben kann und wesentlich geschickter ist, als man gemeinhin denkt.«
»Eine Katze? Der Panther?«
»Nein, obwohl Katzen manchmal nachtaktiv sind und der Juwelenraub bei Nacht begangen wurde.«
»Welches Tier dann? Hat die Boa Constrictor etwa das Be-

weisstück verschluckt? Sie werden hoffentlich keine Autopsie vornehmen müssen?«

»Madame Sarah, die große Tierliebhaberin, würde sich das verbitten. Zum Glück ist das auch gar nicht notwendig.«

»Spannen Sie mich nicht länger auf die Folter.«

Er hält etwas Filzartiges hoch.

»Rattenhaare?«

»Sie sind schon dicht dran. Das ist Kunsthaar, wie es im Theater für falsche Bärte benutzt wird, vermischt mit ... anderem Haar.«

»Hat Madame Sarah denn auch schon Männer gespielt?«

»Allerdings! Es gibt fast nichts, was Madame Sarah noch nicht gespielt hat. Das Haar ist in diesem Fall dunkles Haar.«

»Also der Panther?«

»Wäre möglich. Ich fand es zwischen den Klemmen, in denen die Juwelen steckten, bevor sie gestohlen wurden.«

»Die sich dank Ihres Scharfsinns nun wieder in Madame Sarahs Besitz befinden!«

»Gut kombiniert, Watson. Sie sind tatsächlich in ihrem Besitz. Allerdings haben sie den Besitzer noch gar nicht gewechselt, denn sie befinden sich noch in ihrem Versteck.«

»Wo zum Himmel haben Sie die Juwelen gefunden?«

Olmes zuckte die Achseln. »In dem Sarg.«

»Ah, ich verstehe! In einer Geheimkammer unter dem Polster!«

»Eine Art Geheimkammer, ja, allerdings *über* dem Polster. Eine lebende, atmende Geheimkammer. Das Opossum ist ein Beuteltier, Watson.«

»Das klingt nach einer Nachhilfestunde in Biologie. Aber ich habe im Unterricht aufgepaßt, mein Lieber: ein Beuteltier bekommt seine Jungen, wenn sie noch winzig klein sind, und nährt sie dann in seinem Beutel. Das Känguruh beispielsweise ...«

»Darf ich Sie darauf hinweisen, daß das Känguruh nicht das einzige Beuteltier auf der Erde ist?«

»Sie haben vollkommen recht. Zu den Beuteltieren zählt unter anderen auch das seltsame Schnabeltier. In Australien leben außerdem ...«

»Und in der Neuen Welt lebt das Opossum.«

»In Nordamerika, um genau zu sein. Das Opossum ist ein Beuteltier?«

»Es hat einen Beutel und zum Greifen geeignete Zehen. Außerdem kann es im Dunkeln sehen, und seine Intelligenz entspricht der eines Schweins, was bedeutet, daß es deutlich intelligenter ist als beispielsweise ein Hund. Vor kurzem wurden ein Opossum und seine Jungen in der Nähe von London als Kuriosität vorgeführt. Mit Sicherheit gibt es nur ein erwachsenes Opossum in London. Offenbar hat der Dieb das Opossum von seinen Jungen getrennt und es Madame Sarah als Geschenk überreicht. Als Madame Sarahs Juwelen jede Nacht aus der Eingangshalle hierhergebracht wurden, gelang es ihm, die Juwelen mit Kunsthaar zu umwickeln, vermischt mit Haaren, die das Opossum verloren hatte. Dann wartete auf die Nacht. Der Mutterinstinkt. Die Juwelen.«

»Sie sind im Beutel des Opossums! Wie haben Sie das nur erraten?«

»Durch die Haare einer Katze.«

»Die Haare einer Katze?«

»Sie müssen wissen, Watson, daß Katzen ständig haaren. Auch der Kater, der uns in der Baker Street einen kurzen Besuch abgestattet hat. Ich fand sein abscheuliches Haar sogar in meiner Uhrtasche! Erinnern sie sich, wie der Kater, nicht lange nachdem wir hier angekommen waren, zu mir herübersah, um mit meiner Uhrkette zu spielen? Bald danach schaute ich auf die Uhr – bei Madame Sarahs eitlem Geplapper wohl unschwer nachvollziehbar –, und dabei fiel ein Bal-

len schwarzer Katzenhaare aus meiner Tasche! Unwillkürlich begann ich über die Tasche und das Katzenhaar nachzudenken, und von da war es nur ein kleiner gedanklicher Sprung zum Opossum, das erst kürzlich in Madame Sarahs Menagerie gelangt war.«
»Brillant! Wieder einmal haben Sie die Überlegenheit des britischen Intellekts bewiesen.«
»Nun ja, die Überlegenheit meines eigenen Intellekts.«

Und des meinen. Mehr konnte ich schließlich nicht tun, als Mr. Olmes' Westentasche mit ein paar Härchen meines kostbaren Pelzes zu versehen, um ihn auf die richtige Fährte zu bringen.
Was Pocahontas angeht: Ihr verschlagener Meister, Charlie Olsen, wurde bald darauf bei dem Versuch festgenommen, die vermißten Kostbarkeiten aus ihrem Beutel zu fischen. Die ganze Zeit waren die Juwelen zum Greifen nah gewesen. Madame Sarah, die die erlittenen Qualen ihres Haustiers nachfühlen konnte, versieht seitdem die Taschen ihrer Kleider mit Plüschfedern und falschen Juwelen, damit Pocahontas ihre mütterlichen Instinkte ausleben kann.
Pokey, wie ich sie inzwischen nenne, durchschaut das Spiel, sammelt aber trotzdem pflichtbewußt die versteckten Objekte. Sie erklärt mir, sie tue es aus Liebe zu Madame Sarah, die sich dadurch besser fühle.
Die Trauer um den Verlust ihres Wurfs ist, wie sie mir gesteht, inzwischen vergangen, da sie jetzt das verhätschelte Singledasein bevorzugt, insbesondere das Privileg, in Madame Sarahs Sarg schlafen zu dürfen.
Was Madame Sarah betrifft: Sie schmollt noch eine Weile, weil es ihr nicht gelingt, Mr. Olmes in ihre Privatgemächer zu locken, vergißt aber schnell den einen widerspenstigen Engländähr angesichts der vielen, vielen anderen.

Und *moi?* Ich erhalte ein Halsband in Rot, Weiß und Blau, den Farben der französischen Trikolore, an dem als symbolische Tapferkeitsmedaille eine goldene Münze baumelt. Aber es liegt mir nicht, Kostüme zu tragen, und so verliert Chez Sarah schnell den Reiz für mich, und ich begebe mich wieder auf Wanderschaft.

Bald hängt mir wieder, wie den anderen Straßenkatzen, der Magen in den Kniekehlen, und ich versuche, den Straßengangs aus dem Weg zu gehen. Seitdem ich das Hundehalsband von Madame Sarah trage, sind sie besonders lästig.

Eines Tages laufe ich in zwei Damen hinein, die mir entgegenspazieren.

»Ach, das arme, verfolgte, halbverhungerte Ding!« ruft die eine emphatisch. Ein sicheres Anzeichen dafür, daß ich gleich mit Leckerbissen verwöhnt werde.

Ich bleibe stehen und streiche den Frauen schnurrend um die Röcke.

Die andere bückt sich und hebt mich auf. »Halbverhungert ist übertrieben, Nell«, bemerkt sie skeptisch mit amerikanischem Akzent, während sie meinen Bauch abtastet.

»Ach, Irene, ich hätte so gern ein süßes, kleines Kätzchen, das mir nachts im Bett die Füße wärmt.«

»Saffron Hill könnte wirklich noch einen Mäusejäger gebrauchen«, stimmt die andere zu. »Er ist seinem früheren Besitzer offenbar entlaufen. Sieh dir das merkwürdige Halsband an. Kein Wunder, daß die Straßenkinder hinter ihm her waren.«

»Ich werde ihn ›Midnight‹ nennen«, sagt Miss Nell schwärmerisch und krault mich unter dem Kinn.

»Wie originell«, bemerkt Miss Irene sarkastisch. »Wenigstens kommt uns sein goldener *Louis d'or* sehr gelegen. Unsere Ausgaben waren in letzter Zeit zu hoch.«

»Ein Goldener Louie?«

»Eine alte französische Münze, für die wir viele hübsche Pennies bekommen. Aber wo kommt dieser Bursche her, und bei wem hat er gelebt?«
»Ist das nicht egal? Midnight ... Midnight *Louis* – anscheinend ist er ja Franzose – kommt mit uns nach Hause.«
Und so lande ich in Saffron Hill. Aber das Leben als Hauskatze ist alles andere als aufregend. Madame Sarahs multikulturelles Flair hat in mir das Fernweh geweckt, und so sage ich Miss Penelope Huxleigh und Miss Irene Adler bald freundlich *adieu* und mache mich wieder auf den Weg, um größere und bessere Dinge zu erleben.
In Amerika.
Aber das ist eine andere Geschichte.

DIE KATZE, DER GERICHTSDIENER UND DAS SKELETT

Alexandre Dumas

Der Arzt, der mit Walter Scott nach Frankreich kam, hieß Doktor Sympson; er war mit den angesehensten Personen der Stadt befreundet.
Darunter befand sich auch ein Richter, dessen Namen er mir nicht genannt hat. Der Name war das einzige Geheimnis, das er in dieser ganzen Angelegenheit für sich behielt. Dieser Richter, den er gewöhnlich als Arzt behandelte, verfiel sichtlich, ohne daß seine Gesundheit gestört schien; eine finstere Schwermut hatte sich seiner bemächtigt. Seine Familie hatte wiederholt den Doktor befragt, und dieser hatte sich an die Freunde des Richters gewandt, ohne etwas aus ihnen herauszubringen als unbestimmte Antworten, die seine Befürchtung noch verstärkten.
Endlich drang Dr. Sympson eines Tages in ihn, worauf der Richter mit traurigem Lächeln seine Hände ergriff und zu ihm sagte: »Ja, ich bin krank, und meine Krankheit, lieber Doktor, ist unheilbar, da sie nur in meiner Einbildung besteht.«
»Wie? In Ihrer Einbildung?«
»Ja, ich bin im Begriff, wahnsinnig zu werden!«
»Sie und wahnsinnig! Ich bitte Sie, Sie haben einen klaren Blick, eine ruhige Stimme«, er ergriff ihn bei der Hand, »einen ausgezeichneten Puls.«
»Das ist ja gerade das Gefährliche meines Zustands, lieber Doktor: Ich sehe und beurteile es nämlich selbst.«
»Aber worin besteht denn Ihr Wahnsinn?«
»Schließen Sie die Tür, damit man uns nicht stört, Doktor, und ich will es Ihnen erzählen.«

Der Doktor verschloß die Tür und setzte sich neben seinen Freund.

»Erinnern Sie sich des letzten Strafprozesses«, fragte der Richter, »in dem ich ein Urteil zu fällen hatte?«

»Ja, über den schottischen Räuber, der von Ihnen zum Galgen verurteilt und gehenkt worden ist.«

»Ganz recht. Nun, in dem Augenblick, als ich das Urteil verkündete, sprühte eine Flamme aus seinen Augen, und er zeigte mir drohend die Faust. Ich achtete nicht darauf ... Solche Drohungen sind bei den Verurteilten häufig. Aber am Tag nach der Hinrichtung erschien der Scharfrichter bei mir; er sagte, daß er geglaubt hätte, mich von etwas unterrichten zu müssen: Der Räuber war gestorben, indem er eine Art von Beschwörung gegen mich aussprach und erklärte, daß ich am folgenden Tag um sechs Uhr, der Stunde, in der er hingerichtet worden war, Nachrichten von ihm erhalten würde.

Ich glaubte an irgendeinen Überfall durch seine Kameraden, an Rache von bewaffneter Hand, und als die sechste Stunde kam, schloß ich mich mit einem Paar Pistolen auf meinem Schreibtisch in meinem Zimmer ein.

Die Standuhr meines Kamins schlug sechs. Ich hatte den ganzen Tag an diese Mitteilung des Scharfrichters gedacht. Aber der letzte Schlag erbebte auf der Glocke, ohne daß ich etwas anderes hörte als ein gewisses Schnurren, dessen Ursache ich nicht erklären konnte. Ich wandte mich um und sah eine große schwarz und feuerrot gefleckte Katze. Wie war sie hereingekommen? Es war unmöglich, das zu erklären, denn Türen und Fenster waren verschlossen. Sie mußte während des Tages in das Zimmer eingesperrt gewesen sein.

Ich läutete meinem Diener, aber er konnte nicht eintreten, da ich von innen zugeschlossen hatte; ich ging an die Tür und machte sie auf. Nun sprach ich von der schwarz und feuerrot gefleckten Katze; aber wir suchten sie vergebens, sie war verschwunden.

Ich kümmerte mich nicht weiter darum; der Abend verfloß, die Nacht brach an, der Tag kam und verging, und dann schlug es wieder sechs Uhr. In diesem Augenblick hörte ich dasselbe Geräusch hinter mir und sah dieselbe Katze.

Diesmal sprang sie auf meinen Schoß.

Ich habe keinen Widerwillen gegen Katzen, und dennoch machte diese Vertraulichkeit einen unangenehmen Eindruck auf mich. Ich jagte sie von meinem Schoß. Aber kaum war sie auf dem Boden, als sie von neuem auf mich sprang. Ich stieß sie zurück, aber ebenso vergeblich wie das erste Mal. Nun stand ich auf und ging im Zimmer auf und ab; die Katze folgte mir Schritt für Schritt; unwillig über diese Beharrlichkeit, läutete ich wie am Tage zuvor, mein Bedienter trat ein, aber die Katze floh unter das Bett, wo wir sie vergebens suchten; denn sobald sie unter das Bett gekrochen war, war sie verschwunden.

Ich ging am Abend aus und besuchte mehrere Freunde; dann kehrte ich nach Hause zurück.

Da ich kein Licht hatte, so ging ich aus Furcht, mich zu stoßen, vorsichtig die Treppe hinauf; als ich die letzte Stufe erreichte, hörte ich meinen Bedienten, der sich mit dem Mädchen meiner Frau unterhielt.

Da mein Name fiel, hörte ich auf das, was er sagte, und nun hörte ich ihn das ganze Abenteuer von gestern und heute erzählen; nur fügte er hinzu: ›Der Herr wird wahnsinnig, denn es befand sich ebensowenig eine schwarz und feuerrot gefleckte Katze in dem Zimmer wie in meiner Hand.‹

Diese Worte erschreckten mich; entweder war die Erscheinung wirklich, oder sie war falsch; wenn die Erscheinung wirklich wäre, so befand ich mich im Bann einer übernatürlichen Sache; wenn die Erscheinung falsch war, wenn ich etwas zu sehen glaubte, das nicht bestand, wie mein Bedienter gesagt hatte, so wurde ich wahnsinnig.

Sie werden erraten, daß ich in mit Furcht gemischter Ungeduld das nächste Mal erwartete. Am folgenden Tag behielt ich unter dem Vorwand, etwas zu ordnen, meinen Bedienten bei mir; es schlug sechs Uhr, als er da war; bei dem letzten Glockenschlag hörte ich dasselbe Geräusch und sah meine Katze wieder.

Sie saß neben mir. Ich blieb einen Augenblick ruhig, ohne etwas zu sagen, denn ich hoffte, daß mein Bedienter das Tier erblicken und zuerst davon sprechen würde; aber er ging in meinem Zimmer auf und ab und sah offenbar nichts.

Ich wartete den Augenblick ab, da er in der Richtung, die er einschlagen mußte, um den Auftrag auszuführen, den ich ihm geben wollte, fast auf die Katze treten würde. ›Stellen Sie meine Glocke auf den Tisch, John‹, sagte ich.

Er stand am Kopfende meines Bettes, die Glocke stand auf dem Kamin; um von da zum Kamin zu gehen, mußte er wohl oder übel über das Tier gehen. Er kam, aber in dem Augenblick, da sein Fuß das Tier berühren mußte, sprang die Katze auf meinen Schoß.

John sah sie nicht oder schien sie wenigstens nicht zu sehen. Kalter Schweiß trat auf meine Stirn, und die Worte: ›Der Herr wird wahnsinnig‹, kamen mir wieder in furchtbare Erinnerung.

›John‹, sagte ich zu ihm, ›sehen Sie denn nichts auf meinem Schoß?‹

John blickte mich an. Dann sagte er wie ein Mensch, der einen Entschluß faßt: ›Doch, Herr, ich sehe eine Katze.‹

Ich atmete wieder auf.

Ich nahm die Katze und sagte zu ihm: ›Dann tragen Sie sie hinaus, John, ich bitte Sie.‹

Seine Hände kamen den meinen entgegen; ich legte ihm das Tier auf die Arme, worauf er auf einen Wink von mir das Zimmer verließ.
Ich war einigermaßen beruhigt; etwa zehn Minuten blickte ich noch mit einem Rest von Angst um mich; da ich aber kein lebendiges Wesen, das irgendeiner Tierart angehörte, bemerkte, wollte ich nachsehen, was John mit der Katze gemacht hatte.
Ich verließ daher mein Zimmer in der Absicht, ihn danach zu fragen. Als ich aber den Fuß auf die Schwelle der Salontür setzte, hörte ich lautes Gelächter, das aus dem Zimmer meiner Frau kam. Ich näherte mich leise auf den Fußzehen und hörte die Stimme Johns.
›Meine liebe Freundin‹, sagte er zu dem Zimmermädchen, ›der Herr wird nicht wahnsinnig – nein, er ist es schon. Wie du weißt, besteht sein Wahnsinn darin, daß er eine schwarz und rot gefleckte Katze sieht. Heute abend hat er mich gefragt, ob ich diese Katze nicht auf seinem Schoß sähe.‹
›Und was hast du geantwortet?‹ fragte das Mädchen.
›Bei Gott! Ich habe geantwortet, daß ich sei sähe‹, sagte John. ›Ich habe den armen, lieben Mann nicht ärgern wollen; und was meinst du, was er getan hat?‹
›Wie soll ich das erraten?‹
›Nun denn, er hat die vermeintliche Katze von seinem Schoß genommen, hat sie mir auf die Arme gelegt und zu mir gesagt: Trage sie fort! – Trage sie fort! – Ich habe die Katze hurtig fortgetragen, und er ist zufrieden gewesen.‹
›Aber wenn du die Katze fortgetragen hast, so war die Katze also doch vorhanden.‹
›Nicht doch, die Katze bestand nur in seiner Einbildung. Aber was hätte es geholfen, wenn ich ihm die Wahrheit gesagt hätte? Mich aus dem Hause werfen zu lassen? – Meiner Treu, nein, es geht mir hier gut, und ich bleibe. Er gibt mir

fünfundzwanzig Pfund jährlich – um eine Katze zu sehen. Gut, ich sehe sie. Er soll mir dreißig geben, und ich werde zwei Katzen sehen.‹

Ich hatte nicht den Mut, länger zuzuhören. Seufzend kehrte ich in mein Zimmer zurück.

Mein Zimmer war leer.

Am folgenden Tag fand sich meine Gesellschafterin wie gewöhnlich um sechs Uhr wieder bei mir ein und verschwand erst am frühen Morgen.

Was soll ich Ihnen sagen, mein Freund?« fuhr der Kranke fort, »einen Monat lang hatte ich dieselbe Erscheinung jeden Abend, und ich gewöhnte mich allmählich an ihre Gegenwart; am dreißigsten Tage nach der Hinrichtung schlug es sechs Uhr, ohne daß die Katze erschien.

Ich glaubte von ihr befreit zu sein, ich konnte vor Freude nicht schlafen. Den ganzen Morgen des folgenden Tages schob ich sozusagen die Zeit vor mir her; ich konnte kaum die verhängnisvolle Stunde abwarten.

Von fünf bis sechs Uhr verließen meine Augen die Standuhr nicht. Ich folgte dem Gang des großen Zeigers von Minute zu Minute. Endlich erreichte er die Zahl XII, das Knarren der Uhr ließ sich vernehmen, dann tat der Hammer den ersten, den zweiten, den dritten, den vierten, den fünften, endlich den sechsten Schlag! – Bei dem sechsten Schlag ging meine Tür auf«, sagte der unglückliche Richter, »und ich sah einen Gerichtsdiener der Kammer eintreten, der die Uniform des Lord-Lieutenants von Schottland trug.

Mein erster Gedanke war, daß der Lord-Lieutenant mir irgendein Schreiben sende, und ich streckte die Hand nach dem Unbekannten aus. Aber er schien auf meine Gebärde nicht zu achten und stellte sich einfach hinter meinen Sessel. Ich brauchte mich nicht umzuwenden, um ihn zu sehen, denn ich saß dem Spiegel gegenüber und hatte ihn also im

Blick. Ich stand auf und bewegte mich hin und her; er folgte mir in der Entfernung einiger Schritte. Ich ging an meinen Tisch und läutete.

Mein Bedienter erschien, aber er sah den Gerichtsboten ebensowenig wie vorher die Katze.

Ich schickte ihn wieder fort und blieb mit dieser seltsamen Person allein, die ich nach Herzenslust betrachten konnte.

Er trug Hofkleidung, den Haarbeutel, den Degen an der Seite, eine gestickte Weste und seinen Hut unter dem Arm.

Um zehn Uhr legte ich mich zu Bett; um offenbar die Nacht so bequem wie möglich zuzubringen, setzte er sich meinem Bett gegenüber in einen Sessel.

Ich wandte den Kopf nach der Seite der Wand; da ich aber nicht einschlafen konnte, so drehte ich mich zwei- bis dreimal wieder um, und jedesmal sah ich ihn beim Licht meiner Nachtlampe in demselben Sessel.

Auch er schlief nicht.

Endlich sah ich die ersten Strahlen des Tages durch die Läden in mein Zimmer dringen, ich wandte mich ein letztes Mal nach meinem Mann um: Er war verschwunden, der Sessel war leer.

Bis zum Abend des nächsten Tages war ich von meiner Erscheinung befreit.

Am Abend war Empfang bei dem Großvikar der Kirche, und ich rief unter dem Vorwand, meinen Festrock auszubürsten, wenige Minuten vor sechs Uhr meinen Bedienten, indem ich ihm befahl, die Riegel der Tür vorzuschieben.

Er gehorchte.

Beim letzten Schlag der sechsten Stunde heftete ich die Augen auf die Tür; die Tür ging auf, und mein Gerichtsbote trat ein.

Ich ging sofort an die Tür – sie war verschlossen; die Riegel schienen nicht verschoben zu sein. Ich wandte mich um –

der Gerichtsbote stand hinter meinem Sessel, und John ging im Zimmer hin und her, ohne ihn im geringsten zu bemerken.
Er sah ihn offenbar ebensowenig wie vorher das Tier.
Ich kleidete mich an.
Nun geschah etwas Seltsames: Voll Aufmerksamkeit auf mich, half mein neuer Hausgenosse John in allem, was er tat, ohne daß John es bemerkte. So hielt John meinen Rock beim Kragen – das Gespenst hielt die Schöße; John reichte mir die Hose beim Gürtel, das Gespenst hielt sie bei den Beinen.
Ich hatte niemals einen diensteifrigeren Bedienten.
Die Stunde des Besuchs kam.
Statt mir zu folgen, ging der Gerichtsdiener mir jedoch voraus, schlüpfte durch die Tür meines Zimmers, ging die Treppe hinab, hielt sich, den Hut unter dem Arm, hinter John, der den Schlag des Wagens aufmachte, und als John ihn geschlossen und seinen Platz hinter dem Wagen eingenommen hatte, stieg er auf den Bock des Kutschers, der nach rechts rückte, um ihm Platz zu machen.
Vor dem Haus des Großvikars hielt der Wagen; John öffnete den Schlag, aber das Gespenst stand bereits hinter ihm auf seinem Posten. Kaum war ich ausgestiegen, als das Gespenst mir vorauseilte, indem es sich durch die Bedienten zwängte, die am Portal standen, und nachsahen, ob ich ihm folgte.
Nun wollte ich mit dem Kutscher denselben Versuch anstellen, den ich mit John gemacht hatte.
›Patrick‹, fragte ich ihn, ›wer war der Mann, der neben Euch saß?‹
›Welcher Mann, Euer Gnaden?‹
›Der Mann, der auf dem Bock saß.‹
Patrick machte große Augen, indem er erstaunt um sich blickte.

›Es ist gut‹, sagte ich, ›ich habe mich geirrt.‹ Mit diesen Worten ging ich in das Haus.
Der Gerichtsbote war auf der Treppe stehengeblieben und erwartete mich. Sobald er mich kommen sah, lief er mir voraus, trat vor mir ein, wie um mich im Empfangssaal zu melden; dann, als ich eingetreten war, nahm er in dem Vorzimmer wieder den Platz ein, der sich für ihn geziemte.
Wie für John und Patrick war das Gespenst für jedermann unsichtbar.
Nun verwandelte sich meine Furcht in Entsetzen, und ich sah ein, daß ich tatsächlich wahnsinnig würde.
Von diesem Abend an bemerkte man die Veränderung, die in mir vorging. Jedermann fragte mich, welche Sorgen mich quälten.
Ich fand mein Gespenst im Vorzimmer wieder. Wie bei meiner Ankunft eilte es mir auf dem Heimweg voraus, kehrte mit mir nach Hause und hinter mir in mein Zimmer zurück und setzte sich wie die Nacht zuvor in den Sessel. Nun wollte ich mich überzeugen, ob etwas Wirkliches und besonders etwas Fühlbares an dieser Erscheinung wäre. Ich nahm meinen ganzen Mut zusammen und setzte mich rückwärtsschreitend in den Sessel. Ich fühlte nichts, aber ich sah den Gerichtsdiener im Spiegel hinter mir stehen. Wie am Abend zuvor legte ich mich ins Bett, aber erst gegen ein Uhr. Sobald ich im Bett lag, sah ich ihn wieder auf seinem Sessel.
Am folgenden Morgen verschwand er.
Die Erscheinung dauerte einen Monat.
Dann fehlte sie entgegen ihrer Gewohnheit und blieb einen Tag aus.
Diesmal glaubte ich nicht mehr an ein gänzliches Verschwinden wie das erste Mal, sondern an irgendeine schreckliche Veränderung, und statt mein Alleinsein zu genießen, erwartete ich den nächsten Tag voller Entsetzen.

Am andern Tag hörte ich beim letzten Schlag der sechsten Stunde ein leises Rauschen in den Vorhängen meines Bettes, und an der Wand erblickte ich ein Skelett.
Das Skelett stand regungslos dort und blickte mich mit seinen hohlen Augen an.
Ich stand auf, machte mehrere Gänge in meinem Zimmer – der Totenkopf folgte allen meinen Bewegungen. Die Augen verließen mich keinen Augenblick, der Körper blieb regungslos.
Diese Nacht hatte ich nicht den Mut, mich zu Bett zu legen. Ich schlief, oder ich blieb vielmehr mit geschlossenen Augen im Lehnstuhl sitzen, in dem sonst das Gespenst saß, nach dessen Gegenwart ich mich nun sogar sehnte. Mit Tagesanbruch verschwand das Skelett.
Am Abend befahl ich John, mein Bett von der Stelle zu rükken und die Vorhänge sehr gut zuzuziehen.
Beim letzten Schlag der sechsten Stunde hörte ich dasselbe Rauschen, ich sah die Vorhänge sich bewegen, dann erblickte ich zwei Knochenhände, die die Vorhänge meines Bettes zurückschlugen, dann nahm das Skelett seinen Platz ein wie die Nacht zuvor.
Doch jetzt hatte ich den Mut, mich zu Bett zu legen.
Der Kopf, der wie tags zuvor allen meinen Bewegungen gefolgt war, neigte sich nun zu mir. Die hohlen Augen, die mich wie in der vorhergehenden Nacht keinen Augenblick aus dem Blick verloren hatten, hefteten sich auf mich.«
Am folgenden Tag kam der Doktor um sieben Uhr morgens in das Zimmer seines Freundes.
»Nun«, fragte er ihn, »was macht das Skelett?«
»Es ist soeben verschwunden«, antwortete dieser mit schwacher Stimme.
»Gut, wir wollen es so einrichten, daß es heute nacht nicht wiederkommt.« – »Tun Sie es.«

»Sie sagen, daß es mit dem letzten Schlag der sechsten Stunde kommt?«
»Jedesmal.«
»Gut, fangen wir damit an, die Uhr anzuhalten«, und er hielt das Pendel an.
»Was wollen Sie tun?«
»Ich will Ihnen die Möglichkeit nehmen, die Zeit zu erkennen.«
»Gut.«
»Jetzt wollen wir die Läden schließen und die Vorhänge der Fenster zuziehen.«
»Warum das?«
»Immer zu demselben Zweck, damit Sie nicht wissen, welche Tageszeit es ist.«
»Tun Sie es.«
Die Läden wurden zugemacht, die Vorhänge zugezogen, und wir zündeten Kerzen an.
»Halten Sie ein Frühstück und ein Mittagessen bereit, John«, sagte der Doktor, »wir wollen nicht zu bestimmten Stunden bedient sein, sondern nur dann, wenn ich rufen werde.«
»Sie hören, John«, sagte der Kranke.
»Ja, Herr.«
»Dann geben Sie uns Karten, Würfel, Dominos, und lassen Sie uns allein.«
John brachte die verlangten Gegenstände und entfernte sich. Der Doktor begann damit, den Kranken nach Kräften zu zerstreuen, indem er bald plauderte, bald mit ihm spielte; dann, als er Hunger hatte, läutete er.
John brachte das Frühstück.
Nach dem Frühstück begann das Spiel wieder und wurde später durch ein neues Läuten des Doktors unterbrochen.
John brachte das Mittagessen.
Sie aßen und tranken, nahmen Kaffee und spielten weiter.

So für sich gelassen, erschien ihnen der Tag lang. Der Arzt glaubte, daß die verhängnisvolle Stunde schon vorüber sein mußte.
»Nun denn!« stand er auf. »Viktoria.«
»Wie, Viktoria?« fragte der Kranke.
»Es muß zweifellos zum mindesten acht bis neun Uhr sein, und das Skelett ist nicht gekommen.«
»Sehen Sie nach Ihrer Uhr, Doktor, und wenn die Stunde vorüber ist, so werde ich wie Sie Viktoria rufen.«
Der Doktor sah nach seiner Uhr, sagte aber nichts.
»Sie hatten sich geirrt, nicht wahr, Doktor?« sagte der Kranke, »es ist gerade sechs Uhr.«
»Ja.«
»Nun, da tritt auch das Skelett ein.«
Und der Kranke warf sich mit einem tiefen Seufzer zurück.
Der Arzt blickte nach allen Seiten.
»Wo sehen Sie es denn?« fragte er.
»An seinem gewöhnlichen Platz, hinter meinem Bett, zwischen den Vorhängen.«
Der Doktor stand auf, zog das Bett vor und nahm zwischen den Vorhängen den Platz ein, den das Skelett einnehmen sollte.
»Und jetzt«, sagte er, »sehen Sie es immer noch?«
»Ich sehe nicht mehr den untern Teil seines Körpers, da der Ihre es mir verbirgt, aber ich sehe seinen Schädel.«
»Wo?«
»Über Ihrer rechten Schulter. Es ist, als ob Sie zwei Köpfe hätten, einen lebenden und einen toten.«
So ungläubig der Arzt auch war, er schauderte doch unwillkürlich. Er wandte sich um, aber er sah nichts.
»Mein Freund«, sagte er traurig, indem er zu dem Kranken zurückkehrte, »wenn Sie noch kein Testament gemacht haben, so beeilen Sie sich.« Und er entfernte sich.

Als John neun Tage später in das Zimmer seines Herrn trat, fand er ihn tot in seinem Bett.
Es waren genau drei Monate seit der Hinrichtung des Räubers vergangen ...

KATZENJUNGE SPIELEN DETEKTIV

Jan Grape

Sie lebte in der Nachbarschaft und sah ein wenig faltig aus. Ihr dunkles Haar war mit grauen Strähnen durchsetzt. Ihr Alter war schwer zu schätzen, doch man zweifelte keine Minute daran, daß jemand sie »Großmutter« nannte. Man hätte sich nicht nach ihr umgedreht. Ihr Enkel sagte später, sie sei von Geburt an geistig zurückgeblieben, doch ich glaube, ihr Gehirn funktionierte einwandfrei, wenn auch ein wenig langsam. Delilah Miller war ihr Name, und ich wünschte, ich wäre ihr eine bessere Nachbarin gewesen.

Nach dem Mord an meinem Mann, Tommy, hatte ich unser Haus vermietet und lebte in einem Apartment. Doch in Austin schossen die Mieten konstant in die Höhe. Deshalb beschloß ich vergangenen Sommer, in mein Haus zurückzukehren. Mit der Hilfe von Freunden renovierte und dekorierte ich es neu, bis nichts mehr so war wie zuvor. Ich hatte mich in das Haus verliebt, als Tommy und ich es vor vielen Jahren gekauft hatten, und ich genoß es, wieder darin zu wohnen. Die Anwesen der Nachbarschaft mit ihren großen Bäumen, Blumen und feudalen Rasenflächen garantierten eine ruhige, freundliche Gegend. Ich fühlte mich rundum wohl.

Meine Nachbarin, die um die Ecke wohnte, sah ich fast jeden Morgen, als ich mehrere Wochen lang Walking betrieb. Manchmal hielt ich an, etwa wenn sie mir frisches Gemüse aus ihrem Garten anbot. Oft ging ich jedoch weiter, denn sie erzählte gerne von ihrem Enkel, der Manager in einem Nobelhotel war, und es war jedesmal die gleiche Geschichte. Sie vergaß offensichtlich, daß sie sie schon erzählt hatte.

Kalte Regentage waren für Zentraltexas im Herbst nicht die Regel. Zweifelsohne rührten sie von El Niño her. Sie verkürzten meine Laufstrecke und zwangen mich sogar, ganz mit dem Laufen aufzuhören. Delilah war selten zu sehen, doch ich machte mir wegen des Wetters keine Gedanken. Aber als der Regen aufhörte und das sonnige Herbstwetter einsetzte und ich sie immer noch nicht sah, wunderte ich mich. Nach drei Tagen hielt ich an, um nachzufragen.

Als ich klingelte, rief der Enkel, er kaufe nichts. Nachdem ich erklärt hatte, wer ich war und was ich wollte, lugte er hinaus, öffnete die Tür einen Spalt, hielt jedoch seinen Fuß dagegen, als wolle er mich davon abhalten, mir meinen Weg an ihm vorbeizubahnen.

»Sie besucht ihre Schwester in Oklahoma City«, sagte er. Er sah aus, als ob er in seinem ganzen Leben keine nahrhafte Mahlzeit zu sich genommen hätte. Seine Haut war käseweiß, und seine blaßblauen Augen blickten lustlos. »Sie überlegt sich sogar, dorthin zu ziehen. Sie sagt, sie möchte gern in der Nähe von jemandem in ihrem Alter wohnen.«

»Wahrscheinlich eine gute Idee«, sagte ich. »Ich habe mir nur Sorgen gemacht, sie könnte krank sein.«

»Ich weiß es zu schätzen, daß Sie fragen«, sagte er, bevor er abrupt die Haustür schloß und mich draußen stehenließ. Ich überlegte, noch einmal zu klingeln.

Vielleicht war es nur Einbildung, aber als ich die geschlossene Tür anstarrte, stellten sich mir alle Haare auf. Ich wußte, er log das Blaue vom Himmel herunter, doch ich hatte keine Ahnung, woher.

Natürlich war ich neugierig, doch das gab ihm noch lange nicht das Recht, so unhöflich zu sein. Meine Neugierde hat mir noch nie geschadet, vor allem beruflich nicht.

Früher hatte ich als radiologische Technologin gearbeitet, ein hochtrabender Name für den Beruf einer diagnostischen

Röntgentechnikerin. Meine Neugierde hatte sich auf den Körper konzentriert. Mittlerweile arbeitete ich als Privatdetektivin, und meine Neugier war eindeutig ein Plus.

Ich verließ die Veranda meiner Nachbarin und ging rasch nach Hause. Als ich eintrat, begrüßten mich Nick und Nora, als wäre ich eine Woche lang weg gewesen und nicht nur eine knappe Stunde, die ich für den Heimweg brauchte. »Hey, Leute. Habt ihr mich vermißt?« Beide miauten, daß sie gedacht hätten, ich hätte sie verlassen, und wie ich nur so grausam sein könne.

Als ich aus meinem Apartment auszog, ließ ich Sam Spade bei meiner Nachbarin, Glenda Knipstein, die ihn ursprünglich gefunden hatte. Er kannte und mochte sie, und es schien nicht fair, mit ihm umzuziehen, nachdem er fünf Jahre dort gelebt hatte. Ältere Katzen finden sich nur schwer mit Veränderungen ab. Spade war im Frühjahr Vater geworden, und ich konnte mir ein Haus ohne Katze nicht vorstellen. Kurz vor dem Umzug waren die Kleinen so weit, entwöhnt zu werden, und schließlich nahm ich zwei Katzenjungen mit, ein Männchen und ein Weibchen. Die beiden könnten sich Gesellschaft leisten, dachte ich. Ich hatte keine Vorstellung davon, daß zwei Katzen auch doppelten Ärger bedeuteten. Da ihr Vater Sam Spade hieß (ich nannte ihn kurz Spade), beschloß ich, Nick und Nora wären angemessene Namen für die Babys. Sie waren nicht reinrassig, sie sahen aus wie schokoladenfarbene Birmanen.

Die schwarzen Fellkugeln tollten vor mir durchs Schlafzimmer, wo ich meinen Jogginganzug auszog, bevor ich ins Bad ging und das heiße Wasser aufdrehte. Ich schloß die Katzen aus dem Badezimmer aus – sie leckten gerne das Wasser von meinen Beinen, wenn ich aus der Dusche trat, und ihre Sandpapierzungen kitzelten.

»glaubt sie wirklich, daß wir sie vermissen?« fragte nick, als die katzenjungen sich vor die tür setzten. nora schob eine pfote darunter und zog, in der hoffnung, die tür würde sich öffnen. nick versuchte herauszufinden, wie die tür funktionierte – irgendwie verwirrte sie ihn.

»natürlich nicht, sie redet nur so dahin. hast du dich noch nicht daran gewöhnt?«

»nun, ich weiß meine zeit besser zu nutzen.« er schlenderte zum papierkorb, stellte sich mit seinen vorderpfoten auf dessen rand und sah hinein. »hey, hier ist eines dieser knalldinger ... ah ja, sie nannte sie gummiringe. es macht spaß mit ihnen zu spielen.« er zog das band heraus und begann darauf rumzuhauen. »siehst du, ich hab' dir ja gesagt, ich bin zu beschäftigt, um mamma jenny zu vermissen.« (die menschenfrau hatte sie hergebracht, als sie neun wochen alt gewesen waren, und sie wußten, daß sie nicht ihre mutter war. doch sie hatten nicht gewußt, wie sie sie außer mamma jenny nennen sollten.)

nora dachte weiter darüber nach, wie mamma jennys gesicht aussah. »irgendwas beschäftigt sie.«

»was meinst du? ich finde, sie sieht aus wie immer.«

nora hüpfte auf das bett. »nein. sie hat diese falte zwischen ihren augen. sie sieht immer so aus, wenn sie sich um etwas sorgen macht.«

nick hüpfte auf das bett, faßte nora am nacken und begann ihr ohr zu lecken. »du bist immer so achtsam. wem macht das schon was, wenn sie sich sorgen macht? sie ist ein mensch, und ich habe bemerkt, daß die das oft tun.«

»mir macht das was aus. sie ist eine nette menschengesellschaft, und ich möchte bei ihr bleiben», sagte nora, während sie ihn wegschob. »außerdem möchte ich auch privatdetektivin werden, so wie sie und onkel louie.

wenn sie wegen eines falls besorgt ist, kann ich vielleicht helfen.«

»das ist so ziemlich die dümmste idee, die du je hattest.« nick sprang auf die frisierkommode und schaute in eine kleine samtschachtel. er fand ein paar glänzende kugeln mit drähten an einem ende und kleinen hängenden dingern am anderen. er kickte sie auf den boden.

beide fielen über den gegenstand her und fingen an, darauf herumzuschlagen und ihn durch das zimmer herumzujagen. nicks lieblingsspiel war »komm nicht näher«.

»warum ist das dumm?«

»weil du eine katze bist.«

»ich weiß, daß ich eine katze bin, bruder, und deswegen sollte ich wirklich gut darin sein. ich bin neugierig, ich bin einfallsreich, ich bin intelligent. onkel louie ist ein spitzendetektiv, und ich möchte genau wie er sein. ich habe geschichten über seine fälle gelesen.« midnight louie war ein direkter onkel väterlicherseits.

nick ließ seinen schwanz zweifelnd in ihre richtung zukken.

»wenn du denkst, katzen könnten nicht lesen, irrst du dich gewaltig«, sagte nora. »onkel louie sagt, wir lesen die worte nicht zeile für zeile, sondern nehmen die ganzen seiten auf, wenn wir auf ihnen oder unter ihnen sitzen oder daneben. ich habe es schon gelernt, und ich bin sicher, du wirst es auch bald lernen.«

»du bist verrückt«, sagte nick. er jagte nora, doch da sie doppelt so groß war wie er, war sie zu schnell für ihn. sie lief den gang hinunter in die küche, wo sie sich im schatten des eßtisches versteckte. nach einer weile gab er auf und schlenderte ins schlafzimmer zurück. er sprang auf das bett, leckte sich seine pfote und putzte sein ohr. zum teufel mit den beiden, dachte er. als seine ohren sich sauber genug anfühlten, rollte er sich zusammen und schlief. nora kehrte einige minuten später ins schlafzimmer zurück. als sie sah, daß ihr bruder schlief, setzte sie sich, um auf mamma jenny zu warten.

als mamma jenny aus der dusche kam und sich anzog, beobachtete nora sie weiter und fragte sich, warum ihre menschenmutter sich sorgen machte. vielleicht redet sie mit mir, wenn ich auf schoß komme, und ich finde heraus, was ihr problem ist, dachte sie. nora sprang auf den frisiertisch, lief auf ihm entlang und sah tief in die menschenaugen. sie wußte, daß sie und mamma jenny manchmal fast telepathisch kommunizierten.

»Hey, Kleine«, sagte Jenny. »Was hast du vor?« Sie hob den Ohrring auf, den Nick zuvor über den Boden gejagt hatte. »Nick mag glänzende Gegenstände, nicht?« Sie drehte sich um, ließ den Ohrring wieder in seine Schachtel fallen und verschloß sie. Dann sah sie sich nach Nick um. »Oh. Ich verstehe. Dein Bruder schläft, und du möchtest Gesellschaft. Komm hier hoch, und ich werde dich streicheln.«

Jenny setzte das Kätzchen auf ihren linken Vorderarm, so daß Noras Beine auf beiden Seiten ihres Arms herunterhingen. Sie ging zu ihrem dick gepolsterten Lieblingssessel im Wohnzimmer, dabei nahm sie die Morgenzeitung mit.

Einige Minuten später läutete das Telefon. Das Geräusch schreckte Nora auf, doch Jenny fuhr fort, die Katze zu streicheln, als sie den Hörer abnahm. »Hallo? Oh, hi, C. J.« Jenny hörte einen Moment lang zu.

»Die Dinge laufen etwas schleppend hier. Langweilig. Jetzt erzähl mir mal, was du für eine fantastische Zeit auf Hawaii hast.« Sie lauschte und kicherte. »Hat er nicht! Er hat ein ganzes Lied lang Hula auf der Bühne getanzt?« Diesmal lachte sie herzlich. »Das hätte ich gern gesehen.«

Jennys Partnerin, C. J., war zu einer Privatdetektivtagung auf Hawaii gefahren.

jetzt wird es langweilig, dachte nora und schlief wieder ein.

»Du brauchst dich gar nicht beeilen zurückzukommen. Hier ist nichts los. Bleib noch eine Woche, wenn du möchtest ... Quatsch, ich würde es dir nicht übelnehmen. Nein. C. J. Ich meine es ernst. Bleib, solange du möchtest. Nächstes Mal fahre ich dann, und du bleibst zu Hause und arbeitest. Ich hoffe nur, es ist irgendwo, wo es Spaß macht.«
Sie machten noch ein bißchen Small talk und sprachen ein wenig über die Geschäfte. Dann sagte Jenny: »Ich bin ein bißchen beunruhigt. Meine Nachbarin – erinnerst du dich an Mrs. Miller? In den vergangenen Tagen habe ich sie nicht gesehen, und als ich heute morgen anhielt, um nach ihr zu fragen, hat mir ihr Enkel fast den Kopf abgebissen.«

nora wachte auf und hörte zu. das also beschäftigte sie! nick und ich müssen einen weg hinaus finden und zu mrs. millers haus gehen. ich habe dort in der nähe einen großen weißgrauen kater gesehen. vielleicht weiß er was. nora hörte lange genug zu, um sicher zu sein, daß sie keine wichtigen informationen verpaßte, dann schlief sie wieder ein.

In jener Nacht schlief ich schlecht. Ich träumte ständig von Delilah Miller, es waren alles Alpträume. Am Morgen rang ich mich dazu durch, in dieser Angelegenheit etwas zu unternehmen.
Eine alte Gebirgskette, die als Balcones Fault bekannt ist, verläuft westlich von Austin. Der östliche Teil der Stadt geht

in eine sanfte Hügellandschaft über, während die westliche Seite in Canyons und Kalksteinklippen abfällt. Darüber hinaus schlängelt sich der Texas Colorado River durch die Stadt. Das Geschäftsviertel liegt größtenteils am Nordufer des Flusses. Er ist auf seiner Reise von der Berglandschaft bis zum Golf von Mexiko viele Male eingedämmt worden. Eine Kette von neun Seen, die von den Dämmen gebildet werden, macht die Highland-Lakes-Gegend als Erholungs- und Wohngebiet berühmt.

Wir sind nah genug an der Golfküste, um feucht-tropischer Luft ausgesetzt zu sein. Wenn sie auf die einfallende kalte kanadische Luft trifft, entstehen häufig heftige Nebelschwaden.

An diesem Tag ließ der Nebel einen dunstigen Dreck auf meiner Windschutzscheibe zurück und verlieh allen Lichtern eine diesige, beinahe surreale Dunstglocke. Der graue Tag paßte zu meiner Laune, als ich meinen Weg zu meiner Arbeit zurücklegte.

Unser Büro im vierten Stock des La-Grange-Gebäudes kam mir ohne C. J. immer dunkel und leer vor. Sie ist nicht nur meine Partnerin, sondern auch meine beste Freundin. Ich schob die Tür mit dem diskreten Zeichen G & G ERMITTLUNGEN auf, schloß sie und rief unseren Antwortdienst auf. Keine Nachrichten.

Im Umgang mit Computern werde ich nie gut sein. Schon im Kindergarten war ich in mechanischen Fähigkeiten ein Versager. Aber C. J. hat mir ein paar Tricks beigebracht. Wie etwa das Suchen von Adressen im Internet. Ich erinnere mich daran, daß Delilah erwähnt hatte, ihre Schwester sei unverheiratet und daß ihr Mädchenname Bayliss war. Ich fand eine Marilee Bayliss, wohnhaft in Oklahoma City, Drakestone Avenue, plus Telefonnummer.

Als ich anrief, nahm niemand ab, doch ein Anrufbeantworter bat, eine Nachricht zu hinterlassen, was ich dann auch tat. Eine Stunde später läutete das Telefon, und eine leise Altstimme fragte nach Jenny Gordon.

»Das bin ich«, sagte ich.

»Ich bin Marilee Bayliss. Meine Schwester ist nicht hier. Wie sind Sie nur auf die Idee gekommen?«

»Der junge Mann in ihrem Haus ... ihr Enkel, richtig? Er sagte mir, Mrs. Miller sei vor ein paar Tagen abgereist, um Sie zu besuchen.«

»Du meine Güte! Grady hat das gesagt? Warum erzählt der Junge solche Lügen? Er hat schon mehr gelogen als sonstwas – selbst als er noch ein kleiner Bengel war. Seit einer Woche habe ich von Delilah nichts gehört oder gesehen. Lassen Sie mich nachdenken. Dienstag abend war ich zur Chorprobe – ich singe im Chor in der Second-Baptist-Kirche –, und ich habe mit ihr gesprochen, kurz bevor ich ging. Es stimmt, ich habe mir ein wenig Sorgen gemacht, da ich sie letzten Sonntag telefonisch nicht erreichen konnte. Wir sprechen fast immer Sonntag, weil es da billiger ist.« Sie machte eine Pause, um Luft zu holen, und fuhr dann fort: »Ich weiß sowieso nicht, was Grady in ihrem Haus macht. Er sollte in diesem Nobelhotel sein, würde ich meinen. Außer er hat sich frei genommen. Doch zu behaupten, Delilah sei bei mir, ist glattweg gelogen.«

»Kennen Sie einen anderen Ort, wo Mrs. Miller hingehen würde, Miss Bayliss?«

Sie bat mich, sie Marilee zu nennen. »Du lieber Himmel, nein. Ich wüßte nicht, wo. Jetzt haben Sie mich wirklich beunruhigt. Meinen Sie, ich sollte zur Polizei gehen?«

»Lassen sie mich erst Erkundigungen einholen. Vielleicht ist sie krank und mußte in ein Krankenhaus.«

»Aber Delilah würde bestimmt anrufen. Oder das Krankenhaus. Ich bin als ihre nächste Verwandtschaft für Notfälle angeführt.« Sie holte tief Luft. »Oh, meine Güte, meine Güte. Ich habe Angst, daß ihr etwas Schlimmes zugestoßen ist. Warum hat Grady mich nicht angerufen, um Bescheid zu geben? Ich werde ihn anrufen und fragen, was los ist. Nein. Vielleicht sollte ich besser kommen und selber nach dem Rechten sehen.«

»Miss Bayliss, äh ... Marilee, bleiben Sie ruhig. Es gibt sicherlich mehrere Gründe, warum Mrs. Miller nicht da ist. Grady könnte für sie das Haus hüten. Wahrscheinlich wollte er nur eine neugierige Nachbarin loswerden.« Ich dachte das nicht wirklich, aber ich wollte Miss Bayliss nicht noch mehr beunruhigen. »Lassen Sie mich das überprüfen, Marilee. Ich werde Sie später wieder anrufen.«

»Was verlangen Sie für die Ermittlungen?«

»Keine Bezahlung. Mrs. Miller ist eine Nachbarin und Freundin. Außerdem mache ich nur ein paar Anrufe.«

Ich verbrachte den Rest des Morgens damit, Krankenhäuser der Gegend anzurufen, darunter auch die der Schlafsilovorstädte Round Rock, Georgetown, New Braunfels und San Marcos. Ich rief sogar Scott & White an, eine medizinische Einrichtung nördlich von Austin, wo viele Leute aus dem Bundesstaat hingehen. Um ganz sicherzugehen, rief ich auch das Leichenschauhaus an, um herauszufinden, ob dort eine unbekannte Person lag, auf die Delilah Millers Beschreibung zutraf. Mein letzter Anruf galt der Abteilung für vermißte Personen. Alle Antworten waren negativ. Inzwischen war mein Verdacht gewachsen, daß Delilahs Enkel seiner Großmutter etwas angetan hatte, und das war kein angenehmer Gedanke.

Mein verstorbener Mann war Polizist gewesen, bevor er gekündigt hat, um eine Privatdetektei zu eröffnen, und aus diesen Tagen hatte ich noch einige Kontakte in der Polizeizentrale. Ich überredete Linda Cooper vom Rauschgiftdezernat, mir eine Liste der Vorstrafen von Grady Miller zu beschaffen.

»Ich ruf' dich morgen früh zurück«, sagte Linda.

»Ich zahl' dir heute abend im Outback ein Steak, wenn du bis dahin einige Informationen für mich hast.«

»Ist sieben zu früh?« wollte sie wissen.

»Perfekt. Bis dann.«

Ohne C. J. wollte ich mit Sicherheit nicht in diesem einsamen Büro bleiben, bis es dunkel wurde, also ging ich kurz nach Mittag. Ich hielt unterwegs an, um Katzenfutter und einen großen Sack Katzenstreu zu kaufen.

Nick und Nora hörten die Garagentür und trafen mich an der Tür, die zur Küche führte. »Hey, Leute! Wie läuft's? Ich hab' einen großen Sack leckeres Katzenfutter für euch. Und ich hab' das beste für den Schluß aufgehoben. Ta-ta.« Ich streckte den Katzenstreusack hin. »Frisches, geruchloses Zeug für eure Kiste.«

Sie gähnten beide, reckten sich und schlenderten zu ihren Futterschüsseln.

»na, echt schnieke«, sagte nick.

»mann, bist du heute den ganzen tag schlecht gelaunt?« fragte nora. »du beschwerst dich immer als erster. merkst du nie, wenn die dinge mal prima laufen?«

»laß ich sie mich etwa nicht streicheln? schlaf ich etwa nicht jede nacht am fuß ihres bettes? okay, tut mir leid. denk dran, ich bin in meinen teenagerjahren und neige dazu, launisch und schlecht drauf zu sein.«

»das ist keine entschuldigung. du scheinst zu glauben, daß greinen und meckern clever ist oder so. glaub mir, das ist es nicht.«

»okay. ich sagte, es tut mir leid.« nick sprang davon, während er dachte, sie ist bloß eifersüchtig, weil ich mein neues spielzeug versteckt habe und sie es nicht finden kann. sonst findet sie alles, was ich verstecke, doch ich habe ein neues versteck, das sie noch nicht entdeckt hat, und das kann sie nicht leiden. er brummte ein paarmal vor sich hin, als er in das wohnzimmer lief und in den blumentopf sah. ja, da war es noch.

nora saß ruhig da und tat so, als ob sie aß, dabei sah sie ihrem bruder die ganze zeit zu. er verrät natürlich alles mit diesen geräuschen, die er von sich gibt, dachte sie. er schnüffelte am blumentopf herum und schlenderte dann lässig weg. das ist also sein neues versteck, dachte sie. gut. in ein paar minuten, wenn er die sache vergessen hat, hole ich das ding mit den schwarzen schnüren und verstecke es, wo er es nie finden wird.

nick hatte das kleine glänzende spielzeug gefunden, als sie draußen waren. mamma jenny war nicht allzu scharf darauf, daß sie draußen waren – sie hatte angst, sie könnten verlorengehen oder überfahren werden. sie waren durch die katzentür gegangen, die in die garage führte, und nora hatte einmal mehr die kiste gefunden, die das garagentor öffnete, eine alte kiste, klein und schmucklos, doch magisch.

die kiste lag auf einem regal in der nähe der garagendecke. mamma jenny dachte wahrscheinlich, daß sie nicht so hoch zu springen vermochten, doch nora hatte herausgefunden, daß sie auf die große waschkiste springen konnte, und von dort war es nur noch ein kleiner sprung bis zum obersten regal. wenn sie ihre pfote auf die richtige stelle der kiste setzte, öffnete sich die garagentür. wenn sie einen moment wartete und ihre pfote auf die gleiche stelle drückte, hörte die tür auf, sich zu bewegen, und eine öffnung blieb, gerade groß genug, damit die beiden hindurchschlüpfen konnten. sie blieb

offen, so daß sie wieder zurückkonnten. bald würde sie die tür weiter »öffnen«, da nick immer größer wurde.
nachdem mamma jenny zur arbeit gefahren war und beide katzen ein nickerchen gemacht hatten, waren sie hinausgegangen, um nach dem grau-weißen kater zu suchen, der in der nähe des eckhauses lebte.
»hi«, sagte nora, als sie ihn unter einer tomatenstaude dösend fand. »ich bin nora, und mein bruder heißt nick. wir leben da drüben.« sie zeigte mit der nase zu ihrem haus. »lebst du hier?« natürlich mußten er und nick sich erst beschnuppern, dann zischten sie ein wenig, bevor sie schließlich beschlossen, ihr altersunterschied sei groß genug, um freunde statt feinde zu sein.
»nein, ich wohne nebenan. mein name ist bing clawsby.«
»hi, bing. kennst du die lady, die hier lebt?«
»klar. mrs. miller. aber ich hab' sie seit ein paar tagen nicht mehr gesehen.« bing hatte ein nettes melodisches schnurren und eine nette stimme. »ich frag' mich, ob sie ferien macht oder so. das mann-kind, das jetzt da ist, ist fies. er verjagt mich ständig aus dem garten hier, obwohl es so ein wunderschöner ort ist für ein schläfchen. die erde ist weich und kühl. mrs. miller hat es nie was ausgemacht, wenn ich hier geschlafen habe.« er spazierte zu eine anderen pflanze und begann zu scharren. »jemand hat vor nicht allzu langer zeit in dieser erde gegraben, und es ist leicht, eine nette schlafkuhle zu graben.«
»ja, ich kann sehen, wie nett es ist«, sagte nick. er lief herum, fand einen flecken, der ihm ziemlich stechend zu riechen schien, und fing an, den dreck wegzuscharren. dabei fand er das glänzende ding mit den schwarzen schnüren.»hey, benütz meine schlafkuhle nicht als toilette!« rief bing. er bemerkte nicht, womit nick spielte.

»ach, komm schon«, sagte nick. »ich hab' bessere manieren. Wir benutzen sowieso eine streukiste im haus.«

»tut mir leid, ich denke, ich bin an kinder nicht mehr gewöhnt. Ihr seid noch jung, nicht?«

»klar!« sagte nora, während sie schaute, was nick machte. sie konnte es nicht mit gewißheit sagen, aber es sah aus, als ob er etwas im maul hätte. »wir werden erst in drei monaten ein jahr alt, hat mamma jenny neulich zu einer freundin am telefon gesagt.« sie sah, daß nick seinen schatz aufhob und sich richtung haus wandte. »ich glaube, wir gehen jetzt«, sagte sie. »wir dürfen nicht draußen sein.«

»wahrscheinlich eine gute idee«, stimmte bing zu. er war sich offensichtlich nicht allzu sicher, daß nick seine schlafstellen nicht verdorben hatte.

weil mamma jenny früher als erwartet nach hause kam, hatte nora keine gelegenheit mehr, das spielzeug aus nicks versteck zu holen.

Wie immer in Zentraltexas hatte die Sonne den Nebel verscheucht, und der Tag war recht schön geworden. Ich hatte keinen Erfolg, Mrs. Miller als Patientin oder Leiche ausfindig zu machen, was mich erleichterte. Aber was sollte ich Marilee Bayliss sagen? Sie würde herkommen wollen, und wahrscheinlich war das das beste. Vielleicht wäre Grady Miller gezwungen, ihr zu sagen, wo sich ihre Schwester aufhielt.

Nach einem späten Mittagessen und einem Kleiderwechsel beschloß ich, die Pflanzen auf die Terrasse zu stellen, damit sie ein paar Sonnenstrahlen einfangen konnten. Bald würde es zu kalt sein, und sie würden drinnen eingesperrt stehen müssen. Ich wußte, daß ich den Anruf an Marilee hinausschob, doch ich nahm mir vor, sie anzurufen, sobald ich die Pflanzen umgestellt hatte.

Doch als ich den kleinen Ficus hochhob, sah ich, halb in der Erde vergraben, einen glänzenden, goldenen Gegenstand. »Was ist das?« frage ich Nick und Nora, die so taten, als hörten sie nichts, und nicht einmal in meine Richtung blickten. »Verdammt noch mal«, murmelte ich. »Es ist ein Uhr.« Erstaunlicherweise sah diese Uhr genauso aus wie die, die Delilah Miller getragen hatte. Eine altmodische Uhr mit schwarzen Bändern aus einem elastischen material.

»verdammt noch mal«, echote nora. »sie hat deinen schatz gefunden.«
»ich hab's gesehen«, sagte nick. »was sollen wir tun?«
»tun? nichts, wir werden unsere strafe hinnehmen müssen.«
»strafe? wofür? ich hab' nichts gemacht.«

»Okay, Leute«, sagte ich. »Wo habt ihr diese Uhr her?«
Die Katzen blinzelten unschuldig mit den Augen und blickten untätig umher.
»Seht mal. Ich weiß, daß diese Uhr gestern abend noch nicht da war, weil ich geprüft hab', ob die Pflanze Wasser braucht.«
Die Katzen gähnten und streckten sich und stellten sich dumm.
»Nora, mich beunruhigt, daß die Lady, der diese Uhr gehört, vermißt wird. Und ich mache mir große Sorgen um sie.«
Ich sah mir die Uhr genauer an und bemerkte die Erdkruste um den Aufziehnoppen. »Nun, vielleicht war sie doch die ganze Nacht über im Blumentopf«, sagte ich zu Nora. »Sie muß schon dagewesen sein, als ich die Pflanze heute morgen goß, deswegen ist sie voller Erde. Ich kann mir auch nicht vorstellen, wie ihr an Mrs. Millers Uhr kommen solltet, ohne daß ihr aus dem Haus wart.«
Nora sprang auf meinen Schoß und sah mir direkt in die

Augen. Ich hätte schwören können, daß sie etwas sagen wollte, doch ich wußte nicht genau, was.
Während ich Nora streichelte, streunte Nick in die Küche zu seinem Futternapf. Ich konnte hören, wie er fraß. Seine Geräusche klangen ebenfalls so, als ob er etwas erzählen wollte.
Das Telefon läutete und schreckte beide Katzen auf. Wie der geölte Blitz liefen sie ins Schlafzimmer. »Spreche ich mit Jenny Gordon?« fragte eine vertraute Frauenstimme.
»Ja. Marilee?«
»Ja. Ich bin am Austiner Flughafen – wäre es zuviel verlangt, wenn Sie mich abholen kämen?«
Das kam nicht überraschend. Marilee war wegen ihrer Schwester ziemlich in Sorge gewesen, und daher war es nur natürlich, daß sie nach Austin gekommen war. »Natürlich nicht. Ich werde gleich dasein.«

als mamma jenny gegangen war, sagte nora: »wir müssen noch mal rüber zum haus an der ecke.«
»nora, ich bin nicht sicher, ob ich das möchte. wir haben schon ärger gekriegt, weil wir einmal da waren ...«
»nick, ich gehe, ob du mitkommst oder nicht. wenn du den angsthasen spielen willst, soll mir das recht sein. aber ich weiß, daß onkel louie nicht hier sitzen und däumchen drehen würde. er würde rausgehen und etwas unternehmen.« sie steuerte auf die katzentür zu und sprang hinauf, um auf die kleine magische kiste zu drükken.
»was können wir tun?« nick folgte ihr, wie sie es vorausgesehen hatte.
»ich hab' keine ahnung, aber wir müssen etwas überprüfen.«
als sie bei mrs. millers haus ankamen, war der freundliche mr. bing clawsby nirgends zu sehen.

»bing muß wieder nach Hause gegangen sein«, sagte nora.
»schlauer bursche. den trifft man nicht beim detektivspielen. eine menschliche beschäftigung auszuprobieren! katzen sollten ihre zeit mit sonnen, schlafen, essen, spielen verbringen ...«
nora steuerte wieder auf den garten und die tomatenstaude zu, wo nick die uhr gefunden hatte. »ich hab' dir gesagt, wenn du zu hause bleiben möchtest, mir ist es recht. du hättest nicht mitkommen müssen.«
»warum sollst du den spaß alleine haben? und außerdem muß ich dasein, um dich zu beschützen, falls du in schwierigkeiten gerätst.«
»du mich beschützen? daß ich nicht lache.« nora grub einen ohrring aus, der aus kleinen weißen perlen und drahtanhängern bestand.
»hier ist noch ein schatz.« sie hob ihn auf, um ihn nick zu zeigen.

»Was tut ihr Tiere da?« Die laute Männerstimme erschreckte die Katzenjungen.
Nora drehte sich um und flitzte an dem Mann vorbei, doch Nick war langsamer, und der Mann fing ihn. »Verflixte Katzen. Euch möchte ich in meinem Garten nicht sehen.«
Grady folgte Nora, doch sie war viel zu schnell. Sie huschte um die Ecke ihres Hauses und schlüpfte unter das Garagentor.
Grady nahm Nick und sperrte ihn in den Geräteschuppen.

nora hatte so große angst, daß sie rannte und sich unter dem bett versteckte. sie vergaß völlig, daß sie die garagentür nicht geschlossen hatte; sie merkte nicht einmal, daß sie den perlengegenstand noch in ihrem maul hielt.

als sie wieder atmen konnte, war ihr einziger gedanke, was der riese ihrem bruder antun würde. junge, junge, wir sind in großen schwierigkeiten. mamma jenny, bitte, komm nach hause!

Als ich in die Einfahrt fuhr, bemerkte ich, daß das Garagentor nicht ganz zu war. »Das ist merkwürdig.«
Marilee fragte. »Was?«
»Die Garage ist nicht geschlossen. Ich bin sicher, daß ich sie zugemacht habe, als ich ging.« Die Katzen waren solche Angsthasen, daß ich mir nie Sorgen machte, sie könnten hinauslaufen, wenn das Tor aufging. Ich benutzte die Fernbedienung, und das Tor öffnete sich langsam. »Na ja, es war nicht weit genug offen, als daß jemand hätte reingehen können.« Ich fuhr das Auto hinein, schloß das Tor und ging ins Haus.
Marilee hatte mich in mehr als einer Hinsicht überrascht, als ich sie am Flughafen traf. Sie war jünger und hübscher als Delilah und hatte Sinn für Humor. Sie war schlank, hatte dunkle Augen und Strähnen im Haar. Auf meine Frage, warum sie nie geheiratet hatte, antwortete sie: »Ich hab' gesehen, was für ein hartes Leben Delilah hatte – sie mußte Ray von vorn bis hinten bedienen. Ich wollte für niemanden die Sklavin spielen.«
»Ich kann es Ihnen nicht verdenken.«
»Nach Rays Tod mußte Delilah sich um Grady kümmern. Seine Eltern kamen bei einem Autounfall ums Leben, als er drei war.«
»Das ist traurig«, sagte ich mitfühlend. Ich hatte meine Mutter durch Krebs verloren, als ich zehn war. Meine Großmutter hatte meinem Vater geholfen, mich großzuziehen. Ich wußte, wie es war, wenn man einen Elternteil verlor und sich auf einen älteren Menschen verlassen mußte. Meine

Großmutter hat mich verwöhnt, und ich hatte das Gefühl, daß auch Delilah Grady verwöhnt hatte.
Marilee sagte mir, daß sie bei ihrer Schwester angerufen hatte, und Grady war am Apparat. »Er klang so merkwürdig und schwor, er wisse nicht, wo seine Großmutter sein könnte. Er habe sie seit letzten Donnerstag nicht mehr gesehen.«
Seltsam, dachte ich.
»Deshalb dachte ich, ich sollte nach Austin kommen.«
Auf der Fahrt zu meinem Haus hatten wir beschlossen, vorsichtig vorzugehen. Marilee würde mit zu mir kommen, statt zu Delilah zu gehen. Ich überredete sie, mein Gästezimmer wäre besser als ein Motelzimmer.
»Ich frage mich, wo die Kätzchen sind?« Ich sah mich drinnen um, ging dann hinaus in die Garage und konnte sie auch dort nicht finden.
»Sie kommen fast immer, um mich zu begrüßen«, erklärte ich. Ich holte meine Taschenlampe und ging ins Schlafzimmer. Manchmal erschreckten sie sich und versteckten sich unter dem Bett.
Tatsächlich funkelten mir ein paar grüne Katzenaugen entgegen, als ich mit der Lampe unters Bett leuchtete. »Nora, bist du das?« Das Katzenjunge machte ein kleines Geräusch – kein Miauen –, es klang seltsam. »Wo ist Nick?«
Nora verhielt sich nicht so, als ob sie daran interessiert war herauszukommen, doch ich ging auf die Rückseite des Bettes, ergriff ihr Vorderbein und zerrte daran. Sie kam heraus, und ich konnte spüren, wie sie zitterte.
»Was ist los, Kleines?« Ich sah sie behutsam an und konnte keine Verletzung entdecken. Dann bemerkte ich etwas in ihrem Maul und nahm es ihr weg.
»Ein Perlohrring. Er ist ebenfalls erdverkrustet.«
»Er gehört Delilah!« rief Marilee. »Sie trug diese Ohrringe

fast immer. Sie waren ein Geschenk ihres Mannes. Es sind keine echten Perlen, aber sie war so stolz darauf.«

»Es ist ausgeschlossen, daß er ebenfalls im Blumentopf lag. Ich frage mich, wo Nora ihn nur gefunden hat.« Ich streichelte sie, bis sie ruhig war. »Und was ist mit Nick passiert?« Ich durchsuchte das Haus, doch ich konnte ihn nicht finden.

»Ich denke, es ist an der Zeit, daß ich einen Bekannten im Austin Police Department anrufe«, erklärte ich Marilee. »Lieutenant Larry Hayes, der mit meinem verstorbenen Mann gearbeitet hat. Er ist jetzt beim Morddezernat.«

Marilee zuckte zusammen, doch sie faßte sich, so gut sie konnte. Larry war nicht im Büro, ich erreichte ihn zu Hause. Larry und mein Mann waren zehn Jahre Partner gewesen. Seit Tommys Ermordung paßt Larry gerne wie ein großer Bruder auf mich auf. Es funktioniert ganz gut, außer wenn er denkt, ich hätte den falschen Job gewählt. Heute dachte er, ich hätte den Verstand verloren.

»Ich weiß, es überschreitet deine Befugnisse, aber ich rieche es förmlich, daß etwas nicht stimmt.«

»Okay, nehmen wir mal an, ich komme mit. Wir haben keinen Grund, das Haus oder das Grundstück zu durchsuchen. Kein Richter würde mir aufgrund deines Gefühls einen Durchsuchungsbefehl geben.«

»Ich weiß, daß du recht hast. Marilee könnte doch einfach mit ihrem Koffer in der Hand an der Tür klopfen und Einlaß verlangen. Vielleicht kann sie sagen, daß Delilah wünschte, daß sie auf ihre Sachen aufpaßt, solange sie weg ist?« Ich konnte Marilee nicken sehen.

»Das könnte vielleicht funktionieren«, stimmte Larry zu.

»Abgesehen davon suche ich meine Katze. Es spricht nichts dagegen, daß ich in den hinteren Garten gehe, während Marilee an der Vordertür klopft.«

Als ich aufhing, sagte Marilee: »Ich glaube, ich habe den

Schlüssel für die Hintertür von Delilahs Haus.« Sie kramte in ihrer Tasche und zog den Schlüssel hervor. »Wir haben vor Jahren die Schlüssel getauscht für den Fall, daß man sich aussperrt.«

»Okay, dann gehen wir einfach rüber, und Sie können Einlaß verlangen. Wenn er sich weigert, benutzen Sie Ihren Schlüssel.«

Marilee ging in mein Gästezimmer, um ihren Koffer zu holen.

Ich setzte mich hin, während ich weiterhin Nora hielt und ihr sanft zusprach, sie streichelte und ihr versicherte, alles sei in Ordnung und wir würden Nick finden. »Okay, Süße. Vielleicht kannst du mir helfen. Da du meine Sprache nicht sprechen kannst und ich nicht deine, kannst du mir ja vielleicht zeigen, was passiert ist.«

Nora sah tief in meine Augen, bevor sie von meinem Arm sprang und auf die Garage zuging. Sie sprang auf die Waschmaschine und dann auf das oberste Regal. Einen Moment später öffnete sich das Garagentor – aber nur ein klein wenig.

»Wie hast du ...?« Ich langte nach oben und fand die zweite Fernbedienung. »Oh, ich verstehe. Das erklärt einiges. Ihr seid wahrscheinlich beide rausgegangen, und dann müßt ihr zu Delilah Millers Haus gegangen sein, richtig?«

Ich ließ das Kätzchen wieder runter. Sie sah sich um, als ob sie sagen wollte »folge mir«, und flitzte die Straße hinunter, bis sie das Eckhaus erreichte, wo sie sich in den Hintergarten schlich.

Marilee folgte mir, und wir folgten Nora.

Grady Miller war im Hintergarten und grub ein Loch.

»Verflixte Katzen«, murmelte er. »Ich werde es euch heimzahlen. Ich werde sie hinbringen, wo ihr sie nie finden werdet. Warum könnt ihr sie nicht einfach in Ruhe lassen? All das Gescharre hier – ihr grabt sie aus. Verflixte Schlaubergerkatzen.«

»Grady?« fragte Marilee. »Was, zum Teufel, machst du da?«

»Tante Mari, wußtest du, daß Großmutter hier draußen beerdigt liegt? Ich verstehe nicht, warum diese schwarzen Katzen ihr Grab nicht in Ruhe lassen. Sie lag doch gut hier draußen im Garten.«

Sein merkwürdiger Blick sagte uns mehr, als wir wahrhaben wollten. Grady Miller war durchgedreht, und sein Gehirn funktionierte nicht mehr.

Marilee stand wie angewurzelt da. Sie weinte. Die nächsten paar Stunden würden zur Tortur werden.

Larry kam gerade rechtzeitig, um zu sehen, wie Grady Marilee die Schaufel reichte, die er benutzt hatte. Larry führte den passiven jungen Mann zu seinem Wagen und half ihm auf den hinteren Sitz.

Ich sah es nicht mehr, weil ich Nora an der Schuppentür bemerkte. Nick war nicht zu hören, doch ich war sicher, daß er dort drin war. Wahrscheinlich hatte Grady mein Katzenjunges mit dieser Schaufel erschlagen. Wenn ja, dann wußte ich nicht, was ich ihm antun würde – wahnsinnig oder nicht.

Die Tür war abgesperrt, doch auf Larrys Bitte gab Grady ihm den Schlüssel.

Ich hatte solche Angst, daß meine Hände zitterten und ich Mühe hatte, die Tür zu öffnen. Schließlich bekam ich die Tür auf und erblickte Nick, der auf der Seite lag. Seine Augen waren verschlossen. Nora war mit mir hineingelaufen. Sie leckte Nick das Gesicht. Einen Augenblick später hatte er seine Augen geöffnet und miaute mitleiderregend.

»hast lang genug gebraucht, um herzufinden«, sagte nick zu nora, als er aufstand. er war noch ein wenig wacklig auf den beinen, begriff aber nicht, weshalb.

»es ist nicht einfach, menschen dazu zu kriegen zu tun, was man will«, sagte sie ihm, als mamma jenny ihn hochhob. »und ich brauchte ihre hilfe. ich hätte ewig gebraucht, um herauszufinden, wie ich in diesen schuppen komme.«

Marilee weinte, doch ich überredete sie, Nora zu nehmen, während ich Nick nach Hause trug.
Larry rief den Arzt an, dann brachte er Grady ins Seton Hospital. Nick hatte eine Beule am Kopf. Als ich meinen Tierarzt anrief, sagte der, der Kater hätte wahrscheinlich eine Gehirnerschütterung. »Wenn er keine Schnitt- oder Schürfwunden hat, beobachten Sie ihn einfach ein paar Stunden. Wenn er sich auffällig verhält, bringen Sie ihn in die Praxis.«
Larry rief später an und informierte mich über das, was er zu diesem Zeitpunkt wußte. Ich tat mein Bestes, um Marilee alles zu erklären. »Natürlich gehen die Ermittlungen noch weiter, doch Grady hat gestanden, Delilah mit Pilzen vergiftet zu haben. Er wurde böse, weil sie ihm nicht das Geld gab, um ein eigenes Restaurant zu eröffnen. Er sagte, er wollte nur, was ihm vom Erbe zustand.«
Er war ein so merkwürdiger kleiner Junge, ich bin gar nicht mal überrascht«, sagte Marilee. »Nachdem seine Eltern beim Autounfall umkamen und meine Schwester die Verantwortung für ihn übernahm, verhielt er sich immer merkwürdiger.«
»Ich denke mal, daß er einfach ausgerastet ist, als Delilah ihm das Geld nicht geben wollte.«
»Es war gar kein Geld da. Delilah hatte jeden Cent für Grady ausgegeben.«
»War denn kein Geld von seinen Eltern übrig?«
»Nein. Sie hatten keine Lebensversicherung und waren noch dazu schwer verschuldet. Als Ray starb, verwendete

Delilah das bißchen Versicherungsgeld, das ihr blieb, um Gradys Ausbildung zu finanzieren.«

»Das ist wirklich traurig. Er hat sie völlig umsonst umgebracht.«

»Ich frage mich, ob er wahnsinnig wurde und sie umbrachte oder ob er sie umbrachte, weil er wahnsinnig war?«

»Ich denke, das werden wir nie herausfinden.« Ich sah mich nach meinen Katzen um. »Ich bin nur froh, daß es den beiden hier gutgeht. Aber ich werde dafür sorgen, daß sie nicht wieder rausgehen. Es ist zu gefährlich da draußen.«

später am abend hatten sich nick und nora neben mamma jenny auf dem sofa zusammengerollt. »haben wir das gut gemacht, schwester?« fragte nick.

»prima haben wir das gemacht. aber wir werden mit onkel louie sprechen müssen. seine tricks lernen, wie man schlösser knackt und wie er seinen menschen überredet, ihn draußen rumstreunen zu lassen.« nora leckte das gesicht ihres bruders noch einmal. »hmm«, sagte sie. »ich frage mich, ob es eine juniordetektivauszeichnung oder so gibt, die wir kriegen können?«

Ich sah meine Katzen an. »Ihr habt so tolle Arbeit geleistet. Ich werde euch offiziell zu Katzendetektiven erklären und auf die Gehaltsliste setzen. Ich frage mich, wieviel Shrimps und Fisch ich euch jede Woche zahlen soll?«

»was sind shrimps und fisch?« fragte nora.

»wer weiß?« antwortete nick, »aber ich bin ziemlich sicher, daß du es bald herausfinden wirst.«

MINGS FETTESTE BEUTE

Patricia Highsmith

Ming lag gemütlich am Fuß der Koje seiner Herrin, als der Mann ihn am Nacken ergriff, draußen absetzte und die Kabinentür schloß. Vor Schreck und kurzfristigem Zorn weiteten sich Mings blaue Augen, schlossen sich aber angesichts des gleißenden Sonnenlichts wieder zu Schlitzen. Er war nicht zum ersten Mal unsanft aus der Kabine hinausbefördert worden, und er wußte, daß der Mann es dann tat, wenn Mings Herrin Elaine gerade nicht hersah.
Auf dem Segelboot gab es jetzt keinen Schutz vor der Sonne, doch noch war es Ming nicht zu warm. Gewandt sprang er auf das Kabinendach und betrat die Taurolle gleich hinter dem Mast. Diese Taurolle paßte Ming gut als Sofa, weil er von dort oben alles im Blick hatte, vor starken Winden geschützt war und seine Unterlage in der Mitte der Yacht obendrein das Schwanken und die plötzlichen Kurswechsel der *White Lark* dämpfte. Doch jetzt war das Segel eingeholt worden, weil Elaine und der Mann ihren Lunch gehabt hatten und wie oft nach dem Lunch eine Siesta hielten, und während dieser Zeit wollte der Mann ihn nicht in der Kabine haben, das wußte Ming. Gegen die Lunchzeit hatte Ming nichts. Er selbst hatte soeben köstlichen gegrillten Fisch und ein bißchen Hummer gespeist. Jetzt lag Ming entspannt in die Taurolle geschmiegt, riß gähnend das Schnäuzchen auf und blickte dann aus seinen gegen die grelle Sonne beinahe ganz geschlossenen Augenschlitzen zu den hellbraunen Bergen und den weißen und rosafarbenen Häusern und Hotels, die die Bucht von Acapulco umschlossen. Zwischen der *White Lark* und dem Strand, wo Badende unhörbar planschten, blinkte die Sonne

auf der Wasseroberfläche wie Tausende winziger elektrischer Lichter, die an- und ausgingen. Ein Wasserskifahrer flitzte vorbei, eine weiße Gischtspur hinter sich herziehend. Welcher Aufwand! Ming döste fast und spürte, wie die Hitze der Sonne sich in sein Fell grub. Er stammte aus New York und betrachtete Acapulco als gewaltigen Fortschritt gegenüber der Umgebung in seinen ersten Lebenswochen. Er erinnerte sich an eine lichtarme Kiste, mit Stroh ausgelegt, und drei oder vier weitere junge Kätzchen und ein Fenster, hinter dem riesige Gestalten für einen Augenblick stehenblieben, klopften, um seine Aufmerksamkeit zu erregen, und weitergingen. An seine Mutter erinnerte er sich überhaupt nicht. Eines Tages kam eine junge Frau, die nach etwas Angenehmem roch, herein und nahm ihn mit – weg von dem scheußlichen, erschreckenden Geruch nach Hunden, Medikamenten und Papageienkot. Dann fuhren sie mit etwas, das, wie Ming inzwischen wußte, ein Flugzeug war. Inzwischen war er an Flugzeuge gewöhnt und konnte sie gut leiden. Im Flugzeug saß und schlief er auf Elaines Schoß, und wenn er Hunger hatte, gab es immer etwas zu naschen.

Elaine verbrachte jeden Tag viel Zeit in einem Laden in Acapulco, wo an allen Wänden Kleider und Hosen und Badeanzüge hingen. Dort roch es sauber und frisch, vor dem Laden waren Blumen in Töpfen und Blumenkästen, und der Boden bestand aus kühlen blauen und weißen Fliesen. Ming konnte nach Belieben in den Hof hinter dem Laden spazieren oder in seinem Körbchen in einer Ecke schlafen. Vor dem Laden war mehr Sonne, aber freche Jungen hatten es oft auf Ming abgesehen, wenn er vor dem Laden saß, und deshalb konnte er sich dort nicht ausruhen.

Am liebsten lag Ming zusammen mit seiner Herrin auf einem der Liegestühle auf ihrer Terrasse zu Hause. Weniger lieb waren ihm die Menschen, die sie manchmal einlud, die über Nacht blieben, zu Dutzenden bis tief in die Nacht aufblieben und aßen und tranken und Grammophon oder Klavier spielten – die ihn von Elaine trennten. Menschen, die ihm auf die Pfoten traten, die ihn manchmal von hinten hochhoben, bevor er sich wehren konnte, so daß er sich sträuben und winden mußte, um sich zu befreien, die ihn ungeschickt streichelten, die irgendwelche Türen schlossen und ihn dabei einsperrten. *Menschen!* Ming verabscheute Menschen. Auf der ganzen Welt konnte er nur Elaine leiden. Elaine liebte ihn und verstand ihn.

Vor allem diesen Mann namens Teddie verabscheute Ming in letzter Zeit. Teddie war seit neuestem dauernd anwesend. Ming gefiel es nicht, wie Teddie ihn beäugte, wenn Elaine nicht zusah. Und manchmal murmelte Teddie, wenn Elaine nicht zuhörte, Worte, die, wie Ming wußte, eine Drohung waren. Oder ein Befehl, den Raum zu verlassen. Ming nahm das gelassen. Es galt, die Würde zu wahren. Und war seine Herrin etwa nicht auf seiner Seite? Der Eindringling war der Mann. Wenn Elaine zusah, tat der Mann manchmal, als möge er Ming, doch Ming ging ihm stets graziös, aber unmißverständlich aus dem Weg.

Mings Nickerchen wurde vom Geräusch der sich öffnenden Kabinentür unterbrochen. Er hörte Elaine und den Mann lachen und sprechen. Die große orangerote Sonne näherte sich dem Horizont.

»Ming!« Elaine trat zu ihm. »Herzchen, was machst du in dieser Hitze? Ich dachte, du wärst drinnen!«

»Das dachte ich auch!« sagte Teddie.

Ming schnurrte, wie immer beim Aufwachen. Elaine hob ihn sanft hoch, schmiegte ihn in ihre Arme und trug ihn hinunter in den mit einemmal kühlen Schatten der Kabine. Sie sprach zu dem Mann, in nicht gerade freundlichem Ton. Sie setzte Ming vor seiner Wasserschüssel ab; obwohl er nicht

durstig war, trank er ihr zuliebe ein bißchen. Von der Hitze war ihm schwindelig, und er taumelte leicht.
Elaine nahm ein nasses Handtuch und wischte Ming das Gesicht, die Ohren und die Pfoten ab. Dann legte sie ihn behutsam auf die Koje, die nach ihrem Parfum roch, aber auch nach dem Mann, den Ming verabscheute.
Jetzt stritten seine Herrin und der Mann, das hörte Ming an ihrem Tonfall. Elaine blieb bei Ming auf der Kante der Koje sitzen. Und endlich hörte Ming das Platschen, das bedeutete, daß Teddie ins Wasser gesprungen war. Ming hoffte, daß er dort blieb, hoffte, daß er ertrank, hoffte, daß er wegblieb. Elaine machte in dem Aluminiumspülbecken ein Handtuch naß, wrang es aus, breitete es auf die Koje und setzte Ming darauf. Sie holte Wasser, und Ming, der jetzt durstig war, trank. Während er einschlief, spülte sie das Geschirr und räumte es weg. Es waren gemütliche Geräusche, die Ming gern hörte.
Doch schon bald ertönte ein neues Platschen und das Tappen von Teddies nassen Füßen auf Deck, und Ming wurde wieder wach.
Das Streiten hob wieder an. Elaine ging die paar Stufen zum Deck hinauf. Angespannt, das Kinn jedoch weiterhin auf dem feuchten Handtuch, behielt Ming die Kabinentür im Blick. Er hörte Teddies Schritte herunterkommen. Ming hob leicht den Kopf; er wußte, daß es keinen zweiten Ausgang gab, daß er in der Kabine gefangen war. Der Mann blieb stehen, ein Handtuch in Händen, und starrte Ming an.
Ming entspannte sich, als wollte er gähnen, und dabei schielte er ein wenig, und dann glitt ihm die Zunge ein Stück aus dem Mund. Der Mann wollte etwas sagen, sah aus, als wollte er das zusammengerollte Handtuch nach Ming werfen, doch dann zögerte er, behielt für sich, was er hatte sagen wollen, warf das Handtuch in das Spülbecken und beugte sich dar-

über, um sich das Gesicht zu waschen. Ming hatte Teddie nicht zum ersten Mal die Zunge herausgestreckt. Die meisten lachten, wenn er das tat, bei Partys beispielsweise, und Ming fand das recht amüsant. Aber er spürte, daß Teddie es als Akt der Aggression auffaßte, und deshalb streckte er Teddie absichtlich die Zunge heraus, während es ihm bei anderen Leuten eher versehentlich passierte.

Der Streit nahm kein Ende. Elaine machte Kaffee. Ming fühlte sich allmählich besser und ging wieder aufs Deck hinaus, denn die Sonne war inzwischen untergegangen. Elaine hatte den Motor angeworfen; sie glitten langsam dem Strand entgegen. Ming fing Vogelgesang auf, sonderbare Rufe wie schrille Sätze, geäußert von Vögeln, die erst bei Sonnenuntergang die Stimme erhoben. Ming freute sich auf das Adobeziegelhaus auf den Klippen, das sein und seiner Herrin Zuhause war. Er wußte, daß sie ihn nicht zu Hause ließ (wo es für ihn bequemer gewesen wäre), wenn sie mit dem Boot hinausfuhr, weil sie befürchtete, man könnte ihn einfangen oder sogar umbringen. Ming verstand das. Man hatte ihn fast vor Elaines Augen zu stehlen versucht. Einmal war er in einem Wäschesack weggeschafft worden, und obwohl er sich aus Leibeskräften gewehrt hatte, bezweifelte er, daß er sich hätte befreien können, wenn Elaine nicht dem Jungen eine heruntergehauen und ihm den Sack entrissen hätte.

Ming hatte vorgehabt, wieder auf das Kabinendach zu springen, doch nach einem Blick hinauf beschloß er, seine Kräfte zu schonen, und kauerte sich mit eingezogenen Pfoten auf das warme, leise schaukelnde Deck und schaute dem näher kommenden Strand entgegen. Jetzt konnte er Gitarrenmusik vom Strand herwehen hören. Die Stimmen seiner Herrin und des Mannes verstummten. Einen Augenblick lang war das lauteste Geräusch das *Tschak-tschak-tschak* des Schiffsmotors. Dann hörte Ming die nackten Füße des Mannes die Stufen vor der Kabine heraufkommen. Ming drehte nicht den Kopf zu ihm um, doch seine Ohren zuckten unwillkürlich zurück. Er schaute auf das Wasser, das vor und unter ihm in Entfernung eines kurzen Sprungs lag. Merkwürdigerweise war von dem Mann hinter ihm kein Laut zu vernehmen. Die Haare in Mings Nacken sträubten sich, und Ming warf einen Blick über die rechte Schulter.

Im gleichen Augenblick beugte der Mann sich vor und stürzte sich mit ausgebreiteten Armen auf Ming.

Ming war sofort auf den Beinen und sprang auf den Mann zu, in die einzige sichere Richtung auf dem Deck ohne Geländer, aber der Mann holte mit dem linken Arm aus und traf Ming vor die Brust. Ming wurde zurückgeschleudert, seine Krallen scharrten über Deck, und mit den Hinterbeinen rutschte er über Bord. Mit den Vorderpfoten klammerte er sich an das glatte Holz, das ihm wenig Halt bot, während seine Hinterpfoten sich abmühten, ihn auf Deck zurückzubugsieren, sich auf der Seite des Bootes abmühten, die in einem für Ming ungünstigen Winkel geneigt war.

Der Mann trat vor, um Mings Pfoten mit dem Fuß wegzustoßen, doch in diesem Augenblick kam Elaine die Treppe herauf.

»Was ist los? *Ming!*«

Nach und nach manövrierten Mings kräftige Hinterbeine ihn zurück auf Deck. Der Mann war niedergekniet, als wollte er helfen. Elaine hatte sich ebenfalls auf die Knie geworfen und hielt Ming jetzt am Nacken gepackt.

Ming entspannte sich, auf Deck gekauert. Sein Schwanz war naß.

»Er ist über Bord gefallen!« sagte Teddie. »Ungelogen, das macht der Sonnenstich. Er hat das Gleichgewicht verloren und ist runtergefallen, als das Boot einen Hopser gemacht hat.«

»Das kommt von der Sonne. Armer Ming!« Elaine hielt die Katze an die Brust gedrückt und trug sie behutsam in die Kabine. »Teddie, kannst du bitte das Steuer übernehmen?«
Der Mann kam in die Kabine herunter. Elaine hatte Ming auf die Koje gesetzt und sprach leise zu ihm. Mings Herz klopfte noch heftig. Er war auf der Hut vor dem Mann am Steuer, obwohl Elaine bei ihm war. Ming war sich dessen gewahr, daß sie in die kleine Bucht eingefahren waren, die sie immer ansteuerten, bevor sie von Bord gingen.
Hier befanden sich Teddies Freunde und Verbündete, die Ming aus diesem Grund verabscheute, obwohl es lediglich mexikanische Jungen waren. Zwei, drei Jungen in Shorts riefen: »Señor Teddie!«, und streckten die Hand aus, um Elaine zum Dock hochzuhelfen, ergriffen das Tau vorne am Boot und boten an, »Ming! Ming!« zu tragen. Ming sprang aus eigener Kraft auf das Dock und wartete geduckt auf Elaine, bereit wegzuspringen, sobald eine andere als ihre Hand ihn berühren sollte – und es waren viele braune Hände da, die nach ihm griffen, so daß Ming nicht zur Ruhe kam. Gelächter, Ausrufe, das Getrappel nackter Füße auf Holzplanken. Doch gleichzeitig Elaines beruhigende Stimme, die sie wegscheuchte. Ming wußte, daß Elaine damit beschäftigt war, die Plastiktaschen einzusammeln und die Kabinentür abzuschließen. Mit Hilfe eines der mexikanischen Jungen spannte Teddie jetzt die Segeltuchplane über die Kabine. Elaines sandalenbekleidete Füße tauchten neben Ming auf. Ming folgte ihr. Ein Junge nahm Elaine die Sachen ab, die sie trug, und sie hob Ming auf.
Sie stiegen in den großen Wagen ohne Dach, der Teddie gehörte, und fuhren die gewundene Straße zu Elaines und Mings Haus hinauf. Einer der Jungen saß am Steuer. Der Ton, in dem Elaine und Teddie sich unterhielten, war jetzt ruhiger und friedlicher. Der Mann lachte. Ming saß ange-

spannt auf dem Schoß seiner Herrin. Daran, wie sie ihn streichelte und seinen Nacken kraulte, konnte er spüren, daß sie um ihn besorgt war. Der Mann streckte die Hand aus, um Mings Rücken zu berühren, und Ming ließ ein leises, unruhiges Knurren hören, zuerst tief, dann hoch, dann wieder tief.

»Na, na«, sagte der Mann mit gespielter Heiterkeit und zog die Hand zurück.

Elaines Stimme verstummte mitten im Satz. Ming war müde und wünschte sich nichts sehnlicher, als auf dem großen Bett zu Hause ein Nickerchen zu halten. Auf dem Bett lag eine dünne Wolldecke mit roten und weißen Streifen.

Kaum hatte Ming den Gedanken zu Ende gedacht, befand er sich schon in der kühlen, wohlriechenden Atmosphäre seines Zuhauses und wurde behutsam auf das Bett mit der weichen wollenen Decke gesetzt. Seine Herrin küßte ihn auf die Wange und sagte etwas, worin das Wort »hungrig« vorkam. Ming hatte verstanden. Er sollte ihr Bescheid sagen, wenn er hungrig war.

Ming döste und erwachte erst, als er in einigen Metern Entfernung auf der Terrasse hinter den offenen Glastüren Stimmen hörte. Inzwischen war es dunkel. Ming konnte ein Ende des Tischs sehen, und an der Art des Lichts erkannte er, daß Kerzen auf dem Tisch standen. Concha, das Hausmädchen, das im Haus wohnte, räumte den Tisch ab. Ming hörte ihre Stimme und dann die Stimmen Elaines und des Mannes. Er roch Zigarrenrauch. Er sprang auf den Boden und blieb einen Augenblick sitzen, den Blick durch die Tür zur Terrasse gerichtet. Er gähnte, machte einen Buckel, streckte sich und lockerte seine Muskeln, indem er die Krallen in den dicken Sisalteppich grub. Dann schlüpfte er zur Rechten auf die Terrasse und glitt lautlos die breiten Steinstufen in den Garten hinunter. Der Garten war wie ein Dschungel oder ein Wald.

Avocado- und Mangobäume reichten bis zur Terrasse empor, an der Mauer wuchsen Bougainvilleen, in den Bäumen Orchideen, und es gab Magnolien und einige Kamelienbüsche, die Elaine gepflanzt hatte. Ming hörte Vögel zwitschern und sich in ihren Nestern regen. Manchmal erkletterte er Bäume, um an die Nester zu gelangen, doch danach stand ihm heute abend nicht der Sinn, obwohl er nicht mehr müde war. Die Stimmen seiner Herrin und des Mannes verstörten ihn. Heute abend war seine Herrin auf den Mann nicht gut zu sprechen, soviel war ihm klar.

Concha war wahrscheinlich noch in der Küche; Ming beschloß, sie aufzusuchen und um etwas zu essen zu bitten. Concha konnte ihn gut leiden. Ein Hausmädchen, das ihn nicht leiden konnte, war von Elaine entlassen worden. Ming dachte sich, daß gegrilltes Schweinefleisch mit Barbecuesauce nicht übel wäre. Das hatten seine Herrin und der Mann vorhin gegessen. Eine frische Brise blies vom offenen Meer herein und zauste sacht Mings Fell. Ming hatte sich vollständig von dem schrecklichen Erlebnis erholt, bei dem er beinahe ins Meer gestürzt wäre.

Jetzt war die Terrasse menschenleer. Ming ging nach links, in das Schlafzimmer zurück, und spürte sofort die Gegenwart des Mannes, obwohl es dunkel war und Ming ihn nicht sehen konnte. Der Mann stand neben dem Toilettentisch und öffnete eine Schatulle. Wieder ließ Ming unwillkürlich ein leises Knurren hören, das stieg und fiel, und verharrte in der Körperhaltung, in der er auf den Mann aufmerksam geworden war, die rechte Vorderpfote für den nächsten Schritt ausgestreckt. Jetzt hatte er die Ohren zurückgelegt, bereit, in jede Richtung loszuspringen, obwohl der Mann ihn noch nicht gesehen hatte.

»Psst! Blödes Vieh!« flüsterte der Mann und stampfte leise auf, um die Katze zu verscheuchen.

Ming regte sich nicht. Er hörte das leise Klirren der weißen Halskette, die seiner Herrin gehörte. Der Mann steckte sie in die Tasche und bewegte sich dann nach rechts, zu der Tür hinaus, die in das große Wohnzimmer führte. Jetzt hörte Ming das Klirren von Flasche und Glas, hörte, wie eine Flüssigkeit eingeschenkt wurde. Ming ging durch dieselbe Tür und wandte sich dann nach links der Küche zu.
Dort miaute er und wurde von Elaine und Concha begrüßt. Concha hatte in ihrem Radio Musik laufen.
»Fisch? – Schwein. Er mag Schwein«, sagte Elaine mit den eigenartigen Worten, die sich Concha gegenüber verwendete.
Ohne große Schwierigkeiten gelang es Ming, seine Vorliebe für Schweinefleisch auszudrücken, und er bekam das Gewünschte, über das er sich mit Heißhunger hermachte. Concha rief: »Ahiii!«, während seine Herrin ihr ausgiebig etwas berichtete. Dann bückte Concha sich, um ihn zu streicheln, und Ming ließ es sich gefallen, den Blick auf seine Schüssel gerichtet, bis Concha ihn in Ruhe ließ und er seine Mahlzeit beenden konnte. Dann verließ Elaine die Küche. Concha gab ihm ein wenig von der Kondensmilch, die er liebte, in seine geleerte Schüssel, und Ming leckte sie auf. Dann rieb er sich zum Dank an Conchas nacktem Bein und verließ die Küche, betrat vorsichtig das Wohnzimmer auf dem Weg zum Schlafzimmer. Doch Elaine und der Mann waren jetzt draußen auf der Terrasse. Ming hatte das Schlafzimmer gerade betreten, als er Elaine rufen hörte: »Ming! Wo bist du?«
Ming ging zur Terrassentür, blieb stehen und setzte sich auf die Türschwelle.
Elaine saß seitlich am Ende des Tischs; das Kerzenlicht fiel hell auf ihr langes blondes Haar und ihre weiße Hose. Sie klopfte sich auf den Schenkel, und Ming sprang ihr auf den Schoß.

Der Mann sagte leise etwas, was nicht nett klang. Elaine erwiderte etwas im gleichen Ton.
Aber sie lachte dabei.
Dann klingelte das Telefon.
Elaine setzte Ming ab und ging ins Wohnzimmer.
Der Mann trank sein Glas aus, murmelte etwas, an Ming gerichtet, und stellte sein Glas auf dem Tisch ab. Er stand auf und versuchte, um Ming herumzugehen oder an den Rand der Terrasse zu treten, wie Ming auffiel – und Ming fiel außerdem auf, daß der Mann betrunken war und sich deshalb langsam und ein wenig linkisch bewegte. Der Terrasse entlang verlief ein etwa hüfthohes Geländer, an drei Stellen von Gitterwerk unterbrochen, dessen Stäbe genug Zwischenraum boten, daß Ming hindurchschlüpfen konnte, obwohl er das nie tat, sondern lediglich ab und zu hindurchblickte. Ming zweifelte nicht daran, daß der Mann ihn durch eines der Gitter jagen oder ihn packen und über die Terrassenbrüstung werfen wollte. Nichts leichter für Ming, als ihm zu entwischen. Dann ergriff der Mann einen Stuhl und warf ihn und traf Ming an der Hüfte. Ein kurzer, heftiger Schmerz. Ming nahm den nächsten Fluchtweg über die Treppenstufen, die in den Garten führten.
Der Mann kam hinter ihm die Treppe herunter. Ohne zu überlegen, flitzte Ming die Stufen wieder hinauf und hielt sich eng an die Wand, die im Schatten lag. Der Mann hatte ihn nicht gesehen. Ming sprang auf die Terrassenbrüstung, setzte sich und leckte sich kurz die Pfote, um sich zu beruhigen und zu sammeln. Sein Herz klopfte so heftig wie bei einem Kampf. Und Haß pulste durch seine Adern. Haß brannte in seinen Augen, als er auf die Schritte des Mannes lauerte, die unsicher die Treppe weiter unten hinaufstiegen. Dann kam der Mann in sein Blickfeld.
Ming duckte sich und schnellte dann mit aller Kraft vor,

landete mit allen vier Pfoten auf dem rechten Ärmel des Mannes in Schulternähe. Ming hielt sich an dem Stoff der weißen Jacke des Mannes fest, doch beide stürzten. Der Mann stöhnte. Ming ließ sich nicht abschütteln. Zweige splitterten. Ming wußte nicht, wo unten und oben war. Er sprang von dem Mann fort, merkte zu spät, in welcher Richtung sich der Boden befand, und landete auf der Seite. Fast gleichzeitig hörte er den dumpfen Aufprall, mit dem der Mann zu Boden ging, dann das Geräusch, mit dem sein Körper weiterrollte, und dann trat Stille ein. Ming mußte mit offenem Schnäuzchen hecheln, bis seine Brust nicht mehr schmerzte. Aus der Richtung des Mannes erschnupperte er Alkohol, Zigarrenrauch und den scharfen Geruch, der Angst bedeutet. Aber der Mann bewegte sich nicht.

Ming konnte inzwischen ganz gut sehen. Spärliches Mondlicht schimmerte. Ming machte sich zu den Treppenstufen auf, mußte lange durch das Gebüsch gehen, über Steine und Sand, bis er die Treppe erreichte. Dann glitt er die Stufen empor und gelangte wieder auf die Terrasse.

Elaine trat gerade aus dem Zimmer auf die Terrasse.

»Teddie?« rief sie. Sie ging ins Schlafzimmer zurück und schaltete eine Lampe ein, ging weiter in die Küche. Ming folgte ihr. Concha hatte das Licht angelassen, aber sie war jetzt in ihrem eigenen Zimmer, wo das Radio lief.

Elaine öffnete die Haustür.

Der Wagen des Mannes stand noch in der Einfahrt, wie Ming sah. Mings Hüfte begann zu schmerzen, oder er bemerkte die Schmerzen erst jetzt. Er hinkte leicht. Elaine sah es, berührte seinen Rücken und fragte ihn, was los sei. Ming schnurrte nur.

»Teddie? – Wo steckst du?« rief Elaine.

Sie nahm eine Taschenlampe und leuchtete in den Garten hinunter, zwischen die großen Stämme der Avocadobäume, zwischen die Orchideen und den Lavendel und die rosa Blüten der Bougainvilleen. Ming, in Sicherheit neben ihr, folgte dem Lichtstrahl mit den Augen und schnurrte voll Behagen. Der Mann war nicht hier unten, sondern weiter rechts. Elaine ging zur Treppe; vorsichtig, denn an dieser Stelle gab es kein Geländer, sondern nur die breiten Stufen, richtete sie den Lichtstrahl nach unten. Ming schaute nicht einmal hin. Er saß am Rand der Terrasse, wo die Stufen begannen.

»Teddie!« sagte Elaine. *»Teddie!«* Dann lief sie die Treppe hinunter.

Ming folgte ihr noch immer nicht. Er hörte, wie sie die Luft einsog. Dann schrie sie: *»Concha!«*

Elaine rannte die Treppe hinauf.

Concha war aus ihrem Zimmer gekommen. Elaine redete auf sie ein. Dann wurde Concha ganz aufgeregt. Elaine ging zum Telefon und sprach dort einen Augenblick, und dann ging sie zusammen mit Concha die Treppe hinunter. Ming machte es sich mit eingezogenen Pfoten auf der Terrasse bequem, die noch Reste der Sonnenwärme abstrahlte. Ein Wagen fuhr vor. Ming hielt sich auf der Terrasse im Hintergrund, in einem schattigen Winkel, während drei, vier fremde Männer die Terrasse betraten und die Treppe hinunterstapften. Unten wurde laut geredet, Füße trampelten, Zweige brachen, und dann stieg der Geruch von ihnen allen nach oben, der Geruch von Tabak und Schweiß und der vertraute Blutgeruch. Das Blut des Mannes. Ming war erfreut, wie er es war, wenn er einen Vogel tötete und mit den eigenen Zähnen diesen Blutgeruch erzeugte. Das hier war fette Beute. Unbemerkt von den anderen richtete Ming sich zu voller Größe auf, als die Gruppe mit der Leiche vorbeikam, und atmete mit erhobener Nase den betäubenden Duft seines Sieges ein.

Und auf einmal war das Haus leer. Alle waren fort, sogar

Concha. Ming trank ein wenig Wasser aus seiner Schüssel in der Küche, ging dann zum Bett seiner Herrin, schmiegte sich gegen die aufeinandergetürmten Kissen und schlief schnell ein. Ihn weckte das *Rr-rr-r* eines unvertrauten Wagens. Dann wurde die Haustür geöffnet, und er erkannte Elaines und dahinter Conchas Schritte. Ming blieb, wo er war. Elaine und Concha unterhielten sich leise ein paar Minuten lang. Dann kam Elaine in das Schlafzimmer. Die Lampe war noch eingeschaltet. Ming sah zu, wie Elaine langsam die Schatulle auf ihrem Toilettentisch öffnete und mit leisem Klirren die weiße Halskette hineingleiten ließ. Dann schloß sie die Schatulle. Sie begann ihre Bluse aufzuknöpfen, doch bevor sie damit fertig war, warf sie sich auf das Bett und streichelte Ming den Kopf, nahm seine linke Vorderpfote in die Hand und drückte sie sacht, so daß die Krallen sichtbar wurden.

»O Ming – Ming«, sagte sie.

Ming hörte den Klang der Liebe.

DER LEERE NISTKASTEN

Patricia Highsmith

Als Edith es zum ersten Mal sah, lachte sie und traute ihren Augen nicht.

Sie trat einen Schritt zur Seite und sah noch einmal hin; es war noch immer da, wenn auch weniger deutlich zu erkennen. Ein Gesicht wie das eines Eichhörnchens – allerdings dämonisch in seiner Intensität – sah sie durch das runde Loch im Nistkasten an. Das war natürlich eine Täuschung oder eine Art Schatten, oder es hing mit der Maserung des Holzes auf der Rückseite des Nistkastens zusammen. Dieser war fünfzehn Zentimeter breit und fünfundzwanzig Zentimeter hoch und hing im vollen Sonnenlicht in der Ecke, wo der Geräteschuppen an die Gartenmauer stieß. Edith ging darauf zu, bis sie nur noch drei Meter entfernt war. Das Gesicht verschwand.

Komisch, dachte sie, als sie wieder ins Haus ging. Das mußte sie heute abend Charles erzählen.

Doch sie vergaß, es Charles zu erzählen.

Drei Tage später sah sie das Gesicht abermals, und zwar, als sie sich aufrichtete, nachdem sie zwei leere Milchflaschen auf die Treppe zur Hintertür gestellt hatte. Zwei schwarze Knopfaugen sahen sie unverwandt aus dem Nistkasten an, und sie schienen von bräunlichem Fell umrahmt zu sein. Edith zuckte zusammen und erstarrte. Sie glaubte zwei runde Ohren und ein Maul erkennen zu können, das weder einem Vogel noch einem anderen Tier gehörte, sondern einfach grimmig und grausam aussah.

Dabei wußte sie, daß der Nistkasten leer war. Die Blaumeisenfamilie war vor Wochen ausgeflogen, und für die Jung-

vögel war es auch höchste Zeit gewesen, denn die Katze der Masons nebenan hatte sich für sie interessiert; sie konnte das Flugloch, das Charles ein wenig zu groß gemacht hatte, vom Dach des Geräteschuppens aus mit der Pfote erreichen. Doch Edith und Charles hatten Jonathan immer wieder verscheucht, bis die Vögel ausgeflogen waren. Danach, Tage später, hatte Charles den Nistkasten abgenommen – er war wie ein Bild mit einem Draht an einem Nagel befestigt – und ihn geschüttelt, um die Reste des Nestes zu entfernen. Blaumeisen zogen manchmal noch eine zweite Brut auf, sagte er. Bis jetzt hatten sie es allerdings nicht getan – das wußte Edith genau, denn sie hatte den Nistkasten beobachtet.
Und Eichhörnchen benutzten keine Nistkästen. Oder doch? Jedenfalls gab es in dieser Gegend keine Eichhörnchen. Und Ratten? Die würden niemals einen Nistkasten bewohnen. Und wie sollten sie auch hineinkommen – sie konnten ja nicht fliegen.
Dies alles ging Edith durch den Kopf, während sie auf das dämonische braune Gesicht starrte und die durchdringend blickenden schwarzen Augen zurückstarrten.
Ich werde einfach hingehen und nachsehen, was es ist, dachte Edith und trat auf den Weg, der zum Geräteschuppen führte. Doch nach nur drei Schritten blieb sie stehen. Sie wollte nicht den Nistkasten anfassen und gebissen werden – womöglich von den schmutzigen Zähnen eines Nagetiers. Sie würde es heute abend Charles sagen. Jetzt, da sie näher gekommen war, konnte sie das Tier deutlicher sehen. Es war keine optische Täuschung.
Ihr Mann Charles Beaufort war Computerfachmann und arbeitete in einer acht Meilen entfernten Fabrik. Als Edith ihm erzählte, was sie gesehen hatte, runzelte er leicht die Stirn und lächelte. »Tatsächlich?« sagte er.
»Vielleicht habe ich mich ja getäuscht. Aber ich möchte

trotzdem, daß du das Ding noch mal schüttelst und nachsiehst, ob irgendwas darin ist«, sagte Edith. Auch sie lächelte jetzt, aber ihr Ton war ernst.
»Na gut«, sagte Charles schnell und wechselte das Thema. Sie waren beim Abendessen.
Als sie die Teller in die Geschirrspülmaschine stellten, mußte Edith ihn an sein Versprechen erinnern. Sie wollte, daß er nachsah, bevor es dunkel wurde. Also ging Charles hinaus, und Edith stand in der Tür und sah zu. Er klopfte an den Nistkasten und lauschte mit schief gelegtem Kopf. Dann nahm er den Kasten von der Wand, schüttelte ihn, drehte ihn langsam, bis das Loch nach unten zeigte, und schüttelte ihn abermals.
»Absolut nichts«, rief er Edith zu. »Nicht mal ein Strohhalm.« Er lächelte seiner Frau breit zu und hängte den Nistkasten wieder auf. »Ich frage mich, was du gesehen haben könntest. Du hattest vorher nicht zufällig ein paar Gläser Scotch getrunken?«
»Nein. Ich hab's dir doch beschrieben.« Edith fühlte sich plötzlich leer, als hätte man ihr etwas weggenommen. »Der Kopf war etwas größer als der eines Eichhörnchens, und es hatte schwarze Knopfaugen und einen irgendwie ernsten Mund.«
»Einen ernsten Mund!« Charles warf den Kopf in den Nakken und lachte, als er ins Haus trat.
»Einen angespannten Mund. Es sah grimmig aus«, sagte Edith mit Nachdruck.
Und dann sprach sie nicht mehr darüber. Sie setzten sich ins Wohnzimmer. Charles blätterte die Zeitung durch und nahm sich dann einen Aktenordner vor, den er von der Arbeit mitgebracht hatte. Edith hatte einen Katalog vor sich und versuchte, Kacheln für die Küchenwand auszusuchen. Blau und weiß oder rosa, weiß und blau? Sie war nicht in der Stim-

mung für eine Entscheidung, und Charles war nie eine große Hilfe, denn er sagte immer nur freundlich: »Ich bin mit allem einverstanden, was du aussuchst.«

Edith war vierunddreißig. Sie und Charles waren seit sieben Jahren verheiratet. Im zweiten Jahr ihrer Ehe war Edith schwanger gewesen, hatte das Kind aber verloren. Sie hatte panische Angst vor der Geburt gehabt und das Kind im Grunde absichtlich verloren. Das sollte heißen, daß sie sich, wenn sie ehrlich war, mit voller Absicht die Treppe hinuntergestürzt hatte. Die Fehlgeburt war auf diesen Unfall zurückgeführt worden. Sie hatten nie versucht, ein zweites Kind zu bekommen. Sie und Charles sprachen nicht einmal über diese Möglichkeit.

Sie fand, daß sie und Charles ein glückliches Paar waren. Charles verdiente gut bei Pan-Com Instruments, und sie hatten mehr Geld und mehr Freiheit als mehrere ihrer Nachbarn, die mit zwei oder mehr Kindern belastet waren. Beide hatten gern Gäste – Edith bewirtete sie zu Hause und Charles auf dem Boot, einer 10-Meter-Motoryacht mit vier Betten. Bei schönem Wetter fuhren sie an den Wochenenden auf dem Fluß und den Kanälen herum. Edith konnte an Bord beinahe ebenso gut kochen wie in ihrer Küche, und Charles kümmerte sich um die Drinks, die Angelausrüstung und den Plattenspieler. Und auf Wunsch tanzte er auch einen Hornpipe.

Während des nächsten Wochenendes – sie fuhren nicht mit dem Boot, weil Charles einige Arbeit zu erledigen hatte – warf Edith immer wieder einen Blick auf den leeren Nistkasten. Sie war jetzt beruhigt, denn sie *wußte*, daß nichts darin war. Wenn die Sonne darauf schien, sah sie durch das Loch nur das blassere Braun der Rückwand, und wenn der Kasten im Schatten lag, war das Loch einfach schwarz.

Am Montagnachmittag wechselte sie die Bettwäsche, damit

der Wäschereifahrer, der um drei Uhr kam, sie mitnehmen konnte, und als Edith eine Decke vom Boden aufhob, sah sie etwas darunter hervorflitzen. Es rannte durch den Raum und zur Tür hinaus – es war braun und größer als ein Eichhörnchen. Edith schnappte nach Luft und ließ die Decke fallen. Auf Zehenspitzen ging sie zur Schlafzimmertür, blickte in den Flur und die Treppe hinunter, deren oberste fünf Stufen sie sehen konnte.

Was für ein Tier machte keinerlei Geräusch, nicht einmal auf nackten Holzstufen? Hatte sie wirklich etwas gesehen? Eigentlich war sie sicher. Sie hatte sogar die kleinen schwarzen Augen erkannt. Es war das Tier, das aus dem Nistkasten gespäht hatte.

Ihr blieb nichts anderes übrig, als es zu finden, sagte sie zu sich selbst. Sogleich dachte sie an den Hammer, der ihr im Notfall als Waffe dienen konnte, doch der Hammer war unten. Darum nahm sie statt dessen ein schweres Buch und ging vorsichtig hinunter, und als ihr Blickfeld sich am Fuß der Treppe weitete, blickte sie sich nach allen Seiten um.

Im Wohnzimmer war nichts zu sehen. Aber das Tier konnte ja unter dem Sofa oder dem Sessel sitzen. Edith ging in die Küche und nahm den Hammer aus der Schublade. Dann kehrte sie ins Wohnzimmer zurück und verschob den Sessel mit einer raschen Bewegung um einen Meter. Nichts. Sie stellte fest, daß sie zuviel Angst hatte, sich zu bücken und unter das Sofa zu sehen, dessen Behang beinahe bis zum Boden reichte, doch sie schob es ein paar Zentimeter zur Seite und lauschte. Nichts.

Vielleicht hatten ihre Augen ihr ja doch einen Streich gespielt, dachte sie, und es war bloß so etwas wie ein Schatten gewesen, der durch ihr Blickfeld geschwebt war, nachdem sie sich über das Bett gebeugt hatte. Sie beschloß, Charles nichts davon zu sagen. Dennoch war das, was sie im

Schlafzimmer gesehen hatte, in gewisser Weise wirklicher gewesen als das, was sie im Nistkasten gesehen hatte.
Ein junges Yuma, dachte sie eine Stunde später, als sie in der Küche einen Braten mit Mehl bestäubte. Ein Yuma. Woher hatte sie diesen Namen nur? Gab es ein solches Tier überhaupt? Hatte sie in einer Illustrierten ein Foto davon gesehen oder das Wort irgendwo gelesen?
Edith zwang sich, alles, was sie in der Küche hatte tun wollen, zu Ende zu bringen, bevor sie an das Regal mit dem großen Wörterbuch ging und das Wort nachschlug. Doch es stand nicht im Wörterbuch. Eine Täuschung, dachte sie. So wie das Tier wahrscheinlich eine Sinnestäuschung gewesen war. Dennoch war es seltsam, wie gut die beiden Täuschungen zusammenpaßten – als wäre dieser Name genau der richtige für dieses Tier.
Zwei Tage später, als Edith und Charles ihre Kaffeetassen in die Küche brachten, sah sie es unter – oder hinter – dem Kühlschrank hervorschießen und schräg über die Schwelle ins Eßzimmer rennen. Sie hätte beinahe Tasse und Untertasse fallen lassen, konnte sie jedoch gerade noch auffangen. Sie klirrten in ihrer Hand.
»Was ist los?« fragte Charles.
»Ich hab's wieder gesehen!« sagte Edith. »Das Tier.«
»Was?«
»Ich hab' dir das nicht erzählt«, begann sie, und ihre Kehle war mit einemmal wie ausgetrocknet, als wäre sie im Begriff, ein peinliches Geständnis zu machen. »Ich glaube, ich habe das Ding – das Ding, das im Nistkasten war – am Montag oben in unserem Schlafzimmer gesehen. Und ich glaube, jetzt habe ich es wieder gesehen. Gerade eben.«
»Edith, Liebling, im Nistkasten war nichts.«
»Als du nachgesehen hast, nicht. Aber dieses Tier ist blitzschnell. Beinahe, als würde es fliegen.«

Charles' Gesicht nahm einen besorgteren Ausdruck an. Er blickte dorthin, wohin sie blickte: zur Schwelle der Küchentür. »Du hast es gerade eben gesehen? Ich werde mal nachschauen«, sagte er und ging ins Eßzimmer.

Er ließ den Blick über den Boden schweifen, drehte sich kurz zu seiner Frau um, bückte sich lässig und sah unter den Tisch und die Stühle. »Also wirklich, Edith ...«

»Und im Wohnzimmer?« sagte Edith.

Charles verschwand für etwa fünfzehn Sekunden im Wohnzimmer und kehrte dann, ein leises Lächeln auf den Lippen, zurück. »Tut mir leid, Schätzchen, aber ich glaube, du siehst Gespenster. Es sei denn, es war eine Maus. Vielleicht haben wir Mäuse. Ich hoffe nicht.«

»Aber es ist viel größer. Und es ist braun. Mäuse sind grau.«

»Ja«, sagte Charles abwesend. »Na ja, keine Angst, Schatz, es wird dich nicht angreifen. Es läuft ja davon.« Und mit zweifelnder Stimme fügte er hinzu: »Wenn es sein muß, können wir einen Kammerjäger kommen lassen.«

»Ja«, sagte sie sogleich.

»Wie groß ist es?«

Sie hielt ihre Hände etwa fünfzehn Zentimeter auseinander. »So groß.«

»Es könnte ein Frettchen sein«, sagte er.

»Aber es ist schneller. Und es hat schwarze Augen. Vorhin ist es kurz stehengeblieben und hat mir gerade ins Gesicht gesehen. Wirklich, Charles.« Ihre Stimme zitterte. Sie zeigte auf eine Stelle neben dem Kühlschrank. »Genau da ist es ganz kurz stehengeblieben und –«

»Edith, nimm dich ein bißchen zusammen.« Er drückte ihren Arm.

»Ich kann dir gar nicht sagen, wie böse es aussieht.«

Charles sah sie schweigend an.

»Gibt es ein Tier namens Yuma?« fragte sie ihn.

»Ein Yuma? Davon habe ich noch nie gehört. Warum?«
»Weil mir dieser Name heute ganz plötzlich eingefallen ist. Ich dachte ... weil ich über dieses Tier nachgedacht habe und weil ich noch nie ein solches Tier gesehen habe, könnte es doch sein, daß ich den Namen irgendwo gelesen habe.«
»Y-u-m-a?«
Edith nickte.
Charles lächelte jetzt wieder, weil das Ganze sich zu einem lustigen Spiel entwickelte, nahm das Wörterbuch, wie Edith es getan hatte, und schlug das Wort nach. Dann klappte er das Buch zu, zog einen Band der *Encyclopaedia Britannica* aus dem untersten Fach des Bücherregals und blätterte darin. Nach einer Minute sagte er zu Edith: »Es steht nicht im Wörterbuch und auch nicht in der Britannica. Ich glaube, das Wort hast du dir ausgedacht.« Er lachte. »Oder ist es ein Wort aus *Alice im Wunderland*.«
Es gibt dieses Wort, dachte Edith, doch sie hatte nicht den Mut, es Charles zu sagen. Er würde es einfach leugnen. Edith fühlte sich erschöpft und ging um zehn Uhr mit einem Buch zu Bett. Sie las noch, als Charles kurz vor elf ins Schlafzimmer trat. In diesem Augenblick sahen sie es beide: Es sprang vom Fußende des Betts auf den Boden, huschte vor Charles' und Ediths Augen über den Teppich und verschwand unter der Kommode und, wie Edith glaubte, zur Tür hinaus. Auch Charles schien diesen Eindruck zu haben, denn er fuhr herum und sah in den Flur.
»Jetzt hast du es gesehen!« sagte Edith.
Charles' Gesicht war ausdruckslos. Er schaltete das Flurlicht an, sah sich um und ging die Treppe hinunter.
Er blieb etwa drei Minuten lang weg, und Edith hörte, daß er Möbel hin und her schob. Schließlich kam er wieder ins Schlafzimmer.
»Ja, ich hab's gesehen.« Er wirkte blaß und müde.

Doch Edith seufzte und hätte beinahe gelächelt, denn sie war froh, daß er ihr endlich glaubte. »Jetzt siehst du, was ich meine. Ich habe keine Gespenster gesehen.«
»Nein«, stimmte Charles ihr zu.
Edith hatte sich im Bett aufgesetzt. »Das Schlimme ist, daß es so unfangbar aussieht.«
Charles knöpfte sein Hemd auf. »Unfangbar. Was für ein Wort! Nichts ist unfangbar. Vielleicht ist es ein Frettchen. Oder ein Eichhörnchen.«
»Hast du es nicht erkennen können? Es ist doch direkt an dir vorbeigerannt.«
»Tja« – er lachte –, »es war wirklich ziemlich schnell. Du hast es ja schon zwei- oder dreimal gesehen und weißt trotzdem nicht, was es eigentlich ist.«
»Hat es einen Schwanz? Ich konnte nicht erkennen, ob es einen Schwanz hatte oder ob das alles Körper war – die ganze Länge.«
Charles schwieg. Er griff nach dem Morgenrock und zog ihn langsam an. »Ich glaube, es ist kleiner, als es aussieht. Und es erscheint so langgestreckt, weil es so schnell ist. Könnte ein Eichhörnchen sein.«
»Aber es hat die Augen vorn im Gesicht, und Eichhörnchen haben die Augen mehr an der Seite.«
Charles bückte sich am Fußende des Betts und sah darunter. Er fuhr mit der Hand über die eingeschlagene Decke und dann darunter. Schließlich stand er auf. »Also, wenn wir es noch einmal sehen ... wenn wir es überhaupt gesehen haben ...«
»Wie meinst du das? Du hast es doch gesehen – das hast du selbst gesagt.«
»Ich *glaube*, daß ich es gesehen habe.« Charles lachte. »Woher soll ich wissen, daß meine Augen oder mein Kopf mir keinen Streich gespielt haben? Deine Beschreibung war ja

auch sehr überzeugend.« Er klang beinahe, als würde er sich über sie ärgern.
»Also ... *wenn* ...«
»Wenn wir es wieder sehen, werden wir uns eine Katze ausleihen. Eine Katze wird es schon fangen.«
»Aber nicht die der Masons. Die Masons möchte ich nicht gern fragen.«
Als die Blaumeisen flügge geworden waren, hatten sie kleine Steine nach der Katze der Masons werfen müssen, um sie vom Nistkasten fernzuhalten. Den Masons hatte das mißfallen. Sie standen mit ihnen zwar immer noch auf gutem Fuß, aber weder Edith noch Charles wäre es im Traum eingefallen, sie zu fragen, ob sie sich Jonathan ausleihen dürften.
»Wir könnten auch einen Kammerjäger kommen lassen«, sagte Edith.
»Ha! Und wonach sollte er suchen?«
»Nach dem Tier, das wir gesehen haben«, erwiderte Edith. Sie war verärgert, denn schließlich war es ja Charles gewesen, der vor wenigen Stunden vorgeschlagen hatte, einen Kammerjäger zu holen. Sie hatte ein Interesse an diesem Gespräch, ein sehr großes Interesse, und dennoch deprimierte es sie. Sie fand es so vage und entmutigend; am liebsten wäre sie eingeschlafen und hätte alles vergessen.
»Versuchen wir es mal mit einer Katze«, sagte Charles. »Farrow hat eine. Er hat sie von seinen Nachbarn bekommen. Du kennst doch Farrow, den Buchhalter, der in der Shanley Road wohnt? Als seine Nachbarn weggezogen sind, hat er ihre Katze übernommen. Aber seine Frau mag keine Katzen, sagt er. Und diese –«
»Ich mag Katzen auch nicht besonders«, sagte Edith. »Wir wollen uns doch keine Katze anschaffen.«
»Nein. Du hast recht. Aber diese könnten wir uns bestimmt ausleihen. Mir ist sie eingefallen, weil Farrow gesagt hat,

daß sie eine hervorragende Jägerin ist. Es ist ein Weibchen, sagt er, neun Jahre alt.«

Am nächsten Abend brachte Charles die Katze mit. Er kam eine halbe Stunde später als sonst, weil er mit Farrow nach Hause gefahren war. Er und Edith schlossen alle Türen und Fenster und ließen die Katze im Wohnzimmer aus ihrem Transportkorb. Sie war weiß mit grauen Streifen und einem schwarzen Schwanz. Steif stand sie da und sah sich mürrisch und irgendwie mißbilligend um.

»Soo, Puss-Puss«, sagte Charles und beugte sich zu ihr hinunter, allerdings ohne sie anzufassen. »Du bleibst ja nur ein, zwei Tage hier. Haben wir ein bißchen Milch, Edith? Oder besser noch Sahne.«

Aus einem Karton, in den sie ein altes Handtuch legten, machten sie der Katze ein Lager und stellten es in eine Ecke des Wohnzimmers, doch sie schien das Sofaende zu bevorzugen. Sie hatte das Haus oberflächlich inspiziert, sich dabei aber nicht, wie Edith und Charles gehofft hatten, für die Schränke und Regale interessiert. Edith sagte, sie glaube, daß die Katze zu alt sei, um irgend etwas zu fangen.

Am nächsten Morgen rief Mrs. Farrow Edith an und sagte, sie könnten Puss-Puss behalten, wenn sie wollten. »Sie ist sauber und kerngesund. Es ist nur so, daß ich Katzen nicht besonders mag. Wenn Sie sie also mögen ... oder wenn sie Sie mag ...«

Edith zog mit ungewöhnlich wortreichen Dankesbekundungen und Erklärungen, warum sie sich die Katze ausgeliehen hatten, aus der Affäre und versprach, Mrs. Farrow in den nächsten Tagen anzurufen. Sie sagte, sie habe den Eindruck, daß sie Mäuse hätten, sei sich jedoch nicht sicher genug, um einen Kammerjäger zu holen. Nach dieser verbalen Anstrengung fühlte sie sich erschöpft.

Die Katze verbrachte den größten Teil des Tages damit, auf

dem Sofa oder am Fußende des Betts in der oberen Etage zu schlafen, was Edith nicht gern sah, aber ertrug, um sie nicht zu beleidigen. Sie sprach sogar freundlich mit ihr und trug sie zu geöffneten Schränken, doch Puss-Puss machte sich dann immer etwas steif – nicht aus Angst, sondern aus Desinteresse – und wandte sich sogleich ab. Den Thunfisch, den die Farrows empfohlen hatten, fraß sie mit Appetit.

Edith saß am Freitagnachmittag am Küchentisch und putzte das Silber, als das Ding an ihr vorbeirannte: Es kam von hinten und raste wie eine braune Rakete durch die offene Tür ins Eßzimmer. Dort bog es nach rechts ins Wohnzimmer ab, wo die Katze schlief.

Edith stand sofort auf und ging zur Wohnzimmertür. Dort war nichts von dem Tier zu sehen, und die Katze lag noch immer da und hatte den Kopf auf die Pfoten gelegt. Ihre Augen waren geschlossen. Ediths Herz klopfte wie rasend. Ihre Angst mischte sich mit Ungeduld, und einen Augenblick lang spürte sie in sich Chaos und schreckliche Verwirrung. Dieses Tier war hier im Raum! Und die Katze war zu gar nichts zu gebrauchen! Und die Wilsons würden um sieben Uhr zum Abendessen kommen. Und sie würde kaum Zeit haben, mit Charles darüber zu sprechen, denn er würde sich waschen und umziehen, und obwohl sie die Wilsons ziemlich gut kannte, wollte sie diese Sache nicht in ihrer Anwesenheit zur Sprache bringen. Aus dem Chaos wurde ohnmächtige Wut, und Tränen stiegen ihr in die Augen. Sie stellte sich vor, daß sie den ganzen Abend über nervös und ungeschickt sein würde, daß sie Dinge fallen lassen und nicht imstande sein würde zu sagen, was denn eigentlich mit ihr los war.

»Das Yuma. Dieses verdammte Yuma!« sagte sie leise und erbittert. Dann fuhr sie fort, verbissen das Silber zu putzen, und deckte den Tisch.

Das Abendessen verlief jedoch recht gut – es war nichts angebrannt, und nichts fiel auf den Boden. Christopher Wilson und seine Frau Frances wohnten am anderen Ende des Dorfes und hatten zwei Söhne, sieben und fünf Jahre alt. Christopher war Syndikus bei Pan-Com.

»Du siehst ein bißchen abgespannt aus, Charles«, sagte Christopher. »Habt ihr Lust, am Sonntag mit uns rauszufahren?« Er sah seine Frau an. »Wir wollen zum Baden nach Hadden, und danach machen wir ein Picknick. Nur wir und die Kinder. Jede Menge frische Luft.«

»Tja ...« Charles wartete darauf, daß Edith die Einladung ablehnte, doch sie schwieg. »Vielen Dank, aber ... na ja, wir wollten eigentlich einen Ausflug mit dem Boot machen, aber wir haben uns gerade eine Katze ausgeliehen, und ich finde, wir sollten sie nicht den ganzen Tag allein lassen.«

»Eine Katze?« fragte Frances. »Ausgeliehen?«

»Ja. Wir haben den Verdacht, daß wir Mäuse im Haus haben, und wollen herausfinden, ob das stimmt«, warf Edith lächelnd ein.

Frances stellte ein, zwei Fragen über die Katze, und dann wechselten sie das Thema. Puss-Puss war im Augenblick in der oberen Etage – das nahm Edith jedenfalls an. Dorthin zog sie sich immer zurück, wenn jemand, den sie nicht kannte, ins Haus kam.

Später, als die Wilsons gegangen waren, erzählte Edith Charles, sie habe das Tier abermals in der Küche gesehen, und Puss-Puss habe sich nicht im mindesten darum gekümmert.

»Das ist das Problem. Man kann es nicht hören«, sagte Charles. Dann runzelte er die Stirn. »Bist du sicher, daß du es gesehen hast?«

»So sicher, wie ich bin, daß ich es überhaupt je gesehen habe«, antwortete Edith.

»Lassen wir der Katze noch ein paar Tage Zeit«, sagte Charles.

Am nächsten Morgen, es war ein Samstag, ging Edith gegen neun Uhr hinunter, um das Frühstück zu machen. Als sie sah, was auf dem Wohnzimmerboden lag, blieb sie wie angewurzelt stehen. Es war das Yuma. Es war tot und an Kopf, Schwanz und Bauch verstümmelt. Tatsächlich war der Schwanz bis auf einen etwa fünf Zentimeter langen, feuchten Stummel abgebissen. Und der Kopf fehlte ganz. Doch das Fell war braun und an den blutverschmierten Stellen beinahe schwarz.

Edith drehte sich um und rannte die Treppe hinauf.

»Charles!«

Er war wach, aber noch verschlafen. »Was ist denn?«

»Die Katze hat es erwischt. Es liegt im Wohnzimmer. Los, komm mit hinunter. Ich will es gar nicht so genau sehen – ich kann das nicht.«

»Natürlich, Schatz«, sagte Charles und stieg aus dem Bett.

Ein paar Sekunden später war er unten. Edith war ihm gefolgt.

»Hm. Ganz schön groß«, sagte er.

»Was ist es?«

»Ich weiß nicht. Ich hole das Kehrblech.« Er ging in die Küche.

Edith stand dabei und sah zu, als er das tote Tier mit einer zusammengerollten Zeitung auf das Kehrblech schob. Er musterte den aufgerissenen Bauch, die durchgebissene Luftröhre und die bloßliegenden Knochen. An den Füßen waren kleine Klauen.

»Was ist es? Ein Frettchen?« fragte Edith.

»Ich weiß nicht. Ich weiß es wirklich nicht.« Charles wickelte das Ding rasch in eine Zeitung. »Ich werde es in den Mülleimer werfen. Der Müll wird montags abgeholt, nicht?«

Edith gab keine Antwort. Charles ging durch die Küche, und Edith hörte den Deckel des Mülleimers vor dem Hinterausgang klappern.

»Wo ist eigentlich die Katze?« fragte sie ihn, als er wieder hereinkam.

Er wusch sich an der Spüle die Hände. »Ich weiß nicht.« Dann nahm er den Mop und ging damit ins Wohnzimmer. Er schrubbte die Stelle, wo das Tier gelegen hatte. »Nicht viel Blut. Hier ist jedenfalls nichts zu sehen.«

Während sie frühstückten, kam die Katze durch die Vordertür herein, die Edith geöffnet hatte, um das Wohnzimmer zu lüften, auch wenn sie dort keinen Geruch feststellen konnte. Die Katze sah sie müde an, hob den Kopf ein wenig und machte »Miau«. Es war das erste Geräusch, das sie seit ihrer Ankunft von sich gegeben hatte.

»Gute Puss-Puss!« sagte Charles mit Nachdruck. »Gute Puss-Puss!«

Doch die Katze duckte sich unter seiner Hand weg, die ihren Rücken streicheln wollte, und ging langsam in die Küche, um ihr Thunfischfrühstück zu fressen.

Charles sah Edith mit einem Lächeln an, das sie zu erwidern versuchte. Sie hatte ihr Ei noch nicht ganz gegessen und brachte keinen weiteren Bissen von ihrem Toast hinunter.

Sie nahm den Wagen und machte ihre Einkäufe, doch sie fühlte sich dabei wie in einem Nebel. Sie grüßte Bekannte, wie sie es immer tat, aber zwischen ihr und den anderen Menschen schien keinerlei Verbindung zu bestehen. Als sie nach Hause kam, lag Charles angezogen und mit hinter dem Kopf verschränkten Händen auf dem Bett.

»Ich habe mich gewundert, wo du bist«, sagte Edith.

»Ich war ein bißchen müde. Tut mir leid.« Er setzte sich auf.

»Du brauchst dich nicht zu entschuldigen. Wenn du müde bist, dann schlaf doch ein wenig.«

»Ich wollte noch die Garage gründlich ausfegen und die Spinnweben entfernen.« Er stand auf. »Aber bist du nicht auch froh, daß es weg ist, Schatz – was immer es auch war?« Er lachte gezwungen.

»Natürlich. Ja. Weiß Gott.« Dennoch fühlte sie sich deprimiert, und sie spürte, daß es Charles ebenso ging. Zögernd stand sie in der Tür. »Ich frage mich bloß, was es war.« Wenn wir nur den Kopf gesehen hätten, wollte sie sagen, brachte es aber nicht über sich. Würde der Kopf irgendwo auftauchen, im Haus oder draußen? Die Katze konnte doch nicht den Schädel gefressen haben.

»So eine Art Frettchen wahrscheinlich«, sagte Charles. »Wenn du willst, können wir die Katze jetzt zurückgeben.« Doch sie beschlossen, mit dem Anruf bei den Farrows bis morgen zu warten.

Puss-Puss schien jetzt zu lächeln, wenn Edith sie ansah. Es war ein müdes Lächeln – oder lag die Müdigkeit nur in den Augen? Immerhin war die Katze schon neun Jahre alt. An diesem Wochenende warf Edith ihr bei der Hausarbeit oft einen Blick zu. Die Katze war irgendwie anders, als hätte sie ihre Pflicht getan und wisse es auch, sei aber nicht sonderlich stolz darauf.

Auf eine eigenartige Weise hatte Edith das Gefühl, als wäre die Katze die Verbündete des Yumas oder was immer das Tier gewesen war – als wäre sie seine Verbündete oder wäre es zumindest gewesen. Sie waren beide Tiere und hatten einander verstanden: Das eine Tier war stärker gewesen, ein Feind, und das andere war das Opfer gewesen. Und die Katze hatte das andere Tier sehen und vielleicht auch hören können und es mit ihren Krallen gepackt. Vor allem aber hatte die Katze keine Angst gehabt wie sie selbst oder wie sogar Charles, das spürte Edith. Und während sie das dachte, wurde Edith bewußt, daß sie eine Abneigung gegen Puss-

Puss hatte. Die Katze wirkte düster und unzugänglich. Und sie mochte Edith und Charles ebenfalls nicht.
Edith hatte die Farrows am Sonntagnachmittag gegen drei anrufen wollen, doch Charles sagte, er werde mit ihnen sprechen. Edith graute regelrecht davor, Charles' Anteil des Gesprächs zu hören, und dennoch blieb sie mit der Sonntagszeitung auf dem Sofa sitzen und hörte zu.
Charles bedankte sich überschwenglich und sagte, die Katze habe etwas gefangen, was wie ein großes Eichhörnchen oder ein Frettchen ausgesehen habe. Sie wollten sie jedoch eigentlich nicht behalten, so nett sie auch sei – ob er sie ihnen vielleicht so gegen sechs zurückbringen dürfe? »Na ja, sie hat ihre Aufgabe sozusagen erledigt, und wir sind Ihnen sehr dankbar ... Ich werde mich gern in der Fabrik umhören, ob jemand vielleicht eine nette Katze haben will.«
Als er aufgelegt hatte, öffnete Charles den obersten Hemdknopf. »Puh! Das war schwierig – ich bin mir vorgekommen wie ein Gauner. Aber es wäre ja wohl dumm zu sagen, daß wir die Katze behalten wollen, wenn das gar nicht stimmt, oder?«
»Allerdings. Aber wir sollten ihnen eine Flasche Wein oder so schenken, findest du nicht?«
»Ja, natürlich. Gute Idee! Haben wir noch Wein?«
Sie hatten keinen. Sie hatten überhaupt keine ungeöffneten Flaschen außer einer Flasche Whisky, und Edith schlug bereitwillig vor, diese zu verschenken.
»Immerhin haben sie uns einen großen Gefallen getan«, sagte sie.
Charles lächelte. »Das kann man wohl sagen!« Er wickelte die Flasche in das grüne Seidenpapier, das der Weinhändler zum Verpacken benutzte, setzte Puss-Puss in den Transportkorb und machte sich auf den Weg.
Edith sagte, sie wolle nicht mitkommen, er solle den Farrows

aber auf jeden Fall auch in ihrem Namen danken. Dann setzte sie sich auf das Sofa und versuchte, die Zeitung zu lesen, stellte jedoch fest, daß ihre Gedanken abschweiften. Sie blickte sich in dem leeren, stillen Raum um, betrachtete den Fuß der Treppe und sah durch die offene Tür ins Eßzimmer. Jetzt war es fort, das Yumababy. Warum sie dachte, es sei ein Baby gewesen, wußte sie nicht. Ein Baby? Doch sie hatte immer angenommen, es sei jung – und zugleich grausam und erfüllt von einem Wissen um die Grausamkeit und das Böse in der Welt, der Welt der Tiere und der Welt der Menschen. Und sein Hals war von einer Katze durchgebissen worden. Sie hatten den Kopf nicht gefunden.

Als Charles zurückkehrte, saß sie noch immer auf dem Sofa. Er kam mit langsamen Schritten ins Wohnzimmer und ließ sich in den Sessel fallen. »Tja ... Sie wollten sie eigentlich nicht zurückhaben.«

»Wie meinst du das?«

»Es ist nicht ihre Katze. Sie haben sie nur aus Mitleid oder so aufgenommen, als ihre Nachbarn ausgewandert sind. Die sind nach Australien gegangen und konnten die Katze nicht mitnehmen. Jetzt schleicht sie immer um die beiden Häuser herum, und die Farrows füttern sie. Eine traurige Geschichte.«

Edith schüttelte unwillkürlich den Kopf. »Ich konnte diese Katze wirklich nicht leiden. Außerdem ist sie zu alt für ein neues Zuhause, findest du nicht?»

»Wahrscheinlich hast du recht. Na ja, bei den Farrows wird sie wenigstens nicht verhungern. Was hältst du von einer Tasse Tee? Das wäre mir lieber als etwas Alkoholisches.«

Nachdem er sich die Schulter mit einer Salbe eingerieben hatte, ging Charles früh zu Bett. Edith wußte, daß er fürchtete, seine Schleimbeutelentzündung oder das Rheuma könnten ihm wieder zu schaffen machen.

»Ich werde alt«, sagte er. »Heute abend jedenfalls fühle ich mich alt.«

Edith ging es ebenso. Außerdem war sie melancholisch. Vor dem Spiegel im Badezimmer hatte sie den Eindruck, die Fältchen unter den Augen hätten sich vertieft. Für einen Sonntag war es ein anstrengender Tag gewesen. Doch der Schrecken war nicht mehr im Haus. Das war immerhin etwas. Sein Schatten hatte beinahe zwei Wochen über ihr gelegen.

Jetzt, da das Yuma tot war, wurde ihr bewußt, was das Problem gewesen war – oder jedenfalls konnte sie es sich eingestehen. Das Yuma hatte das Tor zur Vergangenheit aufgerissen, und dahinter gähnte ein finsterer, beängstigender Schlund. Es hatte die Zeit wiederaufleben lassen, als sie – absichtlich – ihr Kind verloren hatte, und es hatte sie an Charles' bitteren Kummer erinnert und an seine spätere gespielte Gleichgültigkeit. Es hatte ihr Schuldgefühl wiederaufleben lassen. Und sie fragte sich, ob es Charles mit dem Tier ebenso ergangen war. In seiner Anfangszeit bei PanCom war er nicht gerade edelmütig gewesen. Er hatte einem Vorgesetzten die Wahrheit über einen Kollegen gesagt, und der Kollege war entlassen worden. Charles hatte seinen Posten bekommen, und der Mann hatte sich später das Leben genommen. Simpson. Damals hatte Charles nur mit den Schultern gezuckt. Aber ... hatte das Yuma ihn vielleicht an Simpson erinnert? Kein Mensch, kein Erwachsener hatte eine ganz und gar makellose Vergangenheit, eine Vergangenheit ohne Schuld ...

Wenige Tage später goß Charles eines Abends mit dem Gartenschlauch die Rosen, als er im Loch des Nistkastens das Gesicht eines Tiers sah. Es sah genauso aus wie das Gesicht des anderen Tiers, das Edith ihm beschrieben hatte, auch wenn er es nie so gut hatte sehen können wie jetzt.

Da waren die glänzenden, unverwandt starrenden Augen, der grimmige kleine Mund, der dämonische Blick, von dem Edith gesprochen hatte. Charles vergaß den Schlauch in seiner Hand, das Wasser spritzte an die Gartenmauer. Er ließ ihn fallen und wandte sich zum Haus, um das Wasser abzudrehen; er wollte sogleich den Nistkasten abnehmen und nachsehen, ob etwas darin war, obgleich er im selben Augenblick dachte, der Nistkasten sei nicht groß genug für ein Tier von der Art, wie Puss-Puss es erlegt hatte. Bestimmt nicht. Charles rannte und war beinahe am Haus angelangt, als er Edith in der Tür stehen sah.

Sie sah auf den Nistkasten. »Da ist es wieder!«

»Ja.« Charles drehte das Wasser ab. »Diesmal werde ich nachsehen, was es ist.«

Er ging mit schnellen Schritten auf den Nistkasten zu, blieb jedoch auf halbem Wege unvermittelt stehen und starrte auf das Gartentor.

Durch das offene Eisentor kam Puss-Puss. Sie sah erschöpft und mitgenommen, ja geradezu reumütig aus. Sie war im Schritt gegangen, doch nun trabte sie mit hängendem Kopf auf Charles zu.

»Sie ist wieder da«, sagte Charles.

Eine beklommene Düsternis legte sich über Edith. Es war alles vorherbestimmt, es war alles so schrecklich vorhersehbar. Es würden mehr und mehr Yumas erscheinen. Wenn Charles gleich den Nistkasten schüttelte, würde nichts darin sein, und dann würde sie das Tier im Haus sehen, und Puss-Puss würde es wieder fangen. Sie und Charles, sie beide, waren für immer daran gefesselt.

»Sie hat allein hierher zurückgefunden, da bin ich sicher. Drei Kilometer«, sagte Charles zu Edith und lächelte.

Doch Edith biß die Zähne zusammen, um nicht laut loszuschreien.

DAS LETZTE TREFFEN

Lisa Lepovetsky

Meistens verstand ich mich mit der älteren Schwester meiner Mutter, Agatha Windom, ganz gut – vielleicht weil es mich nie interessiert hatte, ob ich erben würde oder nicht. Das Einkommen meines Pubs reichte mir zum Leben; ich hatte es nicht nötig, ihr irgend etwas abzuschwatzen.

Wenn ich nicht an dem Geld interessiert war, warum ging ich dann zu ihren armseligen Treffen? Warum schloß ich mich jedes Jahr einem Haufen blutrünstiger Verwandter an, zu dem nicht zuletzt Agatha selbst gehörte?

Um ehrlich zu sein, ich habe meiner Mutter am Sterbebett das Versprechen gegeben, mit meinen »Wurzeln« verbunden zu bleiben. Die Teilnahme an Tante Agathas Treffen erleichterte mein schlechtes Gewissen, daß ich meine Verwandten nicht öfter besuchte. Zugleich erinnerte sie mich daran, warum ich ihnen die übrigen 51 Wochenenden des Jahres aus dem Weg ging. Das einzige, was Tante Agatha rettete, war, daß sie sich nicht beschwerte, wenn ich Lady Lucy mitbrachte.

Lady Lucy ist meine schwanzlose gestreifte Mankatze; sie begleitet mich überallhin. An einem bitterkalten Januarmorgen vor fünf Jahren fand ich sie vor meiner Hintertür. Sie tänzelte direkt ins Haus und machte es sich auf meinem Sessel bequem. Ich stellte sie keinen Moment in Frage; sie gehörte offensichtlich in mein Steinhaus aus dem 18. Jahrhundert. Wir beide wußten sofort, daß wir füreinander bestimmt waren. Sie war bemitleidenswert dünn und ziemlich nervös – noch heute rennt sie unters Bett, wenn Fremde das Haus betreten. Offensichtlich hatte sie ein traumatisches

Erlebnis. Aus diesem Grund nannte ich sie Lady Lucy Duff Gordon, nach einer Überlebenden des Titanic-Unglücks.
Aus irgendeiner bizarren, katzenartigen Überlegung heraus schien Lady Lucy Tante Agatha zu mögen – ein weiterer Grund, warum ich mich zwang, ihre Treffen zu besuchen.
Tante Agatha legte ihre jährlichen Treffen immer auf Anfang Oktober, was ein Segen war, denn es ist dann gewöhnlich kälter in Nordpennsylvania, und niedrigere Temperaturen lassen die erhitzten Gemüter etwas abkühlen. Obwohl ich in Wahrheit vermutete, daß sie es heimlich genoß, wenn die Verwandten sich gegenseitig an den Kragen gingen.
Doch dieser letzte Oktober war die Ausnahme, die die Regel bestätigt; das Thermometer war seit einer Woche nicht unter 25° C gefallen, und als Lucy und ich am Freitagnachmittag ankamen, fühlte ich mich, als sei Tante Agatha an den Amazonas gezogen.
Noch bevor ich Gelegenheit hatte zu läuten, öffnete meine Cousine Melba die Tür. Sie lebte damals noch mit Tante Agatha in der Familienvilla. Bis auf eine einzige Leidenschaft entspricht Melba ganz dem Klischee einer ältlichen Jungfer: ergrauendes Haar im praktischen Kurzhaarschnitt, konservative Röcke und Hosen, eine sowohl zweckmäßige als auch bequeme Brille mit Drahtgestell – und eine Zunge, scharf wie ein Rasiermesser.
Die Ausnahme von der Regel ist Melbas Golfleidenschaft. Sie behandelt ihre Golfschläger, als wären sie aus Gold, reinigt sie nach jedem Spiel sorgfältig mit einem Tuch aus Chamoisleder und bewahrte sie in einer original marokkanischen Ledertasche auf, für die sie ein kleines Vermögen bezahlt haben muß. Ich bin oft erstaunt, daß Melba sich dazu überwinden kann, mit einem ihrer wertvollen Schläger tatsächlich einen Ball zu schlagen.
Trotz ihrer etwas düsteren Erscheinung habe ich Melba im-

mer gern gehabt. Sie hat einen beißenden Humor, gute Menschenkenntnis und ist ehrlich. An jenem heißen Tag wischte Melba sich die Stirn mit einem leinenen Taschentuch, während sie die Tür hinter mir schloß. »Mein Gott, Essie, du siehst völlig erschöpft aus«, sagte sie und zog mich in das dunkle Foyer. »Für Oktober ist diese Hitze unglaublich. Es soll noch eine Woche lang so bleiben. Und erst die Luftfeuchtigkeit!«
Melba blickte auf die Tragekiste in meiner Hand und lächelte. »Wie ich sehe, hast du Lady Lucy mitgebracht. Es wird interessant sein zu sehen, wie sie mit Adriennes neuem Klotz am Bein zurechtkommt.« Sie beugte sich hinunter und steckte zwei Finger durch die Tür der Kiste. Lady rieb ihr Kinn daran und schnurrte laut. »Wie wär's mit einem Eistee? Ich habe Zitronenmelisse reingetan.«
Ich nickte. Im Taxi hatte die Klimaanlage nicht funktioniert, und ich fühlte mich ziemlich kribbelig – sowohl physisch als auch emotional. »Das klingt wunderbar«, sagte ich. »Ich bringe meine Sachen nach oben. Das Rosenzimmer, wie üblich?«
Bevor Melba antworten konnte, ertönte ein spitzer Schrei vom oberen Ende die Treppe herunter auf mich zu. Ich zuckte zusammen. Manchmal kann man kaum glauben, daß sie und Melba von derselben Mutter abstammen. Adrienne und Melba sind wie Tag und Nacht, Sonne und Mond, Feuer und Wasser. Adriennes gebleichte Locken hüpften auf ihren eleganten Schultern auf und nieder, als sie die Luft neben meiner Wange küßte. Beim Anblick ihrer kühlen Haut und ihres perfekt sitzenden rosa Sommerkleids aus Chiffon fühlte ich mich noch müder und schmutziger.
»Hallo, Adrienne«, brachte ich heraus und wandte mich dann zu Melba. »Ich denke, ich verschiebe den Tee auf später und springe gleich unter die Dusche. Danach fühle ich mich hoffentlich wie ein Mensch.«

»Essie, du siehst immer wunderbar aus«, log Adrienne. »Wir haben so viel nachzuholen. Ich kann es nicht abwarten, daß du meinen Wilson kennenlernst. Es hat uns so leid getan, daß du vorigen Februar nicht zur Hochzeit kommen konntest, aber das Wetter war ja auch schrecklich. Du wirst ihn lieben; alle tun es. Er müßte jede Minute zurücksein – er läßt seinen Zweimeilenlauf nie aus.«
Melba lächelte verbissen. »Ich bring' deine Tasche hoch, Essie.« Sie packte meinen Koffer und ging nach oben. Ihr graues Kleid und Haar vermischten sich mit dem grauen Teppich auf der Treppe, bis sie fast zu verschwinden schien. Adrienne blickte auf Lady Lucys Kiste und rümpfte ihre hübsche Nase. »Wie ich sehe, hast du dieses ... Tier wieder mitgebracht.« Ich nickte und biß die Zähne zusammen, um einen Streit gleich zu Beginn des Wochenendes zu vermeiden. Jetzt bemerkte ich, daß Ladys Schnurren aufgehört hatte. »Ich hoffe, es stört Wilson nicht«, fuhr Adrienne fort. »Er ist allergisch gegen Fell.«
»Ich werde versuchen, sie ihm vom Leib zu halten.«
Adrienne schien das zu akzeptieren und schwatzte noch ein paar Minuten weiter, bis ich – als sie aufhörte, um Luft zu holen – eine Frage einwarf.
»Und wer wird dieses Jahr noch erwartet?«
»Soweit ich weiß«, sagte Adrienne, »sind wir vollzählig. Ach, und Philip Wolfe, Mutters Arzt, Melba hat darauf bestanden, ihn zum Abendessen einzuladen, nachdem er seit Mutters Sturz fast jeden Tag hier herausgekommen ist, um sie zu untersuchen.« Sie beugte sich verschwörerisch zu mir herüber, und ich meinte, ein sanftes Fauchen aus der Tragekiste zu vernehmen. »Aber du und ich wissen, warum sie ihn in *Wahrheit* eingeladen hat.« Sie richtete sich wieder auf. »Das sind alle, denke ich. Es gibt sonst ja auch nicht viele, die kommen könnten – oder wollten.«

»Da du gerade von Dr. Wolfe sprichst«, sagte ich, »wie geht es Tante Agathas Bein?«
»Es ist die Hüfte. Der gute Doktor meinte, es kommt wieder in Ordnung, aber sie ist 82; zur Zeit kann sie ohne Vaters alten Spazierstock mit dem silbernen Kopf nicht mal aufstehen. Im Moment hat sie sich im Wohnzimmer eingeschlossen und ist mit Papieren oder sonst etwas aus dem Safe beschäftigt – sie will nicht gestört werden. Du kennst sie ja.«
»Hat sie dieses Jahr keine Aushilfe angestellt?«
Adrienne schüttelte den Kopf. »Du wirst es nicht glauben – sie war den ganzen Vormittag draußen im Garten, um Astern für den Tisch zu pflücken und Melisse für das *Julep* später. Sie konnte kaum noch laufen, als sie wieder hereinkam. Aber sie würde nie zugeben, wie schlimm es ist – sie hält sich immer noch für die *Grande Dame*, weißt du. Sie erlaubt niemandem außer Melba, ihr bei der Zubereitung des Abendessens zu helfen.«
»Sie fürchtet, wir würden sie vergiften, um an den Familienschmuck heranzukommen«, mischte sich eine Stimme hinter mir ein.
Ich drehte mich um und sah einen blonden Mann in weißen Shorts und einem T-Shirt der Princeton University zur Haustür hereinkommen. Er versteckte ein Miniaturfernglas in den Hosentaschen und tupfte sich überflüssigerweise das Gesicht mit einem kleinen Handtuch ab.
»Oh, Wilson, das ist meine Cousine Essie Booker aus Philadelphia. Sie besitzt dort eine Bar.«
Ich biß die Zähne zusammen, während er mir die Hand schüttelte. »Es ist keine Bar, Adrienne. Es ist ein Pub im englischen Stil – das Hart and Dragon.«
Es tat mir sofort leid, sie korrigiert zu haben, da beide mich einen Moment lang verdutzt anschauten. Ich sah, daß eine Diskussion zu nichts führen würde. Dann lenkte uns Lady

Lucy durch ein sanftes Miauen ab, und ich entschuldigte mich, um duschen und mich umziehen zu gehen.

Das Essen war wie immer eine trostlose Angelegenheit: herausgeputzte Gäste, zu lang gebratenes Roastbeef und zu kurz gekochte Kartoffeln. Offensichtlich hatte Tante Agatha, seit ich sie zuletzt gesehen hatte, nichts dazugelernt. Melba hatte einen ausgezeichneten Biskuitauflauf gemacht, aber keiner aß viel, da wir alle in der von Tante Agatha verlangten Abendkleidung vor Hitze vergingen. Sogar der Kragen von Wilsons Seidenhemd war unter dem Anzug durchnäßt, als er endlich aufhörte, im Dessert zu stochern. Adrienne trug ein scharlachrotes, bodenlanges Gazekleid, unter dem nur die Spitzen ihrer goldenen Sandalen hervorguckten. Sie sah als einzige noch kühl und frisch aus.

Kurz vor Beginn des Abendessens war Philip Wolfe gekommen und hatte Tante Agatha freundlich begrüßt. Sie schien seinen Händedruck nicht ganz so herzlich zu erwidern. Ich versuchte, von ihrem unfreundlichen Verhalten durch eine belanglose Plauderei abzulenken, doch er lächelte nur schüchtern und schien sich unwohl zu fühlen. Ich hoffte, daß er mit Kranken besser umgehen konnte. Aufrecht saß er Melba gegenüber unbeholfen am Tisch und wirkte eher wie ein Butler, den man unerwartet eingeladen hatte, mit seinen Arbeitgebern zu essen. Er aß wenig und sprach noch weniger. Ich merkte aber, daß er und Melba während der Mahlzeit ein paar kurze Blicke austauschten.

Sobald wir in mein Zimmer gekommen waren, hatte ich Lady Lucy aus ihrer Kiste gelassen. Sie war mir zum Essen gefolgt und hatte sich unverzüglich im satinbedeckten Schoß von Tante Agatha zusammengerollt. Dort blieb sie, während wir aßen. Ich bemerkte, daß die alte Dame ihr während des Essens ein paar Häppchen zusteckte. Niemand sonst bemerkte Lucy, und Wilson schien sich trotz der schrecklichen Allergie, unter der er laut Adrienne litt, nicht angeschlagen zu fühlen.

»Also, Melba«, begann Adrienne und lehnte sich neugierig vor, nachdem ich geholfen hatte, den Tisch abzuräumen und Kaffee zu servieren. »Erzähl uns die Wahrheit – was geht wirklich vor zwischen dir und dem guten Dr. Wolfe? Höre ich da schon von weitem die Hochzeitsglocken läuten?«

Ich fühlte mehr, als daß ich es hörte, wie Tante Agatha am Tischende nach Luft schnappte. Aus dem Augenwinkel sah ich ihren kleinen Körper im schwarzen Satin leicht erzittern, wobei ihr weißes Haar in den Haarbändern vibrierte. Vorsichtig setzte sie Lady Lucy auf den Boden, stand dann langsam und majestätisch auf, wobei sie sich zur Unterstützung an ihren Stock klammerte, und humpelte ohne ein Wort ins Foyer und die dunklen Treppen hinauf. Mit einem stillen Seufzer trottete Lady Lucy zu mir und rollte sich neben meinem Stuhl zusammen.

Philip schaute ihr mit zusammengekniffenen Augen nach, die Lippen fest zusammengepreßt. Dann nahm er einen großen Schluck Wein.

»Wie konntest du nur?« Melba starrte Adrienne an. »Du weißt, wie Mutter über unsere Beziehung denkt.«

Philip sagte nichts, aber ich bemerkte, wie die Muskeln an seinem Kinn zuckten. Ungeachtet dessen, was Adrienne vorher im Foyer angedeutet hatte, war dies das erste Mal, daß ich von Melbas Interesse an einem Mann hörte. Ich freute mich für sie, beschloß aber, im Moment besser zu schweigen.

»Du kannst sie nicht ewig dein Leben bestimmen lassen, Melba«, seufzte Adrienne und zupfte einen unsichtbaren Fussel von ihrem Kleid. »Warum heiratest du ihn nicht einfach?«

Melba stand auf, und ich konnte sehen, wie die Wut in ihr hochstieg. Sie und Philip sahen einander einen Moment lang an, und dann zischte sie: »Aus demselben Grund, aus dem du einmal im Jahr hierher zurückkommst, liebe Schwester. Des Geldes wegen.«

Melba warf mir einen Blick zu. »Entschuldige, Essie, aber es ist wahr. Schon vor Jahren hätte ich Mutter in ein Altersheim gegeben und Philip geheiratet, aber sie würde mich in Null Komma nichts enterben. Sie hat Angst, daß sie die Kontrolle über Adrienne und mich verliert und auf ihre alten Tage alleingelassen wird. Deshalb hält sie uns ihren Reichtum unter die Nase. Und was mich angeht – ich beabsichtige nicht, vor einem Vermögen davonzulaufen.«

»So hängst du also in diesem Mausoleum herum und wartest darauf, daß sie stirbt.« Adrienne machte ein mürrisches Gesicht. »Schau dich an. Wann hast du dir das letzte Mal neue Kleider gekauft?« Adrienne beherrschte es meisterhaft, bei anderen Leuten den wunden Punkt zu finden.

Philip spannte seine Muskeln an und öffnete den Mund, um etwas zu erwidern, aber Melba warf ihm einen finsteren Blick zu, und er schüttelte nur den Kopf und schwieg.

»Was das Erbe betrifft, solltest du nur von dir sprechen«, fuhr Adrienne fort. »Wilson und ich kommen hierher, weil wir Mutter lieben, nicht wahr, Schatz? Und sie liebt Wilson über alles.« Ich blickte zu Wilson. Er nippte an seinem Wasser und grinste, während er den zankenden Schwestern zusah, so als ob er ein Tennisspiel genießen würde.

Melba wischte sich über die feuchte Stirn. »Das wette ich, so wie er sich bei ihr einschmeichelt. Es ist scheußlich. Ich bin wenigstens ehrlich. Und ich weiß, daß Philip es wert ist, auf ihn zu warten.« Ihre Augen wanderten zu Wilson, der die Stirn runzelte, als sie sagte: »Ich möchte mich nicht mit einem Heuchler, der nur aufs Geld aus ist, herumschlagen.«

»Komm mit, Essie«, sagte sie und ergriff meinen Arm, bevor Adrienne antworten konnte. »Laß uns an die frische Luft gehen.« Sie schob mich hinaus auf die Veranda. »Du setzt dich hierhin und wartest auf mich. Ich werde Philip zu seinem Auto begleiten, und dann werden wir beide schön miteinander plaudern.« Lady Lucy sprang mit einem gelangweilten Maunzen auf und jagte hinter uns her.

Einige Zeit später tauchte Melba wieder auf, um zu sagen, daß sie im Garten spazierengehen würde. Sie erklärte entschuldigend, daß sie einfach zu aufgebracht sei für ein kleines Schwätzchen. Also saßen Lady und ich etwa eine Stunde lang auf einem der Rattanschaukelstühle und lauschten dem Streit der Cricketspieler, wann das Wetter sich wieder normalisieren würde.

Als ich später wieder ins Haus ging, erinnerte ich mich, daß Tante Agatha eine Karaffe mit Brandy auf dem Wohnzimmertisch stehen hatte, und beschloß, einen Schlaftrunk zu nehmen. Als ich die schweren Schiebetüren des Eßzimmers öffnete, drängte sich Lady Lucy vor mir hindurch. Ich betrat das dunkle Zimmer und versuchte mich zu erinnern, wo der Lichtschalter war. Ich ließ meine Hand über die Velourstapete gleiten und stolperte beinahe an der Tür: Tante Agathas Spazierstock. Ich beugte mich hinab, um ihn aufzuheben. Der Teppich darunter fühlte sich feucht an – vielleicht hatte Tante Agatha etwas Brandy verschüttet, als sie versucht hatte, ein Glas zu tragen und gleichzeitig den Stock zu halten. Ich schnupperte an meinen Fingern. Es roch nach nichts, offensichtlich war es Wasser. Ich rief nach Tante Agatha, erhielt aber keine Antwort. Lady Lucy war wieder neben mir. Nervös schlängelte sie um meine Knöchel und miaute.

Endlich fand ich einen Schalter an der Wand, und der Raum wurde von Licht durchflutet. Jetzt sah ich den Grund für Lucys Aufregung: Tante Agatha lag mitten im Zimmer am Boden, um ihren Kopf war eine Blutlache. Zu ihren Füßen

lag ein Golfschläger, und sein langer Metallschaft und Ledergriff waren voller Blut.
Ich näherte mich vorsichtig dem reglosen Körper und suchte erfolglos Puls und Herzschlag. Obwohl die Fenster offen standen, war es im Zimmer heiß und stickig. Die Vorhänge waren durch Schnüre zurückgebunden. Das Wandgemälde gegenüber dem Fenster war zur Seite geschoben worden und legte einen offenen Wandsafe frei. Ich verließ den Raum, um die anderen zu suchen.
Melba war in der Küche und legte Frühstücksbesteck auf die Anrichte. Sie trug einen weißen Hausmantel aus Chenille. Als ich von ihrer Mutter berichtete, sank sie auf einen Stuhl und seufzte.
»Bist du sicher, daß sie tot ist?« fragte sie dann ruhig. Melba reagierte nie so, wie man es erwartete.
»Ja«, sagte ich. »Jemand muß eingebrochen sein und hat sie mit deinem Golfschläger ermordet.«
»*Mein Golfschläger?*« Melba stand auf und zeigte endlich eine Reaktion. Sie rannte aus dem Raum in Richtung Wohnzimmer. Gerade kamen Adrienne und Wilson die Treppe herunter, noch in denselben Kleidern wie beim Abendessen. Wilson hatte jedoch Jackett und Krawatte ausgezogen.
»Ich sah, daß das Licht brennt«, sagte Wilson. »Was ist passiert?«
Ich erklärte es, woraufhin Adrienne schrie und ohnmächtig wurde. Als wir das Wohnzimmer betraten, stand Melba neben Tante Agatha und hielt den Golfschläger in der Hand. Sie untersuchte den Holzkopf auf Risse, nehme ich an.
»Melba!« schrie Adrienne. »Was hast du getan?« Lady Lucy zischte und fauchte, während sie hinter meinen Füßen zu ihr hochspähte.
»Ich?« Melba drehte sich um und hielt den Schläger höher, so daß ich einen Moment lang dachte, sie würde ihn gegen

ihre Schwester oder Wilson einsetzen. Ich trat zwischen sie.
»Du läßt ihn besser, wo er war«, sagte ich. »Wo bewahrst du deine Schläger auf?«
Sie führte mich durch die Küche zu einem kleinen Lagerraum, wo ihre polierte lederne Golftasche seitlich am Boden lag. Sie schnappte nach Luft, hob sie auf und hängte sie vorsichtig an einen großen Metallhaken an der Wand. Ich bemerkte, daß Lady Lucy an einem Streifen rosa Flüssigkeit auf dem gelben Linoleumboden schnüffelte, und beugte mich vor, um ihn zu untersuchen.
»Blut?« fragte Melba und rümpfte entsetzt die Nase.
»Nein, ich glaube nicht. Es scheint Wasser zu sein.«
»Etwas davon ist auf meine Tasche gekommen«, murmelte sie und wischte mit der Fingerspitze einen Tropfen von ihrer Tasche.
»Niemand faßt diese Schläger an außer dir«, rief Adrienne herrisch vom Eingang her. Wilson war ihr gefolgt und stand jetzt hinter ihr, wobei er mißtrauisch die Stirn runzelte. Lady Lucy linste mit zusammengekniffenen, mißtrauischen Augen zu ihm hinüber; ihre Ohren lagen flach am Kopf an.
»Die Haustür ist noch abgeschlossen«, fuhr Adrienne fort. »Ich habe gerade nachgeschaut. Es ist also niemand hereingekommen. Du bist diejenige, die ihren Tod wollte, Melba. Du bist diejenige, die sie gehaßt hat. O mein Gott, du hast unsere Mutter umgebracht, nur damit du Philip Wolfe heiraten kannst.« Sie lehnte sich an Wilsons Schulter, und es gelang ihr, zerbrechlich auszusehen.
Wilson schaute sich um. »Wo ist Dr. Wolfe?« fragte er.
Melba starrte ihn nur an und schob ihn zur Seite, als sie ins Wohnzimmer zurückging. Nachdem ich ein Stück Plastikhülle über den nassen Streifen auf dem Linoleumboden gelegt und Adrienne und Wilson angewiesen hatte, nichts zu berühren, folgte ich ihr. Melba stand in der Mitte des

Zimmers und starrte verdrießlich auf die Leiche ihrer Mutter.

»Ich denke, wir werden die Polizei holen müssen«, sagte sie ruhig. »Es sieht nicht gut aus für mich, glaube ich.«

»Da wäre ich nicht so sicher«, erwiderte ich, als Adrienne und Wilson ins Zimmer kamen.

»Wie erklärst du es dir sonst, Essie?« fragte Adrienne. »Sie hatte eindeutig ein Motiv – Geld und die Freiheit, Philip zu heiraten. Es war ihr Schläger, mit dem Mutter getötet wurde. Dabei fällt mir ein – wart ihr nach dem Abendessen zusammen?«

»Nein«, gab ich zu, »aber mit euch beiden war ich auch nicht zusammen.«

»Und sie hat sich umgezogen«, fügte Adrienne hinzu, ohne meine letzte Bemerkung zu beachten. »Wo ist dein Abendkleid, Melba?«

»Ich habe es in die Waschmaschine getan«, sagte Melba. »Ich hatte etwas Bratensaft auf den Rock geschüttet und wollte nicht, daß der Fleck eintrocknet.«

»Wie klug von dir«, spottete Adrienne. »Ich habe nicht gesehen, daß du etwas verschüttet hast.« Das hatte ich auch nicht, aber ich sagte es nicht.

Wilson ging zur Anrichte hinüber und nahm den Telefonhörer ab. »Ich rufe die Polizei an«, verkündete er selbstgefällig. Melba versuchte nicht, ihn aufzuhalten.

Als er die Nummer wählte, rollte Lady Lucy sich um Adriennes Fußgelenke zusammen. Ich war überrascht, denn normalerweise schien sich Lady Lucy nicht viel aus Adrienne zu machen. Aber, typisch Katze, häufig schien sie den Kontakt mit Leuten reizvoll zu finden, die sie eher vermieden. Ich beobachtete sie, während ich mit halber Aufmerksamkeit Wilsons murmelnder Stimme zuhörte. Adrienne war barfuß, und ihre blassen Fußknöchel schienen deutlich un-

ter dem gekräuselten roten Saum ihres Kleides hervor. Sie verzog das Gesicht und stieß Lady Lucy mit ihrem zarten Fuß bestimmt weg.
Wilson legte auf. »Sie schicken jemanden her, in ein paar Minuten wird er dasein. Essie, du wirst ihnen alles erzählen, was du über die Vorgänge des heutigen Abends weißt.«
»Das habe ich vor«, antwortete ich. »Ich werde ihnen sogar erzählen, wer meiner Meinung nach Tante Agatha getötet hat.«
»Selbstverständlich.« Wilson lächelte beinahe. Ich hätte ihn ohrfeigen können. Er wandte sich zu Adrienne, meinte aber offensichtlich noch mich, als er sagte: »Wie ich vor ein paar Minuten erwähnt habe, bin ich mir nicht so sicher, ob es Melba war, Schatz. Ich neige eher dazu, Dr. Wolfe zu verdächtigen.«
Melba gab einen knurrenden, fauchenden Laut von sich, der mich an Lady Lucy erinnert, wenn der Nachbarhund vor unserem Haus herumschnüffelt. Ich streckte eine Hand aus, um sie zum Schweigen zu bringen.
»Ich glaube nicht, daß Philip etwas damit zu tun hat«, sagte ich.
»Aber er muß gewußt haben, wo Melba ihre Schläger aufbewahrt«, sagte Wilson und zog seine Stirn in Furchen, wohl um aufrichtiger zu erscheinen. »Er ist immer hier; er kennt das Haus fast so gut wie wir. Und bedenkt man seine Beziehung zu Melba, dann hatte er gewiß ein Motiv, Agatha umzubringen.«
»Schon möglich«, gab ich zu. »Aber als ihr Arzt stünden ihm bessere, subtilere Methoden zur Verfügung, als sie totzuschlagen. Nein, ich werde ihnen zuerst erzählen, daß du versucht hast, ein kleines Fernglas zu verstecken, als du heute nachmittag von deinem ›Lauf‹ zurückkamst. Zu dem Zeitpunkt habe ich mich gefragt, warum du weder außer Atem

noch verschwitzt warst. Als ich heute abend den Safe hinter dem Gemälde sah, wurde mir klar, daß du von draußen Tante Agatha beim Öffnen ihres Safes beobachtet hast, um die Kombination herauszufinden.«

»Was ... ich? Bist du verrückt?« stammelte Wilson, aber ich kam gerade erst in Schwung.

»Und ich frage mich, warum auf dem Griff des Golfschlägers mehr Blut war als auf seinem Kopf, bis ich mich an das Wasser unter Tante Agathas Spazierstock erinnerte. Sie wurde gar nicht mit dem Golfschläger niedergeknüppelt, sondern mit ihrem eigenen Stock, den der Mörder dann abwusch, vielleicht an einem der Wasserhähne der vorderen Veranda. Du dachtest wahrscheinlich, das Wasser würde schnell trocknen, Adrienne, aber bei dieser Luftfeuchtigkeit –« Ich machte eine Pause, um Luft zu holen.

»Das ist lächerlich«, verkündete Adrienne.

»Findest du? Nun, die Polizei hat Tests, um herauszufinden, ob auf dem Stock schon einmal Blut war. Und diese nassen Streifen auf dem Boden des Lagerraums sehen aus, als ob sie von einem wasserdurchnäßten roten Gazekleid stammen könnten. Und dein Kleid ...«

»Was ist mit meinem Kleid?« Adriennes Stimme war kalt vor Wut.

»Gaze ist doch so empfindlich, oder?« fragte ich. »Wenn es plötzlichen Temperaturschwankungen ausgesetzt ist, schrumpft es sofort. Du mußt versucht haben, dein Kleid mit einem Föhn zu trocknen; deshalb ist es jetzt so viel kürzer als beim Abendessen. Ich hätte es wahrscheinlich nicht bemerkt, wenn nicht deine Fußgelenke so gut zu sehen gewesen wären, als du Lady Lucy wegschobst.«

»Wie kannst du nur denken, ich würde meine eigene Mutter umbringen?« Adriennes Kinn zog sich in Falten, und sie drückte eine Träne aus ihrem Auge.

»Das tue ich ja gar nicht«, fuhr ich fort. »Ich glaube, Wilson hat es getan. Deshalb hat er sein Jackett und seine Krawatte versteckt – wenn sie gefunden werden, werden sie höchstwahrscheinlich Blutspuren aufweisen. Er war wohl gerade dabei, den Safe zu öffnen, als Tante Agatha ihn überraschte. Vielleicht griff sie ihn von hinten mit ihrem Stock an, vielleicht lief es auch ganz problemlos. Jedenfalls hat er sie damit erschlagen.

Ich weiß nicht, ob du den Plan mit ihm vorbereitet hast, Adrienne, aber du hast den Stock für ihn abgewaschen und ihn durch den Golfschläger ersetzt, ohne dich darum zu kümmern, die Tasche wieder zurückzuhängen, was Melba bestimmt getan hätte. Und sie hätte auch niemals einen ihrer Schläger auf diese Art verschmutzt.

Dann hast du den nassen Stock wieder ins Zimmer zurückgebracht, wobei du eine Wasserspur hinterlassen hast. Der Stock lag zu weit von Tante Agatha entfernt, um einfach nur hinuntergefallen zu sein, als sie starb; sie hätte nicht so weit laufen können ohne ihn. Folglich muß jemand anders ihn benutzt haben – offensichtlich, um sie zu töten.«

Melba sank auf einen der Sessel und weinte. Ich war gerührt, bis ich sie sagen hörte: »Ich kann nicht glauben, daß sie einen meiner armen Golfschläger benutzt haben.« In der Ferne begannen Sirenen zu heulen.

Ich schaute mich nach Lady Lucy um, und da war sie, zusammengerollt lag sie zu Tante Agathas Füßen und schnurrte. Es schien, als sei sie die einzige, die die alte Frau wirklich vermißte.

GINGERS WATERLOO

Peter Lovesey

Die Idee zu dieser Geschichte stammt von meinem Sohn Phil, der zur Zeit mit dem Zug nach London unterwegs ist und dem ich herzlich danken möchte.

– P.L.

Und hier der Bericht, wie einem Böses widerfahren kann. Ich stand auf dem neuen Bahnhof in meinem neuen Anzug für den neuen Job und ohne die geringste Vorstellung davon, auf was ich mich eingelassen hatte. Die regulären Fahrgäste strömten über den Bahnsteig, um den Acht-Uhr-sechzehn-Zug nach Waterloo zu erreichen.

Ein Blick auf die metallen glänzende Digitaluhr am Handgelenk belehrte mich, daß mir bis zum Einlaufen des Zuges noch acht Minuten blieben. Eine unerfreuliche Erkenntnis. Ich hätte es vorgezogen, direkt auf einen wartenden Zug zugehen zu können, ohne mich auf dieses Minenfeld begeben zu müssen.

Graue Wolken hingen schwer über Shipley. Regen war angesagt. Aber eben nur angesagt. Leider. Selbst ein leichter Nieselregen hätte es schon erfordert, näher unter der Überdachung des Bahnhofs von Shipley zusammenzurücken. Dann wären die beiden nicht überdachten Enden des Bahnsteigs verlassen gewesen bis auf die wenigen, die bereit waren, notfalls auch ihre fest eingerollten Schirme aufzuspannen.

Aber der Regen ließ auf sich warten. Seit ich mit Joyce vor drei Wochen nach Winter Gardens 19 umgezogen war, war die Sonne noch nicht ein einziges Mal durchgebrochen. Das Wetter war hier genauso unerträglich wie die Einwohner.

Ich versuchte, mir einzureden, es sei jetzt immerhin Oktober, eine Jahreszeit, zu der es unfair sein mußte, die Lebensqualität einer Stadt zu beurteilen. Joyce, unerschütterliche Optimistin, die sie war, war felsenfest davon überzeugt, unser kleiner Garten hinter dem Haus werde sich in den kommenden Sommern als wahre Sonnenfalle erweisen.

Ich war die Plattform entlang zum weniger bevölkerten Ende gewandert und fand ein wenig freien Raum. Der Platz reichte gerade, um mit einer Katze zu spielen, dachte ich noch. Ja, solch blödsinnige Vergleiche gingen mir an jenem Montagmorgen, nur Minuten bevor ich Colin kennenlernte, durch den Kopf.

Dies war das Bahnsteigende, auf dem die Singles herumlungerten, oder die Einzelgänger, wenn man so will; jedenfalls die Leute, die die eigene Gesellschaft jeder anderen vorziehen. Aktenkoffer, großvolumige Zeitungen und absolut keinerlei Augenkontakt. Ohne eine eigene Ausgabe der Times und damit praktisch nackt, stellte ich mich auf die verbleibenden achtzehn Inches des Bahnsteigs und gab mir den Anschein, als sei ich völlig in den Anblick der Reklametafel gegenüber versunken, irgendeine Zigarettenwerbung.

Aus den Augenwinkeln bemerkte ich, wie der Zeiger auf der Bahnhofsuhr eine weitere Minute vorrückte. Noch fünf Minuten warten. Der Mann links von mir sah, wie sich meine Augen bewegten. Er verzog kurz das Gesicht und hielt seine Zeitung ein wenig höher für den Fall, daß ich versuchen könnte, einen Blick auf seine Schlagzeilen zu erhaschen. Womöglich erwartete er die Ankunft von irgend jemandem, der für gewöhnlich dort stand, wo ich im Augenblick Aufstellung genommen hatte. Der freie Raum hatte geradezu danach gerufen, ausgefüllt zu werden – eigentlich ein sicheres Anzeichen dafür, daß er bereits einen Eigner hatte. Jede

Sekunde erwartete ich, einen heißen Atem im Nacken zu spüren.
Ich verspürte unendliches Heimweh nach Barton Vales Station, dem baumbestandenen Parkplatz und Joe, der unverdrossen Fahrkarten abriß und sich bei jedem Fahrgast einzeln für zu spät verkehrende Züge entschuldigte. Nach Vogelzwitschern statt dem Geräusch der Busse. Aber das war jetzt vorbei. Ich konnte mir kaum vorstellen, daß es das alles überhaupt geben sollte. Bestimmt hatte sich Barton Vales in dem Moment, da ich es verlassen hatte, aufgelöst – oder?
Ich hatte diese ländliche Idylle für einen Job bei einer der größten Versicherungen des europäischen Kontinents geopfert. Ich hatte Joyce dafür versprochen, daß wir binnen kürzester Zeit die Früchte dieses Verzichts ernten würden.
Noch vier Minuten. Ich las die Warnung des Gesundheitsministers auf der Zigarettenwerbung. Ich selbst rauchte nicht.
Dann trat Colin in mein Leben.
»An Ihrer Stelle würde ich mich nicht dorthin stellen.«
Ignorieren. Einfach ignorieren. Noch mal die Warnung des Gesundheitsministers lesen.
»Sie stehen am falschen Platz, mein Freund.«
Du lieber Himmel, er redet tatsächlich mit mir, dachte ich. Und das war schlimmer als alles, was ich erwartet hatte. Ich bin kein Snob, aber der Akzent paßte nicht zum Acht-Uhr-Sechzehn-Zug nach London.
»Ich erkenne ein fremdes Gesicht sofort.«
Sein Gesicht drang samt eine Knoblauchwolke von links her auf mich ein. Ich starrte geradeaus, wie ein Angehöriger der Garde. Keine Zeitung, um mich dahinter zu verstecken. Ich verfluchte mich selbst dafür, so achtlos am Zeitungsstand vorübergegangen zu sein.

»Sie meine ich, Kumpel.« Eine Spur von Aggressivität in der Stimme. Weil ich ein Feigling bin, reagierte ich, indem ich meinen Blick ein winziges Stück in seine Richtung wandte.

Fatal.

Augenkontakt. Er hatte es geschafft.

»Das ist ein ›toter Punkt‹, verstehen Sie?«

Ich hielt es nicht für erforderlich, etwas zu erwidern.

Die anderen ringsum entspannten sich und fingen wieder an, die Börsennotizen zu lesen. Mit ihnen redete man ja nicht. Nur mit mir.

»Die Waggons halten doch alle an einem bestimmten Punkt, nicht wahr?« Die untersetzte, kräftige Gestalt deutete mit einem kurzen Arm hinauf zu dem Schild mit der Nummer sechs, das direkt über meinem Kopf hing. »Wenn der Zug kommt, wird es hier keine Tür geben. Sie werden direkt vor dem Verbindungsgang zwischen zwei Waggons stehen.«

Ich nickte und versuchte, Dankbarkeit ob der erteilten Information zu mimen.

Er deutete mit dem Finger auf etliche Leute ringsum, eine peinliche Sache angesichts der Umstände. »Diese cleveren Arschlöcher haben sich gleich richtig sortiert, sehen Sie. Die stehen richtig an den Türen, oder etwa nicht? Sie kommen nicht mal dazu, einen Blick reinzuwerfen, Kumpel.«

Ich stellte mich taub und tot, so gut es mir in dieser unangenehmen Situation möglich war. Hau doch ab, um Himmels willen!

»Ehrlich«, fuhr er fort, »ich lüg' Ihnen nichts vor. Der Platz hier ist bis auf den letzten Inch genau vergeben, Kumpel. Die schlimmste Station auf der ganzen Linie. Halsabschneider, wohin man sieht. Sie sind neu im Spiel, wie ich sehe – ein richtiger Milchbubi.«

Wunderbar. Neuer Job, mein erster Tag auf dem Acht-Uhr-

Sechzehn – und ich laufe der örtlichen Großschnauze über den Weg.
»Nun seien Sie mal nicht beleidigt, Kumpel. Mir gefällt Ihre Art.«
Vielleicht lag es an diesem Kompliment. Oder einfach nur an der Erleichterung darüber, daß er nicht noch unerfreulicher wurde.
Dummerweise fühlte ich mich bemüßigt, ihm zu antworten. »Er kommt, glaube ich.«
»Genau pünktlich. Ausnahmsweise.«
»Sonst nicht?«
»Hab' jedenfalls in den letzten Tagen nichts anderes gehört. Am besten richtet man sich auf eine Verspätung an der Clapham Junction ein.«
Ein Witz. Ich belohnte ihn mit einem Grinsen.
Der Acht-Uhr-Sechzehn lief mit quietschenden Bremsen ein, und schon ging die Drängelei los. Türen öffneten sich und entließen ein paar verschlafen dreinblickende Verkäufer und Schullehrer in einen neuen Arbeitstag in Shipley, während die gen London strebende Horde hineindrängte und kaltbehoste Hintern auf vorgewärmten Sitzplätzen deponierte.
»Hier entlang, Kumpel«, bellte mir mein neuer Freund von rechts her ins Ohr, wobei er mich am Kragen packte.
»Im Raucherabteil ist immer Platz.«
Nun, ich habe in meinem ganzen Leben noch nie geraucht, und ich habe auch nicht vor, damit anzufangen. Bis zu jenem Tag hatte ich Raucherabteile in Restaurants und Zügen stets gemieden. Im Bus fahre ich grundsätzlich auf dem unteren Deck, um jeden Kontakt mit dem giftigen Qualm zu vermeiden. Aber an diesem Tag hängte ich mich an das Großmaul, weil ich einfach zu schwach war, mich gegen ihn durchzusetzen.

Tabakqualm malträtierte meine Nase. Wir saßen einander gegenüber, jeweils auf dem äußersten Ende einer Dreierbank.
»Gut, endlich was unterm Hintern zu haben, was? Hab' bis jetzt noch immer einen Sitzplatz in einem Raucherabteil gefunden. In den anderen Waggons gibt's ja nur Stehplätze. Übrigens«, fuhr er fort und reichte mir eine muskelbepackte Hand, »ich heiße Colin. Und Sie?«

Mein zynischer alter Dad hat mir einmal gesagt, Freunde seien wie Fische. Hält man sie zu lange, fangen sie an zu stinken. Drei Wochen nach unserem ersten Zusammentreffen fing Colin an zu stinken.
Das mag gemein klingen, aber ich habe ihn mir ja ursprünglich nicht ausgesucht. Inzwischen sahen wir uns regelmäßig. Ich bedauerte meinen Entschluß, mich an die Zustände in Shipley anzupassen, aufs tiefste. Ich entdeckte nämlich, daß dies unabsehbare Konsequenzen hatte. Aber ich wurde Colin einfach nicht mehr los. Jeden Morgen ertrug ich ihn zwanzig Minuten lang von Shipley nach Waterloo. Ich kam am Zielbahnhof an, ohne einen Blick in meine fest zusammengerollte Zeitung geworfen zu haben, mit von der Druckfarbe schwarzen Händen und vom vielen krampfhaften Lächeln schmerzenden Gesichtsmuskeln.
Sie sehen, es gab kein Entrinnen, ich war seiner Konversation hilflos ausgeliefert. Er genieße ein kleines Schwätzchen, verriet er mir. Bei seiner Arbeit als Installateur in dem neuen, großen Nomura-Gebäude mitten in der City gab es dafür kaum Gelegenheiten. Er muß der einzige Handwerker im ganzen Zug gewesen sein. Ich habe wirklich nichts gegen Hausmeister, Installateure und so weiter, aber Colin war drauf und dran, meine Toleranzgrenzen neu festzulegen. Mein neuer Anzug stank erbärmlich nach Tabakqualm. Der

Geruch zog mir bis in die Haare. Meine Augäpfel, noch empfindlich vom Schlaf, schmerzten unter dem Gift aus Colins Selbstgedrehten.

Die Tage vergingen, und mein Frust wuchs. Um es genau zu sagen – er wurde unerträglich. Colins unbekümmerte Ausdrucksweise wurde immer peinlicher. Zu Anfang war ich ja bereit gewesen, sie hinzunehmen, um eine Szene zu vermeiden, und ich redete mir sogar ein, irgendwie sei sie sogar amüsant. Aber mittlerweile empfand ich sie als unflätig und inakzeptabel. Meine Mitreisenden, wohlerzogen bis zum äußersten, sagten nichts, aber sie rollten ihre Augen und raschelten hörbar mit dem Papier ihrer Zeitungen, wenn es mal wieder besonders unappetitlich wurde.

Was also hielt mich eigentlich zurück? Was hinderte mich daran, ihm auszuweichen? Warum ging ich nicht einfach in ein anderes Abteil – ein Nichtraucherabteil –, um ein wenig Alleinsein und meine Zeitung zu genießen?

Feigheit. Ich wagte es nicht, ihn zu provozieren. Meine Sorge vor einem unerfreulichen Ausbruch wuchs von Tag zu Tag in mir wie ein Krebsgeschwür, viel stärker noch als die Wut, die ich angesichts der täglichen Impertinenz verspürte.

»Nehmen Sie die Frauen, zum Beispiel. Nehmen Sie meine Frau. Hören Sie mir überhaupt zu, Davey?«

Wie ich die Verballhornung meines Namens haßte! Warum korrigierte ich ihn eigentlich nicht? Aber mir war es lieber, er rief mich so und nicht David, denn diesen Namen hatte ich für Freunde reserviert, die, offen gesagt, besser zu mir paßten. O Gott, nicht schon wieder! Bitte nicht schon wieder! Aber da legte er schon los:

»Ich sagte, nehmen Sie meine Frau, und ich wünschte mir, Sie täten es.« Ein schneller Blick rundum, um zu sehen, ob jemand lächelte. »Nein, von Adolf Hitler würde ich mir das nicht gerade wünschen. Ich meine, ich kenne ja Ihre Frau gar nicht, Davey, mein Junge, und glauben Sie mir, ich will ja auch gar nicht neugierig sein, aber, wie das nun mal so ist, kaum haben sie 'nen Ring am Finger, ändern sie sich total. Die frühere Sexbombe wird zum Sofakissen, wenn Sie wissen, was ich meine.«

Ich nickte und war mir bewußt, daß jede Frau im Waggon von mir erwartete, ich würde seinem blöden Gefasel Einhalt gebieten. Aber da ich es nicht tat, konnten sie eigentlich nur annehmen, ich sei aus demselben Holz geschnitzt. Wenn doch nur seine Stimme nicht so laut wäre, so durchdringend.

»Nehmen wir Louise, einverstanden? Sie lebt ihr Leben, genau wie Sie und ich auch. Sie ist den ganzen Tag weg und kommt abends total erschossen nach Hause. Wir sind beide erledigt, oder? Na ja, ich bin kein Chauvinist.«

Du hättest es fast geschafft, es mir einzureden, dachte ich – und ohne Zweifel dachten alle anderen im Abteil dasselbe.

»Nein, ich bin ganz liberal. Ich mach' auch die Büchse mit dem Katzenfutter auf. Eigentlich war's ja auch meine Katze. Ich mein' halt bloß, als Mann hab ich 'n Recht, irgendwas zu essen auf dem Teller zu haben. Nichts Berühmtes, nur 'n Fleisch und zwei Kartoffeln meinetwegen. Ich mein', eine Ehe sollte so was wie 'ne Partnerschaft sein, habe ich recht?«

Da war es wieder, so vertraut wie der Anblick der Vauxhall Bridge, die am Fenster vorbeiflog. Diese Frau-und-Katze-Litanei. Colin fühlte sich außen vor. Konnte sich nicht damit abfinden, daß seine Frau so besorgt um die Katze war.

»Verstehen Sie mich nicht falsch, Davey. Ich habe nichts gegen Katzen. Bin mit Katzen aufgewachsen. Und Ginger, also die ist wirklich liebevoll. Es ist ihre Natur. Sie bettelt um Aufmerksamkeit, wie sie das alle tun. Sie will gestreichelt werden. Aber es gibt Grenzen. Ich komm' nach Hause, verstehen Sie, und ich sehe nichts anderes, als daß Louise und Ginger miteinander beschäftigt sind. Gut, Louise hat sie den ganzen Tag nicht zu Gesicht gekriegt, aber ich brauch' was zu essen. Die Katze wird gefüttert. Darauf wird geachtet. Und ich sterbe inzwischen vor Hunger.«

Schweigen. Ich bin dran. Langsam, wie ein Schauspieler am Ende einer langen Spielzeit, sagte ich: »Warum machen Sie sich nicht selbst schnell ein Butterbrot?«

»Das ist doch kein Essen für 'nen hungrigen Mann, finden Sie nicht, Davey? Das ist doch kein Essen, das einem richtigen Mann neue Kraft durch die Adern jagen kann. Nein, doch nicht so 'n läppisches Butterbrot.«

Pause. Ich hatte nicht zugehört. Hatte das Stichwort verpaßt. Glücklicherweise änderte sich das Textbuch nie.

»Ich genieße es immer, ein bißchen für mich allein zu sein«, sagte ich zu spät und zu flach, und beobachtete dabei, wie sich die glitzernden stählernen Linien der Schienen unaufhörlich kreuzten und voneinander entfernten und wieder vereinigten.

»Ah, jetzt reden Sie doch, Davey. Ich hab' ja nichts gegen was Fremdländisches. Louise, Gott segne sie, hat's mit der chinesischen Küche. Schon mal Hühnchen nach dieser komischen Chopsuey-Art gegessen? Kein Wunder, daß die alle so rumrennen ... heh, Davey, ich sagte so rumrennen!«

Mir schwante Übles, und als ich aufblickte, sah ich, daß er die Zeigefinger in den Augenwinkeln hatte und diese auseinanderzog. Dazu den Mund ganz dämlich verzogen, die Unterlippe unter den oberen Zähnen. Eine alberne Parodie.

»Fu Manchu – oder so ähnlich. Ginger mag schon mal was von dem süß-sauren Zeug, wissen Sie. Sind schon komische Wesen, die Weibchen, egal, zu welcher verdammten Spezies sie gehören mögen. Hör'n 'Se mal. Ich glaube, Ginger hat mitgekriegt, wenn sie erst mal eine halbe Stunde mit Louise spielt, sobald die zu Hause ist, dann krieg' ich nichts zu essen. Also hol' ich mir was von dem süß-sauren Kram, und Ginger kriegt ihre Portion ab. Versteh'n Sie?«

»Verstehe.«

Aber ich wollte nicht verstehen. Ich hoffte inständig, die Phantasiebilder von Colins seltsamem Familienleben, seiner apathischen Frau und seiner betrügerischen Katze, würden endlich aus meinem Kopf verschwinden und ersetzt werden durch etwas, das ein wenig mehr aufbauend wirkte. Unter unseren Füßen zischten und kreischten die Druckluftbremsen, die Puffer knatterten rhythmisch gegeneinander, ein trauriges Trommeln, das unsere Einfahrt in Waterloo begleitete, und dann die Arbeit. Sehr wahrscheinlich war ich der einzige Fahrgast, der hier mit einem Gefühl der Erleichterung ankam. Jeden Tag lechzte ich förmlich danach, endlich den Zug verlassen zu können, in die Anonymität hinauszutreten und zu wissen, daß unser Auditorium sich in alle Winde zerstreute. Der nervtötende Colin würde ebenfalls verschwinden, um seiner Arbeit als Installateur nachzugehen.

Und jetzt muß ich etwas erklären, und das ist nicht ganz einfach. Haben Sie also ein wenig Nachsicht mit mir.

Zwischen dem Zug und der Bahnsteigsperre unterhielt ich mich allmorgendlich mit Colin. Ich gab dem Druck nach, auf seine Tiraden zu antworten, die er den ganzen Weg von Shipley bis hierher gehalten hatte. Im Zug sagte ich sehr wenig. Jetzt, da niemand zuhörte, konnte ich den Mann ein bißchen veräppeln. Ich wollte allerdings seine Ausdrucksweise nicht annehmen. Ich habe ja schon zugegeben, ein Feigling zu sein. Ich bin auch ein Spötter. So tat ich also, als teilte ich seine Ansichten.

»Ich könnte nicht stärker mit Ihnen übereinstimmen, alter

Knabe«, hörte ich mich selbst sagen, als wir uns der Fahrkartenkontrolle näherten.
»Wie, wirklich?« sagte er.
»Frauen. Und Katzen. Die muß man dressieren. Das mögen sie zwar nicht, aber was bleibt einem schon anderes übrig.«
»Das ist doch genau mein Reden, Davesey. Sie und ich, wir denken genau dasselbe. Nicht wie diese Lahmärsche, heh?«
»Auf gar keinen Fall, Colin.«
»Ihr Essen steht demnach wohl immer pünktlich auf dem Tisch, wie?«
»Jeden Tag, Colin – sonst ...« Eine reine Lüge, aber es war seltsam erregend, in seinem Kopf den Samen von der Vorstellung eines absolut chauvinistischen Haushalts bei mir auszulegen.
»Sie haben es richtig gemacht, Davey.« Er legte mir kameradschaftlich die Hand auf die Schulter. »Was würden Sie denn beispielsweise in Sachen Louise und Ginger machen?«
»Nun, Colin«, sagte ich, wobei ich die Stimme hob, um den Lautsprecher zu übertönen, »das ist eine Frage der Prioritäten. Wer hat denn die Hosen an?« Wir hatten die Sperre erreicht. An diesem Morgen blieb ich stehen, um die Unterhaltung zu Ende zu führen. »Reden Sie einfach mal mit Louise. Sagen Sie ihr, daß Sie einen gewissen Lebensstandard verlangen. Sie muß wissen, daß Sie der Boss sind. Danach werden Sie sich großartig fühlen.«
»Mit ihr reden? Meinen Sie wirklich?«
»Das mögen sie, Colin, das mögen sie.«
»Bestimmt?«
»Wir sprechen uns wieder.«
Er sah mich dankbar, wenn auch ein wenig zweifelnd an.
»Ist gut, Davey. Auf morgen denn, ja?«
Und ich verließ ihn und trat schnell hinaus in die Geborgenheit der Untergrundbahn, wo niemand redete. Hier gab

es nur das Dröhnen der Züge, die mich vom Bahnhof fortbrachten – und mich von meiner Scham erlösten.
In diesen wenigen Wochen hatte ich mich bei meinem Versicherungsgiganten recht gut eingearbeitet. Ich nahm die Chancen wahr, die mir mein neuer Posten eröffnete. Von den kleinen Geschäften zu den wirklich großen Geschäften aufzusteigen, wirkte stimulierend. Ich hatte mein eigenes Büro – eine deutliche Verbesserung gegenüber den unpersönlichen offenen Räumen, in denen ich bisher immer hatte arbeiten müssen. Die anderen in meiner Abteilung erwiesen sich als ein lebhafter Haufen und luden mich mittags schon sehr bald ein, sie in die Pubs und die kleinen Bars Londons zu begleiten, wo man die Schandtaten der anderen (zum größten Teil erfunden, da bin ich mir sicher) genüßlich ausbreitete.
Mein Abteilungsleiter, ein gewisser Mr. Law, war weniger gesellig, ein Kleinigkeitskrämer (eines Tages spekulierten wir beim Lunch darüber, daß er vielleicht ein nur wenig befriedigendes Sexualleben haben könnte), aber fair in jeder Hinsicht. Er gab seine Anweisungen, ohne mich jemals spüren zu lassen, daß ich es bisher nur mit Kleinkram zu tun gehabt hatte. Ja, er bezog sich sogar gelegentlich ausdrücklich darauf und sah es als gutes Training, das meinen Blick auch für Details geschärft habe, war mir auf meinem jetzigen Posten sehr zustatten komme.
»Sehen Sie, Walters«, sagte er mir einmal im Vertrauen, »wir müssen alle mal klein anfangen. Ich habe jeden einzelnen Ihrer Berichte aufmerksam gelesen. Ihnen entgeht nichts. Die anderen hier ... nun, es gibt eine Tendenz, über alles hinwegzuhuschen. Erfolgreiches Spekulieren, Walters, beginnt mit einem scharfen Auge. Das scheinen Sie zu haben. In der Tat, ich habe das Gefühl, als könnten Sie es noch weit bringen.«
Natürlich stärkte diese Unterhaltung mit den versteckten

Hinweisen, besser als die anderen zu sein, mein Selbstbewußtsein ganz ungemein. Ich stufte mich selbst als hoffnungsvollen Nachwuchs ein, der seines Fortkommens absolut sicher sein darf. Vier Jahre Schufterei für nichts als Kleinigkeiten trugen endlich Früchte. So hatte ich also nichts zu befürchten, als ich einmal abends länger arbeitete und Mr. Law mich in sein Büro rufen ließ.

»Ah, Walters. Gefällt Ihnen die Arbeit hier noch immer?«

»Ganz großartig, Mr. Law.«

»Gut, gut. Setzen Sie sich, bitte. Nur ein informatives Gespräch. Ich entnehme Ihren Unterlagen, daß Sie in Shipley wohnen.«

»Das ist richtig, Sir«, erwiderte ich, eine Spur unsicher geworden, inwieweit sich das auf meine Karriere auswirken sollte.

»Bin nie selbst in Shipley gewesen«, fuhr er fort und wandte mir den Rücken zu, während er auf die hell erleuchtete City achtzehn Stockwerke unter ihm hinunterblickte.

Ich hatte das Gefühl, ich müsse etwas zur Unterhaltung beisteuern, und so sagte ich: »Mir gefällt es, Mr. Law. Genau das richtige für mich. Jedenfalls in diesem Stadium meiner Karriere. Gute Einkaufsmöglichkeiten. Nahe bei London gelegen.« Ich geriet unmerklich in den Stakkatostil, den Mr. Law seinerseits pflegte, den rein geschäftsmäßigen Tonfall, wie er einem stellvertretenden Abteilungsleiter sicher angemessen war.

Er fuhr fort, den Strom der heimwärts eilenden Menschen dort unten zu beobachten. »Meine Schwester ist vor nicht allzu langer Zeit dorthin gezogen. Sie ist Künstlerin. Abstrakte Malerei. Ich verstehe nichts davon. Verkauft sich gut, habe ich mir sagen lassen. Hab' sie in letzter Zeit nicht oft gesehen. Der Mann, den sie da geheiratet hat, sagt mir nichts. Wir sind nicht gerade eine heiratswütige Familie.«

Er wandte sich urplötzlich vom Fenster ab und blickte mir ins Gesicht. »Walters, ich brauche Ihre Hilfe.«
Großer Gott. Ich spürte es tief in mir vibrieren, und ich hatte das ungute Gefühl, als werde es jetzt sehr persönlich. Hatte er vielleicht was mit einer der Sekretärinnen? Ich sah mich im Geiste schon als Mittelsmann und Kuppler für Mr. Laws perverse Neigungen.
Wie erleichtert war ich, als er – ohne Handschellen und Peitschen zu erwähnen – fortfuhr: »Ich bin nächste Woche ganz in Ihrer Nähe. Dienstag. Pflichtübung. Ihre erste Ausstellung. Wird bestimmt spät. Der letzte Zug geht elf Uhr fünf. Zu früh für mich. Werde bei ihr auf dem Sofa übernachten müssen. Das heißt, ich muß Mittwoch morgen mit dem Zug hierher fahren. Sie sind immer sehr pünktlich, Walters. Immer Punkt neun Uhr dreißig im Büro. Sagen Sie mir doch, welchen Zug nehmen Sie ab Shipley?«
»Den Acht-Uhr-Sechzehn«, erwiderte ich.
»Gut, dann halte ich mal am Mittwochmorgen auf dem Bahnhof in Shipley Ausschau nach Ihnen.«
»Großartig.«
»Sagen wir zehn nach acht?«
»Gern, Mr. Law«, erwiderte ich, ohne auch nur einen Gedanken an Colin zu verschwenden.
Aber ich wurde sehr nachdrücklich an ihn erinnert, als ich ihn das nächste Mal wiedersah – am Montag.
»Hallo, Kumpel.«
»Hallo, Colin.«
»War nicht gut, was Sie mir da geraten haben«, berichtete er und legte so gleich wieder die Schlinge aus, die mich einmal mehr auf seine Frau-und-Katze-Straße zwingen würde.
»Ach, wirklich?« erwiderte ich ohne sonderliches Interesse.
»Louise hat es übelgenommen. Ich hab' ihr 'n paar klare Worte gesagt, genau wie Sie mir geraten haben, und sie ist gegangen.«

»Sie hat Sie verlassen?« fragte ich, schon etwas aufmerksamer geworden. Ich wollte nicht unbedingt an eine zerbrochenen Ehe schuld sein.
»Nicht für immer. So eine ist sie nicht. Nur einfach abgehauen – Gott weiß, wohin. Dasselbe hat sie am Freitag gemacht, am Samstag und am Sonntag. Ich glaube, sie hat einen Kerl.«
»Möglich.« Ich versuchte, möglichst unverbindlich zu klingen, genau wie er. Seinem Tonfall nach zu urteilen war ihm noch gar nicht aufgegangen, daß der Bursche ein Liebhaber sein könnte.
Dann setzte er hinzu: »Kommt nicht mehr heim, bis ich im Bett liege.«
»Und was machen Sie inzwischen?«
»Herumsitzen und mich mit Ginger trösten.«
Der Zug lief ein. Ich hatte anderes im Kopf als Colins häusliche Krise. Der Mittwoch war einfach zu nah.
»Colin – eh, arbeiten Sie die ganze Woche?«
»Na klar doch, Kumpel.«
»Mittwoch auch?«
»Wie immer.«
Wir setzten uns wie gewöhnlich in ein Raucherabteil. Ich fragte mich verzweifelt, wie ich dieser täglichen Routine wenigstens für einen Tag entfliehen könnte. In einer besseren Welt würde ich Colin am Mittwoch schlicht und einfach ignorieren und mit Mr. Law zusammen fahren. Aber dafür waren wir schon ein viel zu gut eingespieltes Paar. Colin sah in mir einen Seelenverwandten. Ich hatte mich zu weit mit ihm eingelassen, vor allem bei unserem kürzlichen Gespräch zwischen Zug und Sperre auf der Waterloo-Station. Was, wenn die beiden aufeinandertrafen? Ich schauderte bei der Vorstellung, daß Mr. Law sich den hirnverbrannten Monolog Colins auf dem ganzen Weg bis nach London ausge-

setzt sehen würde. Vor meinem geistigen Auge konnte ich schon deutlich sehen, wie sich mein Abteilungsleiter voller Ingrimm in das Unvermeidliche schickte, um dann später einen Vermerk in meine Personalakte einzufügen: *Machte ursprünglich einen vielversprechenden Eindruck, ließ aber dann später leider einen bemerkenswert schlechten Geschmack in der Auswahl seiner persönlichen Bekanntschaften erkennen. Sollte daher besser nur auf niedrigen Posten beschäftigt werden. Vielleicht eine kleine Außenstelle?*
Der Alptraum wurde jäh unterbrochen.
»Louise und ich, wir waren schon seit Jahren zusammen, und dann – peng! – war auf einmal Ginger da. Fragen Sie mich nicht, wie. Sie hat uns in gewisser Weise alle beide adoptiert. Aber stell'n Sie sich vor, ich hab' mich anfangs gar nicht dagegen gewehrt. Sie war 'ne gute Gesellschaft für Louise. Für mich auch. Wollen wir ehrlich bleiben. Aber jetzt ignoriert Louise mich, und das tut weh, Davey, und ich habe eine Stinkwut auf sie. Ich mach' die Katze dafür verantwortlich. Das sollte ich vielleicht nicht, aber ich tu's trotzdem.«
»Ja, sicher.«
»Sie könnte eifersüchtig auf Ginger sein. Ob das möglich wäre? Glauben Sie, daß sie eifersüchtig auf Ginger ist?«
Ich merkte, wie mich Augenpaare über aufgeschlagene Zeitungen hinweg anblickten wie damals die Heckenschützen aus den Schützengräben an der Somme. »Ich weiß nicht.«
Und dann kam völlig unerwartet ein leidenschaftliches Flehen, das um so unangebrachter war, als uns so viele andere Fahrgäste sehen und hören konnten. »Ich könnte es nicht ertragen, Louise zu verlieren. Ich will sie zurückhaben. Ich will meine Louise wiederhaben, Davey. Das ist alles.« Er war nahe daran, in Tränen auszubrechen.
Ich blickte den massigen Installateur an und befahl ihm im

Geiste, sich zusammenzureißen. So bedauernswert er ja auch sein mochte, mir ging es zunächst einmal um mich selbst. Er war doch, um Himmels willen, weiter nichts als jemand, den ich allmorgendlich im Zug sah.

»Helfen Sie mir, Davey. Sie wissen doch eine Lösung, nicht wahr?«

Oh, das hier war für die anderen gewiß eine großartige Unterhaltung. Ein »Highlight« in der Serie – wie etwa die Ermordung eines weithin bekannten Helden irgendeiner Seifenoper, gerade rechtzeitig zu Weihnachten, um die Einschaltquoten in die Höhe zu treiben.

Vauxhall rückte näher. Wir waren nur noch wenige Minuten von Waterloo entfernt. Ich mußte das noch heute regeln. Das durfte so nicht weitergehen, jedenfalls nicht bis Mittwoch.

»Ich muß darüber nachdenken«, sagte ich. »Jetzt machen Sie sich mal keine allzu großen Sorgen. Mir wird schon was einfallen.«

Glauben Sie mir, mein Gehirn machte Überstunden.

Colin beobachtete mich, zum Glück schweigend, bis wir die Endstation erreicht hatten.

Auf dem Bahnsteig, außer Hörweite der Lauscher, gab ich ihm dann den Rat, um den er mich gebeten hatte. Ich gab mir Mühe, so ruhig wie nur möglich zu klingen. »Nach allem, was Sie mir erzählt haben, ist Ginger zu einem Problem geworden. Sie hat sich zwischen Sie und Louise gedrängt, und jetzt wollen Sie wieder zu dem früheren Verhältnis mit Ihrer Frau zurückkommen, und das schaffen Sie nicht. Es geht einfach nicht. Die Lösung für mich, einen Außenstehenden, ist einfach: Befreien Sie sich von Ginger.«

Seine Augen weiteten sich: »Aber wie, Davey, wie?«

Diesmal gingen wir sehr langsam den Bahnsteig entlang,

und alle, die mit uns gereist waren, mußten längst weit weg sein, jedenfalls außer Hörweite.
Als redete ich mit einem Kind, sagte ich zu ihm: »Ganz egal, was Ihnen gerade einfällt. Normalerweise macht man es doch in einem Sack, oder? Man bindet ihn oben zu und versenkt ihn im Fluß. Und schon gibt es keine Ginger mehr.«
»Aber was ist mit Louise? Das wird sie gar nicht mögen.«
»Sie ist jeden Abend weg, nicht wahr?«
»Ja schon, aber ...«
»Wie will sie es dann merken? Katzen laufen nun mal gelegentlich davon, Colin.«
»Sicher, aber das kommt mir ein wenig ...«
Ich verlor die Geduld mit ihm. »Dann machen Sie doch, was Sie wollen. Sie haben mich um meinen Rat gebeten, und ich habe ihn Ihnen gegeben.«
Ich hörte noch, wie er sagte: »Ich werde darüber nachdenken, Davey«, als ich schon auf dem Weg zur Sperre war.

Am nächsten Tag war Colin nicht im Zug, und meine Hoffnungen für den Mittwoch stiegen. Ich ging früh zum Bahnhof, sehr früh. Im Kopf hatte ich ein gutes Dutzend Strategien und nur ein Ziel: Colin und Mr. Law nicht zusammentreffen zu lassen. Ich kaufte mir ein Exemplar der *Financial Times*, um meinem Boß zu imponieren, und stellte mich an den Zugang zum Bahnhof. Mr. Law würde wegen seiner Größe leicht zu entdecken sein.
»Was machen Sie denn hier, Davey?«
Großer Gott, nein! Colin hatte mich entdeckt.
»Äh – Colin, ich – äh ...« Aber ich brauchte nicht lange nach einer Ausrede zu suchen.
»Hab's gemacht, Kumpel. Wie Sie gesagt haben, Montag nacht. Louise und ich – alles wieder in Ordnung, wenigstens für den Augenblick.« – »Ah.«

»Sehen Sie«, fuhr er fort, »Sie dürfen bitte nicht beleidigt sein, Davey, nicht wahr? Hören Sie, Sie könnten doch gut heute abend auf einen Drink vorbeikommen. Bis dahin bin ich wieder ganz der alte. Dann können Sie auch Louise mal kennenlernen. Sie wissen schon – mal ein Gesicht zu einem Namen haben, klar, Kumpel?«

Meine Zehen fingen an, sich zu verkrampfen. Ich wurde zwischen zwei Unterhaltungen eingeklemmt.

»Ist es hier immer so überlaufen?« von Mr. Law.

»Nur für eine Stunde, ja?« von Colin.

»8.16 Uhr pünktlich, hoffe ich.« Law.

»Cramer Way siebenundvierzig. Die grüne Tür. Gegen sieben.« Colin.

»Ja, Colin. Ich will mein Bestes tun.«

»Großartig!« Und Colin war verschwunden.

Meine Zehen entkrampften sich wieder.

»Ein Freund?« wollte Mr. Law wissen.

»Das möchte ich eigentlich nicht sagen, Mr. Law. Er ist ein hier ansässiger Installateur. Der Bursche hat mir mal ein paar Tips bezüglich meiner Heizung gegeben. Und jetzt scheint er zu glauben, ich suchte seine nähere Bekanntschaft, aber dem ist nicht so.«

»Ah, die Sorte kenne ich.«

Der 8.16-Uhr-Zug kam auf die Sekunde pünktlich. Mehr noch – Mr. Law und ich bestiegen einen Nichtraucherwaggon und fanden auch noch zwei freie Sitzplätze. Ich strahlte vor Zufriedenheit.

Ich war so erleichtert über den glücklichen Verlauf dieses Tages, daß ich mich am Abend entschloß, Colins Einladung doch noch nachzukommen.

Ich hatte einen Drink nötig. Und Colins Entschluß, allein zu reisen, hatte mir den Freiraum verschafft, den ich einfach mal nötig gehabt hatte. Ich war bereit, mich dankbar zu erweisen. Wir würden auf unser beider Zukunft anstoßen. Vielleicht würde es mir in Zukunft sogar Vergnügen bereiten, mit Colin zusammen zu fahren, jetzt, da die Frau-und-Katze-Saga vorüber war. Wir würden andere Gesprächsthemen finden. Fußball vielleicht. Oder Fernsehen. Aber weitere Ratschläge hinsichtlich seiner Ehe würde ich verweigern.

Das Haus Cramer Way Nummer 47 hatte in der Tat eine grüne Haustür, genau wie Colin gesagt hatte. Ein Haus wie tausend andere mit einer Garage, in der ein weißer Kombi stand. Ich betätigte die Türglocke.

»Davey – kommen Sie rein, Kumpel.« Colin langte heraus und zog mich am Arm herein. Er trocknete sich gerade mit einem Handtuch das Haar. »Ich komme eben erst aus der Dusche. Der Staub vom Schlitzestemmen dringt einfach überall ein. Kommen Sie durch die Küche.«

Die Küche war einmalig. Ich stand fassungslos da und starrte auf ganze Berge ungespülten Geschirrs, Pfannen und Aluminiumtabletts. Und hier hatte er mich selbst hereingeführt.

Er bot mir ein Bier an. »Es macht Ihnen doch nichts aus, aus der Dose zu trinken? Ich hab' gerade keine Gläser zur Hand. Geben Sie uns Ihren Mantel, Davey. Louise wird jeden Augenblick durch diese Tür kommen.«

Ich nahm einen Schluck Bier und war dankbar, daß er aus einem versiegelten Behälter kam. Meine Augen wanderten durch den überladenen Raum und entdeckten auf dem Kühlschrank eine Fotografie voller Fettflecken. Colins Hochzeitsfoto. Ich erkannte die öffentliche Bibliothek von Shipley wieder, auf deren Stufen das Paar stand, er in einem schlechtsitzenden Anzug voller Konfetti und sie in einem Sommerkleid. Sie sah attraktiv aus. Colins Bemerkung über das Sofakissen fiel mir wieder ein. Mir war nicht wohl bei dem Gedanken, schon so viel über Louise zu wissen, noch bevor ich sie zum erstenmal gesehen hatte.

»Das Hochzeitsfoto«, sagte Colin und machte sich eine Büchse auf. »Was die Zeit so alles verändert.«

Ich verkniff mir die Antwort.

»Heh, aufgepaßt«, sagte er. »Da kommt sie schon, genau aufs Stichwort.«

Ich wandte das Gesicht der Haustür zu, nachdem ich die Büchse auf dem Küchentisch abgesetzt hatte. Es schien mir unangebracht zu trinken, während die Frau des Hauses hereinkam.

Aber es passierte gar nichts. Die Tür öffnete sich nicht. Ich sah zu Colin hinüber und merkte, daß er die Hintertür im Auge hatte. Die aber blieb ebenfalls geschlossen – bis auf einen kleinen Ausschnitt links. Links unten. Die Katzenklappe.

Sie ging auf.

»Louise, meine kleine Schönheit!« rief Colin, während er die Kreatur auf seinem Arm wiegte, eine kleine, weiße Katze. »Sieh mal, wir haben Besuch. Du erinnerst dich doch sicher, daß ich dir von Davey erzählt habe, dem Mann vom Zug?«

Ich versteifte mich.

»Davey hat mir gesagt, was ich mit Ginger machen sollte.«

Louise schnurrte zufrieden auf seinem Arm.

Colin kraulte ihr den Kopf, als er zu mir sagte: »Im Ernst, Davey, in dieser Nacht hätte ich liebend gern auch Sie noch umgebracht. Sie ahnen ja gar nicht, was das für eine Arbeit ist, eine lebendige Frau in einen Sack zu stecken und diesen dann auch noch oben zuzubinden.«

DIE MALTESERKATZE

Sara Paretsky

1

Ihre Stimme klang am Telefon sanft und rauchig, und darüber lag ein Hauch Südstaatenakzent, wie teures Parfüm. »Ich würde lieber in Ihr Büro kommen, meine Kollegen sollen nicht erfahren, daß ich eine Detektivin angeheuert habe.« Ich bot ihr an, sie am Abend zu besuchen, denn mein spartanisch eingerichtetes Büro wirkt nicht gerade ermutigend auf Mandanten. Doch sie wollte nicht solange warten, am liebsten wäre sie sofort gekommen. Und sie wollte mich auch nicht in einem Restaurant treffen. Die Sache sei viel zu persönlich.
»Sie wissen doch, daß ich auf Wirtschaftskriminalität spezialisiert bin, oder?« fragte ich in scharfem Tonfall.
»Ja, deswegen hat man mir Ihren Namen gegeben. Dann also um eins im vierten Stock des Pulteney Building, ja?« Sie legte auf, ohne mir zu sagen, wer sie war.
Ein paar Erkundigungen im County Building hielten mich länger auf, als ich erwartet hatte. Es war schon fast halb zwei, als ich ins Pulteney zurückkam. Offenbar war das Problem der Anruferin dringend, denn sie wartete vor meiner Bürotür und klopfte mit einem hochhackigen Schuh ungeduldig auf den Boden, während ich mit meinen Turnschuhen den Gang entlanggetrottet kam.
»Ms. Warshawski! Ich hatte schon gedacht, Sie versetzen mich.«
»Pech gehabt«, brummte ich, als ich ihr die Tür zu meinem Büro öffnete.

Auf dem spärlich beleuchteten Flur war sie nur eine schmale Silhouette gewesen; im Licht des Büros sagten mir der Schnitt der Schultern und die Knöpfe am Revers, daß ihr Kostüm von Chanel stammte. Das Blau betonte ihre Augen. Leichtes Make-up verbarg die Farbe ihres natürlichen Teints – ich konnte nicht entscheiden, ob ihre dunkelroten Haare echt waren oder nur sehr gut gefärbt.

Sie ließ den Blick über meine kärgliche Einrichtung schweifen und suchte sich den saubereren meine beiden Besucherstühle aus. »Ich habe meine Zeit nicht gestohlen, Ms. Warshawski. Wenn ich gewußt hätte, daß Sie mich hier warten lassen, ohne daß ich mich irgendwo setzen kann, hätte ich noch ein paar Telefonate erledigt, bevor ich hierhergekommen wäre.«

Ich hatte für meine Nachforschungen im Grundbuchamt eine Jeans und ein Arbeitshemd angezogen. Ich fühlte mich schmutzig und nicht dem Anlaß gemäß gekleidet, und das machte mich mürrisch. »Sie haben aufgelegt, ohne mir Ihren Namen und Ihre Telefonnummer zu geben, also konnte ich Ihnen nicht mitteilen, daß Sie in Ihren spitzen kleinen Schuhen hier rumstehen müßten. Ich habe meine Zeit auch nicht gestohlen. Warum sagen Sie mir nicht einfach, wo's brennt, dann kann ich versuchen zu löschen.«

Sie wurde rot. Wenn ich rot werde, bekomme ich hektische Flecken, bei ihr wurde nur das Make-up einen Ton dunkler. »Es geht um meine Schwester.« Der leichte Südstaatenakzent wurde stärker. »Corinne. Sie ist zu Ja ... zu meinem Exmann, und ich brauche jemanden, der ihr sagt, daß sie zurückkommen muß.«

Ich verzog das Gesicht. »Ich kann's nicht fassen: Da renne ich vom County Building hier rüber, und dann muß ich mir so was anhören. Wissen Sie, wir haben nicht mehr das Jahr

1890. Vielleicht macht sie einen Fehler, aber wahrscheinlich bekommt sie das selber in den Griff.«
Sie wurde noch röter. »Ich habe mich offenbar nicht klar ausgedrückt. Das tut mir leid. Ich bin es nicht gewöhnt, um Dinge betteln zu müssen. Meine Schwester Corinne ist erst vierzehn. Und sie ist mein Mündel. Ich bin sechzehn Jahre älter als sie. Unsere Eltern sind vor drei Jahren gestorben, seitdem wohnt sie bei mir. Das ist für keinen von uns leicht. Der Umzug von Mobile nach Chicago war nur der Anfang. Als sie hier war, wollte sie plötzlich all die Dinge tun, die in Mobile nicht möglich waren.«
Sie machte eine Geste, um zu illustrieren, um welche Dinge es sich dabei handeln konnte. »Sie hält mich für eine harte Frau und meint, daß ich meinen Exmann verschreckt habe. Sie kennt ihn, seit sie drei ist, und er war so was wie der große Held für sie. Sie hat einfach nicht gemerkt, daß er sich geändert hat. Oder besser gesagt: Er hat sich nicht verändert, aber er hatte einfach nicht mehr die Gelegenheit, sich in der Öffentlichkeit wie ein Held aufzuspielen. Als sie vor zwei Tagen verschwunden ist, bin ich davon ausgegangen, daß sie zu ihm ist. Aber er geht nicht ans Telefon und macht auch die Tür nicht auf. Ich weiß nicht, ob sie miteinander die Stadt verlassen haben oder ob er sich nur totstellt. Ich brauche jemanden, der Leute dazu bringen kann, die Tür aufzumachen und zu reden. Wenn ich Corinne wenigstens sehen könnte – vielleicht könnte ich dann ... ich weiß es nicht.«
Sie hielt mit einer hilflosen Geste inne, die nicht zu ihrem eleganten Aussehen paßte. Tja, die Verantwortung für Minderjährige bringt auch die Weltläufigsten wieder auf den Boden der Tatsachen zurück.
Ich verzog das Gesicht noch mehr. »Warum fangen wir nicht mit Ihrem eigenen sowie dem Namen und der Adres-

se Ihres Mannes an und wenden uns dann Corinnes Freunden zu?«

»Ihren Freunden?« Die tiefblauen Augen wurden groß. »Mir wär's lieber, wenn sich das nicht herumspricht. Die Leute reden, und obwohl wir nicht mehr das Jahr 1890 schreiben, könnte sie Probleme bekommen, wenn sie wieder in die Schule geht.«

Ich unterdrückte ein Aufheulen. »Sie können nicht meine Dienste in Anspruch nehmen und mir vorschreiben, was ich zu tun und zu lassen habe. Was ist, wenn sie nicht bei Ihrem Mann ist? Was ist, wenn ich mich nicht mit Ihnen in Verbindung setzen kann, nachdem ich das herausgefunden habe, sie aber in schrecklichen Schwierigkeiten steckt und ihr Leben davon abhängt, daß ich neue Hinweise bekomme? Wenn Sie mir nicht ein paar Namen nennen können – zum Beispiel den Ihren –, werden Sie sich nach einer weniger anspruchsvollen Detektivin umsehen müssen. Ich könnte Ihnen da ein paar mit richtigen Wartezimmern empfehlen.«

Sie preßte die Lippen zusammen: Normalerweise hatte sie das Heft in der Hand – die Leute redeten nicht ungestraft so mit ihr. Ein paar Sekunden lang sah es so aus, als hätte ich den Nachmittag auch im Grundbuchamt verbringen können, doch dann schüttelte sie den Kopf und zwang sich zu einem Lächeln.

»Man hat mir gesagt, ich soll Ihre Aggressivität ignorieren, weil Sie die Beste sind. Ich heiße Brigitte LeBlanc. Meine Schwester heißt Corinne, mit Nachnamen ebenfalls LeBlanc. Und mein Exmann ist Charles Pierce.« Sie schob ihren Stuhl zum Schreibtisch, um seine Adresse auf einen Zettel eines Notizblocks aus ihrer Handtasche zu schreiben Sie kritzelte eine ganze Weile vor sich hin und reichte mir dann eine Liste mit Corinnes drei besten Schulfreundinnen sowie der Adresse von Pierce.

»Ich muß zu einem Termin. Ich rufe Sie heute abend an, um zu hören, ob sie etwas herausgefunden haben.« Sie erhob sich.
»Moment mal«, sagte ich. »Ich bin nicht das Faktotum. Sie müssen einen Vertrag unterschreiben. Und ich brauche eine Telefonnummer, unter der ich Sie erreichen kann.«
»Ich bin wirklich spät dran.«
»Und ich habe wirklich zuviel zu tun, um nach Ihrer Schwester zu suchen. Wenn Sie überhaupt eine Schwester haben. So große Sorgen können Sie sich nicht machen, wenn Ihnen Ihr Termin wichtiger ist als sie.«
Sie sah mich so finster an, daß ich in einer dunklen Gasse Angst vor ihr bekommen hätte. »Ich habe wirklich eine Schwester. Und ich habe zwei Tage mit dem Versuch verbracht, in die Wohnung meines Exmannes zu kommen und Leute zu finden, die mir einen Privatdetektiv empfehlen konnten. Ich kann nichts für Sie tun, nur das Geld für Ihr Honorar verdienen.«
Ich holte ein Vertragsformular aus einer Schreibtischschublade und spannte es in die Olivetti meiner Mutter ein, eine Schreibmaschine, die so alt ist, daß ich die Farbbänder immer eigens aus Italien bestellen muß. Ein PC wäre billiger und eindrucksvoller, aber die Bewegung stärkt meine Unterarmmuskulatur. Ich brachte Ms. LeBlanc dazu, mir ihre Adresse zu geben und auf der gepunkteten Linie zu unterschreiben, wodurch sie sich verpflichtete, mir 400 Dollar pro Tag plus Spesen zu zahlen. Als Vorschuß gab sie mir einen Scheck über 200 Dollar.
Als sie weg war, kämpfte ich mit meinem Fenster, weil ich hoffte, durch einen frischen Luftzug ihr teures Parfüm zu verjagen. Kohlestaub von der Hochbahn wäre mir immer noch lieber als ihr Duft, doch die Fenster, die zahllose Male überstrichen worden waren, bewegten sich keinen Millime-

ter. Also schaltete ich einen kleinen Ventilator an und starrte ihre kräftige schwarze Unterschrift mit säuerlichem Gesicht an.

Wie lautete der richtige Name ihres Exmannes? Sie hatte sich gerade noch den Rest zu »Ja ...« verkniffen. Der Vorname konnte James oder Jake lauten, mit Sicherheit nicht Charles. Hatte sie wirklich eine Schwester? War das Ganze vielleicht nur ein Trick, um dem Mann die Unterhaltszahlungen aus dem Geldbeutel zu locken? Pierce' Adresse in der North Winthrop klang nicht nach einer Gegend, in der sich die Männer Alimente leisten konnten. Vielleicht gab sie ja das Geld für Chanel-Kostüme aus, während er in einer Pennergegend wohnte.

Sie stand nicht im Telefonbuch, was bedeutete, daß ich ihre Adresse in der Belden Avenue nicht überprüfen konnte. Ich rief eine Freundin bei der Ft. Dearborn Trust an, der Bank, auf die Brigitte den Scheck ausgestellt hatte, und sie versicherte mir, daß die Dame keineswegs unter Geldschwierigkeiten litt. Meine Freundin sagte mir, Brigitte habe die Einkünfte aus ihrer Modelkarriere in eine erfolgreiche Medienberatungsfirma gesteckt.

»Wenn du mal die Modezeitschriften lesen würdest, Vic, würdest du solche Sachen wissen. Du müßtest dich bloß von Zeit zu Zeit von den Sportnachrichten losreißen – das wäre gut für deine Karriere.«

»Danke, Eva.« Ich legte auf. Zumindest würde sich der Name meiner Mandantin nicht irgendwann als falsch erweisen, das war schon mal ein guter Anfang.

Ich sah in den kleinen Spiegel über meinem Aktenschrank. Ein Schmutzfleck auf der rechten Wange statt Rouge war der einzige Unterschied zwischen mir und Ms. LeBlanc. Da ich genau richtig für die North Winthrop gekleidet war, machte ich die Bürotür hinter mir zu und holte meinen Wagen.

2

Charles Pierce wohnte in einem düsteren Haus mit zehn Wohnungen. Ausgefranste Laken dienten als Vorhänge hinter den Fenstern, die nicht vernagelt waren. Leere Flaschen lagen im Eingang, doch der Geruch von abgestandenem Bier überdeckte den Gestank frischen Urins nicht. Wenn Corinne LeBlanc hierher geflüchtet war, mußte das Leben mit Brigitte die Hölle gewesen sein.

Der Exmann meiner Mandantin wohnte in Apartment 3E, das hatte sie mir gesagt. Die wenigen Briefkästen, die sich noch richtig verschließen ließen, trugen keine Namen von Bewohnern. Das galt auch für die verschmutzten Namensschilder neben den Klingeln, die nicht funktionierten. Als ich die wackelige Tür zum Flur aufdrückte, machte ich mir wieder Gedanken über die Glaubwürdigkeit meiner Klientin: Sie hatte mir gesagt, »Ja ...« sei weder ans Telefon gegangen noch habe er die Tür geöffnet.

Eine Frau mit wäßrigen Augen lag am Fuß der Treppe und nuckelte an einer Flasche Bier. Sie starrte mich feindselig an, als ich sie bat, mich vorbeizulassen, versuchte aber nicht, mich zu Fall zu bringen, als ich über sie hinwegkletterte. Es war nur mein Fuß, der sich in einer Falte ihres Mantels verfangen hatte.

Offenbar hatten sich früher zwei Wohnungen pro Stockwerk in dem Haus befunden. Im dritten Stock sahen jedenfalls nur zwei Türen, eine an jedem Ende, so aus, als stammten sie noch aus den eleganten, gediegenen Anfängen des Gebäudes. Die anderen sieben waren hastig angebracht worden, wenn man eine Wohnung abgeteilt hatte. In der Dunkelheit fand ich an einer Tür den Buchstaben B und zählte drei weiter, um zu E zu gelangen. Nachdem ich ein paarmal gegen den abblätternden Lack geklopft hatte, entdeckte ich

an dem verdreckten Türpfosten einen Klingelknopf. Als ich darauf drückte, hörte ich, wie es drinnen summte.
Es ging niemand an die Tür. Das Ohr an den schmutzigen Lack gepreßt, hörte ich das gedämpfte Geräusch eines Fernsehers.
Ich drückte fünf Minuten lang auf die Klingel. Das ist ganz schön anstrengend für den Finger, aber für die Ohren ist es noch lästiger. Wenn da drin wirklich jemand war, wäre er mittlerweile wahrscheinlich wutentbrannt an die Tür gekommen.
Ich konnte natürlich verschwinden und irgendwann wiederkommen, doch wenn Pierce sich da drinnen totstellte, um Brigitte aus dem Weg zu gehen, war damit nichts gewonnen. Sie hatte gesagt, sie habe es zwei Tage lang immer wieder versucht. Vielleicht war der laufende Fernseher nur so etwas wie ein Köder oder – ich schob grellere Gedanken weg und holte meinen Dietrich aus der Tasche. Nach zwei Minuten war ich in der Wohnung.
Sie bestand aus einem einzigen Raum mit einer kleinen Küche auf der linken Seite. Ein ordentlicher Mensch konnte einen Wellblechschirm vorziehen, um den Koch- vom Wohnbereich abzutrennen, doch Pierce war nicht ordentlich. Zehn, vielleicht sogar fünfzehn übereinandergestapelte Töpfe voll verrottendem Essen und Kakerlaken wackelten gefährlich, als ich die Tür schloß.
Der Raum wurde von einem Klappbett mit einem absurd fetten Mann beherrscht, der merkwürdig verrenkt darauf lag. Er hatte gerade ferngesehen, als er gestorben war, trug eine ausgefranste, glänzende Hose, deren Schlitz offenstand, sowie ein Holzfällerhemd, das seinen gewaltigen Bauch nicht ganz bedeckte.
Sein gewaltiger Umfang und die Tatsache, daß sein kahler Kopf so seltsam verrenkt dalag, ließen mich würgen. Ich

konnte mich gerade noch beherrschen, nicht zu kotzen, und bahnte mir einen Weg zum Bett durch einen Haufen schmutziger Kleider. Dann hob ich einen Arm des Mannes, der ungefähr so dick wie ein Baumstamm war, und fühlte nach dem Puls. Ich konnte nichts spüren, aber die Haut war, wenn auch klamm, fest. Ich brachte es nicht fertig, ihn noch weiter zu berühren, sondern entfernte mich ein wenig und betrachtete ihn aus sicherer Distanz. Ich konnte keine äußeren Verletzungen entdecken. Die inneren waren Sache des Gerichtsmediziners.

Als ich wieder draußen im Treppenhaus war, hätte ich fast das Bewußtsein verloren. Nur der Gedanke daran, daß ich in den Urin oder die Kotze fallen könnte, hielt mich auf den Beinen. Unten stolperte ich wieder über den Mantel der Frau mit den wäßrigen Augen. Ich fiel hin und mußte mich dann doch übergeben, aber leichter wurde mir dadurch nicht.

Während ich in meinem Trans Am auf den Leichenwagen wartete, machte ich mir Gedanken über meine Mandantin. War Brigitte möglicherweise von mir aus direkt hierhergekommen, hatte den Mann umgebracht und sich aus dem Staub gemacht, während ich mich über sie erkundigte? Wenn ja, hatte die Frau mit den wäßrigen Augen sie sicher gesehen. Würden mein zweimaliges Stolpern und mein Kotzen im Treppenhaus sie schon dazu bewegen, sich mit mir zu unterhalten?

Ich stieg aus meinem Wagen aus, doch bevor ich wieder beim Eingang war, kam schon die Polizei. Als wir gemeinsam die wackelige Tür aufdrückten, war meine Freundin verschwunden. Ich machte mir nicht die Mühe, den Beamten etwas von ihr zu erzählen. Sie würde hier in Uptown nicht weiter auffallen, und selbst wenn sie sie fanden, würde sie ihnen vermutlich nicht viel erzählen.

Wir trotteten die Stufen schweigend hinauf. Vier Beamte waren gekommen. Die Frau und der jüngste der drei Männer schienen ziemlich fit zu sein, während die beiden älteren Männer einen Bauchansatz hatten. Wahrscheinlich wären sie nicht in der Lage, auch nur das rechte Bein des Mannes da oben hochzuhieven, geschweige denn seinen ganzen gewaltigen Körper.

»Ich hab' so ein Gefühl«, murmelte der älteste Beamte, mehr zu sich selbst als zu uns. »Ich hab' so ein Gefühl.«

Als wir in der Wohnung angelangt waren und er sich den riesigen Kadaver auf dem Bett ansah, schüttelte er den Kopf ein paarmal. »Ja, ich hab's geahnt, als der Anruf kam.«

»Was geahnt, Tom?« fragte die Frau in scharfem Tonfall.

»Jade Pierce«, antwortete er. »Ich hab's gewußt, daß er hier in der Gegend wohnt. Hat 'ne Menge Klagen über ihn gegeben. Ich hab' mir schon gedacht, daß er es sein könnte, als ich gehört habe, daß wir's mit 'nem großen, fetten Kerl zu tun haben.«

Die Frau blieb kurz vor dem Bett stehen, wir anderen betrachteten traurig das Chaos. Jade. Nicht James oder Jake, sondern Jade. Früher eine der berühmtesten Spieler der Bears. Und jetzt ... Ich bekam eine Gänsehaut.

Als er für Alabama spielte, sagte ein Reporter, seine Glatze sei so glatt und kalt wie ein Stück Jade und stellte noch weitere Vergleiche mit seiner Spielweise an. Als Pierce seinen Vertrag mit den Bears unterzeichnete, freute ich mich darüber wie alle anderen Chicagoer Fans, auch wenn ihm Gewalttätigkeit im Privatleben nachgesagt wurde. Kein Wunder, daß Brigitte LeBlanc nicht bei ihm geblieben war. Aber warum hatte sie mir nicht sagen wollen, wer er wirklich war? Ich sann über diese Frage nach, während Tom über das kleine Mikro an seinem Revers Verstärkung rief.

»Und was haben Sie hier gemacht?« fragte er mich.

»Seine Exfrau hat mich angeheuert, um nach ihm zu sehen.« Normalerweise sage ich den Bullen nichts über meine Aufträge, aber ich hatte keine Lust, Brigitte zu schützen. »Sie wollte mit ihm reden, und er ging weder ans Telefon noch an die Tür.«

»Sie wollte nach ihm sehen?« wiederholte der durchtrainierte jüngere Beamte, ein Mann mit hohen Wangenknochen und gepflegtem Schnurrbart spöttisch. »Soweit ich weiß, war die Trennung von ihr der größte Kampf, den Jade jemals ausgefochten hat.«

Ich lächelte. »Ihr geht's gut, ihm nicht. Besser gesagt, ihm ging's nicht gut. Vielleicht hat sie ja das Gewissen gedrückt. Oder sie wollte bloß über ihn triumphieren. Da müßt ihr sie selbst fragen. Mir hat sie lediglich gesagt, daß ich versuchen soll, an ihn ranzukommen. Das habe ich getan, und dann habe ich euch gerufen.«

Während Tom sich das, was ich gesagt hatte, durch den Kopf gehen ließ, holte ich meine Visitenkarte heraus und reichte sie ihm. »Sie können mich unter dieser Nummer erreichen, wenn Sie sich mit mir unterhalten wollen.«

Er rief mir noch nach, doch ich ging schon den Flur hinunter, in dem meine Schritte hohl widerhallten.

3

Brigitte LeBlanc hatte einen Kundentermin und war unabkömmlich. Auch die Nachricht, daß ihr Exmann gestorben war, konnte sie nicht loseisen. Nicht einmal der Gedanke, daß schon bald die Bullen auftauchen würden, konnte sie bewegen. Nachdem ich der Empfangsdame abwechselnd geschmeichelt und gedroht hatte, beugte sie sich über den Schreibtisch und sagte mir in vertraulichem Tonfall: »Der

Vizepräsident der Vereinigten Staaten ist gerade zu einem Medienberatungsgespräch da.« Brigitte hatte gesagt, sie wolle nur gestört werden, wenn der Präsident oder der Papst höchstpersönlich auftauchten – zwei Leute, für die ich nicht mal einen Zahnarzttermin unterbrechen würde.

Da ich im dreiundvierzigsten Stock unerwünscht war, fuhr ich mit dem Aufzug hinunter und schlenderte ein bißchen in der Eingangshalle herum. Um halb sechs scheuchte mich ein Schwarm Geheimdienstbeamte zusammen mit allen anderen hinaus auf die Straße. Fünfzehn Minuten später kam der Vizepräsident heraus, das jungenhafte Gesicht entschlossen. Obwohl es sich um einen privaten Besuch handelte, warteten bereits die wachsamen Fernsehteams auf ihn. Er lächelte und winkte, sagte aber nichts, bevor er seine Limousine bestieg. Brigitte mußte wirklich gut sein, wenn sie ihn davon überzeugt hatte, daß er den Mund halten mußte.

Um sieben fuhr ich wieder hinauf in den dreiundvierzigsten Stock. Die doppelten Glastüren waren verschlossen, die Lichter aus. Ich fand in meiner Kollektion einen Schlüssel, der paßte, doch nachdem ich mich durch viele Meter grauen Plüsch gekämpft, die gesicherten Studios durchsucht und mich schließlich noch in den Büros umgesehen hatte, würde mir klar, daß meine Mandantin schlauer war als ich. Sie hatte das Haus über einen Hinterausgang verlassen.

Ich knurrte enttäuscht und verschloß die Tür nicht hinter mir. Sollte doch jemand reinkommen und die ganze Videoausrüstung mitnehmen. Mir war das egal.

Ich schaute bei dem dreistöckigen Gebäude aus rotem Sandstein in der Belden Avenue vorbei, in dem Brigitte wohnte. Sie war nicht da. Die Haushälterin wußte nicht, wann sie zurückkommen würde. Sie war zum Essen verabredet und hatte der Bediensteten gesagt, sie brauche nicht auf sie zu warten.

»Und was ist mit Corinne?« fragte ich und erwartete, daß die Frau sagen würde: »Welche Corinne?«

»Sie ist auch nicht hier.«

Ich schlüpfte ins Haus, bevor sie mir die Tür vor der Nase zumachen konnte. »Mein Name ist V. I. Warshawski. Brigitte hat mich angeheuert, um ihre Schwester zu finden; sie hat gesagt, sie sei bei Jade. Ich bin in seine Wohnung eingedrungen. Corinne war nicht da, und Jade war tot. Seitdem versuche ich, mit Brigitte zu reden, aber sie geht mir aus dem Weg. Ich möchte ein paar Dinge wissen, zum Beispiel, ob Corinne tatsächlich existiert und ob sie wirklich weggerannt ist. Außerdem würde mich interessieren, ob sie und Brigitte Jade umgebracht haben könnten.«

Die Haushälterin starrte mich ein paar Minuten lang an, dann verzog sie das Gesicht. »Haben Sie einen Ausweis?«

Ich zeigte ihr eine Privatdetektivlizenz und den Vertrag, den Brigitte unterzeichnet hatte. Zwar verzog sie das Gesicht noch mehr, aber sie gab mir auch ein paar Einzelheiten. Corinne war ein dickes, unglückliches Mädchen, das gar nicht wußte, was es für ein Glück hatte. Brigitte gab der jungen Frau alles, brachte ihr bei, wie man sich anzog, schickte sie auf die St. Scholastica, versuchte sogar, sie bei speziellen Diätkliniken anzumelden, aber sie war nie zufrieden und jammerte die ganze Zeit ihren Freundinnen daheim in Mobile nach, nichtsnutzigen Freundinnen. Ja, sie war tatsächlich vor drei Tagen weggelaufen, und sie, die Haushälterin, hatte das nicht sonderlich bedauert, aber Brigitte fühlte sich verantwortlich. Es tat ihr leid, daß Jade tot war, aber er war gewalttätig, Corinne hatte ihn idealisiert und nicht erkannt, was für ein Monster er in Wirklichkeit war.

»Wissen Sie, die können das einfach nicht abstellen, wenn sie vom Spielfeld runter sind. Tja, und wer ihn umgebracht hat: Ich würde sagen, er selber; hat sich wahrscheinlich zu Tode gesoffen. Ich hab' ja immer gesagt, daß es so kommen würde. Corinne kann's ja nicht gewesen sein, sie hat nicht genug Pep dazu: Und Brigitte hat keinen Grund – die hat's ihm sowieso schon mehr als einmal gezeigt.«

»Vielleicht hat sie gedacht, er hätte ihre Schwester belästigt.«

»Dann hätte sie ihn vor Gericht gebracht und sich gefreut, daß er noch mal gedemütigt wird.«

Was für entzückende Menschen; welche Freude, daß sich ihr Schicksal mit dem meinen verbunden hatte. Ich überredete die Haushälterin, mir ein Bild von Corinne zu geben, bevor ich wieder ging. Sie war tatsächlich ein übergewichtiger Teenager mit traurigen Augen. Wahrscheinlich war's nicht leicht, eine perfekte ältere Schwester zu haben, die aus dem häßlichen Entlein unbedingt einen stolzen Schwan machen wollte. Außerdem entlockte ich der Haushälterin die Privatnummer von Brigitte mit der Drohung, daß ich die ganze Nacht hindurch stündlich an der Tür klingeln würde. Auf der Heimfahrt schaltete ich das Radio nicht an, weil ich die grausige Erregung der Reporter hinter ihren salbungsvollen Worten über Jade Pierce' tiefen Fall nicht hören wollte. – Ich wollte auch keine Zusammenfassung seiner letzten neun Spielzeiten bei den Bears über mich ergehen lassen, von den großen bis zu den letzten beiden Jahren, in denen seine Knie und sein Rücken ihn so sehr gequält hatten, daß nicht einmal Schmerzmittel mehr halfen. Ich wollte nichts erfahren über seinen Rückzug vom Sport, nachdem er siebzig oder achtzig Pfund zu seinem Kampfgewicht von hundertfünfzig Kilo zugelegt hatte, nichts über die Auseinandersetzungen in Bars, die Tatsache, daß er von seinem Ferrari Daytona aus auf andere Fahrer geschossen hatte, nichts über den Verkauf dieses Ferrari, um die Anwaltskosten bezahlen zu können, auch nichts über den Zirkus, zu dem seine Scheidung ausartete. Nichts schließlich von seinem unwürdigen Ende auf einem Klappbett in einem verdreckten Apartment in Uptown.

Ich knallte die Tür meines Trans Am mit einer Wucht zu, die er nicht verdiente, und stapfte die drei Stockwerke zu meiner eigenen Wohnung hoch. Müdigkeit und Verbitterung dämpften den sechsten Sinn, der mich normalerweise vor Gefahren warnt. Der Mann hatte mich gegen die Tür meiner Wohnung gedrückt und hielt mir eine Waffe unter die Nase, bevor ich begriff, daß er überhaupt da war.

Ich hielt ihm meine Umhängetasche hin. »Bedienen Sie sich. Und dann gehen Sie bitte. Ich habe einen langen Tag hinter mir und möchte nicht allzuviel Zeit mit Ihnen verbringen.«

Er spuckte auf den Boden. »Ich will Ihre lächerliche Brieftasche nicht.«

»Vergewaltigen werden Sie mich nicht, das sage ich Ihnen, also nehmen Sie lieber meine lächerliche Brieftasche.«

»Ihr Körper interessiert mich nicht. Machen Sie die Wohnung auf. Ich will sie durchsuchen.«

»Verpiß dich.« Ich ließ meine Knie in seinen Bauch schnellen und schlug ihm mit der rechten Arm die Hand mit der Waffe weg. Er würgte und krümmte sich zusammen. Mit der Umhängetasche schlug ich ihm über den Hinterkopf. Er sank ohnmächtig auf dem Boden zusammen.

Ich nahm die Waffe aus seiner schlaffen Hand, dann suchte ich in seinem Mantel herum und holte seine Brieftasche heraus. Laut Führerschein war er Joel Sirop, der in dem teuren Viertel am Dearborn Parkway wohnte. Er hatte ein paar beeindruckende Kreditkarten von Bonwit, Neiman Marcus und obendrein die American Express Platin dabei. Dazu kam noch eine Karte, auf der stand, er sei Mitglied der Katzenzüchtervereinigung von Nordamerika. Ich steckte die Sachen wieder zurück in seine Brieftasche und diese in seine Brusttasche.

Er stöhnte und schlug die Augen auf. Nach ein paar Sekunden gelang es ihm, mich wütend anzuschauen. »Mein Kopf. Sie haben mir den Schädel eingeschlagen. Ich verklage Sie.«

»Machen Sie mal. Ich behalte solange Ihre Pistole als Beweismittel. Ihren Namen und Ihre Adresse habe ich auch, damit ich die Bullen zu Ihnen schicken kann, wenn ich Sie noch einmal hier erwische. Und jetzt verschwinden Sie.«

»Erst wenn ich Ihre Wohnung durchsucht habe.« Er war jetzt unbewaffnet, und es ging ihm nicht besonders gut, aber das hinderte ihn nicht daran, stur zu sein.

Ich lehnte mich an meine Tür, auf der Hut, falls er noch einmal versuchte, es mit mir aufzunehmen. »Wonach suchen Sie, Mr. Sirop?«

»Sie haben es in den Nachrichten gebracht, wie Sie Jade gefunden haben. Wenn die Katze da war, haben Sie sie sicher mitgenommen.«

»Sie können beruhigt sein, in der Wohnung waren keine Katzen, als ich hingekommen bin. Hat er Ihnen die Katze geklaut?«

Er schloß die Augen, offenbar, um zu überlegen. Als er sie wieder aufschlug, erklärte er mir, er habe keine andere Wahl, er müsse mir vertrauen. Ich lächelte ihn freundlich an und sagte ihm, er könne ja gehen, dann könne ich endlich zu Abend essen, aber er bestand darauf, mir alles anzuvertrauen.

»Kennen Sie sich mit Katzen aus, Ms. Warshawski?«

»Nur sehr oberflächlich. Ich habe eine Hündin, und die kennt sich aus mit Katzen.«

Er machte ein finsteres Gesicht. »Das ist nicht zum Lachen. Haben Sie schon mal was von Malteserkatzen gehört?«
»Ja, kann schon sein. Das sind doch die ohne Schwanz, stimmt's?«
Er bekam eine Gänsehaut. »Nein, das sind die Manxkatzen. Die Malteserkatzen sind normalerweise blaugrau. Ganz, ganz selten gibt's auch mal eine, die fast ganz blau ist, Brigitte LeBlanc hat – oder besser gesagt hatte – eine solche Katze: Lady Iva of Cairo.«
»Na toll. Wahrscheinlich hat sie sich die passend zu ihren Augen angeschafft.«
Er tat meine Bemerkung als weitere Frivolität ab.
»Ihre Motive tun hier nichts zur Sache. Wichtig ist nur, daß es sehr schwer war, diese Katze zu züchten. Sie ist erst das dritte Mal in ihrem vierjährigen Leben rollig. Brigitte hat sich bereit erklärt, Lady Iva mit meinem Kater Casper of Valletta zusammenzubringen. Sie muß zu ihm, und zwar bald. Aber sie ist verschwunden.«
Jetzt war es an mir, brüskiert auszusehen. »Ich habe mich heute ganz schön verknotet, um nach einem weggelaufenen Teenager zu suchen, aber eine vermißte Katze werde ich mit Sicherheit nicht durch die Straßen von Chicago verfolgen. Ihr Kater wird sie schneller finden als ich. Tja, das würde ich Ihnen auch raten: Fahren Sie einfach ein bißchen in der Gegend rum, und lauschen Sie auf das Miauen der Kater, dann finden Sie über kurz oder lang Ihre Malteserkatze.«
»Möglicherweise hat Corinne, das Mädchen, von dem Sie sprechen, Lady Iva mitgenommen. Reinrassige kleine Katzen könnten pro Stück tausend Dollar und mehr bringen. Corinne weiß das. Aber wenn Lady Iva sich da draußen auf den Straßen herumtreibt und ein anderer Kater sie zuerst

schwängert, sind die Nachkommen Mischlinge, und für die lohnen sich nicht mal die Tierarztkosten.«

Er erzählte mir all das mit einer Leidenschaft, die ich persönlich nur für die Cubs oder die Bears aufbringe. Ihm zugewandt, schloß ich meine Wohnungstür auf. Er stürzte sich hinein wie eine der Katzen, mit denen er sich so lange beschäftigt hatte. Ich packte ihn am Sakko, als er an mir vorbeiwollte, doch er riß sich los.

»Ich gehe nicht weg, bevor ich nicht Ihre Wohnung durchsucht habe«, keuchte er.

Ich rieb mir müde den Kopf. »Dann machen Sie, aber bitte schnell.«

Ich hätte die Polizei rufen können, während er sich nach Lady Iva umsah, doch statt dessen schenkte ich mir einen Whisky ein und sah ihm zu, wie er auf Händen und Knien herumkroch und dabei leise Pfiffe ausstieß – vielleicht den Brunftlaut der Malteserkatzen. Er ging meine Schränke durch, meinen Ofen, den Kühlschrank, und bestand sogar darauf, daß ich den Safe in meinem Schlafzimmerschrank öffnete. Ich holte zuerst meine Smith & Wesson heraus, bevor ich ihn hineinschauen ließ.

Nachdem er auch noch den hinteren Flur durchsucht hatte, mußte er mir zustimmen, daß sich in meiner Wohnung keine Katzen aufhielten. Er versuchte, mich zu überreden, daß ich mit ihm in die Stadt fuhr, um auch in meinem Büro nachsehen zu können. Da riß mir der Geduldsfaden.

»Ich könnte Sie wegen Tätlichkeiten und Einbruchsversuchs verhaften lassen. Also verschwinden Sie jetzt, solange ich noch gute Laune habe. Fahren Sie mit Ihrem Kater zu meinem Büro. Wenn die Katze tatsächlich drin ist und rollig, macht er sich schon bemerkbar. Dann können Sie die Polizei rufen. Aber lassen Sie mich in Frieden.« Damit komplimentierte ich ihn trotz heftiger Proteste hinaus.

Danach sperrte ich alle Schlösser sorgfältig zu. Ich wollte nicht, daß mir noch ein weiterer wahnsinniger Katzenzüchter mitten in der Nacht auf den Pelz rückte.

4

Ich erreichte Brigitte erst nach Mitternacht. Ja, sie hatte meine Nachricht bezüglich Jade erhalten. Er tat ihr furchtbar leid, aber da sie ihm ja jetzt, da er tot war, sowieso nicht mehr helfen konnte, hatte sie sich nicht die Mühe gemacht, sich mit mir in Verbindung zu setzen.
»Jetzt trennen sich bald unsere Wege, das kann ich Ihnen versprechen, Brigitte. Sie müssen mir beweisen, daß Sie nichts vom Tod des Mannes gewußt haben, als Sie mich rauf in die North Winthrop geschickt haben. Nicht nur mir übrigens, sondern auch der Polizei. Ich werde am Morgen mit Lieutenant Mallory vom General District sprechen und ihm das Lügenmärchen erzählen, das Sie mir aufgetischt haben. Die Beamten werden sicher herausfinden, ob es Ihnen wichtiger war, Corinne aufzuspüren oder Ihre Katze.«
Langes Schweigen am anderen Ende der Leitung. Als sie schließlich etwas sagte, war ihr Südstaatenakzent deutlich zu hören. »Können wir uns am Morgen unterhalten, bevor Sie die Polizei verständigen? Vielleicht bin ich nicht so offen gewesen, wie ich es hätte sein sollen. Ich möchte gern, daß Sie die ganze Geschichte hören, bevor Sie etwas unternehmen.«
Nein sagen, Vic, einfach nein sagen, dachte ich. »Kommen Sie um acht in den Belmont Diner, Brigitte. Sie können mir alles erzählen, aber versprechen kann ich Ihnen nichts.«
Ich stand um sieben auf, ging mit dem Hund zum Belmont Harbor joggen, kam zurück und duschte lang und ausgiebig.

Wahrscheinlich würde ich nicht mal, wenn ich mir eine halbe Stunde Zeit nahm zum Ankleiden und Schminken, so gut wie Brigitte aussehen, also schlüpfte ich einfach in eine Jeans und einen Baumwollpullover.
Es war fast zehn nach acht, als ich in den Diner kam, aber Brigitte war noch nicht da. Ich holte den Herald-Star vom Tresen und nahm ihn in eine Nische mit, um ihn bei einer Tasse Kaffee zu lesen. Die Schlagzeile stach mir sofort ins Auge:

FOOTBALL-STAR ÜBERLEBT SCHLIMMERES SCHICKSAL ALS DEN TOD

Charles »Jade« Pierce, früher der fähigste Mann der gefürchteten Bears-Abwehr, schaffte es wieder einmal, offensiven Gegenspielern zu trotzen. Doch diesmal ging es um mehr als nur um einen Touchdown. Der Angreifer war der Tod.

Jeremy Logan übertrieb schamlos, trotzdem las ich den Artikel bis zum Ende. Normalerweise wird eine Leiche ins Krankenhaus gebracht, wo eine Sterbeurkunde ausgestellt wird, bevor man sie in die Leichenhalle schickt. Die Beamten hatten Jade zu einer ersten Untersuchung ins Beth-Israel-Krankenhaus transportiert. Der dortigen Assistenzärztin war ein Hauch von Schweiß auf Jades Nacken und Händen aufgefallen. Sie hatte eingehender nach seinem Pulsschlag gesucht als ich und dabei leichte, wenn auch unmißverständliche Hinweise darauf gefunden, daß der Fleischberg noch lebte. Sie hatte ihn wieder ins Bewußtsein zurückgeholt.

Jade, der schwerwiegende Probleme mit Suchtmitteln hatte, nachdem er bei den Bears ausgeschieden war, hatte sich eine Mischung aus Äther und Salzsäure gespritzt, bevor er mehr als einen Liter Bourbon trank. Er schlug die Augen mit den für ihn typischen Worten auf: »Verpißt euch.«

Logan gab dann den obligatorischen Abriß von Jades Karriere und ihrem Ende und verbreitete sich schließlich noch frömmlerisch über Sporthelden, die in der Gosse sterben müssen, wenn sie der Masse nicht mehr gefallen. Ich las den Artikel zweimal durch, auch die letzte Zeile, dann traf Brigitte ein.

»Sehen Sie, Jade ist noch am Leben, also kann ich ihn nicht umgebracht haben«, verkündete sie und nahm in einer Wolke von Chanel in meiner Nische Platz.

»Haben Sie gewußt, daß er im Koma liegt, als Sie gestern zu mir gekommen sind?«

Sie hob verächtlich die Augenbrauen. »Zweifeln Sie etwa an meinen Aussagen?«

Eine der Kellnerinnen trottete herüber, um unsere Bestellung aufzunehmen. »Vic, du willst sicher Joghurt und Obst, oder? Sonst noch was?«

»Ein Käseomelett mit grünem Paprika und Roggentoast. Danke, Barbara. Was möchten Sie, Brigitte?« Wahrscheinlich ein trockenes Stück Toast und Kaffee.

»Ist Ihr Obst auch wirklich frisch?« fragte sie.

Barbara verdrehte die Augen. »Frischer, als Sie jemals sein werden, meine Liebe. Wollen Sie nun welches oder nicht?«

Brigitte, die heute in grüner Baumwolle mit schwarzer Paspelierung gekleidet war, rüstete sich zum Kampf. Ich hielt sie zurück, bevor sie den Mund aufmachen konnte.

»Das hier ist kein Lokal, wo der Kellner schon auf ein Zucken der Augenbrauen reagiert und sofort besorgt herangeeilt kommt, um sicher zu sein, daß es Madam an nichts fehlt. Den

Leuten hier ist es egal, ob Sie wiederkommen oder nicht. Mittlerweile wär's ihnen wahrscheinlich schon lieber, wenn Sie gehen würden. Sie können sich ja mein Obst anschauen, wenn's kommt, und wenn's Ihnen gefällt, können Sie sich selber welches bestellen.«

»Dann nehme ich nur Weizentoast und schwarzen Kaffee«, sagte sie mit eisiger Stimme. »Und bitte keine Butter drauf.«

»Gut«, sagte Barbara. »Weizentoast, Margarine statt Butter. War nur ein Scherz, meine Liebe«, fügte sie hinzu, als Brigitte sich wieder auf sie stürzen wollte. »Sie müssen auch was einstecken, wenn Sie austeilen.«

»Haben Sie mich hierhergebracht, damit man mich beleidigt?« fragte Brigitte mich, als Barbara gegangen war.

»Ich hab' Sie hergebracht, damit wir uns unterhalten können. Wie sollte ich ahnen, daß Sie nicht wissen, wie man sich in einem Lokal aufführt? Wir können uns ja auch streiten, wenn Sie das wollen. Oder Sie können mir alles über Jade und Corinne erzählen. Und über Ihre Katze. Joel Sirop hat mir gestern abend einen Besuch abgestattet.«

Sie trank einen Schluck Kaffee und verzog das Gesicht. »Die sollten die Kannen zuerst mit Essig auswaschen.«

»Tja, behalten Sie das lieber für sich. Die Leute hier werden Ihnen nichts dafür zahlen, wenn Sie ihnen das sagen. Hat Joel Ihnen berichtet, daß er auf der Jagd nach Lady Iva bei mir war?«

Sie sah mich stirnrunzelnd über den Rand ihrer Tasse hinweg an und nickte dann leicht.

»Warum haben Sie mir gestern im Büro nichts über die verdammte Katze gesagt?«

Einen Augenblick lang verlor sie die Haltung; sie sah sogar ein bißchen verlegen aus. »Ich hatte gedacht, Sie würden nach Corinne suchen. Ich konnte mir nicht vorstellen, daß ich Sie überreden könnte, nach meiner Katze zu fahnden.

Außerdem hat Corinne die Katze wahrscheinlich mitgenommen; das heißt, wenn Sie sie finden, finden Sie auch die Katze.«

»Und wen wollen Sie wirklich zurück?«

Wieder stellte sie kurz ihre Stacheln auf, doch dann mußte sie plötzlich lachen. Sie wirkte unvermittelt zehn Jahre jünger. »Das würden Sie mich nicht fragen, wenn Sie je mit einem Teenager zusammengelebt hätten. Corinne ist mir immer fremd gewesen. Sie war achtzehn Monate alt, als ich aufs College bin, und ich hab' sie immer nur eine oder zwei Wochen am Stück gesehen, in den Ferien. Früher hat sie mich verehrt. Als sie zu mir gezogen ist, hab' ich mir das ganz leicht vorgestellt: Ich würde sie den richtigen Leuten vorstellen und in die richtige Schule einschreiben, sie würde sich anstrengen, wie ich zu sein, und die Sache liefe von selbst. Statt dessen hat sie unheimlich zugenommen, läßt sich von mir nichts sagen, wenn sie zuviel ißt, schleicht hinter meinem Rücken mit den Kids aus der Nachbarschaft rum. Das ist der Einfluß von Jade. Der macht sich immer wieder bemerkbar, wenn ich nicht aufpasse.«

Sie warf einen Blick auf meine Blaubeeren. Ich bot ihr welche an, und sie nahm sich einen großen Löffel voll.

»Tja, da war das andere Problem: Jade. Wir haben uns kennengelernt, da war ich Alabama-Cheerleader und er der größte Held der Stadt. Damals hab' ich wirklich gedacht, ich hätte das große Los gezogen. Aber das erste, letzte und einzige in einer Ehe mit einem Footballspieler ist der Football. Und er selbst ist natürlich wichtig, wieviel Erfolg er hat. Langweilig ist das, sage ich Ihnen. Und wenn er in einem Spiel nicht eingesetzt wird, wenn er einen Touchdown verpatzt oder nicht den entsprechenden Ruhm absahnt, dann haben Sie nichts zu lachen: Jade konnte ganz schön gemein sein. Auf dem Feld und daheim auch. Er hat mir einmal den Arm gebrochen.«

Ihre Stimme klang ruhig, doch ihre Hand zitterte ein bißchen, als sie die Kaffeetasse zum Mund führte. »Da hab' ich mir eine Waffe gekauft und ihm ins Bein geschossen, als er das nächste Mal auf mich losgehen wollte. In den Zeitungen haben sie das als Jagdunfall kaschiert. Danach hat er mir nichts mehr getan – jedenfalls nicht körperlich. Bis seine Karriere zu Ende war. Dann ist er richtig gewalttätig geworden. Die Zeitungen haben mich ans Kreuz genagelt, weil ich ihn am Ende seiner Karriere verlassen habe. Aber die Reporter mußten auch nicht mit ihm zusammenleben.«

Sie war ganz aufgeregt, als sie zu Ende erzählt hatte. »Und Corinne hat sich der Meinung der Zeitungen angeschlossen?« fragte ich sie sanft.

Sie nickte. »Wir haben uns am Sonntag ziemlich gestritten. Sie wollte die Nacht bei einem Mädchen aus der Nachbarschaft verbringen. Ich mag das Mädchen nicht und hab' es ihr verboten. Danach sind wir uns ganz schön in die Haare geraten. Als ich am Montag nach der Arbeit heimgekommen bin, war sie nicht mehr da. Zuerst hab' ich mir gedacht, sie ist sicher zu dem Mädchen. Aber die Leute da hatten sie nicht gesehen, und in der Schule war sie auch nicht gewesen. Also konnte ich mir bloß vorstellen, daß sie zu Jade ist. Nun ... Ich weiß es nicht. Ich wüßte es wirklich zu würdigen, wenn Sie weitersuchen.«

Sag einfach nein, Vic, dachte ich mir. »Da brauche ich tausend Dollar Vorschuß. Und mehr Namen und Adressen von Freunden und Freundinnen, darunter auch die in Mobile. Ich gehe zu Jade ins Krankenhaus. Wissen Sie, sie könnte zu ihm sein, und er könnte sie anderswohin geschickt haben.«

»Ich war selber heute morgen dort. Die Ärzte haben gesagt, er darf keinen Besuch empfangen.«

Ich grinste. »Ich habe Freunde ...« Ich winkte Barbara wegen der Rechnung. »Apropos Freunde: Wie war das Gespräch mit dem Vizepräsidenten?«
Sie sah aus, als wolle sie mich wieder mal zurechtstutzen, doch dann schürzte sie die Lippen und bemerkte affektiert: »Wie mit jedem anderen braven Jungen, meine Liebe, wie mit jedem anderen braven Jungen.«

5

Lotty Heschel, die als Perinatalmedizinerin im Beth-Israel-Krankenhaus arbeitet, arrangierte einen Besuch bei Jade Pierce für mich. »Man hat mir gesagt, daß er Schwierigkeiten macht. Geh lieber nicht zu nah an ihn ran.«
»Wenn Sie unbedingt zu ihm wollen«, sagte die Stationsschwester mir. »Morgen früh schicken wir ihn wieder heim. Ehrlich gesagt, wär's mir lieber, wenn sie ihn gleich entlassen würden. Er läßt ja sowieso niemanden an sich ran.«
Meine Hände waren feucht, als ich die Tür zu Jades Zimmer aufdrückte. Er warf keine Gegenstände nach mir, er drehte sich nicht mal um, um mich durch das Bettgitter anzustarren. Seine Fleischmassen ergossen sich fast über das Krankenbett hinaus. Seine Glatze, glatt und glänzend wie polierte Jade, spiegelte die Deckenbeleuchtung wider.
»Ich brauch' hier keine guten Seelen, also verschwinden Sie verdammt noch mal«, brummte er das Fenster an.
»Was für eine Erleichterung. Ich bin sowieso noch nie eine gute Seele gewesen.«
Da wandte er mir den Kopf zu. Seine schwarzen Augen verengten sich zu schmalen gefährlichen Schlitzen. Wenn ich ihm auf dem Spielfeld gegenübergestanden hätte, hätte ich

ihm den Ball freiwillig überlassen und mich in die Dusche verdrückt.

»Wer sind Sie – so 'ne verdammte Sozialarbeiterin?«

»Nein. Ich bin die verdammte Detektivin, die Sie gestern gefunden hat, bevor Sie sich in das große Gedränge im Himmel verflüchtigen konnten.«

»Dann kommen Sie her, damit ich Ihnen den Arsch küssen kann«, zischte er mich an.

Ich lehnte mich gegen die Wand und verschränkte die Arme. »Ich wollte Ihnen das Leben gar nicht retten; eigentlich wollte ich die Leute dazu bringen, Sie in die Leichenhalle zu fahren. Aber die haben mich ausgetrickst.«

Der Fleischberg zitterte und grollte. Ich brauchte ein paar Sekunden, bis ich merkte, daß er lachte. »Tja, Sie haben wohl recht: Eine gute Seele sind Sie nicht. Was wollen Sie? Eine Beichte, warum ich mich so garstig aufgeführt hab'? Den Namen des Typen, der mir das Zeug besorgt hat?«

»Solange Sie sich bloß selber weh tun, ist es mir egal, was Sie machen oder wo Sie das Zeug herkriegen. Ich bin hier, weil Brigitte mich angeheuert hat, Corinne zu finden.«

Sein Gesicht wurde wieder aggressiv. »Verschwinden Sie.«

Ich rührte mich nicht von der Stelle.

»Ich hab' gesagt, verschwinden Sie!« brüllte er mich an.

»Bloß weil ich den Namen von Brigitte erwähnt habe?«

»Bloß weil Sie eine Schlange sind, wenn Sie sich mit der Hexe einlassen.«

»Ich habe mich nicht mit ihr eingelassen. Ich hab' sie gestern erst kennengelernt. Und sie bezahlt mich, damit ich ihre Schwester finde.« Ich mußte mich sehr zusammenreißen, um ihn nicht meinerseits anzubrüllen.

»Corinne ist ohne sie besser dran«, knurrte er und wandte mir wieder den Hinterkopf zu.

Ich sagte nichts, stand einfach nur schweigend da. Fünf

Minuten vergingen. Schließlich lachte er höhnisch, ohne mich anzusehen. »Hat die hübsche kleine Märtyrerin Ihnen erzählt, daß ich ihr den Arm gebrochen habe?«
»Ja, das hat sie erwähnt.«
»Hat sie Ihnen auch erzählt, wie's passiert ist?«
»Bitte, erzählen Sie mir jetzt nicht, wie schrecklich mißverstanden Sie sich von ihr gefühlt haben. Ich möchte mein Frühstück eigentlich bei mir behalten.«
Wieder wandte er mir seinen riesigen Kopf zu. »Kommen Sie her.«
Als ich mich nicht rührte, seufzte er und klopfte auf das Bettgestell. »Ich tu Ihnen nichts, Ehrenwort. Wenn wir uns unterhalten sollen, müssen Sie so nahe rankommen, daß ich Ihr Gesicht sehen kann.«
Ich ging zum Bett hinüber, setzte mich rittlings auf den Stuhl und legte die Arme auf seine Lückenlehne. Jade musterte mich schweigend und grunzte dann, als habe ich so etwas wie eine Prüfung bestanden.
»Ich werde Ihnen nicht erzählen, daß Brigitte mich nicht verstanden hat. Die hatte von Anfang an 'nen Stein im Brett bei mir. Ich hab' ihr den Arm nicht gebrochen – das war B. B. Wilder. Der alte Hurensohn. Ich hab' gedacht, der ist mein bester Freund im Club, aber irgendwann hab' ich rausgefunden, daß er der beste Freund von Brigitte ist. Wie ich dann von 'nem Jagdausflug ein bißchen früher heimgekommen bin und sie mit ihm im Bett erwischt hab', sind wir alle ein bißchen ausgerastet. Ihr hat's gefallen, wenn kräftige Männer sich rauften. Deswegen ist sie damals in Alabama so was wie ein Footballgroupie geworden.«
Ich versuchte mir vorzustellen, wie die sonst so kühle Brigitte voller Begeisterung beim Kampf der beiden besten Spieler der Bears zusah. Ganz unmöglich erschien mir das nicht.

»B. B. hat ihr den Arm gebrochen, aber ich hab' mich bereit erklärt, die Schuld auf mich zu nehmen. Damals hat sie gerade als Model Fuß gefaßt, und sie wollte nicht, daß ihr guter Name in Mitleidenschaft gezogen wird. Außerdem hat sie sich eine Versöhnung mit ihrer Familie erhofft oder besser gesagt mit ihrem Geld, und die hätten nie was rüberwachsen lassen, wenn sie sich ihren Ruf durch Ehebruch versaut hätte. Und ich war ja sowieso schon der schlimmste Junge, den die Bears je eingekauft hatten. Da hat's nicht mehr viel ausgemacht, daß ich noch was abkriegte.« Wieder klang er spöttisch.
»Sie hat mir gesagt, das Verhältnis zwischen Ihnen hat sich erst nach dem Ende Ihrer Karriere verschlechtert.«
»Das Verhältnis hat sich verschlechtert – tja, so kann man das auch ausdrücken. Wie, sagten Sie, heißen Sie gleich noch mal? V. I., was für ein Name für 'n Mädel wie Sie. Wie hat Ihre Mama denn zu Ihnen gesagt?«
»Victoria«, sagte ich widerwillig. »Keiner sagt Vicki zu mir, also schlagen Sie sich das lieber gleich aus dem Kopf.« Ich hab's auch nicht besonders gern, wenn jemand »Mädel« zu mir sagt, aber Jade schien für eine Diskussion dieser Feinheiten nicht der richtige Partner zu sein.
»Victoria, soso? Tja, nun, das Verhältnis hat sich also verschlechtert. Ich war ganz schön naiv, und bloß weil ich im Jahr fünfhunderttausend Eier verdient hab', bin ich auch nicht klüger geworden. Aber ich hätte nie 'n Mädel angerührt, nicht mal, wenn sie mich ständig auf die Palme brachte wie Brigitte. Allerdings hab' ich ganz schön viele Möbel zerschlagen, und das ist ihr ziemlich auf die Nerven gegangen.«
Ich mußte lachen. »Tja, das kann ich verstehen. Das würde mich auch stören.«
Er raffte sich zu einem Lächeln auf. »Wissen Sie, unglückli-

cherweise bin ich in einer wirklich dreckigen Gegend aufgewachsen. Ich bin immer mit den schwarzen Bullen zu den Weihnachtsaufführungen und solchen Sachen gegangen. Die Kinder da leben im Elend, ich hatte noch nicht mal 'ne richtige Hose, bis der Sozialarbeiter aufgetaucht ist und gefragt hat, warum ich nicht in der Schule bin.«

»Dann haben sie also die Möbel kaputtgeschlagen, weil Sie ohne aufgewachsen sind und nicht wußten, was Sie damit anfangen sollten?«

»Lassen Sie die blöden Scherze, Victoria. Ihrer Mama würde das sicher nicht gefallen.«

Ich verzog das Gesicht – da hatte er recht.

»Sie kennen doch die LeBlancs, oder? Ach, Sie sind ja ein Yankee, und die Yankees sehen die Scheiße erst, wenn sie selber reingetreten sind. LeBlanc Gas – das ist einer der größten Namen an der Golfküste. Das ist ein ganz schön großer Unterschied zu den Pierces aus Florete.

Ich hab' mir das College hart erarbeitet, für Old Bear Bryant Football gespielt, Brigitte kennengelernt. Sie hat's gern derb gehabt, und was Derberes als mich hat's im Süden kaum gegeben, also hat sie sich an mich drangehängt. Als sie beschlossen hatte, mich zu heiraten, hat sie mich an Weihnachten nach Mobile mitgenommen. Tja, und da war ich dann der Elefant im Porzellanladen. Ihre Eltern haben mich nicht ausstehen können und Brigitte gesagt, sie enterben sie, wenn sie mich heiratet. Sie hat sich eingebildet, daß sie ihren Daddy trotzdem um den Finger wickeln kann. Wir haben geheiratet, und es hat nicht funktioniert, nicht mal, als ich ein Superstar war. Für die war ich immer noch der letzte Dreck.«

»Also hat sie sich von Ihnen scheiden lassen, damit sie wieder als Erbin eingesetzt wurde?«

Er zuckte mit den Achseln, eine Bewegung, die sich wie eine

Flutwelle in seinem ganzen Körper fortsetzte. »Klar, das hatte auch was damit zu tun, aber ich war auch ein Wrack, und es war die Hölle, das Leben mit mir. Selbst wenn sie anfangs halbwegs normal gewesen wäre, hätte die Sache nicht geklappt, weil ich einfach nicht wußte, was ich machen sollte, als ich den Football nicht mehr hatte. Ich hab' mir einfach nichts mehr aus dem Leben gemacht.«

»Nicht mal aus dem Daytona«, rutschte es mir heraus.

Seine schwarzen Augen wurden zu winzigen Punkten.

»Halten Sie mir hier keine Moralpredigten, wenn wir gerade anfangen, uns ein bißchen zu verstehen. Ich verlange nicht, daß Sie Tränen vergießen über meine traurige Geschichte; ich versuche bloß, Ihnen einen anderen Eindruck von der lieben, wunderschönen Brigitte zu vermitteln.«

»Tut mir leid. Es ist nur ... Ich werd's nie schaffen, das Geld für einen Ferrari Daytona zu verdienen. Mir stellt's die Haare auf, wenn ich sehe, wie jemand einen einfach so wegwirft.«

Er schnaubte verächtlich. »Wenn ich Sie vor fünf Jahren gekannt hätte, hätte ich ihn Ihnen geschenkt. Aber jetzt ist's zu spät. Tja, und Brigitte hat zu lange gewartet, bis sie das sinkende Schiff verlassen hat. Sie hat immer noch mit Vater LeBlanc verhandelt, als der zusammen mit seiner Miz Effie in ihrer kleinen Cessna in den Golf von Mexiko gestürzt ist. Da ist das ganze Vermögen an Corinne gegangen. Brigitte kriegt als Vormund auch 'ne ganze Menge, aber ihr könnte gar nichts Besseres passieren, als daß Corinne verlorengeht. Ich wette mit Ihnen ... ach was, ich hab' ja nichts mehr zum Wetten. Na schön, ich hacke mir den großen Zeh ab, wenn Brigitte was anderes will als das Geld.«

Er dachte eine Weile nach. »Nein, stimmt wahrscheinlich nicht ganz. Vielleicht kann sie Corinne doch ein bißchen leiden. Möglicherweise könnte sie sie noch besser leiden, wenn sie fünfzehn Kilo abnimmt, sich wie eine Debütantin in Mobile anzieht und sich mit den richtigen Mädels abgibt. Aber ich hacke mir den Zeh ab, wenn ihr das Geld nicht doch wichtiger ist.«

Ich musterte ihn und überlegte, wieviel von seiner Geschichte ich ihm glauben sollte. Deswegen halte ich mich normalerweise von Fällen fern, die mit Familienangelegenheiten zu tun haben: Jeder hat seine eigene Geschichte; es ist ganz schön anstrengend, die unterschiedlichen Teile zu einem Ganzen zusammenzufügen. Ich konnte natürlich das Testament der LeBlancs einsehen, um festzustellen, ob sie tatsächlich so über ihr Vermögen verfügt hatten, wie Jade es mir erzählte hatte. Oder ob sie überhaupt ein Vermögen hatten. Vielleicht hatte er sich das alles ja auch nur ausgedacht.

»Hat Corinne sich mit Ihnen unterhalten, bevor sie am Montag verschwunden ist?«

Sein Blick huschte im Zimmer herum. »Ich hab' sie schon seit Monaten nicht mehr gesehen. Früher ist sie immer zu mir gekommen, aber dann hat Brigitte eine gerichtliche Verfügung erwirkt; ich werde festgenommen, wenn ich mich mit Corinne treffe.«

»Ich glaube Ihnen, Jade«, sagte ich schließlich ruhig. »Ich glaube Ihnen, daß Sie sie nicht gesehen haben. Aber hat sie mit Ihnen geredet? Vielleicht am Telefon?«

Wieder breitete sich dieser häßliche Ausdruck auf seinem Gesicht aus, und wieder erschütterten Flutwellen den Fleischberg, als er lachte. »Viel entgeht Ihnen nicht, was, Victoria? Sie sollten Trainer werden. Ja, Corinne hat mich am Montag angerufen. ›Warum bist du denn nicht in der Schule, Süße?‹ hab' ich zu ihr gesagt. ›Auch wenn du Geld wie Heu hast, bringst du's bloß so zu was – die hauen dich alle übers Ohr, wenn du nicht gelernt hast, deinen Beratern auf die Finger zu schauen.‹«

Er schüttelte nachdenklich den Kopf. »Glauben Sie mir, ich weiß, wovon ich rede. Die Anwälte und Agenten und Finanzberater haben sich alle einen fetten Bauch angefressen, wie ich noch Geld rangeschafft habe, aber wie's schwierig wurde, hab' ich selber den Kopf hinhalten müssen.«
»Und was hat Corinne von Ihrem guten Rat gehalten?« half ich ihm auf die Sprünge und bemühte mich dabei, nicht ungeduldig zu klingen: Möglicherweise war ich ja der erste vernünftige Mensch, der ihm seit langem zuhört.
»Tja, sie weint, sie hält das nicht aus, und sie fragt mich, warum sie nicht wieder heim nach Mobile kann. Und ich sagte ihr, weil sie noch nicht volljährig ist und reich, werden die Polizisten überall nach ihr suchen und sie sofort wieder zurück nach Chicago verfrachten. Und wenn sie sich noch mehr aufregt, erkläre ich ihr, daß sie sich auf mich stürzen, wenn ihr was passiert, und ob sie wirklich wegwill, ich könnte ja deswegen ins Gefängnis kommen oder so. Das hat sie, glaub' ich, beruhigt. ›Du mußt dir das vorstellen wie ein Trainingscamp‹, hab' ich ihr gesagt. ›Die tun dir an, was sie dir nur antun können, aber wenn du das überstehst, hast du sie in der Tasche.‹ Ich hab' gedacht, sie hätte die Sache im Griff und wär' geblieben.«
Er schloß die Augen. »Ich bin müde, mehr kann ich Ihnen nicht sagen. Machen Sie sich auf die Socken, und stellen Sie Ihre Nachforschungen an.«
»Wenn sie zurück nach Mobile wäre – wo wäre sie da wahrscheinlich untergekrochen?«
»Da unten würde sie niemand bei sich aufnehmen, ohne daß er Brigitte verständigt. Für zu viele von denen hängt der Job von LeBlanc Gas ab.« Er machte die Augen nicht auf.
»Und hier oben?«
Er zuckte mit den Achseln. Die Bewegung ließ das Bettgestell erzittern wie ein Erdbeben. »Versuchen Sie's bei den

Nachbarn. Ich glaub', Corinne hat mal etwas von einer Mrs. Hellman erwähnt, die sie gut leiden kann.«
Er schlug die Augen auf. »Vielleicht redet Corinne mit Ihnen. Sie können gut zuhören.«
»Danke.« Ich erhob mich. »Und was ist mit der berühmten Malteserkatze?«
»Was soll damit sein?«
»Die ist zusammen mit Corinne verschwunden. Glauben Sie, sie würde ihr was tun, um sich an Brigitte zu rächen?«
»Wie zum Teufel soll ich das wissen? Diese LeBlancs würden sich doch gegenseitig alles antun. Sogar Corinne. Und jetzt verschwinden Sie hier, damit ich ein Nickerchen machen kann.« Er schloß die Augen wieder.
»Ja, Jade. Warum machen Sie sich nicht ein paar von Ihren alten Kontakten zunutze und fangen was Neues an? Ist wirklich jämmerlich, wie Sie daliegen.«
»Wollen Sie mich zusammen mit dem Daytona retten?«
Der Spott kroch wieder in seine Stimme. »Ersparen Sie mir das bitte, Victoria. Mein Daddy ist mit vierzig am Alkohol gestorben. Es heißt, daß ich ihm aufs Haar gleiche. Ich weiß, was mir blüht.«
»Ganz schön abgedroschen, was Sie mir da erzählen, Jade. Man wird einen tollen Film über Sie machen, und die Kids weinen dann über Ihre traurige Geschichte. Aber wenn der Film ehrlich ist, wird er zeigen, daß Sie letztlich bloß egoistisch sind.«
Ich wollte die Tür zuknallen, doch die Feder schwächte den Schwung ab. »Verdammte Verschwendung«, zischte ich, als ich den Flur hinunterstampfte.
Die Stationsschwester hörte mich. »Jade Pierce? Da haben Sie völlig recht.«

6

Die Hellmans lebten in der Wohnung über dem Fernsehreparaturgeschäft, das sie in der Halsted Street betrieben. Mrs. Hellman begrüßte mich voller Erleichterung.

»Ich habe Corinne versprochen, ihrer Schwester nichts zu erzählen, wenn sie hierbleibt und nicht per Anhalter runter nach Mobile fährt. Aber ich habe mir ganz schön Sorgen gemacht. Nun ... Für Brigitte LeBlanc bin ich Luft. Meine Tochter Lily ist Abschaum, und sie will nicht, daß Corinne sich mit ihr abgibt, deswegen ist es ihr gar nicht in den Sinn gekommen, daß Corinne hier sein könnte.«

Sie führte mich durch den hinteren Teil des Ladens und die Treppe hinauf in ihre Wohnung. »Wir haben zwar nur fünf Zimmer, aber wir behalten sie gern so lange bei uns, wie sie bleiben möchte. Die Katze macht mir mehr Sorgen: Sie läßt sich nicht gern hier einsperren. Dienstag nacht ist sie raus, und wir haben ganz schön Probleme gehabt, sie wieder einzufangen.«

Ich grinste mir eins: Tja, das war's dann wohl mit den reinrassigen Nachkommen für Joe Sirop.

Mrs. Hellman brachte mich ins Wohnzimmer, wo Corinne auf einem Schlafsofa saß. »Corinne, das ist eine Detektivin. Ich glaube, du solltest dich mit ihr unterhalten.«

Corinne saß zusammengesunken vor dem riesigen Fernseher in dem winzigen Zimmer. Mit ihrem weißen Männerhemd und der ausgefransten Blue jeans sah sie ihrer eleganten Schwester alles andere als ähnlich. Ihr Teint war ungepflegt, dazu passend die strähnigen, geraden Haare. Sie drückte Lady Iva of Cairo gegen ihre Brust. Beide sahen mich wütend an.

»Wenn Sie glauben, daß Sie mich dazu bringen, wieder zu dieser kaltherzigen Hexe zurückzugehen, haben Sie sich geschnitten.«

Mrs. Hellman versuchte, Einwände gegen ihre Ausdrucksweise zu erheben.
»Ist schon in Ordnung«, sagte ich. »Das hat sie von Jade. Aber Jade hat bei jeder Auseinandersetzung mit Brigitte den kürzeren gezogen, Corinne. Vielleicht solltest du's mit 'ner anderen Methode versuchen.«
»Brigitte haßt Jade. Sie haßt alle, die nicht machen, was sie will. Wenn Sie für Brigitte arbeiten, haben Sie keinen blassen Dunst.«
Ich antwortete auf den ersten Teil dessen, was sie gesagt hatte: »Hast du deswegen die Katze mitgenommen? Damit sie keine reinrassigen Kätzchen kriegen kann? Das will doch Brigitte, oder?«
Ein Lächeln huschte um ihren traurigen Mund. Sie sagte lediglich: »Sie haben mir nicht erlaubt, meine Hunde oder mein Pferd mit nach Norden zu nehmen. Iva ist ganz schön eingebildet, aber sie ist besser als gar nichts.«
»Jade meint, Brigitte ist neidisch, weil du das LeBlanc-Vermögen geerbt hast und sie nicht.«
Sie gab ein angewidertes Geräusch von sich. »Jade macht sich wegen dem ganzen Scheiß viel zu viele Gedanken. Ja, Daddy hat mir tatsächlich ein hübsches, fettes Bankkonto hinterlassen. Aber das Unternehmen ist an Daddys Cousin Miles gegangen. LeBlanc Gas kann man als Frau nicht erben, und Brigitte hat das genausogut gewußt wie ich. Das haben sie uns beiden in unserer Kindheit schon gesagt, damit wir uns nicht drauf versteifen. Und das Geld, das sie mir hinterlassen haben – das verdient Brigitte jedes Jahr durch ihre Geschäfte selber. Sie macht sich nichts aus dem Geld.«
»Und du? Macht's dir was aus, daß das Unternehmen an deinen Cousin gegangen ist?«
Sie schnaubte verächtlich – das hatte sie mit Sicherheit von

Jade abgeguckt. »Wer will schon ein Unternehmen, das den ganzen Golf verpestet und die Leute ausbeutet, die dafür arbeiten?«

Ich dachte über ihre Antworten nach. Mit vierzehn war sie wahrscheinlich tatsächlich noch so draufgängerisch. »Und was ist dir wichtig?«

Sie sah mich mit schmollenden dunklen Augen an. Einen Moment lang dachte ich, sie würde mir gleich sagen, ich solle mich um meine eigenen Angelegenheiten kümmern und mich zum Teufel scheren, da platzte es aus ihr heraus: »Mein Pferd. Sie haben Miles das Haus zusammen mit meinem Pferd vermacht. Sie haben gesagt, daß das Haus und alles, was nicht ganz speziell für jemanden gedacht ist, an ihn geht. Sie haben nicht mal dran gedacht, mir mein eigenes Pferd zu hinterlassen.«

Der letzte Satz erstickte in einem Jammern. Ich hatte nicht den Eindruck, daß sie sich über einen tröstenden Klaps auf die Schulter freuen würde. Also mischte ich mich nicht ein und ließ sie weinen. Schließlich wischte sie sich die Nase an ihrem ausgefransten Ärmel ab und sah mich mit einem wilden Blick an, um zu sehen, ob sie mich damit beeindrucken konnte.

»Wenn ich Brigitte überreden könnte, Miles das Pferd abzukaufen und es hier unterzubringen, wärst du dann bereit, wieder zu ihr zurückzugehen, bis du volljährig bist?«

»Das schaffen Sie ja doch nicht. Niemand bringt die Hexe dazu, es sich anders zu überlegen.«

»Und wenn ich's doch schaffen würde?«

Sie sah mich mit vorgeschobener Unterlippe an. »Vielleicht. Wenn ich mein Pferd haben und zusammen mit Lily in die Schule gehen könnte statt auf die verdammte St. Scholastica.«

»Ich werde mir Mühe geben.« Ich stand auf. »Zum Ausgleich

könntest du ja versuchen, Jade daran zu hindern, daß er sich zu Tode spritzt. Weißt du, das ist alles andere als romantisch – im Gegenteil, es ist schrecklich und schmerzhaft, so ziemlich das schlimmste, was einem passieren kann.«
Sie sah mich nur finster an. Eine gute Seele zu sein ist gar nicht so leicht. Die wenigsten reagieren erfreut auf solche Versuche.

7

Brigitte war wütend. Ihre Wangen wurden rot, und ihre kobaltblauen Augen funkelten. Ich fragte mich, ob sie so ausgesehen hatte, als B. B. Wilder und Jade um sie gekämpft hatten.
»Also hat er die ganze Zeit gewußt, wo sie war! Ich sollte ihn wirklich verklagen deswegen. Geht das?«
»Nicht, wenn Sie vorhaben, mich als Zeugin einzusetzen«, herrschte ich sie an.
Sie schenkte mir keine Beachtung. »Und sie auch. Nimmt einfach Lady Iva mit und läßt zu, daß sie irgendein hergelaufener Straßenkater bespringt.«
Wie auf ein Stichwort meldete sich Casper of Valletta und begann, seine Krallen an dem dicken silbergrauen Teppich zu schärfen, der Brigittes Wohnzimmerboden bedeckte. Joel Sirop nahm den Kater auf den Arm und sprach beruhigend auf ihn ein.
»Das ist schlimm, Brigitte, sehr schlimm. Vielleicht solltest du die Kleine nach Mobile zurück lassen, wenn sie sich das so sehr wünscht. Weißt du, nach drei Tagen ist es zu spät, es noch mit Lady Iva zu versuchen. Und Corinne ist wild und unberechenbar – wer sollte sie darin hindern, Lady Iva wieder zu entführen, wenn sie das nächste Mal rollig ist?«

Brigitte blähte die Nasenflügel. »Ich sollte sie in eine Besserungsanstalt schicken und ihr zeigen, was echte Disziplin ist.«
»Warum wollen Sie denn die Vormundschaft überhaupt, wenn Sie die ganze Zeit nur an Rache denken können?« fiel ich ihr ins Wort.
Sie hörte auf, in ihrem Wohnzimmer herumzulaufen, und wandte sich mir stirnrunzelnd zu. »Nun, weil ich sie gern habe natürlich. Sie wissen doch, daß sie meine Schwester ist.«
»Konzentrieren Sie sich darauf, und sagen Sie sich das immer wieder vor. Sie ist keine Katze, die Sie züchten und formen können, wie Sie sich das vorstellen.«
»Ich möchte doch bloß, daß sie als Erwachsene glücklich wird. Und das wird sie nicht, wenn sie nicht lernt, sich zu beherrschen. Schauen Sie doch nur, was passiert ist, als sie angefangen hat, sich mit dieser Lily Hellman abzugeben. Sie hätte es nie zugelassen, daß Lady Iva mit einem gemeinen Straßenkater zusammenkommt, wenn sie nicht solche Freunde hätte.«
Ich knirschte mit den Zähnen. »Nur weil Lily in fünf Räumen über einem Geschäft wohnt, ist sie noch lange nicht der letzte Abschaum. Hören Sie zu, Brigitte: Sie wollten auch Ihr eigenes Leben leben. Wahrscheinlich haben Ihre Eltern Sie an der kurzen Leine gehalten. Vielleicht haben sie Ihnen sogar mit der Besserungsanstalt gedroht. Also haben Sie angefangen, mit jedem Muskelprotz ins Bett zu steigen, den Sie erwischen konnten. Sind Sie darüber so wütend, daß Sie Corinne genauso behandeln müssen?«
Sie sah mich mit offenem Mund an. Schließlich ging sie zu einem Eichenschränkchen, in dem sich eine Bar verbarg. Sie holte eine gekühlte Flasche Sancerre heraus und schenkte sich ein Glas ein. Als sie den Wein getrunken hatte, setzte sie sich an ihren Schreibtisch.

»Ist das wirklich so offensichtlich? Warum ich hinter Jade und B. B. und den ganzen anderen Jungs her war?«
Ich zuckte mit den Achseln. »Das hab' ich geraten, Brigitte. Aufgrund der Informationen, die ich über Sie und Ihre Schwester und Jade bekommen habe in den vergangenen zwei Tagen. Wissen Sie, so furchtbar ist er auch wieder nicht, das war er nur in Ihren Augen. Und Corinne ist einsam und traurig und braucht jemanden, der sie liebt. Zum Beispiel ihr Pferd.«
»Und ich?« Wieder funkelten ihre kobaltblauen Augen. »Was brauche ich? Vielleicht die Umarmung meiner Katze?«
»Sie könnten Ihre Stacheln ablegen, dann würden Sie schon ein bißchen liebenswürdiger. Beispielsweise hätten Sie mir auch ein Glas Wein anbieten können.«
Sie wollte etwas Bissiges sagen, ging aber zum Barschränkchen und holte auch für mich ein Glas heraus. »Na schön, dann hole ich also Flitcraft nach Chicago und bringe die Stute in einem Stall hier unter. Und ich schreibe Corinne in die gräßliche städtische Schule ein. Tja, und dann werden wir wohl glücklich leben bis ans Ende unserer Tage.«
»Sie könnte ja ihren Abschluß machen.« Ich nahm einen Schluck von dem Wein. Er war kalt und frisch und löste ein wenig von der Spannung, die die LeBlancs und Pierces in mir aufgebaut hatten. »Nächstes Jahr wird sie vielleicht nicht bei Lily unterkriechen, sondern nach Mobile trampen oder sich auf den Straßen rumtreiben. Jetzt haben Sie noch die Wahl.«
»Na schön«, herrschte sie mich an. »Sie sind also eine Heilige, ich weiß schon, und Sie haben noch nie ein böses Wort zu irgend jemandem gesagt. Sie können Corinne ausrichten, ich mache den Kuhhandel mit ihr. Aber wenn die Sache schiefgeht, können Sie in der Nacht aufbleiben und sich Gedanken um sie machen.«

Ich rieb mir die Schläfen. »Schicken Sie sie zurück nach Mobile, Brigitte. Es muß doch eine Großmutter oder eine Tante oder irgend jemanden geben, der sie wirklich gern hat. Bei Ihrer Einstellung ist das Zusammenleben mit Corinne doch eine Zeitbombe.«
»Das können Sie laut sagen.« Das war Jade, der die Tür zum Wohnzimmer vollständig ausfüllte.
Hinter ihm war die Stimme der Haushälterin zu hören, die selbst nicht zu sehen war. »Ich habe versucht, ihn abzuwimmeln, Brigitte, aber Corinne hat ihn hereingelassen. Wollen Sie, daß ich die Polizei hole?«
»Ich habe das Recht, in mein Haus einzuladen, wen ich will«, kreischte Corinne.
Kläglich miauend riß sich Casper von Joel Sirop los, stürzte auf die Tür zu und drückte sich zwischen Jades Füßen durch. Auf der anderen Seite des Hindernisses hörten wir Lady Ivas Antwortschrei und Corinne – wahrscheinlich hatte sie ein paar Katzenkrallen abbekommen ...
»Warum gehen Sie nicht aus der Tür, damit wir sehen, was los ist?« fragte ich Jade.
Er walzte ins Wohnzimmer und setzte sich auf die Kante des fahlgrauen Sofas. Corinne stolperte hinter ihm herein und setzte sich neben ihn. Ihre schlammige Haut und die strähnigen Haare sahen auf Brigittes Designermöbeln noch schlimmer aus als in Mrs. Hellmans vollgestelltem Wohnzimmer.
Brigitte sah zu, wie das Blut von Corinnes rechter Hand auf den Teppich tropfte, und nickte der Haushälterin zu, die in der Tür wartete: »Würden Sie das bitte für mich saubermachen, Grace?«
Als die Haushälterin weg war, wandte sie sich an ihre Schwester. »Wenn du das nächste Mal wütend auf mich bist, dann laß es nicht an der Katze aus. War das wirklich nötig,

daß du sie mit einem hergelaufenen Straßenkater zusammengebracht hast?«

»Iva ist das egal«, murmelte Corinne schmollend. »Wenn sie nur was abbekommt, ist's ihr egal, von wem. Die ist genau wie du.«

Brigitte marschierte zur Couch. Jade hielt ihr die Hand fest, als sie Corinne eine Ohrfeige verpassen wollte.

»Hör mal zu, Birgitte«, sagte er. »Ihr zwei gehört einfach nicht zusammen. Das weißt du genausogut wie ich. Vielleicht meinst du, das bist du der Öffentlichkeit schuldig, daß du auch noch die Mama für Corinne spielst, aber du bist einfach nicht der Muttertyp. Der bist du noch nie gewesen. Warum möchtest du jetzt damit anfangen?«

Brigitte starrte ihn wütend an. »Und du bist seit neuestem der große Mister Wunderbar, der sich über alle ein Urteil erlauben darf?«

Er schüttelte den schweren Kopf. »Nein. Das möchte ich nicht für mich in Anspruch nehmen. Aber vielleicht würde Corinne ja gern bei mir wohnen.« Er hielt seine riesige Pranke hoch, als Brigitte etwas entgegnen wollte. »Nicht in Uptown. Ich kann mir eine Wohnung hier in der Nähe suchen. Corinne kann ihr Pferd haben und dich besuchen, wenn du meinst, daß das geht. Und wenn deine reinrassige alte Katze ihre kleinen Mischlinge kriegt, könnten die auch bei uns bleiben.«

»Aber das geht auf Corinnes Rechnung«, zischte Brigitte.

Jade nickte. »Sie würde mich finanziell unterstützen müssen, aber ich kenne noch ein paar Leute, die mir unter die Arme greifen würden, damit ich was Neues anfangen kann. Einen Lebensmittelladen oder so was.«

»Du würdest dich doch sowieso die ganze Zeit besaufen oder vollspritzen. Und dann würdest du sie vergewaltigen ...« Sie schwieg, als er sie mit seinen schwarzen Augen böse anschaute.

»Sag jetzt kein Wort mehr, Brigitte LeBlanc. Du weißt, daß ich kein Frauenverächter bin, aber ich hab' noch nie ein Mädel angefaßt und ihm weh getan. Und was das andere anbelangt ...« Er wirkte ein wenig entspannter und legte Corinne seinen gewaltigen Arm um die Schultern. »Wenn ich wieder betrunken bin oder mir was spritze, kommt Corinne sofort hierher zurück. Wir können's ja erst mal sechs Monate ausprobieren, Brigitte. Du weißt ja, wie das ist im Trainingscamp.«

Bevor Brigitte etwas erwidern konnte, blökte Joel im Hintergrund: »Ich finde, das ist eine gute Idee, Brigitte. Wirklich. Du solltest es versuchen: Lady Iva kann sich doch nie beruhigen, wenn ihr euch ständig streitet.«

»Dich hat keiner gefragt«, herrschte Brigitte ihn an.

»Und mich hat auch keiner gefragt«, sagte Corinne. »Wenn ihr euch nicht einigen könnt, nehme ich einfach Lady Iva und haue ab nach New York. Und dann schicke ich euch immer wieder Bilder von kleinen Mischlingskätzchen.«

Diese giftige Drohung brachte mich zum Lachen. Ich nahm einen Schluck Sancerre, um mich wieder zu beruhigen, mußte aber immer weiterlachen: Jades Fleischberge begannen ebenfalls zu erzittern. Joel blieb der Mund vor Schreck offenstehen. Nur die beiden LeBlanc-Frauen starrten einander ungerührt an.

»Ich sollte dich wirklich in eine Besserungsanstalt schikken, Corinne Alton LeBlanc.«

»Ich finde, Sie sollten sich lieber beruhigen«, riet ich ihr und stellte mein Glas auf einem Chromtisch ab. »Das ist ein gutes Angebot. Nehmen Sie es an. Wenn Sie es nicht tun, läuft sie wieder weg.«

Brigitte preßte die Lippen zusammen. »Ich hab' Sie nicht engagiert, daß Sie mir in den Rücken fallen, wissen Sie.«

»Tja, Sie haben mich engagiert, nicht gekauft. Meine Aufgabe ist es, ein schwieriges Problem zu lösen. Und das hier erscheint mir bisher die beste Lösung.«

»Na schön«, zischte sie und schenkte sich noch ein Glas Wein ein. »Sechs Monate. Und wenn sie schlechter wird in der Schule oder wenn ich höre, daß sie trinkt oder fixt oder irgendwas, kommt sie wieder zu mir.«

Ich machte Anstalten zu gehen. Corinne folgte mir zur Tür. »Tut mir leid, daß ich Sie drüben bei Lily so angegiftet habe«, murmelte sie schüchtern. »Wenn die Kätzchen auf der Welt sind, können sie sich eins aussuchen.«

Ich schluckte und versuchte zu lächeln. »Das ist wirklich sehr großzügig von dir, Corinne, aber ich glaube, mein Hund würde sich nicht so gut mit einem Kätzchen vertragen.«

»Mögen Sie Katzen vielleicht nicht?« Sie starrte mich mit ihren braunen Augen an. »Wissen Sie, Katzen und Hunde kommen wunderbar miteinander aus, wenn ihre Besitzer sie richtig erziehen.«

»Wie die LeBlancs und die Pierces, was?«

Sie biß sich auf die Lippe und wandte den Kopf ab, dann sagte sie mit erstaunter Stimme. »Sie wollen mich auf die Probe stellen, stimmt's?«

»Nein, ich wollte dich nur auf den Arm nehmen, Corinne. Immer mit der Ruhe. Es wird schon alles klappen. Und wenn nicht, ruf mich an, bevor du irgendeinen Blödsinn machst, okay?«

»Und Sie nehmen ein Kätzchen?«

Einfach nein sagen, Vic, einfach nein sagen, dachte ich. »Laß mich drüber schlafen. Jetzt muß ich jedenfalls los.« Ich flüchtete, bevor sie mich weiter weich klopfen konnte.

SIEBEN SCHWARZE KATZEN

Ellery Queen

Die Glocke klingelte über der Tür zu Miss Curleighs Tierhandlung in der Amsterdam Avenue, und Mr. Ellery Queen rümpfte seine Nase und trat ein. In dem Augenblick, als er die Schwelle überschritt, dankte er dem Himmel, daß es keine umfangreichere Nase war und daß er die instinktive Vorsichtsmaßregel ergriffen hatte, sie zu rümpfen. Die Mannigfaltigkeit und Penetranz der Gerüche in dem kleinen Laden würden selbst den New Yorker Zoologischen Garten in den Schatten gestellt haben. Dennoch hausten hier nur Geschöpfe von den winzigsten Dimensionen, die hier zu finden ihn in Erstaunen setzte und die in der einzigen Sekunde, als er eintrat, im Chor zu heulen, kläffen, knurren, grunzen, quieken, miauen, krächzen, kreischen, zwitschern, zischen und brummen anfingen, daß einem Hören und Sehen verging und es ein Wunder war, daß die Decke nicht einstürzte.

»Guten Tag«, sagte eine zarte Stimme, »ich bin Miss Curleigh. Womit kann ich Ihnen dienen?«

Mitten in diesem Radau blickte Mr. Ellery Queen in ein Paar lebendige, freundliche Augen. Es gab zwar noch andere nette Kleinigkeiten zu sehen – sie war ein adrettes, junges Frauenzimmer mit zum Beispiel üppigem tizianblondem Haar, molligen Formen und wenigstens einem Grübchen am Kinn – aber im ersten Augenblick fesselten ihn vor allem ihre Augen.

»Entschuldigen Sie«, sagte Ellery hastig, zu dem Gegenstand seines Besuches zurückkehrend, »aber offenbar besteht in dem Königreich der Tiere kein vernünftiges Verhältnis zwischen der Kraft der Lunge und des Geruches einerseits und der Größe andererseits. Man lernt eben nie aus. Miss Curleigh, wäre es möglich, ein verhältnismäßig kleines, angenehm riechendes Hündchen zu erstehen, mit gekraustem, braunem Haar, neugierig halbaufgestellten Ohren und gebogenen Hinterbeinen?«

Miss Curleigh runzelte die Brauen. Unglücklicherweise waren ihr die Irish Terriers eben ausgegangen, der letzte Wurf war reißend weggegangen. Vielleicht ein Scotch –?

Nun aber war es an Mr. Queen, die Stirn zu runzeln. Nein, es sei ihm von Djuna, seinem Vorgesetzten, ausdrücklich aufgetragen worden, einen Irish Terrier zu besorgen, und es würde ihm mit keinem irgendwie gearteten, melancholisch dreinblickenden Ersatzvieh gedient sein.

»Ich erwarte«, sagte Miss Curleigh in geschäftsmäßigem Ton, »morgen von unseren Ställen in Long Island zu hören. Wenn Sie Ihre Anschrift hierließen?«

Mr. Ellery Queen erklärte sich, wobei er dem jungen Wesen in die Augen blickte, dazu mit Vergnügen bereit. Mit Bleistift und Notizbuch versehen, beeilte er sich, diesem Vergnügen nachzukommen.

Als Miss Curleigh las, was er geschrieben hatte, ließ sie die geschäftliche Maske fallen. »Sie sind doch nicht Mister Ellery Queen!« rief sie lebhaft aus. »Nein, so etwas! Ich habe so viel von Ihnen gehört, Mr. Queen. Und Sie wohnen tatsächlich nur hier um die Ecke in die Eighty-seventh Street? Das ist unerhört spannend. Ich hätte mir niemals träumen lassen, Sie hier zu treffen –«

»Ich auch nicht«, murmelte Mr. Queen, »ich wirklich auch nicht.«

Miss Curleigh errötete wieder und strich sich mechanisch ihr Haar zurecht. »Eine meiner besten Kundschaften wohnt Ihnen gerade gegenüber, Mr. Queen, das heißt, ich sollte sagen, eine meiner häufigsten Kundschaften. Vielleicht kennen Sie sie? Es ist eine Miss Tarkle – Euphemia Tarkle. Sie wohnt nämlich dort in dem großen Mietshaus.«

»Ich habe nicht das Vergnügen«, sagte Mr. Queen uninteressiert. »Was Sie doch für ungewöhnlich schöne Augen haben! Ich meine – Euphemia Tarkle? Meiner Treu, es gibt doch komische Sachen auf der Welt! Ist sie auch so verrückt wie ihr Name?«

»Das ist nicht nett von Ihnen«, sagte Miss Curleigh streng, »obwohl sie freilich irgendwie sonderbar ist, das arme Geschöpf. Eine alte Dame mit einem Eichhörnchengesicht und vollkommen invalid. Gelähmt, müssen Sie wissen, ein merkwürdiges, zartes, dünnes, kleines Ding, und sie ist wirklich nicht ganz normal.«

»Eine alte Großmama, zweifellos«, sagte Mr. Queen launig, indem er seinen Stock vom Ladentisch aufnahm. »Katzen?«

»Wie haben Sie denn das erraten?«

»Es sind doch immer Katzen«, sagte er seufzend.

»Sie würden Sie sicherlich sehr interessant finden«, ereiferte sich Miss Curleigh.

»Und warum, Diana?«

»Ich heiße«, sagte Miss Curleigh schüchtern, »Marie. Sie ist nämlich wirklich eigentümlich, und ich habe immer gedacht, daß sonderbare Leute Sie interessieren.«

»Gegenwärtig«, beeilte sich Mr. Queen zu sagen, »ergebe ich mich dem Müßiggang.«

»Aber wissen Sie denn, was Miss Tarkle, dieses überspannte Ding, tut?«

»Ich habe nicht den Schimmer einer Ahnung«, beteuerte Mr. Queen.

»Sie kauft bei mir die Katzen dutzendweise, ein Stück wöchentlich, und das schon seit Wochen!«

»Ich sehe darin kein besonderes Verdachtsmoment«, seufzte

Mr. Queen. »Eine alte, gebrechliche Dame, eine Leidenschaft für Katzen – oh, das reimt sich ganz gut zusammen, ich versichere Sie. Ich hatte einst eine Tante –«

»Aber was das Sonderbare daran ist«, triumphierte Miss Curleigh, »sie mag Katzen nicht.«

Mr. Queen blinzelte zweimal, er blickte auf Miss Curleighs reizende kleine Nase. Dann legte er etwas geistesabwesend seinen Stock wieder auf den Tisch. »Und woher wollen Sie denn das wissen, bitte?«

Miss Curleigh strahlte. »Ihre Schwester erzählte es mir. Sie müssen wissen, Miss Tarkle ist vollkommen hilflos in ihrer Gelähmtheit und so weiter und ihre Schwester führt ihr den Haushalt. Beide stehen im selben Alter und sehen einander sehr ähnlich, alte Damen, runzlig wie vertrocknete Äpfel, beide von derselben dürren Gestalt und mit Eichhörnchengesichtern. Nun, Mr. Queen, vor ungefähr einem Jahr kam Miss Sarah-Ann in mein Geschäft und kaufte einen schwarzen Kater – sie hatte, wie sie sagte, wenig Geld und konnte keine kostbare Katze kaufen, und so gab ich ihr eben irgendeine.«

»Verlangte sie einen schwarzen Kater?« fragte Mr. Queen gespannt.

»Nein, nur irgendeinen, sagte sie, sie hätte alle gern. Dann, ein paar Tage später, kam sie wieder und wollte wissen, ob sie ihn zurückbringen könne. Denn, sagte sie, ihre Schwester Euphemia könnte es nicht ausstehen, Katzen um sich zu haben. Euphemia verabscheute Katzen geradezu, sagte sie mit einem Seufzer, und da sie doch mehr oder weniger von Euphemias Wohltaten abhängig wäre, könnte sie nicht gut mit ihr übers Kreuz kommen. Ich bedauerte sie ein wenig und erklärte, daß ich die Katze zurücknehmen wolle. Aber dann besann sie sich scheinbar doch anders, oder ihre Schwester änderte ihren Sinn, jedenfalls kam Sarah-Ann nicht mehr zurück. Daher weiß ich also, daß Miss Euphemia Katzen nicht leiden kann.«

Mr. Queen kaute an einem Fingernagel. »Sonderbar«, murmelte er, »wirklich sonderbar. Sie sagen, daß diese Euphemia die Katzen ratenweise, ein Stück pro Woche gekauft hat? Was für Katzen, Miss Curleigh?«

Miss Curleigh seufzte. »Ach, nicht sehr gute. Obzwar sie das Geld scheffelweise hat, wie mir ihre Schwester Sarah-Ann jedenfalls erzählte. Deshalb versuchte ich natürlich, ihr eine Angorakatze zu verkaufen – ich hatte damals gerade eine wunderschöne auf Lager und eine Malteser, die bei einem Wettbewerb eine Medaille erhalten hatte. Aber sie wollte, sagte sie, nur genau solche Katzen, wie ihre Schwester eine gekauft hatte. Schwarze.«

»Schwarze ... Es ist möglich, daß –«

»Oh, sie ist keineswegs abergläubisch, Mr. Queen. In mancher Beziehung ist sie aber eine direkt unheimliche Frau. Schwarze Kater mit grünen Augen, alle von derselben Größe. Es kam mir außerordentlich seltsam vor.«

Mr. Ellerys Nasenflügel bebten ein wenig und nicht nur von dem Gestank in Miss Curleighs Tierhandlung: eine alte, kranke Dame namens Tarkle, die jede Woche einen schwarzen Kater mit grünen Augen kaufte!

»Sehr sonderbar, tatsächlich«, murmelte er, und seine grauen Augen verengten sich. »Und wie lange dauert diese Ihre bemerkenswerte Geschäftsbeziehung nun schon an?«

»Es interessiert Sie also doch! Fünf Wochen jetzt, Mister Queen. Die sechste lieferte ich selbst vorgestern persönlich ab.«

»Sie selbst? Ist sie übrigens vollkommen gelähmt?«

»Ja, sie verläßt ihr Bett niemals und kann keinen Schritt gehen. Das ist nun schon seit zehn Jahren so, erzählte sie mir. Sie und Sarah-Ann hatten, bevor sie ihren Schlaganfall

erlitt, nicht miteinander gelebt. Nun aber steht sie in vollkommener Abhängigkeit von ihrer Schwester – essen, baden – nun, einfach alles.«
»Warum«, fragte Mr. Ellery, »hat sie dann nicht ihre Schwester um die Katzen geschickt?«
Miss Curleighs temperamentvolle Augen flackerten. »Ich weiß nicht«, erwiderte sie langsam, »manchmal kommt mich direkt ein Schauder an. Sie hat mich immer angerufen – das Telefon befindet sich neben ihrem Bett, und sie kann ihre Arme so weit gebrauchen, daß sie es erreicht – und mir gesagt, an welchem Tag sie die Katze wünschte. Es war immer dieselbe Bestellung, schwarz, männlichen Geschlechtes, grüne Augen, dieselbe Größe wie die vorherige und so billig als möglich.« Miss Curleighs reizende Züge verhärteten sich. »Sie ist recht knickerig, diese Miss Euphemia Tarkle.«
»Phantastisch«, sage Ellery gedankenvoll, »außerordentlich phantastisch. In dieser Situation ist etwas, das nach einer häuslichen Tragödie schmeckt. Sagen Sie doch, wie hat sich ihre Schwester verhalten, wenn Sie die Katzen brachten?«
»Das kann ich Ihnen leider nicht sagen, Mr. Queen, da sie niemals anwesend war.«
Ellery stutzte. »Sie war nicht da! Wie meinen Sie das? Ich dachte, diese Euphemia ist völlig hilflos –«
»Das ist sie schon, aber Sarah-Ann geht jeden Nachmittag ein bißchen aus, entweder spazieren oder ins Kino, und ihre Schwester bleibt für ein paar Stunden allein. Um diese Zeit, denke ich, rief sie mich immer an. Und sie wünschte auch, daß ich immer um gerade diese Zeit käme. So habe ich Sarah-Ann also nie gesehen, wenn ich die Bestellung ausführte. Ich glaube, daß sie ihre Einkäufe vor der Schwester geheimhalten wollte. Ich konnte ohne weiteres in ihre Wohnung gelangen, denn Sarah-Ann läßt die Tür immer unversperrt, wenn sie ausgeht. Euphemia hat mir auch immer

wieder dringend ans Herz gelegt, zu keinem Menschen ein Wort über die Katzen verlauten zu lassen.«
Ellery nahm sein Pincenez von der Nase und begann die ohnedies klaren Gläser zu putzen – ein untrügliches Zeichen von innerer Erregung. »Das wird ja immer rätselhafter«, murmelte er, »Miss Curleigh, Sie sind da in eine sehr düstere Angelegenheit hineingeraten.«
Miss Curleigh erbleichte. »Sie denken doch nicht –«
»Wollen Sie mich beleidigen? Natürlich denke ich. Und das regt mich auch so auf. Zum Beispiel, wie, um Himmels willen, konnte sie hoffen, die Katzen, die sie kaufte, vor ihrer Schwester geheimhalten zu können? Sarah-Ann ist doch nicht blind!«
»Blind? Warum? Natürlich nicht. Und Euphemias Augen sind auch vorzüglich.«
»Ich scherzte ja nur. Aber das alles scheint doch ganz sinnlos, Miss Curleigh.«
»Jetzt«, sagte Miss Curleigh heiter, »habe ich dem großen Mr. Queen etwas zu raten aufgegeben ... Ich werde im Augenblick den Irish –«
Mr. Ellery Queen steckte das Glas wieder auf seine Nase, straffte seine eckigen Schultern und ergriff von neuem seinen Spazierstock.
»Miss Curleigh, ich habe die unverbesserliche Gewohnheit, mich in die Angelegenheiten anderer Leute zu mischen. Was würden Sie dazu sagen, wenn ich Sie bäte, mir dabei zu helfen, mich mit den Affären dieser geheimnisvollen Schwestern zu befassen?«
Auf Miss Curleighs Wangen erschienen rote Tupfen.
»Das meinen Sie nicht im Ernst!« rief sie.
»Doch.«
»Das möchte ich riesig gern. Was soll ich also tun?«
»Zum Beispiel, Sie nehmen mich mit in die Wohnung der

Tarkles und stellen mich als einen Ihrer Kunden vor. Wir wollen ihr sagen, daß die Katze, die Sie vorgestern Miss Tarkle verkauft haben, eigentlich mir versprochen war und daß ich mich, spleenig, wie ich bin, ausgerechnet auf diese Katze versteifte und keine andere nehmen wolle und daß Sie Miss Tarkles Katze zurücknehmen und ihr dafür eine andere bringen wollten. Irgendein Vorwand eben, der es mir ermöglicht, sie zu sehen und zu sprechen. Er ist gerade mitten am Nachmittag, und so ist Sarah-Ann vermutlich im Kino und schmachtet nach Clark Gable. Was meinen Sie dazu?«
Miss Curleigh schenkte ihm ein entzückendes Lächeln. »Ich sage, daß ich keine Worte habe, es ist zu wundervoll! Eine einzige Minute, bitte, daß ich mir meine Nase pudern und jemanden bitten kann, mich im Laden zu vertreten. Um keinen Preis der Welt möchte ich das versäumen!«

Zehn Minuten später standen sie vor der Wohnung 5 C in der Amsterdam Arms, einem mehr oder weniger altersschwachen Gebäude, und starrten schweigend auf zwei volle Milchflaschen, die im Hausflur standen. Miss Curleigh blickte ratlos drein, und Mr. Queen bückte sich. Als er sich wieder aufrichtete, blickte er ebenso ratlos.
»Von gestern und heute«, murmelte er, legte seine Hand auf den Türknopf und drehte ihn herum. Die Tür war verschlossen. »Ich denke, Sie sagten doch, die Schwester lasse, wenn sie ausgeht, die Tür unversperrt?«
»Vielleicht ist sie drinnen«, meinte Miss Curleigh unsicher. »Oder sie ist ausgegangen und hat vergessen, den Drücker aufzumachen.«
Ellery drückte auf die Klingel, aber nichts rührte sich drinnen. Er klingelte nochmals, dann rief er laut: »Miss Tarkle, sind Sie hier?«
»Ich verstehe das nicht«, sagte Miss Curleigh mit einem ner-

vösen Lächeln. »Sie müßte Sie doch unbedingt hören. Die Wohnung besteht doch nur aus drei Räumen, und die beiden Schlafzimmer sowie das Wohnzimmer befinden sich direkt zu beiden Seiten eines kleinen Vorraums, jenseits dieser Tür. Geradeaus befindet sich die Küche.«

Ellery rief wieder, und zwar sehr laut. Nach einer Weile legte er sein Ohr an die Tür, die sehr häßlich gestrichen war, auch der ganze Hausflur machte einen ziemlich schäbigen Eindruck.

Miss Curleighs wundervolle Augen sahen vor Schrecken wie silberne Flammen aus, und sie sagte mit ihrer seltsamsten Stimme: »Oh, Mr. Queen, es muß etwas Schreckliches geschehen sein.«

»Wir wollen uns einmal nach dem Hausmeister umsehen«, sagte Ellery ruhig.

Sie entdeckten an einer Tür im Erdgeschoß ein Metallschild mit der Aufschrift: »Potter, Hausbesorger«. Miss Curleigh atmete stoßweise, Ellery läutete.

Ein kurzes, dickes Weib mit gewaltigen Armen, die von Seifenwasser bedeckt waren, öffnete die Tür. Sie wischte ihre roten Hände an einer schmutzigen Schürze ab und strich sich eine Strähne ihres unsauberen grauen Haares aus dem Gesicht. »Was gibt's?« fragte sie gleichmütig.

»Mrs. Potter?«

»Jawohl. Wir haben keine leerstehenden Wohnungen zu vermieten. Der Torwart könnte Ihnen gesagt haben ...«

Miss Curleigh errötete, Ellery sagte: »Oh, wir sind auch gar nicht auf Wohnungssuche, Mrs. Potter. Ist der Hausbesorger hier?«

»Nein, er ist nicht hier«, erwiderte sie argwöhnisch, »er hat doch eine Halbtagsstellung bei den chemischen Werken in Long Island City und kommt niemals vor halb vier heim. Was wünschen Sie denn eigentlich?«

»Ich bin sicher, Sie werden uns gerne helfen, Mrs. Potter. Diese junge Dame und ich möchten gerne Miss Tarkle besuchen, können aber von der Wohnung 5 C auf unser Klopfen und Rufen keine Antwort erhalten.«
Das dicke Weib blickte noch immer äußerst unfreundlich. »Ist denn die Tür nicht offen? Um diese Zeit ist doch die Gesunde meistens aus und der Krüppel –«
»Es ist versperrt, Mrs. Potter, und wir erhalten keine Antwort, wenn wir läuten oder rufen.«
»Das ist komisch!« kreischte das fette Weib, indem sie Miss Curleigh anstarrte. »Das verstehe ich nicht – Miss Euphemia ist doch invalid und geht niemals aus. Vielleicht hat die arme Haut einen Anfall gehabt?«
»Das glaube ich kaum. Wann sahen Sie übrigens Miss Sarah-Ann zuletzt?«
»Die Gesunde? Lassen Sie mich nachdenken. Vor zwei Tagen, und wenn ich mir's recht überlege, habe ich auch die Kranke zwei Tage nicht mehr gesehen.«
»Um Himmels willen«, flüsterte Miss Curleigh, da sie an die beiden Milchflaschen dachte. »Zwei Tage?«
»Sie sehen also Miss Euphemia gelegentlich?« fragte Ellery.
»Ja«, Mrs. Potter begann ihre roten Hände zu reiben, als wären sie immer noch über dem Waschfaß. »Sie ruft mich allemal am Nachmittag telephonisch zu sich, wenn ihre Schwester nicht da ist und sie etwa will, daß ich den Ofen ausnehme oder sonstwas für sie tue. Neulich mußte ich einen Brief aufgeben. Sie – sie gibt mir manchmal etwas dafür. Aber es ist jetzt zwei Tage her ...«
Ellery zog einen Gegenstand aus seiner Tasche und hielt es dem verschlafenen Frauenzimmer unter die Nase. »Mrs. Potter«, sagte er streng, »ich wünsche in diese Wohnung zu gelangen, denn etwas stimmt da nicht. Geben Sie mir Ihren Hauptschlüssel.«

»P – P – Polizei«, stammelte sie, auf die Marke starrend, dann rannte sie eilfertig weg und kam wieder, um Ellery einen Schlüssel auszuhändigen. »Wenn doch Mr. Potter zu Hause wäre!« jammerte sie, »Sie werden doch nicht –«

»Sprechen Sie zu keinem Menschen darüber, Mrs. Potter!«

Sie verließen die Frau, die ihnen nachgaffte, als ob sie vor Schreck die Sprache verloren habe. Sie benützten dabei den Aufzug. Miss Curleigh war weiß bis in die Lippen, sie sah elend aus.

»Vielleicht«, sagte Ellery freundlich, »wäre es besser, Sie kämen nicht mit hinein, Miss Curleigh. Es könnte sehr Unangenehmes zu sehen sein. Ich –« Er verstummte plötzlich, während er sich bückte.

Es war jemand an der anderen Seite der Tür. Unzweifelhaft war das Geräusch von laufenden Schritten zu vernehmen, begleitet von einem ungleichmäßigen Scharren, so als ob ein schwerer Gegenstand über den Boden geschleift würde. Ellery drehte den Schlüssel herum und drückte auf den Türknopf, während Miss Curleigh sich an seine Schultern klammerte. Die Tür gab ein halbes Zoll nach und blieb dann stekken. Die Schritte entfernten sich.

»Die Tür ist verrammelt«, brummte Ellery. »Treten Sie zurück, Miss Curleigh.« Er selbst stemmte sich seitlich dagegen. Es gab ein Splittern und Krachen, und die Tür flog nach innen auf, ein zerbrochener Stuhl kippte um. »Zu spät –«

»Die Feuerleiter!« schrie Miss Curleigh. »Im Schlafzimmer links.«

Er stürzte in einen großen schmalen Raum mit Doppelbetten, die den Eindruck von Unordnung erweckten, und lief auf das offene Fenster zu. Doch auf der Feuerleiter war niemand zu sehen. Er schaute in die Höhe. Eine eiserne Leiter bog sich nach aufwärts und verschwand etwas weiter oben.

»Wer immer es auch war, ich fürchte, er ist bereits über das

Dach entkommen«, sagte Ellery, während er seinen Kopf zurückzog und sich eine Zigarette anzündete. »Wollen Sie rauchen? Dann wollen wir uns hier ein bißchen umsehen. Offenbar kein Blutvergießen, das kann aber übrigens auf Täuschung beruhen. Sehen Sie etwas Interessantes?«

Miss Curleigh zeigte mit einem zitternden Finger auf das eine Bett. »Das hier, das durcheinandergeworfene, ist ihr Bett. Aber wo ist sie?«

Das zweite Bett war ordentlich gemacht, die darüber gebreitete Spitzendecke unversehrt. Doch Miss Euphemia Tarkles Bett befand sich in einem aufgewühlten Zustand. Die Bettücher waren heruntergerissen, die Matratzen aufgeschlitzt. Einige Stücke Inlett lagen auf dem Boden. Die Kissen waren vollständig zerrissen. Eine Vertiefung in der Mitte der Matratze zeigte an, wo die abgängige Kranke gelegen hatte. Ellery untersuchte das Bett, dann machte er einen Rundgang durch die Zimmer, öffnete alle Türen, stöberte überall herum und schloß dann die Türen wieder, wobei ihm Miss Curleigh überallhin folgte. Sie hatte dabei plötzlich eine beunruhigende Art, über ihre rechte Schulter zu schauen. Flüchtig blickte er in das Wohnzimmer, die Küche und das Badezimmer, doch es befand sich niemand in der ganzen Wohnung, und außer Miss Tarkles Bett war offensichtlich nichts beschädigt. Trotzdem war es sehr unheimlich hier. Es erweckte den Anschein, als ob in den Frieden eines Klosters plötzlich Gewalt eingedrungen wäre. Ein Tablett mit einigen Tellern, Besteck und einer halbgegessenen Mahlzeit stand auf dem Fußboden, fast unter dem Bett.

Miss Curleigh schauderte und drängte sich nahe an Ellery heran. »Es ist so einsam hier«, sagte sie und befeuchtete ihre Lippen. »Wo sind wohl Miss Euphemia und ihre Schwester? Und wer war dieser – dieser Kerl, der die Tür verrammelte?«

»Und was noch wichtiger ist«, murmelte Ellery, auf das Tablett starrend, »wo sind die sieben schwarzen Katzen?«
»Sieben –?«
»Miss Sarah-Anns Schoßkätzchen und die sechs von Euphemia, wo sind sie?«
»Vielleicht«, hoffte Miss Curleigh, »sind sie aus dem Fenster gesprungen, als dieser Mann –«
»Vielleicht. Aber sagen Sie nicht ›Mann‹, wir wissen es ja noch gar nicht.« Er blickte irritiert um sich. »Wenn sie hinausgesprungen sind, so muß es erst vor einem Augenblick geschehen sein, denn das Fenster ist gewaltsam geöffnet worden, woraus hervorgeht, daß es vorher geschlossen war und folglich dürften die Katzen –« Er unterbrach sich. »Wer ist da?« fragte er scharf, indem er sich umdrehte.
»Ich bin es«, sagte eine furchtsame Stimme, und Mrs. Potter betrat zögernd das Vorzimmer. Ihre schläfrigen Augen glänzten vor Angst und Neugier. »Wo ist –?«
»Auf und davon.« Er starrte das schlampige Weibsbild an. »Sind Sie dessen ganz sicher, daß Sie Miss Euphemia oder ihre Schwester heute nicht gesehen haben?«
»Gestern auch nicht. Ich –«
»Es war auch kein Krankenwagen innerhalb der letzten zwei Tage hier in der Umgebung zu sehen?«
Mrs. Potter wurde kreideweiß. »Nein. Ich kann nur nicht verstehen, wie sie hinausgekommen ist, sie konnte doch keinen Schritt gehen. Wenn man sie hinausgetragen hätte, hätte das doch irgend jemand bemerken müssen. Auf jeden Fall der Portier. Ich habe ihn auch gefragt. Ich weiß sonst immer alles, was vorgeht –«
»Ist es möglich, daß Ihr Mann eine oder beide in den letzten zwei Tagen gesehen hat?«
»Auch Potter nicht. Er sah sie vorgestern abend zum letzten Mal. Harry verdient sich nämlich ein wenig nebenbei durch

Gelegenheitsarbeiten. Miss Euphemia hat den Wirt verlangt, weil einige Tapezierer- und Zimmermannsarbeit zu tun war, aber er ließ sie im Stich. So fragte sie vor einem Monat Harry, ob er es nicht so unter der Hand machen wolle, und sie versprach, ihn auch dafür zu bezahlen, obgleich etwas weniger, als man einem zünftigen Tapezierer bezahlt. So hat er es eben in seiner Freizeit getan, am späten Nachmittag und abends – er ist sehr geschickt, Potter, er hat sein möglichstes getan. Das sind doch hübsche Tapeten, nicht? Und so hat er Miss Euphemia vorgestern abend zum letzten Mal gesehen.« Ein alarmierender Gedanke schien ihr plötzlich zu kommen, denn ihre Augen verdrehten sich, und sie stieß einen leichten Angstschrei aus. »Es fällt mir gerade ein, wenn dem Krüppel etwas zugestoßen ist, werden wir für die Arbeit nicht bezahlt! Diese ganze Plage! – Und der Hausherr –«

»Und wenn schon«, sagte Ellery ungeduldig, »Mrs. Potter, gibt es Mäuse oder Ratten in diesem Haus?«

Beide Frauen blickten ihn erstaunt an. »Nicht eine einzige«, begann Mrs. Potter langsam, »der Mäusevertilger kommt –« als sich plötzlich alle drei nach einem Geräusch im Vorzimmer umwandten. Jemand öffnete die Tür.

»Herein!« stieß Ellery hervor und machte einen Sprung gegen die Tür hin, um die sich nähernden Schritte aufzuhalten, als ein schüchterner Jemand seine Nase hereinsteckte.

»Entschuldigen Sie«, sagte der Ankömmling irritiert, als er Ellery und die beiden Frauen gewahrte, »ich muß mich wohl in der Tür geirrt haben. Wo wohnt denn Miss Euphemia Tarkle?«

Der junge Mann war groß und spindeldürr, hatte ein erschrockenes Pferdegesicht, steifes, braunes Haar und trug einen ziemlich verschossenen Anzug von altmodischem Schnitt. In seiner Hand hielt er eine kleine Reisetasche.

»Sie sind schon hier am rechten Ort«, sagte Ellery mit einem freundlichen Lächeln, »treten Sie nur näher. Darf ich fragen, wer Sie sind?«

Der junge Mann blinzelte. »Aber wo ist denn Tante Euphemia? Ich heiße Elias Morton. Ist sie denn nicht da?« Seine rotgeränderten Augen blickten fragend und besorgt von Ellery zu Miss Curleigh.

»Sagen Sie ›Tante‹ Euphemia, Mr. Morton?«

»Ja, ich bin ihr Neffe. Ich komme von auswärts – von Albany. Wo –«

»Ein unerwarteter Besuch, Mr. Morton?« fragte Ellery.

Der junge Mann blinzelte wiederum. Er trug noch immer seinen kleinen Koffer in der Hand, doch nun stellte er ihn auf den Boden und suchte in seinen Taschen herum, bis er endlich einen sehr beschmutzten und zerknitterten Brief zum Vorschein brachte. »Ich – ich erhielt dies vor einigen Tagen«, stammelte er. »Ich wäre auch schon früher gekommen, aber mein Vater war verreist zu einer – ich verstehe das nicht.«

Ellery riß ihm den Brief aus seinen bebenden Händen. Es war ein mühseliges Geschreibsel auf ordinärem, braunem Packpapier. Auch der Umschlag war sehr schäbig. Die mit zitternder Greisenhand gekritzelten Zeilen lauteten:

> *»Lieber Elias!* – Du hast durch so viele Jahre nichts von Deiner Tante gehört, aber jetzt brauche ich Dich, Elias, denn Du bist mein einziger Blutsverwandter, an den ich mich in meiner gräßlichen Verzweiflung wenden kann! Ich schwebe in größter Gefahr, mein lieber Junge! Du mußt Deiner armen, kranken Tante, die so hilflos ist, beistehen! Komm sofort! Aber sprich nicht zu Deinem Vater oder zu sonst jemandem darüber! Verhalte Dich, wenn Du kommst, so, als ob Du gerade nur einmal zu Besuch

kämst. Bitte laß mich nicht im Stich! Hilf mir!
Deine Dich liebende Tante Euphemia.«

»Eine bemerkenswerte Nachricht«, meinte Ellery, »in großer Bedrängnis geschrieben, Miss Curleigh. Klingt durchaus echt. ›Sag es niemandem!‹ Aber leider, Mr. Morton. Ich fürchte, Sie kommen zu spät.«
»Zu – aber –« Das Pferdegesicht des jungen Mannes wurde weiß wie die Wand. »Ich tat mein Möglichstes, um direkt herzukommen, aber mein Vater war bei einer – bei einer seiner Saufereien, und ich konnte ihn nicht finden. Ich wußte nicht, was ich tun sollte. Dann fuhr ich aber doch. Nicht auszudenken, daß –« Seine Zähne begannen zu klappern.
»Ist dies auch die Handschrift Ihrer Tante?«
»Ja, ganz gewiß.«
»Ihr Vater ist, nehme ich an, nicht der Bruder der Schwestern Tarkle?«
»Nein, meine liebe Mutter selig war ihre Schwester.« Morton tastete nach einer Sessellehne. »Ist Tante Euphemia – tot? Und wo ist Tante Sarah-Ann?«
»Beide sind fort.« Ellery berichtete kurz und bündig das Ergebnis seiner Nachforschungen. Der junge Besucher aus Albany schien fast in Ohnmacht zu fallen. »Ich gehe der Sache nach, aber inoffiziell. Erzählen Sie mir alles, Mister Morton, was Sie von Ihren beiden Tanten wissen!«
»Ich – ich weiß nicht allzuviel«, flüsterte Morton, »ich habe sie seit meiner Kindheit nicht mehr gesehen, also vor etwa fünfzehn Jahren. In der Zwischenzeit bekam ich nur einmal von Tante Sarah-Ann Nachricht und zweimal von Tante Euphemia. Ich hätte mir niemals gedacht – ich weiß, daß Tante Euphemia seit ihrem Schlaganfall ein wenig – sonderbar wurde. Tante Sarah schrieb es mir. Sie besaß etwas Geld, das ihr mein Großvater hinterlassen hatte, und Tante Sarah

sagte, daß sie ein richtiger Geizhals wäre. Tante Sarah besaß nämlich gar nichts, sie lebte bei Tante Euphemia und pflegte sie. Sie hegte ein Mißtrauen gegen Geldinstitute und hatte ihren Schatz irgendwo versteckt, Tante Sarah wußte nicht, wo. Sie nahm nach ihrem Anfall nicht einmal einen Arzt, so geizig war sie. Die Schwestern kamen auch nicht gut aus miteinander und stritten fortwährend, schrieb mir Tante Sarah, denn Tante Euphemia beschuldigte sie, daß sie ihr das Geld stehlen wolle, und sie wußte oft nicht mehr, wie sie es aushalten sollte. Das – das ist alles, was ich weiß.«

»Diese armen Geschöpfe«, flüsterte Miss Curleigh mit feuchten Augen, »was für ein elendes Dasein! Miss Tarkle kann doch nichts für –«

»Sagen Sie, Mr. Morton«, sagte Ellery langsam, »ist es wahr, daß Ihre Tante Euphemia Katzen verabscheute?«

Das Kinn des jungen Mannes sank vor Erstaunen herab. »Woher wissen Sie denn das? Sie haßt sie geradezu! Tante Sarah beklagte sich oft darüber; es kränkte sie sehr, weil sie selbst auf Katzen so versessen ist. Ihre eigene behandelte sie wie ein Kind, und das machte Tante Euphemia eifersüchtig oder ärgerlich oder sonst etwas. Ich kann es mir sehr gut vorstellen, daß sie nicht gut miteinander auskamen – auskommen.«

»Es ist verständlich, Mr. Morton«, sagte Ellery, »daß wir mit den Zeitformen nicht zurechtkommen. Aber nach allem zu schließen ist noch kein Beweis dafür vorhanden, daß Ihre Tanten nicht doch nur irgendwo auswärts sind, auf Erholung oder vielleicht auch irgendwo zu Besuch.« Doch die Wachsamkeit wich nicht aus seinen Augen. »Steigen Sie doch in einem Hotel hier in der Nähe ab, ich werde Sie auf dem laufenden halten.« Er kritzelte Namen und Adresse eines Hotels auf ein Blatt seines Notizbuchs und drückte es in Mortons Hand. »Regen Sie sich nicht zu sehr auf, Sie werden bald von mir hören.« Einen Augenblick später hörten sie die Tür zum Lift einschnappen.

Ellery sagte gelassen: »Der Vetter vom Lande, wie er im Buch steht. Miss Curleigh, lassen Sie mich doch einmal in Ihr frisches, liebes Gesichtchen gucken. Leute mit solchen Gesichtern sollten eigentlich gesetzlich verboten sein.« Er tätschelte ihre Wange und wandte sich dann stirnrunzelnd in das Badezimmer. Miss Curleigh errötete wiederum und folgte ihm dann rasch, indem sie wieder flüchtig und ängstlich über ihre Schulter nach rückwärts blickte.

»Was ist denn das?« hörte sie Ellery hervorstoßen. »Mrs. Potter, kommen Sie doch her – zum Donnerwetter!«

»Was ist denn jetzt wieder los?« rief Miss Curleigh und stürzte ihm in das Badezimmer nach.

Mrs. Potter, deren fleischige Arme sich mit einer Gänsehaut überzogen, starrte mit entsetzten Augen und offenem Mund in die Badewanne. Sie gab einen unartikulierten Laut von sich, verdrehte ihre Augen und floh entsetzt aus der Wohnung.

»Oh, mein Gott«, rief Miss Curleigh und griff nach ihrem Herzen, »ist das nicht – ist das nicht entsetzlich!«

»Schrecklich«, sprach Ellery langsam und grimmig, »schrecklich und – aufschlußreich. Ich habe es ganz übersehen, als ich früher hier hereinschaute. Ich glaube –« Die gute Laune war aus seinem Gesicht und seiner Stimme gewichen, und er war voll gespanntester Aufmerksamkeit. Beide verhielten sich ganz still, so als ob etwas Tödliches über ihnen schwebte.

Ein schwarzer Kater lag regungslos starr in einer Blutlache in der Wanne. Er war groß, schwarzglänzend, grünäugig und offensichtlich tot. Sein Kopf war zerschmettert und das Rückgrat schien an mehreren Stellen gebrochen zu sein. Geronnenes Blut hatte die Porzellanwände der Wanne be-

spritzt. Die Waffe, die eine erbarmungslose Hand geschwungen hatte, lag daneben, eine blutbefleckte Waschbürste mit einem schweren Griff.
»Das löst nun das Rätsel von dem Verschwinden der siebenten«, sagte Ellery, sich aufrichtend: »Mit der Waschbürste totgeschlagen. Seinem Aussehen nach ist er nicht länger tot als höchstens einen Tag. Miss Curleigh, wir sind da in eine wahrhaft tragische Geschichte hineingeraten.«
Miss Curleigh, deren anfänglicher Schrecken von ihrer Entrüstung weggefegt worden war, rief mit flammenden Augen: »Jemand, der ein Tier auf so brutale Weise töten kann, ist ein – ein Ungeheuer! Dieses fürchterliche alte Weib –«
»Vergessen Sie nicht«, warf Ellery seufzend ein, »sie konnte ja nicht gehen.«

»Jetzt«, sagte Mr. Ellery Queen etwas später, indem er sein praktisches Taschenwerkzeug weglegte, »wird die Chose immer spannender. Ahnen Sie, Miss Curleigh, was ich entdeckt habe?«
Sie waren im Schlafzimmer über das Tablett gebeugt, das er vom Boden aufgehoben und auf den Nachttisch, der zwischen den Betten der abgängigen Schwestern stand, gestellt hatte. Miss Curleigh erinnerte sich, daß sie bei allen ihren früheren Besuchen dieses Tablett entweder auf Miss Tarkles Bett oder auf dem Tisch daneben gesehen hatte, während die Kranke mit zusammengepreßten Lippen erklärte, daß sie eben allein gespeist habe, womit sie wohl andeuten wollte, wie weit sich ihre und Sarah-Anns Wege schließlich getrennt hatten.
»Ich sah, daß Sie mit Puder und allerhand anderem Zeug hantierten, aber –«
»Ich suchte nach Fingerabdrücken.« Ellery blickte mit einem rätselhaften Gesicht auf Messer, Gabel und Löffel nie-

der, die verkehrt auf dem Tablett lagen. »Mein Handwerkszeug kommt mir bisweilen sehr zustatten«, sagte er. »Sie haben gesehen, daß ich dieses Besteck hier untersuchte, Miss Curleigh. Sie werden wohl mit mir darin übereinstimmen, daß diese Geräte von Euphemia bei ihrer letzten Mahlzeit benützt wurden.«

»Ja, natürlich«, nickte Miss Curleigh, »es sind ja noch die eingetrockneten Speisereste daran zu sehen.«

»Ganz richtig. Die Griffe von Messer, Gabel und Löffel sind nicht graviert, wie Sie sehen, es sind ganz einfache, glatte Silbergriffe, sie müßten von Rechts wegen Fingerabdrücke zeigen«, er zuckte die Achseln, »aber das ist nicht der Fall.«

»Wie meinen Sie das, Mr. Queen? Wie kann das möglich sein?«

»Ich meine, daß jemand die Abdrücke abgewischt hat. Komisch, nicht?« Ellery zündete sich gedankenverloren eine Zigarette an. »Überlegen Sie doch: Dies ist Euphemia Tarkles Tablett, ihre Speise, ihre Teller, ihr Besteck. Es ist bekannt, daß sie im Bett zu speisen pflegte, und zwar allein. Aber wenn nur Euphemia das Besteck benützte, wer wischte dann die Fingerspuren weg? Sie selbst? Warum wohl sollte sie das? Jemand anderer? Aber es wäre doch sinnlos, daß jemand anders Euphemias Abdrücke entfernt. Ihre Fingerspuren haben das Recht, hier zu sein. Also befanden sich außer Euphemias Abdrücken noch die eines anderen auf diesen Geräten, und das beinhaltet die Erklärung dafür, daß sie entfernt werden mußten. Folglich hat noch jemand anderer Euphemias Besteck gehandhabt. Zu welchem Zweck? Ich beginne«, sagte Ellery in seinem grimmigsten Ton, »nun klar zu sehen. Miss Curleigh, würden Sie gerne der Justiz als Handlanger dienen?« Miss Curleigh, von Stolz überwältigt, konnte nur nikken. Ellery begann die Überreste der Mahlzeit von dem Tablett der Kranken abzukratzen. »Tragen Sie, bitte, dieses Zeug zu Dr. Samuel Prouty – hier ist seine Anschrift –, und bitten Sie ihn in meinem Auftrag, es zu untersuchen. Dann bemühen Sie sich, wieder unbemerkt hier hereinzukommen?«

»Die Speise?«

»Jawohl.«

»Dann denken Sie wohl, sie ist –«

»Die Zeit zum Denken«, sagte Mr. Ellery Queen gelassen, »ist nun wohl vorüber.«

Als Miss Curleigh gegangen war, warf er einen letzten, prüfenden Blick umher, ging sogar daran, einige Schränke zu untersuchen, die irgendwie neu aussahen, preßte seine Lippen fest zusammen, schloß die Wohnungstür hinter sich, steckte den Hauptschlüssel, den Mrs. Potter ihm gegeben hatte, ein, fuhr mit dem Lift hinunter in das Erdgeschoß und klingelte bei der Wohnung der Potters.

Ein untersetzter Mann mit groben Gesichtszügen öffnete die Tür. Sein Hut war ihm nach rückwärts gerutscht, im Hintergrund sah Ellery die aufgeregte Gestalt Mrs. Potters stehen.

»Das ist der Polizist!« schrie sie auf. »Harry, misch dich doch nicht –«

»Also Sie sind der Schupo«, brummte der untersetzte Mann, ohne das dicke Weib zu beachten. »Ich bin der Hausmeister von hier – Harry Potter. Ich komm' gerade vom Betrieb nach Hause, und meine Alte sagt mir, daß oben in der Tarkle-Wohnung was nicht stimmt. Was ist denn los, um Gottes willen?«

»Noch gar kein Grund zur Aufregung«, sagte Ellery ruhig, »bin froh, daß Sie da sind, Potter. Ich brauche dringend einige Auskünfte, die Sie mir sicherlich werden geben können. Hat jemand von Ihnen in letzter Zeit irgendwo auf diesem Grundstück tote Katzen gefunden?«

Potters Kinn sank herab und seine Frau gluckste vor Überraschung.

»Das ist verdammt komisch. Gewiß, wir haben welche gefunden. Mrs. Potter sagt, daß eine tote oben in 5 C liegt. Ich hätte nie gedacht, daß die zwei alten Damen oben diejenigen waren, die –«

»Wo haben Sie die Katzen gefunden, und wie viele waren es?« stieß Ellery hervor.

»Unten im Verbrennungsofen.«

Ellery schlug sich auf die Schenkel. »Natürlich! Was für ein Idiot bin ich doch gewesen! Jetzt seh' ich klar. Im Ofen also? Es waren sechs, nicht wahr, Potter?«

Mrs. Potter keuchte. »Woher, beim barmherzigen Himmel, wissen Sie denn das so genau?«

»Im Ofen«, murmelte Ellery, indem er an seiner Unterlippe kaute. »Die Knochen, nehme ich an – die Schädel?«

»Ganz richtig«, erklärte Potter scheinbar bekümmert. »Ich hab' sie selbst gefunden, ich muß ja jeden Morgen die Asche ausnehmen. Die Schädel von sechs Katzen und ein Haufen kleine Knochen. Ich fragte schon unter den Mietern herum nach dem verdammten Narren, der sie durch den Kamin herunterwirft, aber alle stellten sich dumm. Sie sind nicht alle auf einmal heruntergekommen, es geht schon seit vier, fünf Wochen so. Fast jede Woche eine. Wenn ich sie nur zwischen meine Klauen kriegte –«

»Sind Sie dessen ganz sicher, daß Sie sechs gefunden haben?«

»Ganz bestimmt.«

»Und sonst haben Sie nichts Verdächtiges bemerkt?«

»Gar nichts.«

»Danke. Ich glaube nicht, daß Sie noch weitere Scherereien zu gewärtigen haben. Vergessen Sie die ganze Geschichte!« Und Ellery drückte dem Mann einen Geldschein in die Hand und verließ den Vorraum. Aber er ging nicht weit. Tatsächlich stieg er nur durch die Seitenstiege in den Keller hinunter. Fünf Minuten später schlich er sich leise wieder in die Wohnung 5 C hinauf.

Als Miss Curleigh am späteren Nachmittag wieder vor der Tür 5 C stand, fand sie sie versperrt. Von drinnen aber konnte sie Ellerys flüsternde Stimme hören und dann das Knacksen des Telephons. Beruhigt drückte sie auf den Klingelknopf, er erschien sofort, zog sie herein, schloß geräuschlos die Tür und führte sie in das Schlafzimmer, wo sie sich, mit einem Ausdruck bitterer Enttäuschung in ihrem reizenden Gesicht, in einen Sessel von Rosenholz fallen ließ.

»Vom Kriegspfad zurückgekehrt?« lächelte er. »Nun, Schwesterlein, Glück gehabt?«

»Sie werden schrecklich verstimmt sein«, sagte Miss Curleigh mit finsterer Miene, »es tut mir leid, daß ich mich Ihnen nicht nützlicher erweisen konnte –«

»Was hat denn der gute Dr. Prouty gesagt?«

»Gar nichts Ermutigendes, obwohl er mir sehr gut gefällt, Ihr Dr. Prouty, wenn er auch ein Lebensmitteluntersucher ist oder so etwas Ähnliches und in Gegenwart einer Dame einen unmöglichen spitzen Hut trägt. Aber ich müßte lügen, wenn ich behaupten würde, daß ich über seine Untersuchungsergebnisse begeistert bin. Er sagte nämlich, daß die Nahrungsmittel, die Sie durch mich bringen ließen, völlig einwandfrei seien. Ein bißchen verdorben zwar vom langen Stehen, aber sonst ganz in Ordnung.«

»Das ist doch zu arg!« sagte Ellery fröhlich. »Nun, Diana, Kopf hoch! Das ist die beste Nachricht, die Sie mir bringen konnten.«

»Die beste –?« frage Miss Curleigh, nach Luft schnappend.

»Diese Tatsache bestätigt meine Theorie vortrefflich. Es sitzt wie angegossen, teures Mädchen, wie Mae Wests Büstenhalter. Wir sind«, und er zog sich einen Sessel herbei und setzte sich ihr gegenüber, »nun endlich soweit. Nebenbei übrigens, hat jemand Sie beim Hereinkommen gesehen?«

»Ich schlüpfte durch den Keller herein und benützte von dort den Aufzug. Es hat mich bestimmt niemand gesehen. Aber ich verstehe nicht –«

»Sehr tüchtig von Ihnen, aber ich glaube, wir haben jetzt etwas Zeit zum Plaudern. Ich benützte die Stunde, die ich hier allein war, zum Nachdenken, und das Ergebnis ist sehr zufriedenstellend, wenn auch äußerst tragisch.« Ellery zündete sich eine Zigarette an und schlug die Beine lässig übereinander. »Miss Curleigh, Sie haben eine Menge Verstand, wie ich annehme, und außerdem noch den Vorteil einer angeborenen weiblichen Klugheit. Sagen Sie mir: Warum sollte eine wohlhabende alte Dame, die fast vollständig gelähmt ist, heimlicherweise innerhalb eines Zeitraums von fünf Wochen sechs Katzen kaufen?«

Miss Curleigh zuckte die Achseln. »Ich sagte Ihnen doch schon, daß ich keine Erklärung dafür finden konnte, es ist für mich einfach ein vollkommenes Rätsel.« Ihre Augen hingen an seinen Lippen.

»Pah, das kann doch gar nicht so rätselhaft sein. Ich will Ihnen nun einige Andeutungen geben. So viele Katzen in einem kurzen Zeitraum durch einen Sonderling gekauft, könnte Vivisektion vermuten lassen. Aber keine von den beiden Damen Tarkle hatte irgendwelche wissenschaftliche Interessen. Das scheidet also aus, wie Sie sehen?«

»Ach so«, sagte Miss Curleigh atemlos, »ich begreife jetzt, was Sie meinen. Euphemia kann sie aber auch nicht gekauft haben, um sich an ihrer Gesellschaft zu erfreuen, da sie bekanntlich Katzen haßte?«

»Sehr richtig. Denken wir nun an die Mäusevertilgung! Kommt auch nicht in Frage, denn nach Mrs. Potters Auskunft ist das Gebäude ungezieferfrei. Zur Aufzucht? Wohl kaum, denn Sarah-Anns Katze war ein Männchen, und auch Euphemia kaufte nur solche. Nebenbei waren sie unbeschreibliche Kreuzungen, und niemand züchtet rasselose Tiere.«

»Sie könnte sie gekauft haben, um sie zu verschenken«, sagte Miss Curleigh gedankenvoll. »Das wäre doch auch möglich.«

»Möglich, aber es entspricht doch nicht meiner Meinung«, sagte Ellery trocken, »nicht, wenn Sie die Tatbestände kennen. Der Hausbesorger fand die Knochenreste von sechs Katzen unten in der Ofenasche und die siebente, ein mausetotes Vieh, liegt dort drüben in der Badewanne.« Miss Curleigh starrte ihn sprachlos an. »Es scheint, wir haben die plausibelsten Theorien erschöpft. Wissen Sie vielleicht noch abenteuerlichere?«

Miss Curleigh erblaßte. »Aber doch nicht – doch nicht wegen ihres Fells?«

»Bravo!« rief Ellery lachend. »Das wäre auch eine abenteuerliche Theorie unter den anderen. Aber sie stimmt doch nicht, denn ich habe in der ganzen Wohnung kein einziges Fell gesehen. Und nebenbei auch, wer immer Meister Tom in der Wanne umbrachte, er ist blutüberströmt, aber nicht enthäutet. Ich glaube, wir können auch die noch tollere Idee ausschalten, daß sie aus Nahrungsgründen gehalten wurden. Für zivilisierte Leute schmeckt das fast nach Kannibalismus, Katzen ihres Fleisches wegen zu töten. Um Schwester Sarah-Ann zu erschrecken? Kaum, denn Sarah-Ann ist an Katzen gewöhnt und liebt sie sogar. Um Sarah-Ann zu Tode zu kratzen? Dazu müßten sie vergiftete Klauen haben. Aber in diesem Fall wäre die Gefahr dieselbe für Euphemia wie für Sarah-Ann und weshalb dann sechs Katzen? Als Führer durch die ewige Dunkelheit? Aber Euphemia ist ja nicht blind, und außerdem verläßt sie ihr Bett niemals. Fällt Ihnen noch etwas ein?«

»Aber dies ist doch alles einfach lächerlich!« – »Lästern Sie doch nicht meine logischen Überlegungen! Lächerlich, vielleicht, aber Sie können doch nicht übersehen, daß irgendein vernünftiger Sinn in der Vernichtung dieser Katzen liegen muß!«

»Ich habe eine Idee, die bestimmt kein Unsinn ist«, sagte Miss Curleigh plötzlich. »Bloßer Haß. Euphemia verabscheute Katzen. So nehme ich an, seit sie nicht mehr ganz normal ist, kaufte sie sie nur um des Vergnügens willen, sie nachher umzubringen.«

»Lauter schwarze Katzen, mit grünen Augen und alle von derselben Größe?« Ellery schüttelte seinen Kopf. »Ihre Manie dürfte kaum so exklusiv gewesen sein. Übrigens haßte sie Katzen doch schon früher, ehe Sarah-Ann ihren ganz speziellen Kater bei Ihnen kaufte. Nein, es bleibt nur eine Erklärung übrig.« Ellery sprang von seinem Sessel auf und begann im Zimmer hin und her zu gehen, »sie ist zwar nicht die einzige, aber sie ist durch mehrere Tatsachen gestützt ... Schutz!«

»Schutz!« Miss Curleighs Augen weiteten sich. »Warum, Mr. Queen? Wie stellen Sie sich das vor? Man kauft wohl Hunde zu seinem Schutz, aber doch nicht Katzen.«

»Ich meine nicht diese Art von Schutz«, sagte Ellery, fast ein wenig ungeduldig, »ich bringe Euphemias natürlichen Willen zum Leben mit ihrem zufälligen Haß für Katzentiere in Zusammenhang, wodurch diese ein ideales Mittel zum Zweck werden. Es ist wirklich eine fürchterliche Geschichte, Marie, von jeder Seite her betrachtet. Euphemia hatte Angst. Angst wovor? Sie fürchtete, um ihres Geldes willen umgebracht zu werden. Das geht deutlich genug aus dem Brief hervor, den sie ihrem Neffen Morton schrieb, und es wird noch durch ihren bekannten Geiz unterstützt, ihr Mißtrauen gegen Geldinstitute und ihre Abneigung gegen ihre eigene Schwester. Wie aber kann eine Katze gegen eine beabsichtigten Mord Schutz bieten?«

»Gift!« schrie Miss Curleigh.

»Sehr richtig, als Versuchskaninchen sozusagen. Das scheint Ihnen ein Rückfall ins Mittelalter zu sein? Gibt es Tatsachen, die diese Annahme bestätigen? Es gibt eine ganze Menge! Euphemia hatte zuletzt immer allein gespeist, das deutet auf irgendeine geheimnisvolle Betätigung dabei hin. Dann bestellte sie in einer kurzen Zeit nacheinander fünf Katzen? Warum? Offenbar, weil die Katze, die sie bei Ihnen gekauft hatte, in ihrer ihr zugedachten Eigenschaft fungiert hatte, sie hatte nämlich von der Speise gekostet und war hierauf den Weg allen Fleisches gegangen. Die Katzen waren vergiftet worden, vergiftet durch den Genuß der Nahrung, die für Euphemia bestimmt war. So mußte sie also immer wieder eine neue bestellen. Beweis dafür: die sechs Katzenskelette im Ofen.«

»Aber sie konnte doch nicht gehen!« warf Miss Curleigh ein. »Wie konnte sie denn die Kadaver beseitigen?«

»Ich stelle mir vor, daß Mrs. Potter sie unwissentlich verschwinden ließ. Sie werden sich erinnern, daß Mrs. Potter sagte, daß sie oft, wenn Sarah-Ann aus war, heraufbeordert wurde, um den Abfall in den Ofen zu werfen. Dieser Abfall war, wie ich vermute, jedesmal die in Papier gewickelte Leiche einer Katze.«

»Aber weshalb dann immer diese schwarzen, grünäugigen, gleich großen Kater?«

»Das ist doch selbstverständlich. Weshalb? Offenbar, um Sarah-Ann hinters Licht zu führen. Weil Sarah-Ann einen schwarzen Kater von einer ganz bestimmten Größe und mit grünen Augen besaß, kaufte Euphemia bei ihnen ganz gleiche Tiere. Der einzige Grund dafür konnte nur in der Absicht liegen, Sarah-Ann dahingehend zu täuschen, daß sie annehmen mußte, die schwarze Katze, die sie jeweils in der Wohnung sah, sei ihre eigene. Das weist natürlich darauf hin, daß Euphemia Sarah-Anns Katze benützte, um den ersten Anschlag zu vereiteln, also war Sarah-Anns Katze das erste Opfer der Vergiftung. Als sie tot war, kaufte Euphemia ohne Sarah-Anns Wissen eine neue bei Ihnen.«

»Wie Euphemia der Verdacht kam, daß man sie vergiften wolle, und zwar genau in der Zeit, als der Mörder hier beschäftigt war, werden wir selbstverständlich niemals erfahren. Wahrscheinlich war es bloßer Zufall oder irgend etwas Psychisches – man kennt sich ja niemals aus bei halbverrückten alten Weibern.«

»Aber wenn sie versuchte, Sarah-Ann zu täuschen«, flüsterte Miss Curleigh entsetzt, »dann verdächtigte sie –«

»Richtig, sie verdächtigte ihre Schwester, sie vergiften zu wollen.«

Miss Curleigh biß sich auf die Lippen. »Fänden Sie es sehr unverschämt, wenn ich Sie um eine Zigarette bäte? Ich bin –«

Ellery willfahrte ihr schweigend. »Das ist das Entsetzlichste, das ich je gehört habe. Zwei alte Frauen, noch dazu Schwestern, so gut wie allein in der Welt, voneinander abhängig, die eine bezüglich der Pflege, die andere wegen ihres Lebensunterhaltes, in Unfrieden miteinander lebend, die hilflose Kranke sich gegen Mordanschläge verteidigend ...« Sie schauderte. »Was geschah mit diesen bedauernswerten Kreaturen, Mr. Queen?«

»Das werden wir bald erfahren. Euphemia ist abgängig. Wir wissen, daß wenigstens sechs Anschläge, sie zu vergiften, stattfanden und alle ergebnislos. Logischerweise muß angenommen werden, daß ein siebenter verübt wurde und daß – da Euphemia auf mysteriöse Weise verschwunden ist – der siebente erfolgreich war.«

»Aber woher wissen Sie denn, daß sie – daß sie tot ist?«

»Was sollte denn sonst mit ihr geschehen sein?« fragte Ellery ganz sachlich. »Die zweite Möglichkeit wäre Flucht. Aber sie ist hilflos, kann nicht gehen, nicht einmal allein vom Bett aufstehen. Wer konnte ihr dabei geholfen haben? Nur Sarah-Ann, gerade sie, die sie der Giftanschläge verdächtigte. Der Brief, den sie an ihren Neffen schrieb, beweist deutlich genug, daß sie sich nicht an Sarah-Ann um Hilfe gewendet haben kann. Deshalb ist Flucht ausgeschlossen. Und da sie nicht da ist, kann sie nur tot sein. Folgen Sie nun meinem Gedankengang. Euphemia wußte, daß sie das Ziel von Vergiftungsversuchen war, und zwar mittels ihrer Nahrung, und ergriff also Vorsichtsmaßregeln dagegen. Wie aber durchkreuzte der Mörder ihren Verteidigungsplan – nämlich mit der siebenten Katze? Wir können sicher sein, daß Euphemia die siebente Katze von ihrer Speise auf dem Tablett kosten ließ. Nach Dr. Proutys Aussage wissen wir auch, daß das Essen nicht vergiftet war. Die Katze starb also nicht durch Vergiftung der Speisen selbst – was auch aus der Tatsache erhellt, daß sie zu Tode geprügelt wurde. Aber wenn die Katze nicht durch das Gift in der Speise starb, dann war das auch nicht bei Euphemia der Fall. Dennoch weist alles darauf hin, daß sie an Gift gestorben ist. Darauf gibt es nur eine Antwort: Sie starb nicht durch vergiftetes Essen, sondern durch den Vorgang des Essens.«

»Das verstehe ich nicht«, sagte Miss Curleigh gespannt.

»Das Besteck!« rief Ellery. »Ich zeigte Ihnen doch heute nachmittag, daß jemand anders als Euphemia ihre Messer, Gabel und Löffel gebraucht hat. Deutet das nicht darauf hin, daß der Mörder bei seinem siebenten Anschlag das Besteck vergiftet hat? Wenn zum Beispiel die Gabel mit einem farblosen Gift überzogen wurde, das sofort eintrocknete, mußte es doch möglich sein, Euphemia zu täuschen. Die Katze, der die Bissen mit der Hand zugeworfen wurden – denn niemand füttert Tiere mit Eßbesteck – blieb am Leben, Euphemia, die mit dem vergifteten Besteck aß, mußte sterben. Auch vom psychologischen Standpunkt aus klingt das vollkommen richtig. Daraus ist zu schließen, daß der Mörder nach sechs gleichartigen und erfolglosen Anschlägen beim siebenten seine Methode änderte. Die Änderung wirkte, und Euphemia, meine Liebe, ist tot.«

»Aber ihre Leiche – wo –«

Ellerys Gesichtsausdruck veränderte sich plötzlich, als er sich geräuschlos der Tür näherte. Er stand einen Augenblick in gespanntester Aufmerksamkeit lauschend, dann umfaßte er, ohne ein Wort zu sagen, die erstarrte Miss Curleigh mit einem kräftigen Griff und schob sie fast gewaltsam in einen der Schlafzimmerschränke, wobei er die Tür hinter ihr verschloß. Miss Curleigh, halb erstickt von dem muffigen Geruch aus Frauenkleidern, hielt den Atem an. Sie hatte ein schwaches Kratzen von Metall an der Eingangstür gehört. Es mußte, da Mr. Queen so entschlossen handelte, der Mörder sein. Weshalb war er zurückgekehrt? dachte sie verwirrt. Der Schlüssel, den er so leicht herumdrehte, war ein Duplikat. Früher, als sie ihn überraschten und er die Tür verbarrikadierte, mußte er über das Dach und die Feuerleiter in die Wohnung gelangt sein, da er den Schlüssel nicht benützen konnte ... vielleicht stand gerade jemand im Hausflur ... Sie unterdrückte einen Aufschrei, während ihre Gedanken plötzlich ausschnappten, wie wenn ein Schalter umgedreht wird. Eine harte, heisere Stimme – der Lärm eines Kampfes – sie rangen miteinander!

Miss Curleigh sah es rot vor ihren Augen. Sie stieß die Tür des Schrankes auf und stürzte hinaus. Ellery lag in einem Gewirr von um sich schlagenden Armen und Beinen auf dem Boden. Eine Hand kam hervor mit einem Messer ... Miss Curleigh sprang herbei und stieß ganz instinktiv mit dem Fuß zu. Etwas krachte, es wurde ihr plötzlich sehr übel, sie sank nach rückwärts, als das Messer der abgebrochenen Hand entfiel.

»Miss Curleigh – die Tür!« keuchte Ellery, während er sein Knie mit aller Gewalt niederdrückte. Durch das dumpfe Brausen in ihren Ohren hörte Miss Curleigh, daß an der Tür gehämmert wurde, und wankte darauf zu. Das Letzte, woran sie sich erinnerte, ehe sie in Ohnmacht fiel, war ein unkenntliches Gewirr blaugekleideter Männer, die Polizei, die sich auf die Kämpfenden stürzte.

»Jetzt ist alles gut«, sagte eine Stimme wie aus weiter Ferne, und Miss Curleigh öffnete ihre Augen und entdeckte Mr. Ellery Queen, der sich unversehrt und gelassen über sie neigte. Sie bewegte ihren Kopf, als ob sie geblendet sei. Der Kamin, die gekreuzten Schwerter an der Wand ...

»Keine Sorge, Marie«, lächelte Ellery, »das ist keine Entführung. Du hast wirklich Lorbeeren verdient. Alles ist vorbei, und du liegst nun auf einem Diwan in meiner Wohnung.«

»Oh«, sagte Miss Curleigh und setzte ihre Füße mit einem Schwung auf den Boden, »ich – ich muß mich einmal umsehen. Was ist denn geschehen?«

»Wir haben den Kerl glücklich erwischt. Raste nun ein wenig, kleines Fräulein, während ich eine Tasse Tee braue.«

»Unsinn«, sagte Miss Curleigh schroff. »Ich möchte doch wissen, wie Sie das Wunder vollbracht haben. Spannen Sie mich doch nicht länger auf die Folter!«

»Ganz, wie du befiehlst. Was willst du also wissen?«

»Wußten Sie denn, daß dieser fürchterliche Kerl zurückkommen würde?«

Ellery zuckte die Achseln. »Das war doch vorauszusehen. Euphemia ist doch zweifellos ihres versteckten Geldes wegen ermordet worden, und zwar spätestens vorgestern, du

erinnerst dich an die beiden Milchflaschen – vielleicht schon am Abend vorher. Hat der Mörder das Geld nach der Tat gefunden? Wenn ja, wer war dann der Kerl, den wir heute nachmittag überraschten, der dann die Tür verbarrikadierte und durch das Fenster flüchtete? Es muß doch der Mörder gewesen sein! Aber wenn er nach der Tat zurückkehrte, dann hat er, als er die Tat beging, das Geld nicht gefunden. Vielleicht hatte er unmittelbar nach der Ausführung des Verbrechens so viel zu tun, daß er nicht Zeit hatte, danach zu suchen. Auf jeden Fall überraschten wir ihn bei seiner Rückkehr, wahrscheinlich gerade nachdem er das Bett verwüstet hatte. Es war denkbar, daß er auch dann das Geld noch nicht gefunden hatte. Traf das zu, dann wußte ich, würde er wiederkommen – da er ja überhaupt nur deswegen die Tat verübt hatte. So nahm ich die Möglichkeit wahr, daß er kommen würde, sobald er glaubte, daß die Luft rein sei. Das traf auch ein. Ich rief die Polizei um Hilfe an, während Sie bei Dr. Prouty waren.«
»Wußten Sie auch schon, wer es war?«
»Freilich, es war ja leicht festzustellen. Die erste nähere Bestimmung des Mörders war, daß er überhaupt die Möglichkeit zu den Vergiftungsanschlägen hatte, das heißt, er mußte Zutritt zu Euphemia beziehungsweise zu ihrer Nahrung haben, zumindest seit der Zeit, als die Mordanschläge begannen, was vermutlich vor fünf Wochen geschah. Der augenfälligste Verdacht fiel auf ihre Schwester. Sarah-Ann hatte Motive – Haß und vielleicht auch Habsucht, und sie hatte auch die Gelegenheit dazu, da sie ja das Essen bereitete. Aber Sarah-Ann schloß ich aus guten Gründen sofort aus.
Denn wer hat so grausamerweise den siebenten schwarzen Kater totgeschlagen? Offenbar entweder das Opfer beziehungsweise die Ermordete – Euphemia konnte es aber nicht

gewesen sein, da die Katze im Badezimmer getötet worden war und Euphemia, gelähmt und unfähig zu gehen, im Schlafzimmer lag – also mußte es der Mörder gewesen sein, der die Katze erschlug. Aber wenn schon Sarah-Ann der Mörder war, würde sie eine Katze totgeprügelt haben, sie, die doch Katzen so liebte? Völlig unvorstellbar. Folglich war Sarah-Ann nicht der Mörder.«

»Was dann –«

»Ich weiß, was geschah dann mit Sarah-Ann?« Ellery schnitt eine Grimasse. »Sarah-Ann ging, wie wir befürchten müssen, den Weg der Katze und den ihrer Schwester. Der Mörder muß die Absicht gehabt haben, Euphemia zu töten und dann den Anschein zu erwecken, daß Sarah-Ann – die offensichtlich Verdächtige – es getan habe. Sarah-Ann hätte dann auf dem Schauplatz erscheinen müssen, doch das geschah nicht. Ihr Nichterscheinen scheint mir nun zu beweisen – und ich denke, daß das Geständnis mir recht geben wird –, daß sie zufällig Zeuge der Mordtat wurde und von dem Mörder getötet wurde, um einen Zeugen zu beseitigen. Unter anderen Umständen würde er sie nicht ermordet haben.»

»Haben Sie das Geld gefunden?«

»Ja, es lag ganz lose zwischen den Seiten einer Bibel, die Euphemia immer bei sich im Bett hatte, ein Einfall, der Edgar Allan Poes würdig wäre.«

»Und«, fragte Miss Curleigh mit zitternder Stimme, »die Leichen?«

»Denken Sie«, sagte Ellery gedehnt, »an den Verbrennungsofen! Es war sicher die zweckmäßigste Art, sich ihrer zu entledigen. Feuer verzehrt alles. Was an Knochen übrigblieb, konnte leicht entfernt werden als ... nun, ich muß das ja nicht bis ins Einzelne ausführen. Sie wissen ja, was ich meine.«

»Aber das heißt doch – wer war der Kerl am Boden? Ich habe

ihn nie vorher gesehen. Es wird doch nicht Mortons Vater gewesen sein ...?«

»Nein, ganz gewiß nicht, Miss Curleigh.« Ellery zog die Brauen hoch. »Es ist nur eine dünne Wand zwischen geistiger Gesundheit und –«

»Früher«, sagte Miss Curleigh, »nannten Sie mich Marie.«

Ellery sagte hastig: »Niemand außer Sarah-Ann und Euphemia lebten in dieser Wohnung. Dennoch hatte der Mörder seit mehr als einem Monat zu der Speise der Kranken Zutritt, ohne daß diese Verdacht schöpfte. Wer nur kann das gewesen sein? Nur ein Mensch: Der Mann, der in den chemischen Werken arbeitete und der deshalb besser als irgend jemand an Giftstoffe herankonnte. Der Mann, der den Ofen bediente und deshalb die Knochen seiner Opfer gefahrlos beseitigen konnte. Mit einem Wort«, sagte Ellery, »der Hausbesorger des Hauses, Harry Potter.«

DER DUFT NACH WILDEN ORANGEN

Les Roberts

Er hatte sich mehr als eine Stunde lang ein Rennen Stoßstange an Stoßstange mit der Blondine in dem alten hellbraunen Subaru mit den kalifornischen Nummernschildern auf der Interstate 70 geliefert. Es hatte gegen Mittag östlich von Denver angefangen und sich über die Staatsgrenze bis hinein nach Kansas hingezogen. Dieser Abschnitt des Highways ist wahrscheinlich der langweiligste der Welt, eine Strecke, die einen einzigen Entzug sinnlicher Wahrnehmungen darstellt, flach, braun und einsam, und bevor er der Blondine begegnet war, hatte er sich bei der Frage ertappt, wie viele Meilen der nächste Baum wohl entfernt sein mochte.

Sie war ihm aufgefallen, als sie den Zubringer zur Interstate hinaufgefahren war, eine sexy aussehende Frau Ende Zwanzig, die einen großen Sonnenhut aus Stroh trug, unter dem hinten ein lockiger blonder Pferdeschwanz zum Vorschein kam; dazu trug sie ein kastanienbraunes Oberteil. Während er an ihr vorbeigejagt war, hatte er registriert, daß jeder Zentimeter ihres Subarus mit Kleidungsstücken, Büchern und Decken vollgepackt war – wahrscheinlich ihr gesamter Besitz. Er sah aus wie einer dieser Wagen aus *Die Früchte des Zorns.*

Was in erster Linie seine Aufmerksamkeit erweckt hatte, war die Katze. Sie war orangefarben, mit den dazu passenden Augen, und patrouillierte wie ein Wachtposten auf den Besitztümern der Blondine herum, wobei sie in dem beschleunigten Wagen sicher das Gleichgewicht hielt. Die sommerlichen Highways der Vereinigten Staaten werden normalerweise von den Autos älterer Leute bevölkert, die für ihre Ferien unbegrenzte Zeit, aber nur einen begrenzten Geldvorrat zur Verfügung haben. Der Anblick einer hübschen Blondine mit einer orangefarbenen Katze war selten genug, um ihm sofort ins Auge zu stechen. Und er war die Art von Mann, dem hübsche Frauen immer auffielen, wo sie sich auch aufhalten mochten.

Ein paar Minuten nachdem sie sich in den Verkehrsfluß eingefädelt hatte, jagte sie auf der linken Fahrbahn an ihm vorbei, bemerkte, daß er sie anstarrte, und warf ihm einen kurzen Blick zu, ein kleines Lächeln auf den Lippen. Ihm fiel auf, daß die Wagenfenster nur einen schmalen Spalt geöffnet waren. Ihr Wagen hat wahrscheinlich keine Klimaanlage, dachte er, aber sie muß die Fenster wegen der Katze geschlossen halten.

Als sie etwa zwanzig Meter vor ihm war, zog sie den Wagen wieder auf die rechte Fahrbahn zurück, und so fuhren sie rund fünf Minuten dahin, während er sich müßig fragte, was eine Frau aus Kalifornien mit all ihren Besitztümern und einer kräftig aussehenden Katze mitten in Kansas tat.

Vor ihr fuhren zwei langsame Lastwagen und ein Campingbus, und sie zog ihren Wagen wieder nach links, wobei sie um mindestens zehn Meilen über die Geschwindigkeitsbegrenzung beschleunigte, als sie überholte. Er folgte ihr, und als er den Campingbus passierte, registrierte er, daß er von einer älteren Frau mit einem Gesicht wie eine vertrocknete Dattel gesteuert wurde, die eine Baseballmütze trug. Die Blondine ordnete sich vor dem Campingbus wieder auf die rechte Spur ein, und als er bis auf gleicher Höhe zu ihr aufschloß und zu ihr hinübersah, schenkte sie ihm ein strahlendes, herausforderndes Lächeln, mit dem sie ihm sagte, daß ihr völlig bewußt war, wie sie sich alle paar Minuten wie zwei ausgelassene Kinder überholten, und daß ihr das Spiel Spaß machte. Die Katze stierte ihn nur ausdruckslos an.

Er scherte ebenfalls wieder auf die rechte Fahrbahn ein und sah in seinem Rückspiegel, daß sie immer noch lächelte. Sie war ziemlich niedlich, fand er, und so, wie es vielen verheirateten Männern geht, die von zu Hause fort sind, begann er, Tagträumen über sie nachzuhängen, wie er sie kennenlernen, wie er sich ihr nähern könnte.

Er bremste langsam ab, bis er eine Geschwindigkeit von exakt zweiundsechzig Meilen in der Stunde hielt, glitt so eine Weile dahin und wartete, daß sie neben ihm auftauchte. Als sie es tat, versuchte er, ihre Aufmerksamkeit zu erregen, indem er eine Handbewegung machte, als würde er etwas trinken. Er hoffte, sie würde an der nächsten Ausfahrt abbiegen und eine Coke mit ihm trinken, aber diesmal nahm sie keinen Blickkontakt zu ihm auf und wurde nicht einmal langsamer, und bei dieser Geschwindigkeit konnte er nicht weiter zu ihr hinübersehen, ohne auf den Schotterrand der Straße zu geraten.

Hilflos sah er zu, wie sie sich weit vor ihm wieder einordnete. Als sie die nächste Abfahrt zu einer kleinen Stadt namens Victoria erreichten, bog sie nicht ab. Sie hatte seine Pantomime wohl nicht gesehen.

Ungefähr eine weitere halbe Stunde lang setzten sie ihr kleines Spielchen fort, bis die Blondine plötzlich Gas gab, vor einer längeren Schlange Limousinen und Lieferwagen verschwand und er das Interesse verlor.

Der Sender, den er im Radio eingestellt hatte, wurde immer wieder undeutlich, der Fluch des Geschäftsreisenden, der in abgelegenen ländlichen Gegenden unterwegs ist. Er hatte ein Kassettengerät im Wagen, das er aber nie benutzte. Musik bedeutete ihm ohnehin nicht viel – alles, was ihn interessierte, waren die Wetter- und Verkehrsdurchsagen und die Sportergebnisse. Ärgerlich hieb er auf die Sendersuchlauftaste, bis er einen anderen klareren Sender hereinbekam –

Countrymusik, was er verabscheute, aber wahrscheinlich gab es jede halbe Stunde eine Nachrichtensendung.

Er begann, über die Verkäufe nachzudenken, die er gestern in Denver abgeschlossen hatte, und an den Besuch, den er morgen nachmittag in Indianapolis machen würde. Dass er die Leute überzeugen würde, stand schon fest, an diese bestimmte Gesellschaft verkaufte er immer. Es ging nur noch um den Umfang des Geschäftes. Im Kopf rechnete er die verschiedenen Provisionen durch, die er bereits verdient hatte und vielleicht noch verdienen würde, je nach Laune des Kunden, und er ging davon aus, daß er ein teures Essen würde springen lassen müssen, bevor er den Auftrag erhielt und sich auf den Heimweg nach Columbus und zu seiner Frau machen konnte.

Der platte Kadaver, an dem er vorbeifuhr, mußte einmal ein Hund gewesen sein. Er wandte den Blick ab und erschauderte. An den Anblick toter Dinge hatte er sich nie gewöhnen können, obwohl überfahrene Tiere ebenso wie die Weizenfelder als fester Bestandteil zu dieser Gegend gehörten. Kansas schien ihm so etwas wie das Mekka dieser Welt für tote Hunde zu sein.

Die Sonne stand hoch und brannte unbarmherzig. Sie gab der Landschaft das Aussehen eines überbelichteten Farbfotos, und der Straßenbelag vor ihm flimmerte und hatte eine hypnotisierende Wirkung. Auf dieser Reise war er zum Glück nicht an allzu vielen Baustellen vorbeigekommen, an diesen orangefarbenen Tonnen, die eine Fahrbahn blockierten, ihn zwangen, langsamer zu fahren, und ihn dazu brachten, daß er vor hilfloser Ungeduld mit den Fingern auf das Lenkrad trommelte. Es war schon schlimm genug, mit Höchstgeschwindigkeit durch die endlose Eintönigkeit der Great Plains zu fahren, aber nur im Schleichtempo voranzukommen war unerträglich.

Er warf einen Blick auf die Uhr, stellte fest, daß er bereits seit drei Stunden ohne Unterbrechung unterwegs war, und überprüfte dann kurz die Tankanzeige, die auf dem letzten Viertel stand. Also beschloß er, in der nächsten Stadt einen Stopp einzulegen, um vollzutanken, auf die Toilette zu gehen und etwas Kaltes zu trinken.

Gegen drei Uhr nachmittags fuhr er eine Shell-Tankstelle in Russell, Kansas, an, und als er ausstieg, traf ihn die Hitze wie ein Faustschlag. Er schob den Zapfhahn in die Tanköffnung und lehnte sich an den Kühler seines Wagens, während die Zahlen auf der Anzeige der Zapfsäule klickend umsprangen. Als sich die Benzinuhr automatisch abschaltete, hängte er den Zapfhahn wieder in seine Halterung, schraubte den Tankverschluß zu und ging in das Tankstellenhäuschen, um zu zahlen und die Toilette zu benutzen. Auf dem Rückweg zog er sich eine Pepsi aus dem Kühlautomaten. Er war gerade zu seinem Wagen zurückgekehrt, als die Blondine an einer Nachbarsäule hielt. Sie kurbelte die Seitenscheibe herunter und warf einen kurzen Blick über die Schulter, um sich zu vergewissern, daß die Katze nicht heraussprang. Doch das Tier blieb sphinxartig auf einem Weidenkorb liegen, offensichtlich völlig desinteressiert an dem, was um es herum vorging.

»Äh, hallo«, sagte er.

Ihr Lachen klang wie Glöckchen im Wind. »Oh, hallo«, erwiderte sie. »Ich habe schon geglaubt, wir hätten uns verloren.« Sie streckte gemächlich einen Arm aus dem Fenster, und als er an den Wagen herantrat, um ihr die Hand zu schütteln, sah er, daß sie weitgeschnittene weiße Shorts trug. »Ich bin Rose.«

In der täglichen Flaute zwischen spätem Mittagessen und frühem Abendessen war das Restaurant gegenüber der Tankstelle fast leer, und die Kellnerin bemühte sich nach Kräften, sie zu überreden, das Büfett für 5,95 Dollar auszuprobieren. Sie widerstanden ihren Überredungskünsten und bestellten nur einen Eistee für ihn und einen Kräutertee für sie. Rose träufelte Zitronensaft in ihren Tee, während er Zucker in sein Glas schaufelte.

»Eigentlich hatte ich diese Ausfahrt schon verpaßt«, erzählte sie gerade, »aber dann habe ich auf die Tankanzeige gesehen und bemerkt, daß ich Benzin und Widget ein bißchen Wasser brauchte.«

»Widget?«

»Mein Kätzchen«, erklärte sie. »Ich habe die Straße ein paar Meilen weiter verlassen, aber da gab es keine Tankstellen, also bin ich über die parallele Versorgungsstraße hierher zurückgefahren.« Ihre Augen funkelten, als sie ihn unter dem Rand ihres Sonnenhutes anblickte. »Jetzt bin ich froh, daß ich es getan habe.«

»Wo fahren Sie hin, Rose?« wollte er wissen.

»Ich will nach Lee's Summit. Das liegt gleich auf der anderen Seite von Kansas City.«

»Was gibt es in Lee's Summit?«

»Frieden, hoffe ich. Ich bin Heilerin.«

»Sie sind Ärztin?«

»Nein, nein. Heilerin. Handauflegen, Meditation, solche Dinge.«

Er nippte an seinem Tee, nickte nachdenklich und versuchte, Interesse zu zeigen, während er dachte, daß es typisch für sein Glück war, Verrückte aufzugabeln. Nun, wenn sein Glück anhielt, konnte er sie ja vielleicht dazu überreden, ihre Hände auf ihn zu legen – und umgekehrt.

»Ich habe die letzten drei Jahre in L. A. gelebt und angefangen, es zu hassen«, sagte sie. »Aber Sie wissen ja, wie das ist, man möchte wegziehen, aber man weiß nicht, wohin man gehen kann. Zum Schluß ist mir einfach das Geld ausgegangen. Also habe ich meiner Freundin in Lee's Summit geschrieben, und sie hat mich eingeladen, zu ihr zu kommen und dort so lange zu bleiben, wie ich will.« Sie zuckte die Achseln, ihre Brüste hoben sich in ihrem Oberteil, und seine Augen verfolgten das Heben und Senken, die zarten Schatten blauer Adern unter der gebräunten Haut. Ihr Parfum stieg ihm in die Nase, und er beugte sich vor, um etwas mehr davon mitzubekommen. Er konnte es nicht ganz einordnen, aber es schien zu ihr zu passen, ein irgendwie kalifornischer Duft.

»Ich habe eine großartige Idee«, sagte er nach einem Blick auf die Uhr. »Lassen Sie uns noch ein paar Stunden weiterfahren, bis wir nach Kansas City kommen, und dann essen wir gemeinsam zu Abend. Ich lade Sie ein.«

»Müssen Sie nicht irgendwo hin?«

»Wenn ich bis morgen nachmittag um fünf Uhr in Indianapolis bin, bekomme ich keine Probleme«, gab er zurück.

Sie nagte an ihrer Unterlippe. »Ich weiß nicht. Ich muß mich wirklich darauf konzentrieren, was ich in Lee's Summit anfange, ich sollte mich eigentlich durch nichts davon ablenken lassen.«

»Sie müssen doch sowieso etwas essen, oder? Sehen Sie, es wäre eine nette Abwechslung für mich. Ich bin dauernd unterwegs, ich verbringe mein ganzes Leben damit, allein in Restaurants zu essen.« Er zauberte für sie seinen besten »Armer-einsamer-Junge-Blick« auf sein Gesicht. »Ich würde mich wirklich sehr über die Gesellschaft freuen.« Er fügte zwar nicht laut hinzu, daß sie sich auf ein kostenloses Essen stürzen sollte, da sie doch pleite war, aber er dachte es.

Sie strich sich das Haar aus der Stirn. Sie hatte den Sonnenhut abgenommen, und aus der Nähe konnte er die winzigen Fältchen um ihre Augen und die Mundwinkel erkennen. Sie war älter, als er gedacht hatte, vielleicht sogar Ende Dreißig.

Aber sie war immer noch ziemlich hübsch, und ein verheirateter Mann konnte nicht zu wählerisch sein.
Erneut schenkte sie ihm dieses prickelnde Lächeln. »Tja, ich glaube, das müßte in Ordnung gehen.«
Er kippte des Rest des Tees mitsamt der Zuckerpfütze auf dem Boden des Glases hinunter und strahlte vor Befriedigung und Vorfreude. Er war schon immer gut darin gewesen, ein Geschäft unter Dach und Fach zu bringen.

Sie überquerten die Staatsgrenze rund vier Stunden später. Als Handlungsreisender belustigte es ihn immer wieder, daß jeder Staat ein riesiges Schild für die Autofahrer aufgestellt hatte, das sie in diesem freundlichen, herrlichen Land willkommen hieß, und ein paar hundert Meter weiter ein anderes Schild, das verkündete, was sie mit einem anstellen würden, wenn man ihre Verkehrsregeln verletzte. Er hoffte, daß Rose das zweite Schild bemerkt hatte; er war ihr lange genug gefolgt, um zu wissen, daß sie ziemlich schnell fuhr, wenn sie sich unbeobachtet fühlte, und er wollte auf keinen Fall, daß man sie anhielt, um ihr einen Strafzettel wegen Geschwindigkeitsübertretung zu verpassen. Er hatte andere Pläne.
Von dem Steakhaus im zu Missouri gehörenden Teil von Kansas City hatte er bisher nur gehört, es aber noch nie besucht. Er wollte sichergehen, daß er nicht irgend jemandem über den Weg lief, der ihn und möglicherweise auch seine Frau kannte. In Kansas City war das zwar eher unwahrscheinlich, aber man konnte nie vorsichtig genug sein.
Er trank zwei Martinis vor dem Essen, und beide bestellten sie T-Bone-Ribsteaks mit einer gebackenen Kartoffel. Zum Essen bestellte er einen Saint Emilion mittlerer Preisklasse. Zwar hatte er bis zu diesem Zeitpunkt nicht einmal den Namen des Weines gehört, aber er nahm an, damit bei ihr Ein-

druck schinden zu können. Sie trank nur gelegentlich einen kleinen Schluck, und so leerte er den größten Teil der Flasche. Der Alkohol machte ihn kühn. Während des ganzen Essens ließ er immer wieder nicht gerade vorsichtige Doppeldeutigkeiten fallen, und sie lachte pflichtschuldigst über jede einzelne. Er war schon ein ziemlich witziger Kerl, fand er.

Als sie ihr Essen beendet hatten, schlug er vor, noch einen Kaffee und einen Brandy zu trinken.

»Ich mag beides nicht«, sagte sie. »Aber tun Sie sich keinen Zwang an, nehmen Sie sich, was Ihnen gefällt.«

»Das mache ich immer«, erwiderte er lüstern, ergriff ihre Hand, drückte sie und fuhr dann mit seinen Fingern über ihren nackten Arm. Sie kicherte und schlug kokett die Augen nieder. Zum Schluß hatte er zwei Brandys getrunken und den Kaffee kaum angerührt. Rose bat die Kellnerin um eine »Kätzchentüte« und verstaute den Steakknochen mit langen, schlanken Fingern darin.

Bevor er die Rechnung bezahlte, ging er auf die Herrentoilette, wobei er sich mehr als nur ein bißchen wackelig auf den Beinen fühlte. In der Kabine überprüfte er sein Bargeld. Zweihundertsiebenundsechzig Dollar. Das war gut. In seiner Brieftasche steckten zwar eine Firmenkreditkarte und zwei seiner persönlichen Karten, aber er wollte keine durch Quittungen zurückverfolgbare Spuren hinterlassen, auf die ihn sein Boß oder seine Frau ansprechen konnte.

Als er zum Tisch zurückgekehrt war, sagte Rose: »Ich habe gar nicht bemerkt, wie spät es schon ist. Oh, das ist furchtbar.«

»Wieso?«

»Es ist schon fast elf. Ich kann nicht kurz vor Mitternacht bei meiner Freundin aufkreuzen, nicht nachdem sie schon so nett war, mich aufzunehmen.«

Er lehnte sich zurück, sein weißes Hemd spannte über seinem vollen Bauch, und in seinem Kopf tanzten aufreizende Bilder einen trunkenen Reigen. »Kein Problem«, sagte er und warf drei Zwanzigdollar- und ein paar Eindollarnoten auf den Tisch neben die Rechnung. »Ich muß sowieso ein Motelzimmer mieten.«

Das Motel hatte er bereits frühzeitig ausgesucht. Es lag in Independence, Missouri, und er war auf der Durchreise bereits zigmal daran vorbeigefahren, jedoch noch nie dort abgestiegen. Das Reklameschild bot Zimmer von fünfzehn Dollar aufwärts an, und da die Firma seine Spesen übernahm, hatte er bisher stets in etwas besseren Motels übernachtet. Heute nacht würde er die Kosten dagegen aus eigener Tasche bestreiten müssen, und er war alles andere als spendabel. Außerdem hatte er schon mehr als sechzig Dollar für das Essen auf den Kopf gehauen.

Es war ein großes Motel mit mehr als hundert Zimmern, und er steuerte den Wagen auf einen Parkplatz neben dem Gebäude. Mit Befriedigung registrierte er, daß Rose direkt hinter ihm hielt.

Er stieg aus seinem Wagen, und ein leichter Schwindelanfall ließ ihn ein wenig stolpern. Zum Essen hatte er wirklich eine Menge getrunken. »Ich melde mich an«, sagte er.

Sie willigte mit einem Nicken ein und begann, alles, was sie für die Nacht benötigen würde, aus dem Durcheinander auf dem Beifahrersitz zusammenzusuchen. Trotz der Hitze rieb er sich voller Vorfreude die Hände.

»Ein Zimmer für zwei Personen«, sagte er zu der Rezeptionistin, einem jungen Mädchen, das wie eine frische Schulabgängerin aussah. »Ein großes Doppelbett, wenn Sie so etwas haben.« In das Anmeldeformular, das sie ihm zuschob, trug er ein: Richard Thompson, Akron, Ohio, was weder sein

richtiger Name noch sein Wohnort war. Außerdem gab er ein falsches Nummernschild an. Und er bezahlte bar.
Das Zimmer befand sich am äußeren Ende des Gebäudes, und er überlegte, ob er dorthin fahren sollte, aber sein Kopf brummte, und er hatte keine Lust, noch einmal in sein Auto zu steigen. Er holte seinen Übernachtungskoffer hervor und schloß den Wagen ab. Rose wartete bereits auf ihn. Sie hatte nur eine Tasche über die Schulter gehängt und trug die Katze auf dem Arm gegen ihre Brust gedrückt.
»Wollen Sie die Katze etwa mitnehmen?« fragte er.
Ihre Augen weiteten sich. »Sie erwarten doch nicht wirklich, daß das arme Ding die ganze Nacht in diesem stickigen Wagen verbringt, oder?« Er hatte etwas gegen Katzen. Weder traute er ihnen, noch mochte er ihren Geruch. Aber im Augenblick hatte die Hitze in seinen Lenden Vorrang, also zuckte er nur die Achseln, ergriff die Frau am Arm und führte sie den Weg entlang.
Das Zimmer unterschied sich durch nichts von Tausenden anderer, die die Interstate-Highways von Amerika säumen – graue Teppiche, schmuddelige weiße Wände, ein heller Toilettentisch aus Furnierimitation, viel zu dünne Handtücher und winzige Seifenstücke in Blockform. Die laut summende Klimaanlage blies kalte Luft in den Raum, und sein schweißfeuchtes Hemd wurde sofort kalt und klamm. Kaum daß er die Tür hinter sich geschlossen hatte, schlang er die Arme um Rose und vergrub sein Gesicht in ihrem Hals. Ihr Parfum machte ihn schwindlig, und er meinte, den Duft jetzt identifiziert zu haben – sie roch nach würzigen Orangen. Sie versuchte, sich aus seinem Griff zu winden, aber er schob ihr die Zunge in den Mund, hatte eine Hand um ihren Nakken gelegt, die andere Hand auf ihrem Gesäß, und preßte seinen Körper gegen den ihren.
»Genau das wollte ich tun, seit ich dich zum ersten Mal auf

dem Highway gesehen habe«, sagte er. Er konnte hören, daß seine Worte etwas schleppend klangen.

»Nicht so schnell, Schatz«, erwiderte sie schließlich atemlos. Sie schob ihn von sich. »Mir geht es genauso, aber ich bin den ganzen Tag unterwegs gewesen. Weißt du nicht, daß sich Mädchen ein bißchen frisch machen müssen?«

Sie fuhr ihm mit einer Hand zärtlich über das Gesicht und warf ihm ein flüchtiges Lächeln zu, bevor sie im Badezimmer verschwand.

Er stand mitten im Zimmer, ein wenig schwankend, den Nachgeschmack des Brandys tief in seiner Kehle. Dann ging er zur Klimaanlage hinüber, blieb direkt davor stehen und ließ sich die kühle Luft ins Gesicht blasen, bis er wieder einigermaßen klar denken konnte. Widget, die Katze, rieb sich an seinen Beinen, und er trat überrascht zur Seite. Die Katze durchstreifte das Zimmer, schnüffelte überall herum, den Schwanz wie ein orangefarbenes Fragezeichen über den Rücken gereckt.

Ein verschlagenes Lächeln verzog seine Lippen, als er das Wasser im Badezimmer plätschern hörte. Er schlug die Bettdecken zurück. Die Laken waren steif vor Stärke, zeigten das obligatorische gelbliche Weiß solcher Quartiere und hatten auch schon bessere Tage gesehen. Er zog sich nackt aus, ließ alle Kleidungsstücke zu einem Haufen auf dem Boden fallen, warf einen kurzen Blick in den Spiegel über dem Toilettentisch, zog den Bauch ein, bis er so flach aussah wie vor zwanzig Jahren, machte das Licht aus, schlüpfte unter die Decke und schob sich beide Kopfkissen unter den Nacken.

Eine Weile lag er so da und wartete ungeduldig darauf, daß Rose fertig wurde. Er schloß die Augen und hing seinen Träumen nach. In seiner Vorstellung war er nicht mehr angetrunken, und er malte sich aus, wie sie aus dem Badezimmer kam, wie sie aussehen, was sie tun und was er mit ihr anstellen würde. Es war ein herrlicher Traum, zuerst beinahe gewalttätig vor Leidenschaft, dann langsam und sinnlich und schläfrig, so schläfrig ...

Ein plötzliches Gewicht auf seinen Füßen riß ihn in die Wirklichkeit zurück. Die Katze war auf das Bett gesprungen und bearbeitete die Decke mit ihren kleinen, scharfen Krallen. Er konnte ihr sanftes, leises Schnurren hören. Der Alkohol hatte seine Lider schwer werden lassen, und es kostete ihn große Mühe, sie zu öffnen.

Rose stand am Fußende des Bettes, voll bekleidet, von ihrem Strohhut abgesehen, die Umhängetasche über der Schulter. Sie hielt seine Hose in der Hand, durchwühlte seine Taschen, und als würde er einen Film betrachten, der überhaupt nichts mit ihm zu tun hatte, sah er mit an, wie sie sein restliches Geld herauszog.

Erst als sie mit der freien Hand die Katze ergriff und auf die Tür zueilte, wachte er richtig auf und begriff vollends, daß er hereingelegt worden war. Aufs Kreuz gelegt wie ein Kleinstadttrottel, der zum ersten Mal von zu Hause fort war. Mit eine einzigen Bewegung sprang er aus dem Bett und quer durch das Zimmer, die Hände nach ihr ausgestreckt. Er packte sie, aber es war überhaupt nichts Erotisches mehr daran. Er wollte nur noch das zurück, was sie ihm gestohlen hatte.

»Hey!« schrie er.

Sie ließ die Katze fallen und versuchte, sich aus seinem Griff zu befreien, schlüpfrig wie ein Fisch in seinen Händen, schien nur noch aus Knien und Ellbogen zu bestehen, während er sich abmühte, ihr das Geld aus den Fingern zu reißen. »Laß los!« krächzte er zwischen so fest zusammengebissenen Zähnen, daß ihm der Kopf schmerzte.

Eins ihrer Knie fuhr ihm so heftig zwischen die Beine, daß er aufstöhnte und sie vor Schmerzen und Wut von sich schleuderte. Sie taumelte ein paar Schritte zurück, verfing

sich mit den Füßen in seiner Hose auf dem Boden, kippte nach hinten und schlug mit dem Hinterkopf gegen die scharfe Kante des Toilettentischs.
Er stürzte sich auf sie, zwang ihre Finger auseinander und entriß ihr das Geld. Dann richtete er sich auf. Sein Brustkorb hob und senkte sich schwer durch die ungewohnte Anstrengung. Er beugte sich über sie. »Steh auf!« keuchte er. »Und dann raus hier!«
Sie rührte sich nicht. Die Katze strich um sie herum und stubste sie mit der Nase an.
»Mach schon, Rose!«
Sie regte sich immer noch nicht, und die Gänsehaut, die auf einmal über seine nackte Brust lief, hatte nichts mehr mit dem kahlen Lufthauch der Klimaanlage zu tun.
Er kniete sich neben der Frau auf den Boden und fegte die Katze grob mit dem Handrücken von ihr weg. Von der Beleuchtung des Parkplatzes sickerte nur ein schwacher Schimmer durch die Gardinen vor den Fenstern, aber es reichte aus, daß er die dunkle Lache sehen konnte, die sich hinter ihrem Kopf ausbreitete. Er vermied sorgfältig, sie zu berühren. Das brauchte er auch gar nicht, er wußte, was es war. Ihre Augen starrten blicklos gegen den abblätternden Deckenputz, ihr Mund war zu einem stummen Schrei des Entsetzens erstarrt. Er legte eine Hand direkt unter ihren linken Busen und konnte keinen Herzschlag spüren. Er hatte auch keinen erwartet. Die Katze, die sich von seiner unsanften Behandlung nicht beeindruckt zeigte, leckte an der Pfütze hinter dem Kopf der Blondine.
Er sprang wieder auf, sein Herz schlug wie ein Vorschlaghammer in seiner Brust, seine Eingeweide krampften sich heftig zusammen, und er stürzte ins Badezimmer. Sein Magen war längst schon leer, als er immer noch würgte, und wieder war er schweißgebadet.

Schließlich kehrte er ins Schlafzimmer zurück. Er kam nicht mehr zu Atem, und eine Zeitlang lief er hektisch umher und keuchte wie ein Fisch auf dem Trockenen. Da ihm seine Nacktheit irgendwie unbehaglich war, streifte er sich seine Hose über und lehnte sich gegen die Wand neben dem Bett. Die Speckfalten seines Wohlstandsbauchs quollen ihm über den Hosenbund. Mit einer bewußten Anstrengung zwang er sich, ruhiger zu werden, und nach einer Weile konnte er tatsächlich wieder normal atmen.

Natürlich hatte er sie nicht töten wollen. Er hatte nicht einmal vorgehabt, ihr weh zu tun. Sie hatte ihn ausgetrickst, hatte versucht, ihn zu bestehlen, und er hatte sie nur aufhalten und sein Geld zurückholen wollen. Daß er sie getötet hatte, war ein Unfall gewesen. Das würde jeder einsehen.

Er ging zu dem Telefon, das neben der in Lederimitation gebundenen Bibel auf dem Nachtschränkchen stand. Die Notrufnummer der Polizei würde wahrscheinlich wie in den meisten Städten 911 lauten, nahm er an. Doch dann verharrte seine Hand über dem Telefonhörer und fiel schließlich auf seine Hüfte zurück.

Er steckte in Schwierigkeiten.

Selbst wenn keine Anklage gegen ihn erhoben wurde, würde ihn diese Sache vermutlich seine Ehe kosten. Seine Frau würde zwar verstehen, daß er versucht hatte, sein Geld zurückzubekommen, aber nach zwölf Jahren Ehe mit einem Mann, von dem bekannt war, daß er schon früher Seitensprünge gemacht hatte, würde sie nicht so einfach akzeptieren, was er mit Rose überhaupt in einem Motelzimmer getrieben hatte.

Und damit war er sein Haus, sein Auto und die Hälfte seines Einkommens los.

Außerdem war er sicher, daß er seine Arbeit verlieren würde. Sein Boss war ein prüder Mann, ein führendes Mitglied

der Methodisten, und er würde für das, was sich hier zugetragen hatte, nur Abscheu empfinden. Wenn er jetzt die Polizei rief, wäre er bis Sonntag zwanzigmal erledigt.
Er sank auf dem Bett zusammen und rieb sich die Augen, versuchte das wilde Pochen hinter den Lidern zu besänftigen, um wieder klar denken zu können. Dabei hielt er den Blick ständig von der Leiche der Frau abgewandt, genauso wie er es auch bei dem toten Hund auf dem Highway getan hatte, als würde sie nicht da sein, wenn er sie nicht ansah, ihre Anwesenheit einfach nicht zur Kenntnis nahm, als würde er dann allein in seinem Motelzimmer sein, ohne Rose, ohne Widget, sich einen Film auf einem Kabelsender ansehen und noch vor der letzten Szene einnicken. Nur ein ganz gewöhnlicher Zwischenstopp zwischen Denver und Indianapolis.
Dann begann er, über seine Lage nachzudenken. Abgesehen von der Kellnerin in Kansas City hatte ihn niemand mit der Frau zusammen gesehen. Er hatte sowohl das Essen als auch das Zimmer bar bezahlt und das Anmeldeformular in der Motelrezeption mit falschen Angaben ausgefüllt. Eigentlich konnte ihm niemand auf die Spur kommen.
Mit neu erwachter Zuversicht eilte er ins Badezimmer, in dem das nach würzigen Orangen riechende Parfum immer noch wie eine stumme Anklage in der Luft lag. Er entfernte die Spuren seiner Übelkeit mit dem moteleigenen Waschlappen, spülte ihn danach unter heißem Wasser aus und hängte ihn zum Trocknen über den Duschkopf. Mit einem Handtuch wischte er praktisch alle Gegenstände im Zimmer ab, obwohl er sich sofort ausgezogen hatte und ins Bett gestiegen war und sich nicht daran erinnern konnte, irgend etwas berührt zu haben. Der bohrende Stachel der Angst trieb ihn zur Eile an, auch wenn er erschöpft und immer noch leicht betrunken war.

Die Hose hatte er sich hastig übergestreift, jetzt zog er sie aus und kleidete sich dann wieder vollständig an, Unterwäsche, Hemd und den Rest seiner Sachen. Sie waren feucht und verschwitzt, aber das war ihm egal. Er steckte das zusammengerollte Bündel Dollarscheine in seine Tasche, hob seine Brieftasche vom Boden auf, wo Rose sie während ihrer Suche hatte fallen lassen, griff nach seinem Übernachtungskoffer und verließ das Zimmer, wobei er sorgfältig die Türgriffe und den Türrahmen abwischte. Ihm kam der Gedanke, einen letzten Blick zurück auf die Leiche der Frau zu werfen, aber er unterdrückte den Impuls.

Als er in den Wagen stieg, verzichtete er auch darauf, zu ihrem Subaru hinüberzusehen. Er würde diese ganze Episode aus seiner Erinnerung verbannen, nahm er sich vor.

Auf dem Parkplatz war es ruhig, und in fast allen Zimmern herrschte Dunkelheit hinter den Gardinen. Er ließ den Motor an, schaltete die Klimaanlage ein und fuhr ohne Licht davon. Fast hätte er vergessen, die Scheinwerfer einzuschalten, als er einen halben Häuserblock weiter die Auffahrt auf die Interstate 70 hinauffuhr. Er fuhr nach Westen, den Weg zurück, den er gekommen war.

Irgendwo in Kansas würde er sich ein Hotelzimmer besorgen, vielleicht in Lawrence oder Topeka, nur für alle Fälle. Dann würde er notfalls behaupten können, zu der ungefähren Zeit, als die Frau getötet worden war, Independence noch gar nicht erreicht zu haben. Es war eine List, die ein hartgesottener Polizist leicht durchschauen konnte, aber er glaubte nicht, daß es überhaupt so weit kommen würde. Niemand hatte einen Anhaltspunkt, um einen Handlungsreisenden aus Columbus, Ohio, mit einer ermordeten Katzenliebhaberin und Wunderheilerin aus Los Angeles in Verbindung zu bringen. Das bedeutete, daß er morgen eine besonders lange Fahrt vor sich hatte, aber er würde bereits früh aufbrechen.

Daß er ein Menschenleben ausgelöscht hatte, war ihm nicht gleichgültig, das Wissen lastete wie ein schwerer Stein in seinem Magen, aber wie einem Alkoholiker, der sich weigert, den Tatsachen ins Auge zu sehen, gelang es ihm, sich eine ganze Menge an Entschuldigungen zurechtzuzimmern. Wenn sie ihn auf dem Highway nicht so strahlend angelächelt hätte, hätte er sich nie mit ihr eingelassen. Wahrscheinlich hatte sie im Rückspiegel gesehen, wie er auf die Shell-Tankstelle gefahren war, und war umgekehrt, um ihn dort zu treffen, hatte von Anfang an vorgehabt, ihn zu bestehlen. Heilerin, so ein Blödsinn, dachte er, Halunkin, das traf es schon eher.

Und darin war sie wirklich nicht schlecht gewesen, das mußte er ihr lassen. Sie hatte ein teures Essen aus ihm herausgekitzelt, hatte versucht, sein Geld zu stehlen, während er schlief, und – was wahrscheinlich das Schlimmste war – nicht einmal vorgehabt, ihm die erwartete Belohnung zukommen zu lassen. Wahrscheinlich tat sie das andauernd, wahrscheinlich verdiente sie damit ihren Lebensunterhalt. Sie hatte nur bekommen, was ihr zustand.

Er war etwa fünfzehn Meilen weit gefahren, als die Angst plötzlich über ihm zusammenschlug und er auf die rechte Standspur fahren mußte, bis er aufhörte zu hyperventilieren und das Zittern seiner Hände unter Kontrolle bekam. Nur zu gern wäre er die ganze Nacht dort stehengeblieben, in der Sicherheit eines kleinen stählernen Kokons, während der Verkehr an ihm vorüberrauschte, aber er wollte nicht das Risiko eingehen, daß ein State-Highway-Bulle anhielt, um nachzusehen, ob es Schwierigkeiten gäbe. Mit einer gewaltigen Anstrengung riß er sich zusammen und fuhr weiter nach Westen. Er schaltete das Radio an und drehte den Frequenzregler, bis er einen klaren Empfang hatte, aber er nahm die Musik des Rock-Oldie-Senders, der gerade *Judy's*

Turn to Cry spielte, gar nicht bewußt wahr. Immer wieder huschte sein Blick zum Rückspiegel, aber niemand folgte ihm, jetzt nach Mitternacht herrschte kaum noch Verkehr. Ab und zu dröhnte ein Lastwagen an ihm vorbei, spuckte Dieselabgase aus, und seine Seitenbeleuchtung, die Rücklichter und die Scheinwerfer gaben ihm das Aussehen eines Kinderkarussellwagens auf dem Jahrmarkt.

Als er zum zweiten Mal an diesem Tag über die Interstate fuhr, wo sie sich direkt durch das Zentrum von Kansas City schlängelte und über den Missouri führte, behielt er die Tachonadel ängstlich im Auge. Die meisten Highwaybullen ließen eine Geschwindigkeitsüberschreitung von fünf Meilen pro Stunde zu, aber er achtete darauf, daß die Nadel bei konstant fünfundfünfzig Meilen verharrte. Er wollte nicht riskieren, angehalten zu werden, solange er noch immer Alkohol im Blut hatte.

Und außerdem war er erschöpft, völlig ausgelaugt. Er nickte hinter dem Steuerrad ein, der Kopf sank ihm auf die Brust und ruckte dann wieder hoch. Er rieb sich die Augen und versetzte sich selbst ein paar leichte Ohrfeigen. Als Langstreckenfahrer wußte er nur zu gut, daß er nicht mehr viel länger so weitermachen durfte; er hatte schon zu viele verbeulte und ausgebrannte Autowracks neben der Straße gesehen. Er brauchte etwas Schlaf.

Ein grünes Schild verkündete, daß Lawrence, Kansas, zwölf Meilen vor ihm lag. Ein- oder zweimal hatte er dort Rast gemacht und zu Mittag gegessen, ein hübsches kleines Collegestädtchen ein paar Meilen südlich des Highways mit einer ganzen Reihe nebeneinandergelegener Motels, Truck-Stops, Tankstellen und den allgegenwärtigen Fast-food-Restaurants. Er drehte die Musik lauter und die Kaltluftzufuhr weiter auf. Bis dahin würde er es noch schaffen.

Zwanzig Meilen später fuhr er über die Hauptausfallstraße

von Lawrence, rieb sich die Augen, um wach zu bleiben, und knirschte beim Anblick der wachsenden Zahl von Schildern vor den Motels, die »Keine Zimmer mehr frei« verkündeten, mit den Zähnen. Was war in dieser speziellen Nacht das Besondere an Lawrence, Kansas, fragte er sich. Es war mitten in der Woche, mitten im Sommer, kein Wochenende oder Footballspiel, von dem die Leute nach Hause fuhren. Er bemühte sich, die Situation nicht persönlich zu nehmen, als ob sich die gesamte Menschheit mit den Göttern verschworen hätte, um ihm das Leben schwerzumachen.

Am Ende der Reihe entdeckte er ein Best Western. Laut dem roten Reklameschild war noch ein Zimmer frei, und er parkte seinen Wagen vor der Rezeption. Gerade noch rechtzeitig, dachte er. Seine Augenlider waren schwer, sein Gehirn gefährlich überlastet.

Der junge Bursche hinter dem Empfangstisch, der hier offensichtlich nur während der Sommermonate jobbte, reichte ihm ein Anmeldeformular und einen Stift und sah zu, wie der Mann die Karte ausfüllte, diesmal mit richtigem Namen und Adresse.

»Kreditkarte, Sir?«

»Sicher«, erwiderte er und verdrehte den Kopf, bis es in seinem Nacken knirschte. Er konnte sich nicht erinnern, sich jemals so ausgelaugt gefühlt zu haben. Alles, woran er noch denken konnte, waren die frischen weißen Laken und das klimatisierte Zimmer, das er gerade gemietet hatte. Er zog seine Brieftasche hervor, klappte sie auf, und sein Magen verdrehte sich, als hätte man ihm ein Rohlederseil um seinen Dickdarm geschlungen und zugezogen. Seine Kreditkarten waren verschwunden.

Deshalb hatte sie seine Brieftasche auf den Boden fallen lassen – sie hatte die Kreditkarten entfernt, bevor sie in seinen Hosentaschen nach dem Geld gesucht hatte. Die Kreditkarten steckten vermutlich in ihrer eigenen Hosentasche oder in ihrer Handtasche und lagen zusammen mit ihr auf dem grauen Teppichboden in dem Motelzimmer in Independence.

Er hörte, wie sich seiner Kehle ein Geräusch entrang, und versuchte, es durch ein Husten zu überdecken. »Nein, äh ... ist schon gut, ich habe es mir anders ...«

Er riß dem verblüfften Jungen das Anmeldeformular aus der Hand, knüllte es zusammen, quetschte es in seine Hosentasche und stürzte aus der Tür hinaus zu seinem Wagen.

Jetzt ging es nur noch um eins, er mußte nach Independence zurückkehren, bevor irgend jemand Rose entdeckte, und ihr die Kreditkarte und alles andere abnehmen, was sie möglicherweise aus seiner Brieftasche gezogen hatte und auf dem sein Name stand.

Diesmal achtete er nicht darauf, die Geschwindigkeitsbeschränkung auf dem Highway einzuhalten, er dachte nur noch daran, in dieses Motelzimmer zurückzukehren. Die Erschöpfung ließ seinen Kopf pochen, aber sein Fuß drückte das Gaspedal gleichmäßig hinunter. Er war wütend auf sich selbst – um ein Haar hätte er die Sache versiebt.

Als er durch Kansas City fuhr, schoß ihm ein fürchterlicher Gedanke durch den Kopf. Wie sollte er wieder in das Zimmer gelangen? Er verrenkte sich auf seinem Sitz, um die Hand in seine Hosentasche zu schieben, der Schweiß lief ihm über das Gesicht, seine Brust hob und senkte sich unter krampfhaften Atemzügen, doch dann berührten seine Finger die große flache Plastikscheibe, an der der Schlüssel hing. Er seufzte. Ein Problem weniger, über das er sich Sorgen machen mußte.

Erleichterung überkam ihn, und die Spannung fiel von ihm ab. Er lehnte den Kopf an die Nackenstütze, atmete zum ersten Mal seit mehr als zwei Stunden entspannt durch und mußte nicht länger gegen die Müdigkeit und den Alkohol ankämpfen, ließ sich durch die Panik nicht mehr bis an die Grenzen seiner Belastbarkeit treiben. Alles würde gut ausgehen.

Einfach gut ...

In diesem Augenblick fühlte er, wie sich die kleinen nadelscharfen Krallen in seine Schulter und seinen Nacken gruben, und er sog scharf die Luft ein. Die verdammte Katze war ihm aus dem Motelzimmer gefolgt und hatte sich in den Wagen geschlichen, als er nicht aufgepaßt hatte. Vor Überraschung und Schmerz riß er das Lenkrad heftig herum. Das letzte Geräusch, das er hörte, war das leise, vibrierende Schnurren direkt neben seinem Ohr.

Als die Rettungsmannschaft ihn mit der Blechschere aus seinem Autowrack herausschnitt, angelte einer der Männer die verängstigte und zitternde orangefarbene Katze heraus, die sich auf den Boden vor dem Rücksitz gekauert hatte. Er nahm sie in dieser Nacht mit nach Hause, und am nächsten Morgen beschloß seine kleine Tochter, voller Freude über ihre neue Schmusekatze, daß sie Lucky heißen sollte.

MAHER-SHALAL-HASHBAZ

Dorothy Sayers

Kein Londoner kann der Anziehungskraft einer Menschenansammlung auf der Straße widerstehen. Als Montague Egg den Kingsway hinauffuhr und eine Gruppe von Leuten bemerkte, die in das Astwerk einer der kümmerlichen, zur Verschönerung dieser Hauptverkehrsstraße angepflanzten Platanen starrten, hielt er an, um die Ursache dieser ganzen Aufregung zu ergründen.

»Komm, Mieze-Mieze, komm!« riefen die Umstehenden und schnalzten aufmunternd mit den Fingern.

»Schau, Kind, da die hübsche Miezekatze!«

»Man sollte sie mit ein bißchen Fleisch locken.«

»Sie kommt schon runter, wenn es ihr oben langweilig wird.«

»Wirf einen Stein nach ihr.«

»Na, was ist denn hier los?«

Das schmale junge Ding mit den abgetragenen Kleidern, das verlassen mit seinem leeren Tragekorb dastand, wandte sich an den Schutzmann:

»Oh, bitte schicken Sie die Leute weg! Wie kann er herunterkommen, wenn ihn alle anschreien? Er fürchtet sich, mein armer Schatz.«

Durch die schwankenden Zweige hindurch funkelten wütend ein Paar bernsteinfarbene Augen herab. Der Polizist kratzte sich hinterm Ohr.

»Dürfte allerhand Arbeit machen, meinen Sie nicht auch, Fräuleinchen? Wie kam er bloß darauf, da hochzuklettern?«

»Der Verschluß ging auf, und er sprang aus dem Korb, gerade als wir aus dem Bus ausstiegen. Oh, bitte, tun Sie etwas!«

Montague Egg ließ seine Augen über die Menge hingehen und erblickte am Rand des Menschenknäuels einen Fensterputzer mit seinen Leitern auf einem Handwagen. Er rief ihn an:

»Bring doch mal die Leiter her, Kleiner, dann werden wir ihn bald unten haben – wenn Sie mir erlauben, Miss, es zu versuchen. Wenn wir ihn sich selbst überlassen, sitzt er wahrscheinlich eine Ewigkeit da oben fest. ›Ein Schreck, sitzt er erst richtig fest, sich nur sehr schwer beheben läßt.‹ Vorsichtig, bitte. So ist's richtig.«

»Ach, ich danke Ihnen so sehr! Und bitte, gehen Sie sanft mit ihm um. Er kann es gar nicht leiden, angefaßt zu werden.«

»Schon gut, Miss; machen Sie sich keine Sorgen, Monty Egg ist immer ein Gentleman, freundlich zu allen Hausbewohnern und bewandert im Umgang mit Kindern. Auf geht's!«

Egg stülpte seinen eleganten Filzhut auf den Kopf und stieg in die belaubte Baumkrone. Lautes Fauchen brach oben los, ein Regen von abgebrochenen Zweigen prasselte auf die Zuschauer nieder. Gleich darauf kam Egg zum Vorschein; er hielt – ziemlich ungeschickt – ein widerstrebendes braungelbes Fellbündel gepackt. Das Mädchen streckte seinen Korb hin, die vier zornig strampelnden Beine wurden irgendwie darin verstaut, ein junger Handwerker zog ein Stück Schnur hervor, der Korbdeckel wurde gesichert, der Fensterputzer bekam sein Dankeschön und nahm die Leiter wieder weg, und die Menge zerstreute sich. Egg wickelte sich ein Taschentuch um das zerkratzte Handgelenk, klaubte das Laub aus seinem Kragen und rückte seine Krawatte zurecht.

»Oh, er hat Sie ganz furchtbar gekratzt«, klagte das Mädchen mit weit offenen, entsetzten Blauaugen.

»Keineswegs«, antwortete Egg. »Ich bin sehr froh, daß ich Ihnen behilflich sein konnte. Darf ich mir das Vergnügen machen, Sie irgendwohin zu fahren? Das ist für ihn angenehmer als im Bus, und wenn wir die Fenster hochkurbeln, kann er nicht hinausspringen, auch wenn er den Korb wieder aufbringen sollte.«

Das Mädchen protestierte, doch Egg beförderte sie entschlossen in seine kleine Limousine und fragte sie, wohin sie wolle.

»Das ist die Adresse«, sagte das Mädchen, indem es einen Zeitungsausschnitt aus seiner abgeschabten Handtasche zog. »Irgendwo in Soho, nicht wahr?«

Egg las etwas erstaunt die folgende Anzeige:

»Gesucht: fleißige, tüchtige Katze (Geschlecht gleichgültig) zur Mäusevertilgung in hübschem Villenhaus und als Gesellschaft für Ehepaar in mittleren Jahren. Passendem Bewerber werden zehn Shilling und ein gutes Zuhause geboten. Persönliche Vorsprache bei Mr. John Doe, La Cigale Bienheureuse, Frith St., W., Dienstag zwischen elf und ein Uhr.«

»Eine komische Anzeige«, sagte Egg stirnrunzelnd.

»Ach, meinen Sie, es stimmt etwas nicht damit? Sie ist nur ein Spaß?«

»Nun«, entgegnete Egg, »ich sehe nicht ein, warum jemand zehn Shilling für eine gewöhnliche Katze bezahlen will; Sie etwa? Ich meine, normalerweise kommen Katzen gratis und franko ins Haus, von Leuten, die junge Katzen nicht gern ertränken. Ich glaube nicht ganz an diesen Mister John Doe; es klingt so nach Pseudonym.«

»Ach Gott«, rief das Mädchen mit Tränen in den blauen Augen, »und ich habe so gehofft, es würde alles klappen. Sehen Sie, wir sind ganz schrecklich knapp dran, Vater ist arbeitslos, und Maggie – das ist meine Stiefmutter – sagt, sie will Maher-shalal-hashbaz nicht länger behalten, weil er die Tischbeine zerkratzt und soviel Nahrung braucht wie Christian – hol ihn der Kuckuck! Das ist aber gar nicht wahr – bloß etwas Milch und ein bißchen Abfallfleisch, und er ist ein wunderbarer Mäusefänger. Nur gibt es nicht viel Mäuse, wo wir wohnen – und da dachte ich, wenn ich ihm ein gutes Zuhause finden könnte – und zehn Shilling bekomme zu den neuen Stiefeln für Papa, er braucht sie so dringend ...«

»Nun, nun, immer Kopf hoch!« sagte Egg. »Vielleicht sind diese Leute bereit, für einen ausgewachsenen, nachweislich tüchtigen Mäusefänger soviel zu zahlen. Oder – ich will Ihnen etwas sagen – es kann auch so eine Kinosache sein. Auf jeden Fall werden wir hingehen und uns diese Geschichte ansehen; ich meine nur, es wäre besser, wenn Sie mich mitkommen und mit Mr. Doe verhandeln ließen. Sie können mir ruhig vertrauen«, setzte er hastig hinzu. »Hier ist meine Karte, Montague Egg, Reisevertreter von Plummet & Rose, Wein und Spirituosen, Piccadilly. Mit Kunden verhandeln ist seit langem meine Sache. ›Willst du den Abschluß nicht verpassen, so darfst du niemals locker lassen‹ – das ist Montys Leibspruch.«

»Ich heiße Jean Maitland, und Papa ist auch Vertreter – zumindest war er es, bis er im letzten Winter Bronchitis bekam, und jetzt ist er nicht mehr kräftig genug zum Reisen.«

»So ein Pech!« sagte Monty mitfühlend, als er in die High Holborn Street einbog. Er fand das junge Ding – es mochte etwa sechzehn sein – sehr sympathisch und nahm sich fest vor, daß »da etwas getan werden müsse«.

Es sah aus, als ob auch andere Leute der Meinung gewesen wären, zehn Shilling seien ein guter Preis für eine Katze. Der Fußweg vor dem kleinen Restaurant in Soho war gedrängt voll von Katzenbesitzern; einige trugen Körbe, andere hielten ihre Tiere auf dem Arm. Das klagende Miauen erfüllte die Luft.

»Einige Konkurrenz«, sagte Monty. »Jedenfalls aber scheint

der Posten noch nicht besetzt. Bleiben Sie dicht hinter mir, und dann werden wir unser Glück versuchen.«

Sie warteten einige Zeit. Anscheinend wurden die Bewerber durch eine Hintertür hinausgelassen, denn obwohl viele in das Haus gingen, kam keiner zurück. Schließlich ergatterten sie einen Platz in der Schlange, die sich durch ein schmutziges Treppenhaus hinaufbewegte, und nach einer weiteren Ewigkeit befanden sie sich vor eine dunklen, abweisenden Tür. Nach kurzer Zeit wurden sie von einem dicken Mann mit verkniffenem Gesicht und scharfen kleinen Augen geöffnet, der munter sagte:

»Der nächste bitte!« Sie traten ein.

»Mr. John Doe?« fragte Monty.

»Ja. Sie haben Ihre Katze mitgebracht? Ach so, die Katze der jungen Dame. Setzen Sie sich, bitte, Name und Anschrift, Miss?« Das Mädchen gab eine Adresse südlich der Themse an, und der Mann notierte sie »für den Fall« – so erklärte er –, »daß der gewählte Kandidat sich als untauglich erweisen sollte, und ich Ihnen wieder schreiben möchte. Nun wollen wir uns einmal die Katze ansehen.«

Der Korb wurde geöffnet, und ein braungelber Kopf tauchte grollend auf.

»O ja. Schönes Exemplar. Komm, Mieze-Mieze. Scheint nicht sehr freundlich zu sein.«

»Er ist verschreckt von der Fahrt, aber wenn er Sie einmal kennt, ist er sehr lieb. Und ein großartiger Mäusefänger. Und sehr sauber.«

»Das ist wichtig. Er muß sauber sein. Und er muß sich sein Brot verdienen, wissen Sie.«

»Oh, das wird er tun. Er kann Ratten und alles mögliche fangen. Wir nennen ihn Maher-shalal-hashbaz, weil er ›sich eilend über die Beute hermacht‹. Aber er hört auch auf Mash, nicht wahr, Liebling?«

»Ich verstehe. Nun, er scheint mir in guter Verfassung zu sein. Keine Flöhe? Keine Krankheiten? Meine Frau ist sehr eigen.«
»Aber nein! Er ist kerngesund. Und Flöhe – ich bitte Sie!«
»Sollte keine Beleidigung sein, aber ich muß es genau nehmen, wenn wir ihn wirklich zu unserem Hausgenossen machen. Seine Farbe gefällt mir allerdings nicht so gut. Zehn Shilling ist ein hoher Preis für so ein gelbbraunes Tier. Ich weiß nicht, ob ...«
»Sachte, sachte«, sagte Monty. »In Ihrer Anzeige stand nichts über die Farbe. Diese Dame hat einen weiten Weg gemacht, um Ihnen die Katze zu bringen, und Sie können nicht erwarten, daß sie weniger akzeptiert, als was ihr geboten wurde. Im übrigen werden Sie keine bessere Katze bekommen; jedermann weiß, daß die Gelbbraunen die besten Mäusefänger sind – sie haben mehr Schneid als die andern. Und sehen Sie sich die hübsche weiße Hemdbrust an. Die zeigt Ihnen, wie sauber der Kater ist. Und denken Sie an einen weiteren Vorteil: Sie können ihn sehen – Sie und Ihre Gattin werden in einem dunklen Winkel nicht über ihn stolpern, was einem bei den schwarzen und grauen Katzen leicht passieren kann. Eigentlich müßten wir für eine so hübsche Farbe noch extra was in Rechnung stellen. Die Gelbbraunen sind viel seltener und vornehmer als gewöhnliche Katzen.«
»Daran ist etwas Wahres«, gab Mr. Doe zu. »Nun, Miss Maitland, hören Sie zu. Ich schlage vor, Sie bringen Maher – oder wie Sie sagen – heute abend zu uns ins Haus, und wenn er meiner Frau gefällt, behalten wir ihn. Hier ist unsere Adresse. Und Sie müssen bitte genau um sechs kommen, weil wir später ausgehen wollen.«
Monty sah auf die Adresse. Die Wohnung lag am nördlichen Ende der Edgware-Morden-Untergrundbahn.
»Das ist ein sehr weiter Weg, wenn man ihn so auf gut Glück

machen soll«, sagte er fest. »Sie werden Miss Maitland ihre Auslagen vergüten müssen.«

»Gewiß«, sagte Mr. Doe. »Das ist nicht mehr als billig. Hier haben Sie eine halbe Krone. Das nicht verbrauchte Geld können Sie mir heute abend zurückgeben. Vielen Dank vorläufig. Ihre Katze wird wirklich ein schönes Zuhause haben, wenn sie zu uns kommt. Setzen Sie sie jetzt wieder in ihren Korb. Hier heraus, bitte. Vorsicht bei der Stufe. Guten Morgen.«

Als Egg und seine neue Bekannte über eine äußerst enge, dumpfe Hintertreppe nach unten gestolpert und in einer übelriechenden Nebengasse gelandet waren, sahen sie einander an.

»Er wirkt ziemlich kurz angebunden«, sagte Miss Maitland. »Ich hoffe sehr, daß er nett sein wird zu Maher-shalal-hashbaz. Sie waren wunderbar, als es um die Farbe ging – ich dachte schon, er stößt sich daran. Mein süßer Mash! Wie könnte jemand etwas gegen sein schönes Gelbbraun haben!»

»Hm!« sagte Egg. »Der Mr. Doe mag stimmen, aber an seine zehn Shilling glaube ich erst, wenn ich sie sehe. Und auf jeden Fall gehen Sie nicht allein in dieses Haus. Ich werde Sie um fünf Uhr mit dem Wagen abholen.»

»Aber Mr. Egg – das kann ich nicht annehmen! Außerdem haben Sie ihm eine halbe Krone für meine Fahrtkosten abgeknöpft.«

»Das ist nur geschäftsüblich«, sagte Egg. »Um fünf Uhr pünktlich bin ich da.«

»Gut, kommen Sie um vier und trinken Sie eine Tasse Tee bei uns. Das ist das mindeste, was wir tun können.«

»Sehr gern«, sagte Egg.

Das Haus, das John Doe bewohnte, war eine neue Villa, die einsam am äußersten Ende einer neuen, noch nicht fertiggestellten Vorstadtstraße stand. Auf das Klingeln hin erschien Mrs. Doe – eine kleine, ängstlich blickende Frau mit wäßrigen Augen und der nervösen Angewohnheit, sich an den blassen Lippen zu zupfen. Maher-shalal-hashbaz wurde im Wohnzimmer, wo Mr. Doe, in einen Sessel zurückgelehnt, die Abendzeitung las, aus seinem Korb befreit. Der Kater beschnupperte den Mann argwöhnisch, aber unter Mrs. Does schüchternen Annäherungsversuchen besänftigte er sich und ließ sich kraulen.

»Nun, meine Liebe«, sagte Doe, »paßt er dir? Du hast keine Einwände gegen die Farbe, wie?«

»Nein, nein. Er ist wirklich schön. Ich mag ihn sehr gern.«

»Gut. Dann nehmen wir ihn. Hier, Miss Maitland. Zehn Shilling. Bitte unterschreiben Sie diese Quittung. Danke. Und lassen Sie's gut sein mit dem Rest von der halben Krone. Siehst du, meine Liebe, du hast deine Katze bekommen, und ich hoffe, wir werden nun keine Mäuse mehr hier sehen. Aber jetzt« – er blickte auf die Uhr – »müssen Sie leider Ihrem Kater rasch Lebewohl sagen, Miss Maitland; wir werden erwartet. Er ist bei uns gut aufgehoben.«

Während der letzten Worte zog sich Monty taktvoll in die Halle zurück. Und zweifellos veranlaßte ihn dasselbe Zartgefühl, von der Wohnzimmertür zum hinteren Teil des Hauses zu gehen; aber er hatte nur kurze Zeit gewartet, als Jean Maitland, gefolgt von Mrs. Doe, erschien und sich tapfer die Nase putzte.

»Sie lieben Ihren Kaer sehr, nicht wahr, mein Kind? Ich hoffe, Sie sind nicht zu ...«

»Nun laß schon, Flossie«, sagte ihr Mann, der plötzlich hinter ihr auftauchte, »Miss Maitland weiß, daß für ihn gesorgt wird.«

Er geleitete sie hinaus und schloß die Tür hinter ihnen.

»Wenn es Ihnen schwerfällt«, sagte Egg unsicher, »können wir ihn gleich wieder zurückholen.«

»Nein, es ist gut so«, antwortete Jean. »Wenn es Ihnen nichts ausmacht, wollen wir rasch einsteigen und wegfahren – möglichst schnell.«
Als sie über die holprige Straße davonschaukelten, bemerkte Egg einen Burschen, der ihnen entgegenkam. In der einen Hand trug er einen Korb. Er pfiff laut.
»Sehen Sie«, sagte Monty. »Einer unserer Rivalen. Wir sind ihm zuvorgekommen. ›Mein Freund, bist du als erster hier, gehört der Auftrag sicher dir.‹ Verdammt«, setzte er leise hinzu und trat auf den Gashebel. »Ich hoffe doch sehr, daß die Geschichte in Ordnung ist. Wenn ich's nur wüßte.«
Obwohl Egg sich tatkräftig eingesetzt hatte, um Maher-shalal-hashbaz einen guten Platz im Leben zu sichern, fühlte er sich nicht unbeschwert. Die Sache nagte so an ihm, daß er am Samstag der folgenden Woche, nachdem er wieder daheim in London war, eine Expedition in die Gegend südlich der Themse unternahm, um Erkundigungen einzuziehen. Und als die Tür der Maitlands von Jean geöffnet wurde, erblickte er neben ihr, mit rundem Buckel und hocherhobenem Schwanz, Maher-shalal-hashbaz.
»Ja«, sagte das Mädchen, »er hat den Rückweg gefunden, der kluge Schatz! Genau heute vor einer Woche – und er war schrecklich dünn und schmutzig. Wie er es geschafft hat, weiß ich nicht. Aber wir konnten ihn einfach nicht wieder fortschicken, nicht wahr, Maggie?«
»Nein«, sagte Mrs. Maitland. »Ich mag diese Katze nicht, und ich habe sie nie gemocht, aber in diesem Fall! Ich glaube, sogar Katzen haben ihre Gefühle. Nur das mit dem Geld ist mir peinlich.«
»Ja«, sagte Jean. »Wissen Sie, als er zurückkam und wir uns entschlossen, ihn zu behalten, schrieb ich an Mr. Doe und erklärte die Geschichte und schickte ihm eine Postanweisung über zehn Shilling. Heute morgen kam der Brief zu-

rück mit dem Vermerk ›Unbekannt‹. Nun wissen wir nicht, was zu tun ist.«

»Ich habe nie an diesen Mr. John Doe geglaubt«, sagte Monty. »Wenn Sie mich fragen, Miss Maitland, war er keiner von der guten Sorte, und ich würde mir nicht weiter den Kopf über ihn zerbrechen.«

Doch damit war das Mädchen nicht zufrieden, und kurz darauf fuhr der gefällige Egg nach Norden, um den mysteriösen John Doe zu suchen; die Postanweisung hatte er bei sich.

»Er wohnt nicht hier. Ich habe nie von ihm gehört.«

Monty erklärte, er wünsche den Herrn zu sprechen, der die Katze gekauft habe.

»Katze?« fragte die Frau. Ihr Gesichtsausdruck veränderte sich. »Treten Sie bitte ein.« Dann rief sie ins Haus hinein: »George! Hier ist ein Herr, der nach einer Katze fragt. Vielleicht möchtest du ...« Das Ende des Satzes wurde einem Mann ins Ohr geflüstert, der aus dem Wohnzimmer auftauchte und der, wie sich herausstellte, ihr Ehemann war.

George betrachtete Egg sorgfältig von oben bis unten. »Ich kenne hier niemand mit Namen Doe«, sagte er, »aber wenn Sie den früheren Mieter suchen, der ist ausgezogen. Packte zusammen und verschwand in aller Eile am Tag nach der Beerdigung des alten Mannes. Ich versorge das Haus für den Besitzer. Und wenn Sie eine Katze vermissen, kommen Sie vielleicht am besten mit mir und werfen einen Blick nach draußen.«

Er führte Monty durch das Haus zur Hintertür und in den Garten hinaus. In der Mitte eines der Blumenbeete war ein großes Loch, wie ein unregelmäßig geformtes flaches Grab. Ein Spaten steckte aufrecht in der lockeren Erde. Und daneben auf dem Rasen lagen in zwei traurigen Reihen die Kadaver vieler Katzen. Egg kam zu dem Schluß, es müßten nahezu fünfzig sein.

»Wenn eine davon Ihnen gehört«, sagte George, »steht sie Ihnen zur Verfügung. Aber sie sind in einem nicht gerade guten Zustand.«

»Lieber Gott!« rief Egg entsetzt, und dachte mit Freude daran, wie ihn Maher-shalal-hashbaz mit erhobenem Schwanz auf der Schwelle der Maitlands begrüßt hatte. »Kommen Sie hier weg, und erzählen Sie mir, was das bedeuten soll. Es ist – es ist unglaublich!«

Es stellte sich heraus, daß die früheren Mieter Proctor hießen. Die Familie bestand aus dem alten gebrechlichen Mr. Proctor, seinem Neffen und dessen Frau.

»Sie hatten keine Bedienerin, die im Haus schlief. Die alte Mrs. Crabbe machte ihnen die Arbeit, sie kam jeden Tag her; und sie erzählte mir immer, der alte Herr könne keine Katzen ertragen. Sie machten ihn richtig krank. Ich habe solche Leute schon früher kennengelernt. Und man mußte natürlich vorsichtig sein, weil er doch so anfällig war und sein Herz so schwach, daß er jede Minute umfallen konnte. Wir dachten, als ich die ganzen begrabenen Katzen fand, wahrscheinlich hat der junge Proctor sie umgebracht, damit der alte Herr sie nicht sehen und keinen Schock bekommen sollte. Seltsam ist dabei bloß, daß es so aussieht, als ob die Katzen ungefähr gleichzeitig umgebracht worden wären, und noch gar nicht so lang.«

Egg dachte an die Anzeige, an den falschen Namen und daran, daß die Leute, die ein Tier verkaufen wollten, zu einer anderen Tür hinauskomplimentiert wurden, so daß keiner von ihnen sagen konnte, wie viele Katzen erworben und bezahlt worden waren. Und daran, wie man ihnen genau eingeschärft hatte, die Katze Punkt sechs Uhr zu bringen, und an den pfeifenden Burschen, der mit seinem Korb etwa eine Viertelstunde nach ihnen auf dem Schauplatz erschienen war. Schließlich fiel ihm noch etwas ein – ein undeutliches Miauen, das an sein Ohr gedrungen war, als er in der Halle stand, während Jean sich von Maher-shalal-hashbaz verabschiedete, und der unruhige Ausdruck in Mrs. Proctors Gesicht, als sie fragte, ob Jean ihren Kater sehr liebe. Es sah so aus, als ob Mr. Proctor junior die Katzen zu einem recht finsteren Zweck gesammelt hätte. Aus jedem Stadtteil Londons gesammelt. Aus Stadtteilen, die möglichst weit entfernt waren – oder warum sonst legte er solchen Wert darauf, Namen und Adresse zu notieren?

»Woran starb der alte Herr?« fragte er.

»Ach«, antwortete Mrs. George, »es war ein Herzschlag, wie der Doktor sagte. Am letzten Dienstag vor einer Woche in der Nacht starb er, der Arme. Und Mistress Crabbe, die ihn ankleidete und aufbahrte, sagt, er hat furchtbar entsetzt ausgesehen. Doch der Doktor meinte, das sei nichts Ungewöhnliches, nicht bei seiner Krankheit. Was der Doktor aber nicht sah, weil er zuviel zu tun hatte, um herzukommen, waren die schrecklichen Kratzwunden auf seinem Gesicht und an den Armen. Er muß sich im Todeskampf regelrecht mit den Nägeln eingekrallt haben – ach Gott, ach Gott! Aber natürlich – wir wußten, daß er jeden Augenblick auslöschen konnte wie eine Kerze.«

»Das weiß ich schon, Sally«, sagte ihr Mann, »aber wie steht es mit den Kratzern an der Schlafzimmertür? Erzähl mir nicht, daß die auch von ihm stammen. Und wenn – warum hörte ihn dann niemand und kam ihm zu Hilfe? Da kann Mr. Timbus – das ist der Hausbesitzer – lange sagen, es müßten nach dem Auszug der Proctors Landstreicher ins Haus gekommen sein, und uns hier hereinsetzen, damit wir nach dem Rechten sehen – aber warum sollen Landstreicher so einen sinnlosen Schaden anrichten?«

»Eine herzlose Sippschaft, diese Proctors, das sage ich«, fuhr Mrs. George fort. »Schnarchen höchstwahrscheinlich fest und lassen ihren Onkel mutterseelenallein sterben. Und der Anwalt hat sich auch darüber aufgeregt! Kam am Morgen vorbei, um das Testament des alten Herrn zu machen, und dann starb er so plötzlich. Und wenn man bedenkt, daß sie schließlich sein ganzes Geld bekommen haben, sollte man meinen, sie hätten ihm ein besseres Begräbnis geben können. Filzig nenne ich so was – kaum eine Blume – nur einen Kranz für eine halbe Guinee – und nicht einmal einen Eichensarg, bloß Ulme, und ganz schäbige Beschläge. So ein Schund! Sie sollten sich schämen.«

Egg schwieg. Er war kein Mensch von starker Vorstellungskraft, aber er sah ein grausiges Bild vor sich. Einen alten, kranken Mann, der schlief, Hände, die leise die Zimmertür öffneten und nacheinander Säcke hereinschleiften, Säcke, die sich bewegten und krümmten und miauten. Er sah die Säcke offen auf dem Boden, und er sah, wie die Tür sacht von außen geschlossen und versperrt wurde. Und dann im trüben Schein des Nachtlichts schattenhafte Gestalten, die mit langen Sätzen im Zimmer umherhuschten – schwarze und graue und gelbbraune –, auf lautlosen Sohlen umherschlichen, auf Samtpfoten von Tischen und Stühlen sprangen. Und dann ein Plumps auf das Bett – ein großer gelbbrauner Kater mit Bernsteinaugen – der Schläfer erwacht mit einem Schrei – und danach ein Alptraum aus Todesangst und Ekel hinter der versperrten Tür. Ein alter, kranker Mann, der stammelt und nach Atem ringt und mit Armen und Beinen nach den entsetzlichen Schatten schlägt, die ihn verfolgen und fliehen – und dann der letzte reißende Schmerz am Herzen, als ihn der Tod erlöst. Dann nichts als das Miauen der Katzen und ihr Kratzen an der Tür, und draußen der Lauscher, der gebückt das Ohr ans Schlüsselloch hält.

Egg wischte sich mit dem Taschentuch die Stirn; seine Vorstellungen gefielen ihm gar nicht. Aber er mußte sie weiter verfolgen: Er sah den Mörder morgens durch die Tür schlüpfen und eilends seine unschuldigen Komplizen einsammeln, bevor Mrs. Crabbe kam; er wußte sehr wohl, daß der Leichnam rasch in Ordnung gebracht werden mußte und daß kein böses Miauen Leute, die zufällig in der Nähe waren, befremden durfte. Die Katzen einfach frei laufen zu lassen, würde nicht genügen – möglicherweise lungerten sie um das Haus herum. Nein, die Wassertonne und dann die Grube im Garten.

Aber Maher-shalal-hashbaz – der tapfere Maher-shalal-hashbaz kämpfte um sein Leben. Er wollte sich nicht in irgendeiner Wassertonne ertränken lassen. Er strampelte sich frei (und ich hoffe, dachte Egg, er hat ihn zerkratzt wie der Teufel) und suchte sich mühsam den Heimweg durch London. Wenn nur Maher-shalal-hashbaz erzählen könnte, was er wußte! Aber auch Monty Egg wußte etwas, und er konnte reden.

»Und ich werde reden«, sagte Monty zu sich, als er Namen und Adresse von Mr. Proctors Anwalt aufschrieb. Er hielt es für Mord, einen alten Mann zu Tode zu erschrecken; er war sich dessen nicht ganz sicher, aber er wollte es herausfinden. Er durchforschte sein Gedächtnis nach einem tröstlichen Spruch aus dem »Handbuch für Handlungsreisende«, doch zum erstenmal in seinem Leben konnte er nichts finden, was zu diesem Fall wirklich paßte.

Ich scheine regelrecht von meiner Branche abgeirrt zu sein, dachte er bedrückt; und doch, als Staatsbürger ...

Und dann lächelte er, eingedenk des ersten und letzten Spruchs in seinem Lieblingsbuch:

»Und kostet's dich auch Überstunden, die erste Pflicht ist Dienst am Kunden.«

LETZTE GELÜBDE

Elizabeth Ann Scarborough

Zuerst hielt er die Flamme über seinen Ohren für das weiße Licht, das er mit seinen Pfoten gejagt hatte. Doch als er nun seine schlafverklebten Lider in die Höhe zwängte, erkannte er, daß es bloß eine Kerze war.

Schläfrig lag er da, umhüllt von dem wachsduftenden Rauch der Kerzen, während das leise Klingeln des Windspiels an seine Ohren drang und eine kühle Brise über sein verfilztes, fieberfeuchtes Fell strich.

Hmmm. Er fühlte sich nicht mehr zu heiß oder zu kalt. Aber steif. Seine Muskeln waren dermaßen verhärtet, daß er sich kaum erheben konnte. Er streckte sich der Länge nach aus, wobei er die Kerzen mied und den Schwanz sorgsam aus dem Weg hielt. Dann setzte er sich auf die Hinterpfoten, reckte sich und schlug mit den Vordertatzen nach dem kräuselnden Kerzenrauch, bevor er sich auf alle viere fallen ließ. Was immer das hier sein mochte, es würde seiner Selbstachtung keinen Abbruch tun. Er machte sich daran, sein gestreiftes senffarbenes Fell, die weißen Pfoten und seine Halskrause zu putzen, wobei seine Zunge immer wieder rasch und zielsicher vorschnellte. Plötzlich rümpfte er die Nase und zog die Maulwinkel hoch. Er stank. Nun ja: Schließlich war er beim Tierarzt gewesen. Dr. Tony und seine Frau Jeannette waren liebe Leute und wußten, wie man einen Freund verhätschelt, doch ihr Haus roch nach Desinfektionsmitteln, und Mustard konnte Medizin nicht ausstehen.

Er leckte die Unterseite seines Schwanzes, und als er aufschaute, saß da eine andere Katze, ein Weibchen, das seines chirurgischen Eingriffs wegen ohne Gefährte war, so wie Mustard aus dem gleichen Grund keine Gefährtin hatte. Die Katze war vollkommen schwarz – von der Nase bis zum Schwanzende, von den Spitzen der Ohren bis zu den Pfoten.

»Bist du endlich wach, du Faulpelz? Wurde auch Zeit. Dann komm jetzt mit. Höchste Zeit, daß du den Meister kennenlernst, den Herrn dieses ...«

»Ich habe keinen Herrn«, sagte Mustard. »Ich habe ein Frauchen.« Er schaute sich um und betrachtete die Steinwände und die gefliesten Fußböden, auf denen nicht einmal ein Teppich lag, der einem den Bauch wärmen konnte; dann schaute er zur Decke hinauf, wo Vögel verlockend zwischen den Dachbalken umherflatterten, wobei sie zwitscherten und kleine weiße Häufchen auf den Boden und die Möbel fallen ließen. Mustards Zuhause war ein Blockhaus, auf dessen Dach er sein eigenes Sonnenstudio besaß, wenngleich seine jüngeren Mitbewohner es kostenlos benutzten, denn Mustard konnte sich nicht immer die Mühe machen, sie davonzujagen. (Außerdem waren sie alle größer als er, bis auf das Kätzchen. Sie war ein süßes keines Ding, das ihn stets anbettelte, ihr Jagdgeschichten zu erzählen und sich schnurrend neben ihm wälzte, wenn er verärgert knurrte.) Mustards Haus stand auf einem großen Hof, hinter dem sich ein Waldstück befand, in dem er sich viele leckere Beigaben zum gewohnten Essen fing, denn von seinem Frauchen bekam er meist eine zwar gesunde, aber eintönige Diät aus Trockenfutter.

Mustard schaute sich noch einmal um. Wo war er hier? Was war geschehen? Seine letzte glückliche Erinnerung war die an seinen alten Freund Drew, der auf einen kurzen Besuch vorbeigekommen war, und Mustard hatte am Picknicktisch gesessen und war von Drew gekrault worden.

»Und wenn du dich noch so lange umschaust, wir sind nicht

mehr in Kansas, Red«, sagte das Weibchen mit dem schwarzen Fell.

»Ich heiße nicht Red, ich heiße Mustard«, erwiderte er. »Und ich wohne nicht in Kansas. Ich bin in Fairbanks, Alaska geboren und aufgewachsen, doch in den letzten zehn Jahren habe ich im Staat Washington gelebt. Dort ist es wärmer, und ich kann nach draußen gehen, und überhaupt ist es da viel gemütlicher. Sind wir noch dort?«

»Deine Fragen werden ausführlich beantwortet«, sagte die schwarze Katze, »wenn du dem Meister gegenüberstehst. Und reg dich nicht gleich auf, wenn ich dich mit einem Spitznamen anrede. Sobald du dem Geistigen Orden beigetreten bist, mußt du sowieso einen neuen Namen annehmen. Ich hieß früher Jessie Jane Goodall, werde jetzt aber nur noch Schwester Paka genannt – so heißen wir Katzen auf Kisuaheli.«

»Hmmm«, machte Mustard. »Schwester Paka? Geistiger Orden? Wie sich das anhört! Ich bin wohl bei irgendeiner Sekte gelandet?«

Sie drehte Mustard ihren neumonddunklen Schwanz zu und wedelte damit, um ihm zu bedeuten, daß er ihr folgen solle. Da es Mustard nach Antworten verlangte und er nichts Besseres zu tun hatte, kam er ihrer Aufforderung huldvoll nach.

Doch er war nicht darauf gefaßt, wie zerschlagen er sich fühlte und wie lang die Gänge waren – Meile um Meile zogen sie sich hin, mit steinernen Wänden und einer Decke, die hier und dort von Säulen getragen wurde. Die Gänge waren von Bäumen und Mustards Lieblingssträuchern gesäumt: Rosen. Er schämte sich schrecklich und war wütend auf sich selbst, daß er auf seiner Reise mit der schwarzen Katze hin und wieder Rast machen mußte – eine Reise, die Mustard eher wie eine tagelange Suche erschien, so viel forderte sie ihm an Kraft ab. Normalerweise war er behende und leichtfüßig, auch wenn er für einen Kater nicht mehr der Jüngste war. Zwar betrachtete Mustard sich als erfahren und mit allen Wassern gewaschen, doch heute spürte er jede Sekunde jeder Minute jeder Stunde jedes Tages jeder Woche jeden Monats jeden Jahres seines Lebens.

Er rechnete mit höhnischen Bemerkungen und Ungeduld seitens der sogenannten Schwester; statt dessen aber setzte sie sich bei jeder seiner Pausen auf die Hinterbeine, schloß die Augen und ringelte den Schwanz um ihre Vorderpfoten und wartete stets, bis Mustard erklärte, er habe sich so weit erholt, daß sie den Weg fortsetzen könnten.

Schließlich trotteten die beiden eine steile Treppe empor bis hinauf in den Dachstuhl, doch die orangefarbene Katze war inzwischen dermaßen erschöpft, daß nicht einmal die flatternden Vögel ihr Interesse erregen konnten. Die schwarze Katzendame kratzte an einer riesigen Holztür, die einen Spalt offenstand, und aus dem Raum dahinter erklang eine ungewöhnlich tiefe und sonore Stimme, die sich wie das grollende Knurren einer großen Katze anhörte – jene riesigen, gelbbraunen Brüder und Schwestern, die Mustard in einem Fernsehfilm gesehen hatte. Die Stimme bat die beiden Besucher herein. Mustard leckte seine weiße Halskrause glatt und kam die drei Stufen wieder hinauf, die er vorsichtshalber heruntergestiegen war, als die grollende Stimme das erste Mal erklang.

Immer wieder drückte Schwester Paka die Pfote gegen die Tür, schaffte es aber nicht, sie weiter aufschwingen zu lassen. Derweil war Mustard wieder zu Atem gekommen, ging mit einem tiefen Seufzer zur Tür und schob zuerst die Nase in den Spalt, dann den Kopf, die Schultern, den Oberkörper und schlüpfte schließlich hindurch. Schwester Paka folgte ihm hoheitsvoll, mit wedelndem Schwanz, als würde sie jedesmal einen Boten vorausschicken, der ihr Erscheinen ankündigte. Augenblicke später stieß sie mit dem Kopf gegen Mustards Hinterteil.

Mustard konnte nicht weiter, denn ein riesiges Loch, dessen Rand nur Zentimeter von seinen Vorderpfoten entfernt war, nahm den größten Teil des Fußbodens ein. Über dem Loch hing ein gewaltiges Ding aus Metall – eine Glocke, wie Mustard erkannte, denn er hatte sich oft mit sehr viel kleineren Glöckchen die Zeit vertrieben, die zum Katzenspielzeug zu Hause zählten. Diese große Glocke jedenfalls war der Grund dafür, daß die Stimme des sogenannten Meisters so tief und sonor geklungen hatte – sie wurde von diesem kolossalen Stück hohlen Eisens zurückgeworfen. Ein billiger Trick. Mustard unterdrückte das Verlangen, ein Knurren auszustoßen. Das Loch war so tief, daß die Geräusche seines Herzschlags und seines Atmens von weit unten zu ihm hinaufhallten. Und er stand sehr, sehr nahe an der Kante.

Schwester Paka setzte sich auf die Hinterbeine und stieß ihn mit der Pfote an. »Sei so nett und geh weiter, bitte. Wir dürfen den Meister nicht warten lassen. Glaubst du etwa, du bist der einzige, dem er heute Rat erteilen muß?«

»Wer hat denn gesagt, daß ich einen Rat brauche?« fragte Mustard, umrundete das Loch und die Glocke, wobei er sich so fest an die Wand drückte, wie er nur konnte, zumal er vor Erschöpfung zitterte. Von seiner gewohnten Geschmeidigkeit war nicht mehr viel übrig. Du mußt ja einen tollen Eindruck hinterlassen! sagte er sich und hoffte, daß es sich bei dem Meister um einen Menschen handelte, der Katzen gern hatte; ein Mensch mit freundlichen Händen, der einen schmackhaften Leckerbissen bereithielt; ein Mensch, der ein bißchen Mitleid für eine mißhandelte Katze wie ihn aufbrachte. Wie sehr es ihm jetzt gefallen würde, warme Finger zu spüren, die über sein Fell streichelten! Um die Wahrheit zu sagen: Mustard mochte seine Artgenossen nicht sonderlich. Bei den Menschen fühlte er sich wohler. Vor allem bei Susan, seinem Frauchen, auch wenn sie öfter mehr Zeit für seine Mitbewohner erübrigte als für ihn. Trotzdem mochte Mustard ihre Berührungen sehr gern.

Nun konnte er die gegenüberliegende Seite des Glockenschachts sehen. Das einzige Möbelstück im Turm war ein Stuhl – ein schlichter Stuhl mit gerader Rückenlehne; auf der Sitzfläche lag ein Bettkissen, und auf diesem Kissen ruhte eine weitere Katze. Diesmal war es ein Männchen – ein altes Männchen, dessen gestreiftes Fell ein noch intensiveres Orange besaß als das Mustards. Die alte gestreifte Katze war beinahe rostfarben.

»Friede sei mit dir, mein Sohn«, sagte der Alte.

Schwester Paka drückte Mustard eine Pfote in den Nacken und zwang seinen Kopf hinunter. Er biß Paka kräftig ins rechte Bein, so daß sie neben ihm zu Boden plumpste. Mustard sah, daß sie ihn am liebsten angefaucht hätte; statt dessen blieb sie ruhig neben ihm liegen, in unterwürfiger Haltung, obgleich Mustard ihr die Kehle hätte herausreißen können, wenn er es gewollt hätte.

»Friede sei mit dir, habe ich gesagt«, meldete der alte Kater sich wieder zu Wort. »Siehst du das Stück struppigen Fells unter seiner Halskrause, Paka? Er hat es wohl übersehen. Mach es für ihn sauber, mein Kind, ja?«

Schwester Paka legte die Pfote ihres verwundeten Beines auf Mustards Brust, beugte sich vorsichtig nach vorn und leckte das Fell sauber. »So«, sagte sie. »Viel besser.«

Der Meister schnurrte. »Ja. Und du, Paka, hast eine häßliche Bißwunde am Bein.«

Mustard beeilte sich, Schwester Pakas Wunde zu lecken, wobei er mit der Zunge ihr Fell befeuchtete, so daß es die Bißmale verdeckte, die seine Zähne hinterlassen hatten.

»Viel besser«, sagte der Meister und schaute Mustard an. »Sei gegrüßt, mein Sohn. Wir haben sehnsüchtig darauf gewartet, daß du wieder auf die Pfoten kommst. Man hat dir sehr schlimme Dinge angetan.«

»Was für schlimme Dinge?« fragte Mustard. »Ich kann mich nicht erinnern.«

»Weil du versucht hast, den Schmerz durch Schlaf zu überwinden, wie es nun einmal unsere Natur ist. Doch Tony und Jeannette brachten dich hierher, nachdem sie dich zuvor künstlich in Schlaf versetzt hatten, um dir die Schmerzen zu ersparen. Sie hielten dich für tot, doch als sie deine sterbliche Hülle unter die Erde bringen wollten – Asche zu Asche, Staub zu Staub –, hast du dich bewegt. Sie wußten sich keinen Rat mehr, wie sie dir noch helfen konnten, und sie hatten deinem Frauchen schon gesagt, daß du tot bist. Sie wollten ihr keine falschen Hoffnungen machen, damit sie kein zweites Mal um dich trauern muß. Deshalb haben Tony und Jeannette dich zu uns gebracht.«

»Und wer seid ihr?« fragte Mustard und schlug mit dem Schwanz auf den Rand des Glockenschachts, hörte aber sofort damit auf, denn es tat weh.

»Ich bin Magnifizenz Mu Mao, der geistige Führer dieses Ordens. Schwester Paka hast du ja bereits kennengelernt. Unsere Gemeinschaft ist der Geistliche Orden Unserer Lieben Frau von den Ägyptischen Bandagen. Wir sind ein interkonfessionelles Kloster und Konvent, das der spirituellen Erleuchtung und Erbauung unserer Art dienen soll. Diejenigen von uns, die nicht dem Zölibat unterliegen, studieren hier, dürfen aber nicht die letzten Gelübde ablegen. Das ist den Brüdern und Schwestern vorbehalten, die eines bestimmten Eingriffs durch den Menschen wegen im Zölibat leben müssen. Im übrigen – nun ja, schließlich sind wir *alle Katzen.*« Auf lustige Weise zuckte er mit den Ohren. »Jedes

Gelübde, das von einer Katze abgelegt wird, die nicht zwangsläufig dem Zölibat unterworfen ist, wäre unter Berücksichtigung unserer natürlichen Triebe bedeutungslos. Doch ist der Eingriff erst vorgenommen, können wir unseren Verstand auf höhere geistige Dinge richten.«
»Demnach ... bist du auch ...?« fragte Mustard.
»Ja. Weißt du, in vielen meiner früheren Leben war ich ein Mensch, ein Priester, ein heiliger Mann, ein Schamane und was sonst noch alles, bis mir schließlich erlaubt wurde, in meiner jetzigen Inkarnation die höchste und reinste Gestalt zu erlangen und eine Katze zu werden. Doch meine körperlichen Gelüste haben mich in meiner Fähigkeit zur Konzentration und Meditation gestört; deshalb verließ ich freiwillig die Brüder und Schwestern aus meinem Wurf wie auch mein sicheres Zuhause, ging als kleines Kätzchen zu einem Tierarzt und ließ mich von ihm unters Messer nehmen, damit ich anderen helfen konnte.«
»Er ist ein Bodhisattwa, ein Erleuchteter, wie die Buddhisten es nennen«, sagte Schwester Paka ehrfürchtig.
Mustard war beeindruckt. »Ich habe Tony und Jeannette – meine Ärzte – sehr gern, aber wenn ich zu ihnen muß, beklage ich mich immer. Bei ihnen riecht es schlecht, und ich hasse Nadeln und kann es nicht ausstehen, daß mir kahle Stellen ins Fell rasiert werden. Ich hätte mich dem Eingriff niemals freiwillig unterzogen; nur wenn mein Frauchen mich dazu gedrängt hätte. Aber ich muß gestehen, daß mein Leben ruhiger ist, seit ich kastriert wurde. Ich habe Zeit, zu lernen und über viele Dinge zu lesen.«
Mu Mao schnurrte beifällig. »Das ist gut. Und wenngleich du mager geworden bist, ist es offensichtlich, daß du unter normalen Umständen schlank und aktiv geblieben wärst.«
»Ich bin ein guter Ungezieferjäger«, erklärte Mustard ohne falsche Bescheidenheit. »Und ich kriege auch die schnell-

sten Horoskoprollen zu fassen, mag das Papier sich noch so rasch aufwickeln.«

»Du kennst dich mit Astrologie aus?« fragte Schwester Paka erstaunt.

»O ja. Schon seit ich ein Junges war, hat mein Frauchen mir – und mir allein – solche Rollen beschafft, und zwar dort, wo sie immer mein Futter kauft. Keiner meiner Mitbewohner durfte Jagd auf die Rollen machen. Nur ich wurde dessen würdig erachtet.« Stolz streckte er die Brust vor, so daß er ein paar blasse Haare seiner weißen Halskrause sehen lassen konnte, ohne den Blick von dem Kater auf dem Stuhl zu nehmen.

Mu Mao erwiderte nichts Beifälliges, wie Mustard vielleicht gehofft hatte; der Meister zuckte bloß mit dem rost- und cremefarbenen Schwanz, den er wie schützend um die Vorderpfoten geschlungen hatte. »Hast du denn nicht versucht, das Wissen, das du dir dabei erworben hast, mit deinen Mitbewohnern zu teilen?«

»Natürlich nicht! Es waren ja *meine* Rollen«, sagte Mustard, fletschte die Zähne und fügte dann, als er den Blick des Meisters sah, rasch hinzu: »Na ja, das Kätzchen hat mich einmal wegen der Rollen gefragt, und da habe ich versucht, ihr einige Grundlagen zu erklären, aber sie war viel zu jung, um es richtig zu begreifen.«

»Nun, das ist schon mal ein guter Anfang«, sagte Mu Mao, der Meister, in einem Tonfall, der seine offensichtliche Freude erkennen ließ.

»Ein guter Anfang wovon, bitte?«

»Ein guter Anfang für dein neues Leben.«

»Mein neues Leben?«

»Ganz recht. Du hast dein Leben Nummer eins hinter dir und bist nun auf dem Weg ins Leben Nummer zwei.«

»Dann bin ich ... gestorben?« Mustard schaute an sich hinunter, ließ den Blick in die Runde schweifen und begann schließlich, hektisch sein Fell zu lecken, um sich zu vergewissern, daß alles noch an Ort und Stelle und funktionstüchtig war.

»Es ist schon erstaunlich genug, daß du so lange überlebt hast, daß man dich noch zu uns bringen konnte«, meinte Mu Mao. »Dein Maul und dein gesamter Verdauungsapparat waren voller Geschwüre. Es lag an etwas Ätzendem, meinte Tony. Irgend etwas, an dem du sehr plötzlich erkrankt bist.«

»Irgend etwas Giftiges«, sagte Schwester Paka.

»Aber wie kann das sein? Ich habe immer das gleiche gegessen, und in letzter Zeit habe ich kaum noch gejagt.«

»Offenbar hast du etwas Ungewöhnliches gegessen. Und dieses Etwas könnte noch irgendwo dort sein, wo du gewohnt hast, und deine einstigen Gefährten töten, so wie es dich getötet hat. Besonders das Junge schwebt in großer Gefahr, könnte ich mir vorstellen.«

»Das Katzenmädchen?« fragte Mustard und sah das Kleine vor seinem inneren Auge: das wie Schafwolle gekräuselte schwarze Fell auf dem Bauch, den buschigen schwarzen Schwanz, die klugen, wachen Augen. Und nie hatte das Kätzchen versucht, Susans Aufmerksamkeit von ihm, Mustard, auf sich selbst zu lenken.

»Ja. Und die anderen.«

»Es ist mir egal, was mit den anderen ...«, stieß er hervor, hielt aber inne, als er das leise Fauchen vernahm, das Schwester Paka ausstieß. Mu Mao bedachte ihn mit einem warnenden Blick.

»Ja. Wie ich hörte, hast du jahrelang gezeigt, daß die anderen dich nicht kümmern. Nun, falls du dich unserem Orden anschließen willst, mußt du dein größtes Laster ablegen.«

»Ich habe dir doch gesagt, daß ich bereits kastriert *bin*.«

»Darum geht es nicht. Ein natürliches Verlangen ist kein

Laster. Auf der Suche nach Erleuchtung mußt du einige von den Urinstinkten unserer Art ablegen.«

»Ich habe nie gesagt, daß ich erleuchtet werden will ... obwohl ich ein sonniges Fleckchen so sehr liebe wie jede andere Katze auch. Und weshalb sollte ich den Wunsch haben, bei euch zu bleiben? Hier sind nur Katzen. Hier gibt es keinen Menschen, der einen krault. Und einen Futternapf habe ich auch noch nirgends gesehen.«

Mu Mao sagte: »Nun, du wirst noch früh genug erkennen, um was es in *diesem* Leben geht. Schwester Paka, du wirst Mustard zum Fischteich führen. Ein paar von diesen armen, primitiven Geistern, die darin schwimmen, können von den Fesseln ihres derzeitigen Daseins erlöst werden, um das neue Leben Mustards zu kräftigen. Anschließend, während er wieder zu Kräften kommt, kann er im Garten arbeiten.«

Schwester Paka sagte Mustard, daß es seine Pflicht sei, sich den größten und fettesten Fisch aus dem Teich zu fangen. »Sie haben alle Lektionen gelernt, die ein Leben als Fisch ihnen bieten kann«, erklärte sie, »und sind bereit, ins nächste Leben überzuwechseln.«

Mustard war so gnädig, sich einen Fisch zu fangen, und er hätte sich noch weitere aus dem Teich gefischt, doch Schwester Paka erklärte ihm, daß er sich stets Fische fangen könne, wenn ihm danach sei; doch er solle beim erstenmal nicht zu viele essen, sonst müsse er sich übergeben.

Dann zeigte sie ihm, welche Aufgaben er zu erledigen hatte. »Zu Anfang wirst du dich um die Pflege der Rosen kümmern.«

»Ach, wie schön. Ich *liebe* Rosen«, erwiderte er und knabberte an den Blättern einer großen roten Blume.

»Am leckersten sind die Rosen, deren Blätter am Rand schon ein bißchen braun sind, habe ich mir sagen lassen«, erklärte sie beiläufig. »Sie sind reifer und schmecken nicht mehr so sehr nach Grünzeug.«

»Ach?« Mustard probierte eine leicht verwelkte Blume. Sie schmeckte gut und besaß ein leicht käsiges Aroma. Er probierte eine andere. Ja, Schwester Paka hatte recht. Die welken Blumen waren viel leckerer als die frischen. Außerdem sah der Strauch ohne welke Blumen schöner aus.
»Hier mußt du graben.« Sie zeigte auf eine Stelle, an der ein Rosenstrauch darauf wartete, in ein bereits vorbereitetes Loch eingepflanzt zu werden. »Und hier gräbst du ebenfalls, wenn auch aus anderen Gründen.« Diesmal zeigte sie ihm eine Stelle im Garten, an der mehrere Erdklumpen lagen, die den Geruch verschiedener Klosterbrüder verströmten – es war die Abfallgrube des Ordens.
Nachdem Mustard ein paar Rosensträucher beschnitten hatte, schlief er in der Sonne, doch seine Träume waren unruhig, und seine Beine bewegten sich im Schlaf. Es war zu schade, daß sein Nickerchen so wenig erholsam war, denn als die Sonne unterging, die Schatten auf dem Hof länger wurden und die anderen Katzen von der Bildfläche verschwanden, wurde der Abend sehr kalt.
Mustard stand bibbernd da und blickte sich nach einem Haufen Gras um, der ihm vielleicht ein bißchen Wärme zu spenden vermochte, oder nach einem Stück Stoff, in das er sich hineinkuscheln konnte, doch nichts dergleichen war zu sehen. Plötzlich schaute ein Gesicht hinter einer Säule hervor. Es war von einem noch helleren Goldorange als Mustards Antlitz und kam ihm irgendwie bekannt vor.
»Da bist du ja! Wir haben dich schon vermißt. Wie schön, dich wiederzusehen, mein alter ... äh ... Kumpel«, sagte die goldene Katze mit einer Stimme, die Mustard plötzlich erkannte.
»Peaches! Du bist auch hier?« Mustard hatte Peaches nicht besonders leiden können, als dieser noch gelebt hatte; denn Peaches war Susans Lieblingskatze gewesen. Selbst wenn

Susan mit Mustard schmuste, hatte er immer gewußt, daß sie lieber Peaches gekrault hätte. Und sobald Peaches' Name fiel oder wenn er ins Zimmer kam, fauchte Mustard sein Frauchen böse an und sprang von ihrem Schoß – wobei Susan oft Kratzer abbekam –, damit sie auch ja wußte, was Mustard von ihrem Geschmack hielt. Natürlich – solange Susan nicht da war, war Peaches gar kein so übler Kerl. Und nun war Mustard sogar richtig froh darüber, ihn zu sehen.

»Peaches? Peaches ist tot. Er war sehr, sehr alt. Ich lebte schon mein achtes Leben, als ich starb; und als ich wiedergeboren wurde, hat man mich hierher geschickt. Nun lebe ich in diesem Kloster als Bruder Paddy.«

»Typisch, daß du dir so einen Namen ausgesucht hast«, sagte Mustard.

Peaches/Paddy setzte sich auf die Hinterpfoten und leckte sich bedächtig die Pfote. »Ich habe mir den Namen nicht ausgesucht. Er wurde mir *gegeben*.«

»Das glaube ich gern. Dir hat man immer schon alles gegeben. Dich hatten alle stets am liebsten«, sagte Mustard, von der alten Bitterkeit erfüllt. Dann aber erinnerte er sich wieder an sein dringliches, eher praktisches Anliegen und fragte. »Du weißt nicht zufällig, ob hier irgendwo ein Stück Stoff liegt, in das man sich die Nacht über hineinkuscheln kann? Es ist kalt.«

Mustards alter Bekannter sagte bloß: »Folge mir. Es ist Zeit für die Vesper.«

Worauf sie wieder das große Gebäude mit dem Glockenturm betraten. Verwundert sah Mustard, daß es nun von Kerzenlicht erhellt wurde und daß der Boden vollkommen mit Katzen bedeckt war. Alle hatten die Vorderpfoten unter den Leib gelegt und die Schwänze um ihre Körper geschlungen und schnurrten so laut, daß die Wände zu beben schienen. »Was ist das?« murmelte Mustard.

»Wir danken dem Schöpfer, daß er uns eine so wundervolle Gestalt verliehen hat und daß er uns einen so angenehmen Ort für unser Kloster schenkte und so liebe und freundliche Mitbrüder.«

»Es sind ja schrecklich viele Kätzchen hier«, sagte Mustard, als er die Jungen bemerkte, die zwei vollständige Flügel des Gebäudes einnahmen.

»Das liegt daran, daß so viele junge Katzen ausgesetzt oder getötet werden, wenn die Menschen ihrer überdrüssig sind. Sie alle sind Unschuldige, die zu uns kommen, um sich für ein Leben außerhalb der Klostermauern vorzubereiten, falls das ihr Wunsch ist, oder um die Gelübde abzulegen.«

Mustard schwieg.

»Ich dachte, du wärst immer noch bei Susan und würdest noch Jahre bei ihr bleiben, bis du an Altersschwäche stirbst, so wie ich«, fuhr sein Gefährte fort. »Aber wie ich hörte, hat man dich vergiftet. Susan muß sehr, sehr traurig sein.«

»Ach, du kennst doch Susan. Als nur noch das alte Mädel und ich übrig waren, hat sie sich ein neues Kätzchen und obendrein ein erwachsenes Männchen ins Haus geholt.«

»Da mußt du dich ja schrecklich geärgert haben. Du wolltest ja immer ihre Lieblingskatze sein.«

»Na ja, stimmt schon, aber es hat nicht lange angehalten. Das alte Mädel ist größer als ich, wie du weißt, und sie wurde immer rabiater und hat mich oft windelweich geprügelt. Und das Kätzchen konnte ich zuerst nicht leiden, muß ich gestehen, aber es ist ein liebes kleines Ding und hat Respekt vor dem Alter. Und mit dem neuen Kater, Blackie, hat Susan sich nie so richtig angefreundet. Aber Blackie hat dem alten Mädel immer was auf die Nase gegeben, wenn es mal wieder auf der Kleinen herumhackte.« Plötzlich brach er in Tränen aus. »Wie kannst du es hier bloß aushalten? Ich vermisse Susan so sehr. Du nicht? Wo sie dich immer am

liebsten hatte. Kannst du nicht zurück, oder willst du nicht?«
Bruder Paddy, vormals Peaches, leckte Mustard das Gesicht. »Ich habe Susan gelehrt, was sie von mir wissen mußte. Nun ist die Zeit gekommen, andere Dinge zu lernen, die uns alle angehen. Komm. Geh mit mir zu den anderen.«

Natürlich stand Mustard nicht der Sinn danach, doch das monotone Schnurren entspannte ihn, und er fiel ein, bis sein Schnurren ihn in den Schlaf versinken ließ, wobei er sich zwischen vier Artgenossen kuschelte, deren warmes, weiches Fell ein besseres Bett bildete, als Susans Katzenkorb es je gewesen war.

Doch wenngleich Mustard bequem lag, stiegen die Erinnerungen an den Schmerz und Verrat in ihm auf. Und er sah das Kätzchen, das nach ihm schnüffelte, miauend nach ihm rief und schließlich zu irgend jemandem trottete, der das Kleine zu sich rief und ihm etwas hinhielt, irgend etwas Verlockendes, Tödliches ...

Mustard erwachte schlagartig und sprang zwischen den schlafenden Körpern hindurch, bis er zur Treppe gelangte, die hinauf in den Glockenturm führte. Er stürmte sie empor bis zum Treppenabsatz und kratzte an der Holztür.

Die volltönende Stimme rief: »Herein.«

»Es dauert nur einen Augenblick, Mu Mao«, sagte Mustard, dem es gegen den Strich ging, seinen alten Artgenossen mit »Meister« anzureden. »Ich wollte nur mal einen Blick aus deinem Turm werfen, ob ich den Weg nach meinem Zuhause sehen kann.«

»Demnach willst du den Versuch machen, in die Welt zurückzukehren, mein Sohn?« fragte der alte Kater, und seine Schnurrhaare bebten.

»Natürlich. Ich gehöre zu Susan. Ich werde zu ihr zurückkehren.«

»Also gut.« Der alte Kater sprang behende auf den Fenstersims. Mit einem Satz war Mustard neben ihm. Der Sprung fiel ihm nicht so leicht wie früher, als er noch nicht hier im Kloster gewesen war, doch noch vor wenigen Stunden hätte er einen solchen Satz nie und nimmer geschafft. Aber solche Fertigkeiten sind für Katzen interessant, die nur mit anderen *Katzen* zusammensein möchten, überlegte er.

Als er aus dem Fenster schaute, kam es Mustard für einen Augenblick so vor, als läge die ganze Welt unter ihm ausgebreitet, wie auf dem Globus in Susans Arbeitszimmer. Dann aber erkannte er, daß es bloß die kleine Stadt war, in der er wohnte. Und da waren auch die Propangasbehälter neben Tonys Tierarztpraxis, und ein Stück weiter entfernt das rote Dach von Susans Haus, auf dem Mustard so oft ein Nickerchen gemacht hatte, und der große grüne Rasen.

»Siehst du da vorn?« sagte Mu Mao. »Dr. Tony und Jeannette steigen in ihr Auto, und Jeannette trägt ein Bündel im Arm. Ich glaube, bald werden wir sie hier bei uns zu sehen bekommen. Nun, dann kannst du deine Kräfte ja schonen, wenn du bis zu ihrer Praxis mit ihnen fährst.«

»Ich bin immer noch sehr müde«, gestand Mustard.

»Dann ruhe dich so lange bei uns aus«, sagte Mu Mao. »Es ist noch Zeit genug.«

Zeit wofür? fragte sich Mustard, stellte dann aber zu seiner Verwunderung fest, daß er zusammengekuschelt an der massigen Brust Mu Maos lag, bevor er in einen tiefen und traumlosen Schlaf fiel, bis ihm jemand die Nase leckte, so daß er erwachte. »Es ist Zeit, mein Sohn«, sagte die alte Katze.

In Jeannettes gütigen braunen Augen standen Tränen, als sie das Bündel neben Meister Mu Mao ablegte. »Es ist die zweite tote Katze, die Susan zu beklagen hat«, sagte sie. »Und auch in der Nachbarschaft sind Katzen gestorben. Diane, zum Beispiel, die ein Stück die Straße hinunter wohnt, hat ebenfalls eine Katze verloren. Und alle sind den gleichen geheimnisvollen Tod gestorben.«

»Sieht so aus, als hätten wir es mit einem Serienkatzenmörder zu tun«, sagte Dr. Tony in hilflosem Zorn, während er behutsam das Stoffbündel öffnete.

Zornig peitschte Mustard mit dem Schwanz und legte die Ohren flach an den Kopf. Würde er jetzt sehen, daß Susans kleines Kätzchen in seinem Traum nach *ihm* gerufen hatte, bevor es gestorben war? Würde ihr gelockter schwarzer Bauch jetzt nie mehr beben, wenn sie schnurrte? Würden ihre hellen, klugen Augen, die so aufmerksam geblickt hatten, wenn er ihr eine seiner Jagdgeschichten erzählte, nun starr und leblos sein? Hatte sie sterben müssen, bevor sie die Gelegenheit bekommen hatte, sich ihren Anteil an Schädlingen zu fangen?

Mustard schrie auf, als eine schwarze Ohrspitze zum Vorschein kam. Dann das Gesicht, die schwarze Nase ... die Augen waren geschlossen, und die Schnurrhaare – so lang, daß sie sich an den Enden kräuselten – waren starr. Mustard sah seine schlimmsten Befürchtungen bestätigt.

Dann aber erkannte er seinen Irrtum. Das Fell war kurz und struppig, und der Körper war viel größer als der von Susans Katzenmädchen. Als Dr. Tony das Bündel aufwickelte, sah Mustard, daß die einst kräftigen Muskeln seines toten Artgenossen unter dem schwarzen Fell dünn und verkümmert waren, und der lange, schwarze, einst so ausdrucksvolle Schwanz war schlaff.

»Boston Blackie!« rief Mustard aus. Vor ihm lag die Leiche jenes erwachsenen Katers, den Susan zusammen mit dem Katzenmädchen aus dem Tierheim geholt und zu sich nach Hause genommen hatte. Boston Blackie war der Beschützer des Kätzchens gewesen, bis es alle bezaubert hatte, von allen geliebt wurde, nur nicht von dem alten Mädel. Jetzt, da

Blackie tot war oder hier im Kloster – was für Susan und das Kleine auf dasselbe hinauslief –, konnte Mustard nur hoffen, daß das Kätzchen rasch heranwuchs und dem alten Mädel bis dahin aus dem Weg gehen konnte.

Natürlich war Mvustard nicht gut auf Blackie zu sprechen gewesen, den Beschützer des Kätzchens, doch er hatte ihn von den anderen Erwachsenen noch am besten leiden können. Blackie, der große schwarze Kater, der so stark war und so einschüchternd aussah, war in Wirklichkeit ein weichherziger Bursche, und er wußte genau, daß Susan ihn nur deshalb bei sich aufgenommen hatte, weil er der Spielgefährte des Kätzchens gewesen war. Der große Kerl hatte die Kleine behütet wie eine Mutter, hatte sie vor den anderen beschützt und oft den Kopf für sie hingehalten. Überdies hatte Blackie die älteren Rechte Mustards widerspruchslos respektiert.

»Der arme Kerl«, sagte Mustard zum Meister, Paddy und Schwester Paka. »Für einen so großen starken Burschen war er sehr weichherzig, wißt ihr. Sein Tod muß der Grund dafür gewesen sein, daß das Kätzchen mir diese Träume geschickt hat. Sie hat um den alten Burschen getrauert.«

»Entweder das«, sagte Paka grimmig, »oder sie ist das nächste Opfer.«

»Keine Bange, mein Sohn«, sagte Mu Mao und leckte Mustards angelegte Ohren. »Bald wird Blackie in sein neues Leben hineingeboren, und es wird ein wunderschönes Leben für ihn sein. Er war eine sehr alte Seele, und wir brauchen einen solchen Bruder in unserer Gemeinschaft.«

»Das ist ja sehr schön für *euch*«, sagte Mustard, »aber was ist mit Susan? Und mit dem Kätzchen? Und mit Diane? Ja, sogar mit dem zänkischen alten Mädel? Sollen das Kleine und die alte Vettel etwa auch hierherkommen? Dann wäre Susan ganz allein und müßte Angst haben, sich neue Freunde zu machen, weil sie befürchten muß, ihnen könnte das gleiche zustoßen wie mir und den anderen Katzen. Und was ist mit Drew, dem netten Mann, der sich um uns kümmert, wenn Susan keine Zeit hat? Und mit Diane, die uns immer füttern kommt, wenn Susan mal nicht da ist? Diane ist krank, weißt du. Sie ist darauf angewiesen, daß ihre Katzen bei ihr sind, wenn sie ängstlich und einsam ist und wenn es ihr so schlecht geht, daß sie sich kaum rühren kann. Das hat sie mir selbst gesagt.«

Zu Mustards Erstaunen wedelte Mu Mao unwirsch mit dem Schwanz und erwiderte: »Das mag schon sein, aber wir Katzen haben Probleme genug, die uns selbst betreffen. Die Gefährten der Menschen – das Kätzchen, das alte Mädel und alle anderen – sind unserem Schutz entzogen, sofern sie nicht in unser Kloster kommen oder hierhergebracht werden.«

»Hast du denn kein Herz für die *Menschen*?« erwiderte Mustard gereizt. »Was, zum Beispiel, ist mit Tony und Jeannette?«

»Die beiden waren in ihrem letzten Leben Katzen und gehörten zu unserem Orden«, sagte Mu Mao. »Deshalb wußten sie, daß sie dich und Paddy und Blackie und all die anderen hierherbringen würden. Sie sind Bodhisattwas, so wie ich. Sie gehören nicht zu jenen Menschen, die Katzen aussetzen, wenn sie nicht mehr klein und süß sind oder wenn sie ihnen zur Last werden. Weshalb zerbrichst du dir den Kopf darüber? Der tote Blackie hier und andere, wie Bruder Paddys früheres Ich, nahmen die Aufmerksamkeit für sich in Anspruch, die eigentlich *dir* zustand. Falls du also zu deiner Susan zurückkehrst und die anderen Katzen tot sind – müßtest du dich dann nicht freuen? Denn du wirst den Fehler, den du gemacht hast, bestimmt nicht noch einmal begehen und ein zweites Mal an diesem Gift sterben. Und wenn du keine Konkurrenten mehr hast, wird deine Susan dich lieben, und *nur* dich.«

Mustard ließ sich auf keine Diskussionen ein. Meister? Da konnte er nur lachen! Diese alte Katze verstand Susan offensichtlich gar nicht. Natürlich hatte Mustard es nie gemocht, daß sie immer wieder andere Katzen zu sich ins Haus nahm, doch er hatte ihr auch stets die Tränen abgeleckt, die sie wegen jener Katzen vergossen hatte, die sie im Tierheim lassen mußte. Mustard selbst war nie im Tierheim gewesen. Susan hatte ihn als ganz junges Kätzchen gekauft, aus dem Wurf seiner Mutter, die in einem schönen Zuhause bei liebevollen Menschen gelebt hatte. Mustard war stets der Meinung gewesen, ein Recht auf Liebe zu haben, wußte aber von den anderen, daß sie keine dahingehenden Hoffnungen hegten; für sie war es schon etwas Wundervolles, ein Zuhause und vor allem jemanden wie Susan zu haben.

Mustard sprang hinten in den Kombi, bevor Tony und Jeannette sich auf die Heimfahrt machten. Er verspürte das sehnliche Verlangen, gekrault zu werden, war aber zu ruhelos und ängstlich, um still zu liegen. Die beiden schienen ihn nicht zu bemerken. Sie erhielten einen Anruf per Autotelefon, fuhren an ihrer Tierklinik vorbei und nahmen eine Strecke, die Mustard von seinen Besuchen beim Tierarzt kannte. Vielleicht, überlegte er, hatte der alte Mu Mao die beiden gebeten, daß sie ihn, Mustard, nach Hause fuhren – aber nein, sie hielten vor einem anderen Haus, nicht allzu weit von dem Susans entfernt.

Mustard fand es interessant, daß Tony und Jeannette ein Telefon in ihrem Auto hatten. Er mochte es, wenn Susan telefonierte. Dann saß sie ruhig da und redete, und er konnte sich für gewöhnlich auf ihrem Schoß zusammenkuscheln und ein Nickerchen machen. Das verstand er sehr gut: Er blieb so reglos und entspannt, daß Susan ihn nicht einmal bemerkte, bis sie den Hörer auflegte.

Hinter Jeannette sprang Mustard aus dem Wagen und trottete das kurze Stück zu Susans Haus. Niemand war auf dem Hof, und Mustard näherte sich so zuversichtlich der Katzentür, daß er sich an dem rechteckigen Holzbrett, das den Zugang ins Haus gewährte – oder versperrte –, den Kopf stieß, denn die Tür war verschlossen. Er kratzte mit den Krallen am Holz und miaute, bis er bemerkte, daß Susans Auto nicht auf dem Hof stand. So eine Unverschämtheit. Da hatte er die Mühe auf sich genommen, von den Toten wiederzukehren, und Susan war nicht einmal zu Hause. Typisch Mensch.

Plötzlich hörte er, wie an der Innenseite der Tür ebenfalls Krallen kratzten, und ein leises Miauen erklang. »Laß mich raus! Es ist so ein schöner Tag. Ich will nicht hier drin sein. Wo ist Boston Blackie? Er soll kommen und mit mir spielen!«

»Aber, aber, junge Dame, jetzt ist nicht die rechte Zeit für Spiele«, sagte Mustard. »Ich glaube auch nicht, daß Boston Blackie zurückkommt. Aber ich habe geträumt, daß du in Gefahr bist, und bin gekommen, um dich zu retten.«

Er wollte das Kätzchen beruhigen und besänftigen, doch das Kleine stieß piepsende Laute aus: das Kichern einer jungen Katze: »Onkel Mustard? Bist du das? Wo warst du? Fühlst du dich besser? Susan hat Asche über die Rosen gestreut und gesagt, es wäre dein verbrannter Körper, aber die Asche sah gar nicht nach dir aus. Sie war nicht einmal orange ...«

»Hör auf zu plappern, Kind. Ich muß nachdenken. Warum ist die Katzentür geschlossen?«

»Susan sagte, dann könnten wir nicht hinaus und dem begegnen, der dich und Blackie umgebracht hat.« Ihre Stimme bekam einen traurigen Beiklang. »Ist Blackie wirklich für immer fort? Ich kann das alte Mädel nicht ausstehen. Sie ist überhaupt nicht nett zu mir. Irgendwann werde ich ihr das Gesicht zerkratzen, weil sie so schlimme Dinge zu mir sagt. Ich vermisse dich und Blackie. Ich will zu euch.«

»Genau das darfst du eben nicht«, sagte Mustard. »Meine ... äh ... Krankheit war lang und schmerzhaft und viel zu schlimm, als daß ein so kleines Ding wie du sie ertragen könnte. Nicht einmal ein Hausdrache wie das alte Mädel könnte das. Und über Blackie kann ich dir nichts weiter sagen. Aber wir müssen dafür sorgen, daß diese Gegend für uns Katzen wieder sicher wird. Besonders unser Hof. Ist dir irgend etwas Besonderes aufgefallen?«

»Nein, nichts. Und alle haben auf uns aufgepaßt – Susan, Diane, Drew, Debbie und Dennis, Janice und Theresa, Mary und Michael Ann. Selbst Steinway bellt wie verrückt, sobald er irgend etwas Verdächtiges sieht.«

Sie meinte den Hund von Mary und Michael Ann, der im Nachbarhaus wohnte. »Steinway verdächtigt alles und jeden«, sagte Mustard. »Er bellt doch immer, egal was er sieht.«

»Nein, nein. Ich glaube, er tut wirklich alles, um uns zu helfen. Und Merlin ist völlig verängstigt.« Merlin war die schwarze Katze, die für Mary und Michael Ann und Steinway und Chopin – die jüngste Katze im Haus – die Verantwortung trug.

»Hmmm. Merlin hat auf mich nie den Eindruck gemacht, als ob er es so schnell mit der Angst bekäme. Am besten, ich gehe mal rüber und rede mit ihm.«

»Ja, ist gut. Ich muß jetzt rasch verschwinden. Das alte Mädel kommt.«

»Wer ist da?« erklang auch schon die knurrige Stimme der alten Katze. »Wer ist da draußen? Mit wem hast du gesprochen, du unverschämtes kleines ...«

»Laß sie in Ruhe. Streite dich mit jemandem, der so groß ist wie du«, fauchte Mustard durch die Katzentür.

»Wer ist da? Bist *du* das, Mustard? Du bist tot, Asche, verschwunden, kaputt. Das warme Plätzchen vorm Fernseher bekommst du nicht mehr. Das gehört jetzt mir – für immer!«
Aus dem Innern des Hauses erklang das Tappen von Pfoten, und durch den Vorhang am Glasfenster der Wohnungstür konnte Mustard sehen, daß das alte Mädel auf ein hohes Regal gesprungen war, so daß sie wie immer auf ihn hinunterschauen konnte. Mustard starrte zurück und rief: »Ja, sicher, bis auch du das Giftzeug frißt und schlimmere Bauchschmerzen bekommst, als du dir vorstellen kannst! Und dann wirst du dich in Todesqualen winden, bis auch du ein Gespenst bist, genau wie ich und der gute alte Blackie.«
»Ein Gespenst?« Sie beugte sich so weit vor, daß sie vom Regal fiel. Mustard hörte, wie das Kätzchen von irgendeinem hohen, sicheren Platz aus kicherte. Dann vernahm er, wie das alte Mädel sich heftig schüttelte, bevor sie zur Katzentür gelaufen kam, sich davor auf den Boden legte und schnüffelte. »Es gibt keine Katzengespenster.«
»Oh, das ist ja großartig. Eine Katze, die nicht an Gespenster glaubt. Tja, es gibt aber welche. Ich habe sie mit eigenen Augen gesehen. Ehrlich gesagt – ich bin selbst eins. Und ob es dir gefällt oder nicht, dir kann es genauso ergehen, wenn du nicht endlich mit deinen Boshaftigkeiten aufhörst und uns hilfst. Weißt du, was mich getötet hat? Wie ich gestorben bin? Wer oder was Blackie auf dem Gewissen hat?«
»Natürlich nicht. Und was soll ich dagegen tun, wenn die dummen Viecher in dieser Gegend alles vergiftete Zeug fressen, das sie finden? Ich habe hier ganz allein überlebt, zwei Jahre lang, als diese *Leute* fortzogen und mich als junges Kätzchen allein ließen. Damals war ich kaum größer als unser kleiner Frechdachs hier und ...«
»Ja, ja, wir alle wissen, wie schlimm es damals für dich war,

als du in der Gegend herumgestreunt bist und nach Futter gebettelt hast ...«

»He, du Klugscheißer. Du hast mich was gefragt, und ich versuche dir eine Antwort zu geben. Was ich sagen will ... in den zwei Jahren des Herumstreunens habe ich in der ganzen Gegend meine Runden gemacht, und glaub mir, es gibt hier keinen Menschen, der einer Katze etwas Böses antun würde, nicht mal eins von den Kindern. In dieser Gegend werden Kinder und Hunde dazu erzogen, uns Katzen die gebührende Achtung und Zuneigung entgegenzubringen. Ich hätte jederzeit ein richtiges Zuhause bekommen können, aber ich wollte keins. Ich wollte in mein altes Haus zurück. Und kaum hatte ich Susan gefragt, ob sie mich aufnimmt, hat sie mich zu sich genommen und mich den anderen vorgezogen – auch dir, obwohl sie euch aus ihrem alten Haus mit hierhergebracht hatte. Denn sie *wußte*, daß dies hier *mein* Haus ist.«

»Hast ja recht«, sagte Mustard, diesmal mit einem tröstenden Schnurren. »Aber das alles ist jetzt nicht so wichtig. Auch wenn ich nun ein Gespenst bin, vermisse ich dich und die Kleine und habe Angst, daß auch ihr ...«

»Ja, und *ich* vermisse den entsetzten Ausdruck auf deinem gelben Gesicht, wenn ich dich durch die Wohnung jage«, erwiderte das alte Mädel mürrisch. »Oder den Anblick, wenn du dich auf die Hinterpfoten stellst und dich reckst. Wie, um alles in der Welt, machst du das eigentlich?«

Mustard antwortete nicht darauf und sagte bloß: »Ich komme wieder. Paß mir gut auf die Kleine auf, hörst du? Denk daran, daß sie eine kräftige junge Erwachsene sein wird, wenn Susan wieder streunende Katzen bei sich aufnimmt. Dann brauchst du vielleicht jemanden, der *dich* beschützt. Es ist nie zu spät, altes Mädel.«

»Mag schon sein«, knurrte sie leise und fügte bedauernd

hinzu: »Ohne dich ist es hier richtig langweilig. Du kommst wieder zu uns zurück, sagst du?«
»Wenigstens für kurze Zeit. Ich muß erst herausfinden, was hier passiert ist. Die Kleine meint, Steinway und Merlin könnten vielleicht etwas gesehen haben.«
»Schon möglich. Tut mir leid, daß ich dir nicht mehr über Boston Blackie erzählen kann. In der einen Minute habe ich noch gesehen, wie er sich am Picknicktisch herumwälzte, und in der nächsten bekam der alte Knabe kaum noch ein Wort heraus, weil ihm das Maul so weh tat ...«
Genauso hat es bei mir angefangen, erkannte Mustard, wenngleich er nicht mehr wußte, was zu dem Zeitpunkt mit ihm geschehen war. Er versuchte sich zu erinnern, wann die Schmerzen eingesetzt hatten, doch alles war verschwommen und unwirklich, denn er hatte versucht, Schmerz und Übelkeit durch Schlaf zu verdrängen, solange es eben ging. Er verließ das nachdenkliche alte Mädel und schlenderte zum Nachbarhaus, um mit Merlin und Steinway zu sprechen, wobei letzterer bei Mustards Anblick wie verrückt zu bellen anfing.
»Katzengespenst auf zwei Uhr!« brüllte er. »Katzengespenst! Katzengespenst!«
Mustard trat ganz dicht an den Zaun und fauchte den wild auf und ab springenden, kläffenden schwarzen Labrador so boshaft an, daß dieser erschreckt zurückwich, sich zu Boden kauerte und winselte.
»Braver Hund«, sagte Mustard. »Grüß dich, Steinway. Schön, dich wieder mal zu sehen. Kann ich mit dir reden?«
Der Hund winselte weiter, als plötzlich eine schwarze Katze erschien, so groß wie Boston Blackie, wenngleich nicht so gut gebaut, dicht gefolgt von einem langfelligen, grau und weiß gefleckten Artgenossen. »He, du da. Das ist *unser* Hund. Wenn er mal angefaucht werden muß, erledigen wir das selbst«, sagte die schwarze Katze.

»Merlin!« rief Mustard. »Ich wollte dich sprechen.« – »Mustard? Na, so was. Offenbar waren die Gerüchte, daß du tot bist, ein bißchen übertrieben.«
»Nun ja, zur Zeit befinde ich mich sozusagen zwischen zwei Leben. Aber mit dem Leben Nummer zwei komme ich nicht recht voran, solange ich nicht weiß, wie ich Leben Nummer eins verloren habe. Übrigens ist Boston Blackie offenbar auf dieselbe Weise gestorben wie ich.«
»Blackie ist tot?« sagte Merlin mit aufrichtigem Bedauern. »War ein prächtiger Bursche. Hatte ein genauso schönes schwarzes Fell wie ich. Der arme Kerl. Dabei war er gestern noch so glücklich, hat sich am Picknicktisch hin und her gewälzt und geschnurrt. Ich glaube, er hatte einen Besucher.«
»Hat jemand von euch eine Ahnung, wer das gewesen ist?« fragte Mustard, schaute von der einen Katze zur anderen und blickte dann zum Hund hinüber, der seine Nase mit den Pfoten bedeckte und immer noch winselte. »War jemand in der Gegend, der euch irgendwie aufgefallen ist?«
Wieder winselte Steinway. »Du weißt doch, wie's bei euch zugeht. Jeder, der zu den Häusern will, in denen eure Nachbarn wohnen, läßt dein Frauchen einfach über den Hof gehen. Sie ist viel zu nachlässig, als daß ich euer Haus und den Hof vernünftig im Auge behalten könnte, obgleich ich's versucht habe. Und was ist der Dank dafür? ›Sei still, Steinway‹, sagen die Menschen zu mir. Und hochnäsige Katzen aus der Nachbarschaft, die eigentlich tot sein müßten, fauchen mich an. Das hat man nun von seiner Gutmütigkeit.«
»Du brichst mir das Herz«, sagte Mustard. »Aber sag mal, inzwischen müßtest du doch die meisten Leute kennen, die bei uns über den Hof gehen. War jemand dabei, den du nicht erkannt hast?«
Steinway schüttelte den Kopf. »Waren bloß die Leute, die in

den Häusern hinter dem von Susan wohnen, und die üblichen Besucher. Natürlich könnte es sein, daß ein Unbekannter über den Hof kam, als ich gerade mein Schläfchen gemacht habe. Sogar ich brauche ab und zu eine Pause. Da fällt mir ein ... ich war gerade aus meinem Nickerchen aufgewacht, als ich gesehen habe, wie Blackie sich am Picknicktisch auf dem Rücken wälzte.«
»Interessant«, murmelte Mustard. »Auch ich war zuletzt am Picknicktisch, und irgend etwas ist da geschehen. Aber ich kann mich nicht erinnern. Am besten, ich gehe der Sache auf den Grund. Könnte sein, daß der Picknicktisch der Schauplatz des Verbrechens war.«
Es hatte vor kurzem geregnet, so daß der Tisch naß und sauber war, doch das Holz war alt und rissig; es konnte sein, daß Spuren des Giftes in die Ritzen und Spalten gesikkert waren.
Mustard trottete weiter zur Katzentür und fragte laut: »He, ihr da drinnen! Könnt ihr mir sagen, wann genau Blackie krank geworden ist?«
Das alte Mädel lag immer noch auf der anderen Seite der Tür. Mustard konnte hören, wie sie mit der kahlen Stelle an ihrem Kopf über das Holz schubbelte. »Keine Ahnung. Warte mal ... gestern nachmittag habe ich gesehen, wie Blackie sich am Picknicktisch herumwälzte. Am Abend hat Susan dann bemerkt, daß er krank ist, und hat ihn zu Tony gebracht ... äh, wenn mein Gedächtnis mich nicht täuscht.«
Mustard hörte, wie kleine, weiche Pfoten hinter der Katzentür auf den Fußboden prallten. »Nein, das stimmt so nicht«, erklang die Stimme des Kätzchens. »Als Blackie hereinkam, habe ich ihn gefragt, ob was nicht in Ordnung ist. Ich habe gesehen, daß es ihm schlechtging. Er war mürrisch und seltsam schlapp. Und er roch so komisch.«
»Was meinst du mit ›komisch‹, Kleine?« fragte Mustard.

»Er roch nach diesem scheußlichen Zeug, das Susan an Weihnachten über den Fußboden streute ... dieses Zeug, das euch alle so verrückt gemacht hat, daß mir angst und bange wurde.«

»Du bist doch immer ängst ...«, setzte das alte Mädel mit mürrischer Stimme an, bis sie Mustards warnendes Knurren hörte. Ein wenig ruhiger wiederholte sie: »Du bist doch immer ängstlich. Dabei hättest du dich vor diesem Zeug gar nicht fürchten müssen. War doch bloß Katzenminze.«

»Katzenminze! Natürlich! Mustard rannte wieder zum regennassen Picknicktisch und schnüffelte, denn es mochten sich noch winzige Reste der Katzenminze in den Ritzen des Holzes befinden, doch Mustard konnte nichts sehen, nichts riechen. Er sprang zu Boden, krallte sich an den Tischbeinen fest, schnüffelte an der Unterseite der Platte – und verzog das Maul. »Katzenminze«, murmelte er, und der Geruch ließ plötzlich Übelkeit in ihm aufsteigen.

Er flitzte die Straße hinauf, an Dianes Haus vorbei und zu der Hütte, die Diane an Drew vermietet hatte.

Sadie, die Hündin, stieß ein warnendes Gebell aus, doch Mustard huschte an ihr vorüber zu einem der Fenster und kratzte am Glas. Nichts rührte sich. Mustard spähte durch die Scheibe. Das Innere der Hütte hatte sich verändert: Drews Bücher waren verschwunden, ebenso sein Bett und die Weihnachtsbeleuchtungen, sogar der Futternapf von Moonshadow. Die Hütte war vollkommen leer und geruchlos.

Mustard wollte Sadie schon fragen, wohin sein Freund verschwunden war, als er plötzlich hörte, wie der Kombi von Dr. Tony und Jeannette die Auffahrt hinaufkam. Diane empfing die beiden an der Tür und bat sie herein. Sadie zerrte an der Leine und bellte wieder.

»Sei still!« zischte Mustard. »Was ist geschehen?«

»Es geht um Moonshadow. Er hat die letzten beiden Tage, als Diane fort war, in der Hütte gelegen.«
»Ist er tot?«
»Nein, aber sehr schwach. Ach, der arme Moonshadow! Er war so einsam, seit Diane ihn fortgeschickt hat.«
»Wen fortgeschickt?«
»Na, Drew. Sie hat ihn aus der Hütte hinausgeworfen.«
»Warum? Drew ist doch sehr nett.«
»Keine Ahnung. Vielleicht hat Drew auf den Teppich gepinkelt.«
»War er in den letzten zwei Tage noch mal hier?« fragte Mustard.
»Ja. Vorgestern. Am Freitag, dem dreizehnten. Er hat ein paar Sachen geholt. Ich habe gehört, wie er Diane durch die Tür angeschrien hat, aber sie war gar nicht da. Drew hat uns gestreichelt, hat Moonshadow etwas Katzenminze gegeben und ist dann verschwunden.«
»Katzenminze!« rief Mustard aus und jagte auch schon los, flitzte die Straße hinunter und zur Katzentür an Susans Haus. »Altes Mädel! Kleines! Seid ihr da? Und wo bleibt Susan denn so lange?«
Das Kätzchen antwortete mit einem klagenden Miauen: »Sie ist fort, um Drew zu holen. Er soll auf uns aufpassen, wenn sie ihre Freunde in Copperton besucht. Sie wollte nicht, daß wir allein sind, wo hier in letzter Zeit so viele Katzenmorde verübt werden.«
Verzweifelt zerrte Mustard mit den Krallen an der verschlossenen Katzentür. Er war schrecklich aufgeregt und wußte nicht, was er tun sollte. Schließlich sagte er: »Hört zu, laßt Drew bloß nicht in eure Nähe! Eßt nichts von dem Futter, das er euch gibt oder das er anfaßt. Trinkt nicht einmal von dem Wasser, das er euch hinstellt. Und vor allem – nehmt keine Katzenminze von ihm!«

»Igitt«, sagte das Kätzchen. »Dieses scheußliche Zeug. Ich bin doch keins von den Jungen mit Drogenproblemen, Onkel Mustard. Katzenminze ist echt abartig.«
»Das kann man wohl sagen«, sagte Mustard und stutzte kurz, als er beiläufig bemerkte, daß das Kätzchen bereits das Vokabular der Halbwüchsigen benutzte.
Er wollte gerade zurück zu Dianes Haus rennen, um nach Moonshadow zu sehen, als Susan angefahren kam. Sie stieg auf der einen Seite aus dem Wagen, Drew auf der anderen.
»Danke, daß du mich abgeholt hast, Susan«, sagte er. »Ich hätte sonst nicht gewußt, wie ich hierherkommen soll, wo ich außerhalb der Stadt arbeiten mußte und Dianes Wagen kaputt ist. Aber ich freue mich, daß ich die Kätzchen mal wieder sehe. Nur werde ich Blackie und Mustard sehr vermiss ...« Er verstummte und starrte Mustard an, der langsam herübergeschlendert kam, sich vor Drew auf den Boden setzte und zu ihm hinaufschaute.
»Der Mörder kehrt an den Ort seines Verbrechens zurück, hm?« sagte er, doch Drew verstand ihn nicht. Er erkannte Mustard jedoch als den, der er war – was bei Susan unglücklicherweise nicht der Fall war.
»Was ist los? Oh, sieh dir nur diese wunderschöne weiße Katze an, Drew! – Hallo, meine Süße. Du solltest in dieser Gegend sehr, sehr vorsichtig sein.«
Weiße Katze? Hatte Susan den Verstand verloren? Mustard betrachtete sein orange gestreiftes Fell und blickte dann zu Susan hinauf. Nun ja, Mu Mao hatte gesagt, Mustard würde nun ein zweites Leben führen; vielleicht erkannte Susan ihn deshalb nicht wieder. Aber eine *weiße* Katze? Wie unpraktisch.
Mustard wandte seine Aufmerksamkeit wieder dem Mörder zu, der weiß Gott schuldig genug aussah. Drew hatte stets irgend etwas Katzenhaftes, ja sogar Löwenhaftes an sich ge-

habt. Gerade das mochten die Katzen an ihm. War auch Drew in seinem letzten Leben eine Katze gewesen, so wie Tony und Jeannette? Aber ein Bodhisattwa war er bestimmt nicht, auch wenn Mustard es vor einiger Zeit vielleicht noch angenommen hätte. Er hatte Susan und Diane oft sagen hören, daß Drew sehr tierlieb sei. Trotzdem hatte Diane ihn aus der Hütte hinausgeworfen. Und bestimmt nicht, dachte Mustard, weil Drew auf den Teppich gepinkelt hat. Sie mußte irgend etwas über ihn herausgefunden haben, das für sie Grund genug gewesen war, ihn fortzujagen, doch sie hatte Susan noch nichts erzählt – was eigentlich kein Wunder war. Kurz nachdem Susan und Drew sich kennengelernt hatten, war ein böser Streit zwischen Susan und Diane ausgebrochen, obwohl die beiden jahrelang die besten Freundinnen gewesen waren. Aber aus welchem Grund hatte Drew die Katzen vergiftet? Seine Freunde! Denn Mustard war jetzt sicher, daß Drew der Mörder war: Man konnte sogar jetzt noch die vergiftete Katzenminze an ihm riechen. Wahrscheinlich hatte er eine Tüte mit dem Zeug in der Tasche, um Susans altes Mädel und das Kätzchen damit zu füttern.

Na, der Kerl wird nie mehr in meine Nähe kommen! schwor sich Mustard. Oder in die Nähe einer anderen Katze oder in Susans Nähe. Jedenfalls nicht, solange Mustard es verhindern konnte. Er tat das einzige, was in seiner Macht stand, und sprang Drew an die Kehle, biß und kratzte ihn, wobei Drew fluchend versuchte, seinen Angreifer abzuschütteln.

»Das verdammte Biest ist tollwütig!« kreischte Drew, während Susan versuchte, Mustard von seinem Mörder loszuzerren. »Bring ihn um!«

»Nein! Ich habe ihn, keine Angst. Ich halte ihn fest«, erwiderte Susan und hielt den fauchenden Mustard von seinem Opfer fern. »Aber du brauchst einen Arzt.«

»Nein, ich ...« – »Sei nicht dumm. Ich habe Tonys Auto vor Dianes Haus gesehen. Tony kann sich deine Kratzwunden anschauen und die Katze auf Tollwut untersuchen. Warte einen Augenblick, ich lege ihn in die Tragetasche auf dem Rücksitz. Die Tasche ist noch drin, seit ich Blackie ...« Ihre Stimme brach, und sie blickte tieftraurig drein. »Ich habe Blackie in dieser Tasche getragen, weißt du.«

Natürlich benahm sich Mustard – ob nun mit weißem Fell oder nicht – Susan gegenüber artig; er fauchte nur über ihre Schulter hinweg Drew an, der Mustard zu dessen Erstaunen jedoch die Zunge herausstreckte und mit seinen riesigen Händen eine Geste vollführte, als würde er ihm den Hals umdrehen, bevor Susan Mustard in die Tasche auf dem Rücksitz legte.

Dann fuhr sie mit Drew die Straße hinunter und hielt vor Dianes Haus, gerade als Tony zur Tür herauskam. Jeannette hielt Moonshadow in den Armen. Die Katze miaute kläglich. Susan und Drew stiegen aus, und auch Mustard sprang aus dem Wagen. Er sah, daß Drew zu dem Arzt und dem kranken Moonshadow hinüberging.

»Laß ihn nicht in deine Nähe, Moon!« rief Mustard. »Er hat versucht, dich zu ermorden!«

Als Drew die Hand ausstreckte, um Moonshadow zu streicheln, kuschelte er sich schutzsuchend an Jeannette, legte die Ohren zurück, fauchte und versuchte, trotz seiner Krankheit Drews Finger zu zerkratzen.

Gerade noch rechtzeitig zog Drew die Hand zurück; dann zischte er die Katze an. »*Verräter*«, fauchte er und versuchte, enttäuscht und verletzt dreinzuschauen. »Offenbar ist das blöde Vieh nicht mehr bei Sinnen«, sagte er zu Tony und Jeannette. »Es scheint mich gar nicht zu erkennen.«

Es war Mustards Glück, daß Tony und Jeannette anders waren, als Drew auch nur ahnen konnte. Sie hielten ihn nicht für eine weiße Katze, und trotz des weißen Fells erkannten sie, wen sie vor sich hatten. Während Tony Drews Kratzer untersuchte, rief Jeannette Susan und Diane herbei, die sich Drews Hemd anschauen sollten. Die Tasche war von Mustards Krallen aufgerissen, und der Inhalt einer kleinen Packung mit der vergifteten Katzenminze fiel auf den Bürgersteig.

»Was ist das denn?« fragte Jeannette.

»Ein Leckerbissen für die Katzen«, erklärte Drew und rief *»Autsch!«*, als Tony ihm einen Kratzer auswusch.

»Das riecht aber komisch. Sie haben doch nichts dagegen, wenn ich es genauer untersuche, oder?«

»Es ist etwas Besonderes und hat mich eine Menge Geld gekostet. Aber für meine Katzen ist mir nichts gut genug.«

»Hat Moonshadow deshalb so große Angst vor Ihnen?« fragte Jeannette. »Weil Sie ihm dieses Zeug zu fressen gaben?«

»Angst vor mir? Weshalb sollte Moonshadow Angst vor mir haben? Ich habe ihn zu mir genommen, weil Diane ihn nicht aufnehmen konnte, denn er hat sich immer mit Rasta gestritten. Aber meint ihr, Moonshadow hätte eine Pfote für mich gerührt, als Diane mich hinausgeworfen hat? Nichts dergleichen! Und Susan – sie würde nicht mal meine Hand halten, aber ihre Katzen hat sie wie Könige behandelt. Und sie verlangte von mir, es ebenfalls zu tun! Sie hat mir nicht mal einen Kinobesuch bezahlt, aber alle vierzehn Tage hat sie dreißig Dollar für Katzenfutter ausgegeben!« Drews Augen, die stets blau gewesen waren, loderten nun giftgrün vor Eifersucht. Kein Zweifel. Drew war ein Halunke, der sogar auf die Katzen eifersüchtig war. Und falls Mustard recht hatte, war auch Drew in seinem letzten Leben eine Katze gewesen. Andererseits ... auch Katzen waren eifersüchtig auf ihre Artgenossen. Mustard selbst zum Beispiel. Verlegen leckte er sich die rechte Vorderpfote, während die

Befragung Drews ihren Fortgang nahm. Es dauerte nicht lange, und die anderen hatten ein Geständnis aus ihm herausgequetscht.

Wie Drew bereits gesagt hatte, als er die Katze aus dem Sack ließ: Er hatte Mustard, Blackie und Moonshadow vergiftet, weil er wütend auf Diane war, daß sie ihn hinausgeworfen hatte, und wütend auf Susan, als sie ihm den Laufpaß gab – wobei Mustard letzteres völlig entgangen war. Aber verständlicherweise interessierte ihn das Paarungsverhalten der Menschen nicht sonderlich.

Mustard erzählte Mu Mao und den anderen die ganze Geschichte, als sie später bei dem regungslosen Körper Boston Blackies die Totenwache hielten.

»Aber weshalb hat Drew die Katzen getötet, wo er sich doch so viel Mühe gegeben hat, sich mit ihnen anzufreunden?« fragte Paka.

»Na ja, er war ein Heiratsschwindler, nehme ich an, der sehr häßlich reagierte, wenn seine Opfer ihn zurückwiesen. Zu uns Katzen war er deshalb freundlich, weil es ihm eine gute Möglichkeit bot, die nähere Bekanntschaft alleinstehender, unabhängiger Frauen zu machen, die Katzen lieben, so wie Diane und Susan. Er hat gedroht, es ihnen heimzuzahlen, falls sie ihn abwiesen, und dann versucht, diese Drohung zurückzunehmen, indem er ihnen sagte, er hätte ihnen bloß angst machen wollen. Deshalb haben Diane und Susan sich in der Not wieder an ihn gewandt, als die Katzenmorde begannen – denn beide glaubten, daß zumindest Drews Liebe zu uns Katzen nicht gespielt sei.«

»Und deine Susan wäre beinahe auf ihn hereingefallen«, sagte Mu Mao.

»Sie ist sehr lieb, nur leider nicht immer die Klügste«, gab Mustard zu. »Aber wenigstens sind die Katzen jetzt vor dem Giftmörder sicher.«

»Du hast gute Arbeit geleistet, mein Bruder«, sagte Mu Mao, und Mustard fiel auf, daß er ihn diesmal mit »Bruder « anredete und nicht mit »Sohn«. »Wirst du nun zu Susan zurückkehren, auch wenn sie dich für eine fremde weiße Katze hält?«

»Ich habe es mir anders überlegt«, erwiderte Mustard. »Ich will lieber eure Bruderschaft ein bißchen besser kennenlernen. Es gibt hier viele junge Kätzchen, die nie ein schönes Zuhause hatten. Susan wird sich irgendwann wieder verlieben, und unser kleines Kätzchen wird mit ihr und dem Mann spielen, und das alte Mädel wird ihre gewohnten Wutanfälle bekommen. Aber diesmal wird alles in Ordnung sein.«

»Daß du nicht zurück zu Susan willst, liegt doch nicht daran, daß sie dich nicht erkannt und dadurch deine Gefühle verletzt hat, oder?« fragte Schwester Paka.

»Aber nein«, erwiderte Mustard, obwohl ein Körnchen Wahrheit darin steckte. »Ich war niemals ihre Lieblingskatze. Und ich glaube, jetzt weiß ich auch den Grund. Ich habe die anderen Katzen immer gehaßt. Ich haßte sogar Susan dafür, daß sie die anderen geliebt hat. Aber ich brauchte euch alle, um mir endlich darüber klarzuwerden.«

»Du bist zu bescheiden«, sagte Mu Mao. »Du selbst hast die Eifersucht auf deine Hauspartner überwunden, um ihnen das Leben zu retten. Du machst rasche Fortschritte, mein Bruder, und deine Erleuchtung wächst.«

Liebevoll leckte Bruder Paddy Mustards Ohr, und ausnahmsweise störte es Mustard nicht. »Und nicht nur das«, sagte Paddy. »Mustard ist sehr scharfsinnig. Das war er schon immer. He, jetzt ist er ein richtiger Detektiv, so wie in einem von Susans Büchern!«

»Oder wie im Fernsehen«, murmelte Blackie, der sich plötzlich bewegte und sich aufsetzte. Die anderen Katzen

umringten ihn, leckten sein Fell und schnurrten – eine Geste, die auch Blackie ein leises Schnurren entlockte.
»Die Krimiserien«, sagte Schwester Paka. »Stimmt! Oh, Mustard, du mußt hierbleiben. Nicht wahr, Meister Mu Mao?«
»Wenn es sein Wunsch ist – selbstverständlich. Es liegt ganz bei ihm. Aber es wäre ein großer Gewinn für den Orden, hätten wir einen eigenen Bruder Catfael in unseren Reihen.«

DAS GEBURTSTAGSGESCHENK

M. Mackenzie Scott

Es war Miezes dreizehnter Geburtstag. Da Mieze kein glückliches kleines Mädchen war, sondern eine abgelebte, ziemlich schäbige, ingwerfarbene Katze, ahnte sie nicht, was ein Geburtstag zu bedeuten hatte; denn ihre eigene instinktive Zählmethode kannte keine Ziffern. Aber die Worte »dreizehnter Geburtstag« wurden ihr schon zu früher Morgenstunde wiederholt ins Ohr gerufen, als ihre Herrin, die Pförtnerin eines alten Hauses in Buda, sie aus ihrem Korb nahm und in einer für Mieze sehr unangenehmen Verrenkung an die Brust preßte. Mieze war jedoch so unangenehme Stellungen und so temperamentvolle Liebesbezeugungen gewohnt.

»O mein Liebling! Mutters einziges Kätzchen! Heute ist ja dein dreizehnter Geburtstag, und Mutter hat ein wunderschönes Geschenk für dich!« Mieze wurde gedrückt, geschüttelt und viele Male unter Freudenrufen durch die Luft geschwenkt, bevor sie endlich wieder in ihrem Körbchen landete. »Dreizehn Jahre lang warst du Mutters Trost!« pries die Pförtnersfrau, während sie umherschlurfte und mit viel Lärm das Schlafzimmer aufräumte. »Heute vor dreizehn Jahren wurdest du geboren, genau um vier Uhr nachmittags. Und ich hielt der armen Cilli das Pfötchen, bis alles vorüber war.« Die Frau beugte sich abermals über den Korb, und die alte Katze wurde wiederum ihres Gleichgewichts beraubt und zappelte hilflos wie ein herumgedrehter Käfer auf dem Rücken, die Beine in der Luft. Sie mußte alles über sich ergehen lassen, denn ihre Behendigkeit hatte sie längst eingebüßt.

Ihre Herrin hing über dem Korb und streichelte sie unaufhörlich. Ihr gealtertes Gesicht war mit Rouge und Puder hübsch gemacht, ihre Zähne waren mit viel Gold gefüllt. Perlen, so groß wie kleine Monde, waren an ihren Ohrläppchen befestigt, und ein rotes Baumwolltuch bedeckte ihren Kopf. »Meine arme Mieze ist Witwe«, fuhr die Frau fort, »aber du hast deinen Max nicht vergessen, der von einem bösen Hund totgebissen wurde ... He, Teri! Die Milch brennt an!« Die Tür hinter sich zuschlagend, stürzte sie in ihre kleine Küche.

Erlöst von der lauten Stimme und den allzu liebevollen Händen, kam Mieze allmählich wieder zu sich. Nachdem sie sich im Zimmer umgesehen und einen Augenblick noch den Stimmen in der Küche gelauscht hatte, begann sie ihre Morgentoilette. Die erste Bewegung war ein oberflächliches Lecken über das weiße Fell ihrer Vorderpfoten und ihrer Brust. Damit hatte sie sich sozusagen zu dieser Arbeit entschlossen, und sie reinigte ihre rechte Pfote jetzt gründlich von beiden Seiten, außen und innen, die Krallen herausstreckend und emsig die staubigen Büschel dazwischen mit ihren alten, stumpfen Zähnen herausbeißend. Nachdem sie ihre Pfoten für sauber hielt, feuchtete sie die rechte mit der Zunge an und legte sie an die rechte Schläfe, um sich etwas Störendes aus dem Auge zu wischen, das sie zuweilen plagte. Nun begriff sie in diesen Reinigungsprozeß noch ihre Nase ein, die trotz ihrer fortgeschrittenen Jahre derselbe niedliche weiße Knopf geblieben war wie in ihrer Kindheit. Ziemlich schnell ging ihre Pfote über das rechte Ohr weg, denn das war unwichtig, weil ein Teil davon in ihrer Jugend von einem Hund abgebissen worden war. Aber das Ohrinnere wurde säuberlich und mit viel Sorgfalt gebürstet, gerieben und poliert.

Endlich machte Mieze eine Pause. Sie blieb tief aufatmend sitzen und starrte mit ihren blanken goldenen Augen das

Tischbein an. Nachdem sie auch noch Rücken und Bauch gesäubert hatte, stieg sie bedächtig aus ihrem Korb und ging ans offene Fenster. Sie sprang auf einen Stuhl und sah durch das Drahtgitter hinaus, das die Öffnung verschloß. Sie mochte den Draht nicht, denn er hielt ihre Krallen fest, wenn sie die Pfoten durchzustecken versuchte, und wenn sie ihre Nase in eines der Löcher steckte, wurden ihre Schnurrhaare beschädigt. In ihrem Gedächtnis spukte noch immer eine schwache Erinnerung daran, wie sie früher frei in der Sonne auf dem Fensterbrett sitzen konnte neben dem alten Kater Max, der lange Jahre ihr Kamerad gewesen war. Aber sie wußte nicht, wie lange das zurücklag, noch brachte sie den Maschendraht mit dem Verschwinden von Max in Zusammenhang.

Mieze fühlte sich ziemlich schläfrig nach ihren Anstrengungen; aber ihre Herrin fegte gerade den Hof mit einem langen Besen aus Weidenzweigen, und ihre schnellen, lebhaften Bewegungen fesselten Miezes Aufmerksamkeit.

»He, Teri! Mach endlich den Vogelkäfig sauber!« rief sie ihrer Schwester zu, während sie den Staub aus den Winkeln tanzen ließ.

»Ja, ja«, piepste eine Stimme aus der Küche, und Teri erschien im Hof. Sie war eine schwächliche kleine Person mit einem ziemlich langen Rock und einem blauen Tuch um den Kopf. Ihre Augen spiegelten die Geduld und die Ängstlichkeit derer, denen Sprechen und Hören schwerfällt.

»Das ist der letzte Tag, an dem ich die Arbeit für die Baronin mache«, knurrte die Pförtnerin, während Teri das Näpfchen des Kanarienvogels ausschüttete. »Kein Mensch würde sich ihr Keifen und ihren Geiz gefallen lassen, aber ich wollte doch durchaus meiner lieben kleinen Mieze das schöne Geschenk machen.« Die hinter dem Drahtgitter hockende Katze öffnete die Augen beim Klang ihres Namens. »Zwanzig Pengö monatlich ist sehr wenig für Geschirrabwaschen und Dielenputzen jeden Nachmittag! Aber als der Mann mir sagte, das Geschenk würde zwanzig Pengö kosten, habe ich zugesagt und mir das Geld auf diese Weise verdient.«

Jetzt erschien der Schuster, der im Hof wohnte, im Rahmen seiner Tür. Er war ein dicker ältlicher Mann mit rotem Gesicht und rotem Haar, das zu ergrauen begann. »Na, wie steht es nun mit dem Geburtstagsgeschenk?« erkundigte er sich heiter.

»Der Mann wird es um halb sechs herbringen«, antwortete die Pförtnersfrau aus ihren Staubwolken heraus. Dann warf sie den Besen auf ein leeres Blumenbeet an der Mauer und verzog sich in ihre Küche. Teri folgte ihr bald darauf. Jetzt war nichts mehr im Hof, das Miezes Schläfchen stören konnte, außer der Stimme des Kanarienvogels, der im Sonnenschein trillerte; aber das war schon lange zur Gewohnheit geworden.

Gegen Mittag erwachte sie von einem Geräusch, das sie beunruhigte. Zuerst wußte sie nicht, wo sie war, als sie die Augen öffnete. Die Pförtnerin rannte herein und hinaus und setzte Näpfe auf den Boden vor den Korb. An den Ausrufen und den verschiedenen Gerüchen merkte Mieze, daß ihr heutiges Mittagsmahl etwas Besonderes war. Aber als sie ihr Körbchen verließ, um es in Augenschein zu nehmen, bückte sich die Pförtnerin und hob sie auf den Schoß. »Meine Mieze muß hübsch sein an ihren dreizehnten Geburtstag!« rief sie und begann ihr ein blaues Seidenband um den Hals zu binden. »Bist doch meine brave Mieze! Keine unerlaubten Wege! Kein Entwischen in der Nacht! Es ist deine Ehrbarkeit, Mieze, die dich jung erhalten hat. So, jetzt bist du hübsch und bereit für deinen Geburtstagsschmaus!« Die Pförtnerin sprang auf, und die steife alte Katze plumpste auf den Boden neben die Reihe der für sie bestimmten Schüsselchen. Erst mußte sie einen Augenblick stehenbleiben, bis sie ihr körperliches und geistiges Gleichgewicht wiedererlangt hatte; dann machte sie sich daran, den delikatesten Geruch herauszufinden.

Nachdem die Nachmittagsstille über das Haus gekommen und die Pförtnerin weggegangen war, um die Hausarbeit bei der Baronin zu verrichten, öffnete Teri die Tür zum Schlafzimmer. Mieze wartete an der Seite, damit beschäftigt, den Nachgeschmack ihrer Mahlzeit von Lippen und Kinn zu lekken; dann schlüpfte sie schnell hinter Teri her, um in die Sonne hinauszukommen. In der Mitte des Hofes setzte sie sich nieder und ließ die Schwanzspitze unternehmungslustig zucken, als wollte sie ihre wiedergewonnene Unabhängigkeit dartun. Ihre Hast war unnötig gewesen; denn Teri war ein armes, behindertes Geschöpf, das sie nicht zurückholen konnte. Mieze fühlte sich irgendwie belästigt durch das blaue Band, das unter ihrem Kinn hing, und versuchte, es mit ihrer Pfote abzustreifen; aber ihre Anstrengungen waren vergeblich. Sie streckte nun ein Hinterbein ganz weit aus, um es dann umständlich wieder einzuziehen und sich mit der Pfote hinterm Ohr zu kratzen. Nachdem sie sich diese kleine Erleichterung verschafft hatte, blinzelte sie gemächlich in die Runde, als erwartete sie den guten Einfall, der entscheiden würde, was sie jetzt beginnen sollte.

Über ihr trillerte verlassen der Kanarienvogel; drüben saß der Schuster in seiner offenen Tür und klopfte hölzerne Stifte in eine Schuhsohle. Mieze glitt lautlos in die Nähe seiner Tür.

»He, Mieze«, rief der Schuster weiterpochend, »du ahnst gar nicht, was dir bevorsteht, du alte Schraube! Hahaha! Du wirst ein Geschenk bekommen, worüber dir die Haare auf deinem alten Kopf zu Berge stehen werden!«

Mieze wendete ihren also bedrohten Kopf vorsichtig von der

Tür weg. Obwohl sie nicht wußte, was der Schuster ihr da prophezeite, fühlte sie, daß sie von ihm reichlich genug hatte. Sie glitt an der Mauer entlang und bog in den Torweg ein, der zur Straße führte. Er war eng, zwei Türen lagen in der Mitte einander gegenüber. Eine davon war halb offen. Mieze näherte ihre Schnurrhaare dem Spalt.
»Mach, daß du wegkommst, du schmutziges Vieh!« rief eine helle Frauenstimme, »untersteh dich, in meine Küche zu kommen! Geh weg.« Ein Besen kam so plötzlich durch den Spalt geflogen, daß er Mieze an der Brust traf und sie mit ungewöhnlicher Gelenkigkeit zur Seite springen ließ. Jetzt öffnete sich die Tür auf der andern Seite, und eine fette Frau mit einem Tuch um den Kopf sah heraus. Es war die Zeitungshändlerin, die das einzige Zimmer an dieser Seite bewohnte.
»Arme Mieze, arme alte Katze!« rief sie in tröstendem Singsang. »Können sie dich dort nicht leiden? Beschimpfen sie dich?! Na, laß gut sein!«
Die junge Frau mit dem Besen stieß ihre Tür auf. Sie war groß und hatte ein blasses, mürrisches Gesicht. Seit wenigen Wochen war sie verheiratet; aber ihre Augenlider waren ständig vom Weinen gerötet. »Ich will dieses schmutzige alte Vieh nicht in meiner Küche haben«, sagte sie herausfordernd. »Man muß sehen, daß man es los wird, es ist ungesund, es in der Nähe zu haben.« Vor Nervosität kamen ihr Tränen in die Augen, während sie sprach, und die dicke Frau betrachtete sie mit mitleidigen, mütterlichen Augen.
»Komm doch in mein Zimmer, meine Liebe«, sagte sie freundlich, »ich will das Radio anstellen; es wird dir guttun, ein bißchen Musik zu hören.«
Mieze kehrte um und stahl sich durch den Torweg zu den krummen Stufen, die zu der einzigen Wohnung im ersten Stock führten. Den inneren Teil der Wohnung vermied sie,

weil sie aus Erfahrung wußte, daß dort Fremde – oft sehr unliebenswürdige Fremde – logierten. So durchschritt sie die Küche und ging auf die kleine Veranda, die gleichzeitig das Dach der Pförtnerswohnung bildete. Die Veranda war ein schmutziger Platz mit halbwelken Blumen, die in schmalen Kästen im Winkel standen. Verblaßte Fotografien in Muschelrahmen schmückten die Wände. Ein verrottetes Brett, bedeckt mit kleinen Portionen von gekochtem Vogelfutter, lag nahe dem eisernen Geländer, durch das man in den Hof hinabsehen konnte. An der Seite der Veranda stand eine große hölzerne Truhe mit Dünger, der dafür bestimmt war, die Erde in den Blumenkasten zu verbessern. Auf dieser Truhe hielt der Besitzer der Wohnung gewöhnlich sein Nachmittagsschläfchen. Mieze war der Anblick seines kahlen Kopfes, der am Ende der Truhe auf einer Matte ruhte, ebenso vertraut wie die Bewegungen seines grauen Schnurrbarts, die dem Rhythmus seines Schnarchens entsprachen. Als sie auf die Truhe sprang, bemerkte sie einige Fliegen, die um des Mannes heraufgezogene Knie herumsummten. Sie stand ein paar Sekunden bewegungslos, bis eine von ihnen sich auf der grauen Hose niederließ; da hob sie die Pfote und schlug danach.

»He!« schrie der alte Mann, unsanft geweckt von dem Tatzenhieb. »Geh weg, Mieze! Scher dich weg, alter Störenfried!« Er setzte sich auf, trampelte laut auf den Fußboden und klopfte mit seine langen Pfeife gegen die Truhe.

Mieze sprang auf den Boden und verbarg sich hastig; aber nachdem er sich wieder ausgestreckt hatte, um weiterzuschlafen, kehrte sie zurück, saß da und beobachtete die Fliegen, die ihn umschwirrten. Eine Fliege ging spazieren von dem kahlen roten Schädel bis zu den Augenbrauen, danach vom Genick zum Hals und erhob sich dann, anscheinend frohlockend und befriedigt, um gleich darauf ihre Reise von neuem zu beginnen. Der Anblick der winzig kleinen, beweglichen Körper erweckte in Miezes Brust eine seltsame Erregung. Die Spitze ihres Schwanzes zuckte, und zuletzt konnte sie es nicht länger ertragen, hob die Pfote und schlug auf den kahlen roten Kopf.

»O mein Gott!« schrie der Auffahrende, »kann denn ein alter Mann nicht einmal auf seiner eigenen Veranda Ruhe haben? Diese verdammte Katze will mich nicht schlafen lassen!« Brummend und seinen Hinterkopf reibend, schlurfte er in die Küche.

Aus Widersprüchen zusammengesetzt, wie die Katze nun einmal von der Natur geschaffen ist, verlor Mieze jetzt plötzlich das Interesse an den Fliegen. Sie drehte sich um und sprang, ihre Kräfte zusammennehmend, auf den einzigen Stuhl, der auf der Veranda stand. Es war ein altes Strohding, vom Wetter geschwärzt und abgenutzt. In der Mitte des Sitzes war ein Loch, aber Mieze war es gewohnt, auf der Kante zu balancieren. Sie nahm ihre Lieblingsstellung ein, die Beine unter dem Körper.

Ermutigt von der Stille auf der Veranda, hüpften ein paar Sperlinge vom Dach herab und begannen an dem Futter auf dem Brett zu picken. Mieze beobachtete sie bewegungslos mit unergründlichen Augen, während sie nahe dem Geländer herumhüpften, zwitscherten und sich zankten. Jeder versuchte die anderen von den Blumentöpfen zu verscheuchen. Mieze war viel zu alt, um ihnen gefährlich zu werden. Als sie jetzt zum Himmel hinaufblickte, sah sie die Schwalben, die für ihren großen Herbstflug in den Süden übten. Eine Amsel saß auf dem Rand des Schornsteins, mit dem Schwanz wippend und in den dunklen Rauchfang hinabschauend. Vor langer Zeit war Mieze gern über die Dachziegel geglitten, die Schwalben beobachtend, wie sie hin und her schossen, gelegentlich auch einmal einen unachtsamen

Sperling fangend, dort oder drüben an der Regenrinne. Sie war auf dem Dachfirst entlanggekrochen und oft genug sehr dicht herangekommen an die frechen Amseln, die auf dem Schornsteinsims saßen. Während sie jetzt hinaufstarrte, waren diese Erinnerungen weniger als Bilder in ihrem Kopf vorhanden, sondern als ein Bewußtsein in ihren steifen alten Muskeln. Ihre Augen schlossen sich ein- oder zweimal, als sie den Schwalben nachsah, und zuletzt sank ihr Kopf mit einer beinahe feierlichen Bewegung hinunter. Sie zog die Beine näher an den Körper. Nacheinander hüpften die Sperlinge nun auf den Rand der Veranda. Miezes Kopf begann hin und her zu schwanken wie der Kopf einer sehr alten Frau. Sie konnte nicht mehr nach den Sperlingen springen oder aufs Dach hinaufklettern; aber sie konnte in ihren Nerven noch immer das Hochgefühl von geschmeidigem Aufwärtsfliegen und mühelosem Absprung nachempfinden.

Als die Sonne sank, wurde Mieze von Schritten auf der Veranda geweckt. Eine Frau kam aus der Küche. Mieze wußte sofort, daß es eine Fremde war, noch während sie einige Schritte von ihr entfernt war, weil ihr Kleid lieblich und neu roch. Die Kleider der Leute im Hof rochen nach ranzigem Fett und Tomatensuppe oder nach Tabak; manchmal rochen sie ebenso wie die rostigen Gitter auf dem Pflaster vor dem Hause. Als die Fremde nahe an sie herankam, sah Mieze zu ihrem Gesicht auf, und die Fremde blickte zu ihr herunter und murmelte ein Wort vor sich hin. Mieze wußte zwar nicht, was das bedeutete; trotzdem erfüllte es sie mit einem plötzlichen, unerklärlichen Entzücken. Da sie wußte, daß sie ihren Kopf nicht an dem Kleid der Fremden reiben durfte – sie hatte das aus sehr schlechten Erfahrungen mit Frauen, deren Kleider neu rochen, gelernt –, zupfte sie mit zitternden Pfoten das Stroh vom Sitz des Stuhles, während sie laut, mit hocherhobener Nase, schnurrte. Ihre Sinne waren wie hochempfindliche Antennen. Sie verrieten ihr, daß die Fremde gütig war, freundlich eingestellt ihr gegenüber und fähig, ihr wunderbare Wohltaten zu erweisen. Als ihr Schnurren erwartungsvoll anschwoll und ihre Krallen den Stuhlsitz immer aufgeregter bearbeiteten, hörte sie die Tür der Wohnung aufklinken und ihrer Herrin Schritte hereinkommen.

»Mieze! Mieze!« rief die Pförtnerin, als sie die Veranda erreichte.

Mieze sprang von ihrem Stuhl und rannte zu der Fremden. Ihr Instinkt sagte ihr, daß sie sicher und wohlbehütet sein würde, wenn sie sich an die Fremde hielte, und daß dann ihr tägliches Unglück aus ihrem Leben verschwinden würde. Und als sie sich hinter der Fremden versteckte, konnte sie nicht widerstehen, schnell einmal den Schwanz um eines ihrer Beine zu winden.

»Ist das Ihre Katze?« fragte die Fremde die Pförtnerin, indem sie auf die Katze niederschaute.

»Ja, seit dreizehn Jahren habe ich sie. Und heute ist gerade ihr Geburtstag!« lachte die Pförtnersfrau. »Eine anständigere Katze hat noch nie gelebt, glauben Sie mir! Sie hat nur einmal in ihrem Leben ein Junges gehabt, und sie schien ganz erschrocken über das arme kleine Ding ... Komm jetzt, Mieze, komm mit herunter zu Mutter!«

Vergeblich versuchte Mieze dem Eingefangenwerden zu entgehen, indem sie sich um die Beine der Fremden herum zurückzog; das Schicksal, das sie für immer irgendein menschliches Wesen bedeutete, war unerbittlich. Die Fremde lachte und trat zur Seite, die Pförtnerin schoß auf Mieze herab, und dann wurde sie, obwohl sie mit den Beinen strampelte und den Schwanz aufrührerisch schlug, nach unten getragen.

Im Hof sprach die dicke Zeitungsfrau gerade mit Teri. Sie hatte bereits ihre hellgrüne Wolljacke angezogen, weil sie in einer halben Stunde die Abendzeitung austragen mußte. »Ich habe eben Teri von dem armen jungen Ding erzählt«, berichtete sie, der Pförtnerin ins Haus folgend. »Sie ist Waise, und sie besaß nichts außer ihren Kleidern, als sie ihn heiratete. Er kaufte die Möbel, und jetzt macht er ihr das Leben zur Hölle.«

»Was Sie nicht sagen!« antwortete die Pförtnerin geistesabwesend, während sie Mieze in ihren Korb setzte. »Oh, da ist er ja!« rief sie, zum Fenster hinausschauend und in die Hände klatschend. »Endlich bringt er ihn!«

Mieze setzte sich auf und leckte die Haare an ihrer Brust zurecht; dann zerkratzte sie das blaue Band, das sie um den Hals trug. Ihre Stimmung verdüsterte sich. Ihrem Empfinden nach hatte der Tag gerade genug unerwartete Dinge gebracht. Da war nach ihrem Geschmack viel zuviel Kommen und Gehen. Sie starrte den fremden Mann im Türrahmen mit schmal gekniffenen Augen voller Abneigung an.

»Guten Tag, liebe Frau! Ich bringe die Arbeit wie versprochen. Sieht sehr hübsch aus, muß ich sagen.« Der Mann begann das große Paket, das er trug, zu öffnen; aber die Pförtnerin verwies es ihm: »Ich möchte nicht, daß sie ihn nach und nach zu sehen bekommt«, sagte er aufgeregt. »Sie muß ihn gleich im ganzen sehen, nachdem er ausgewickelt ist. Ich werde ihn hinter dem Bett auspacken.«

Der Mann zog ein zerknittertes Blatt Papier aus der Tasche. »Zwanzig Pengö, wie wir ausgemacht haben«, sagte er und reichte es ihr.

Die Pförtnerin öffnete eine Schublade und nahm ein abgenutztes Portemonnaie heraus. Sie seufzte, als sie das Geld in des Mannes schmutzige Handfläche zählte. Zwei große Silberstücke und zehn kleinere Münzen. Es war alles, was die Börse enthielt.

»Danke, liebe Frau, es stimmt«, sagte der Mann und steckte

das Geld in die Tasche. »Wenn Sie es später einmal wieder wünschen«, fügte er hinzu, mit seinem kurzen Zeigefinger auf Mieze weisend, »dann rechne ich Ihnen nur fünfzehn Pengö.«

Die dicke Zeitungsfrau begann zu kichern, als der Mann das Zimmer verließ, und die Pförtnerin ließ sich auf die Knie nieder, um das Paket hinter dem Bett auszupacken. »Miezes Geburtstagsgeschenk ist da!« rief sie durch das Fenster dem Schuster auf der gegenüberliegenden Seite des Hofes zu. »Kommen Sie es doch ansehen!«

Aufrecht in ihrem Korb sitzend, wurde Mieze zusehends kleiner. Ihre goldenen Augen glitten von einem Gegenstand zum andern. Ihre scharfen, beinahe übernatürlichen Sinne hatten ihr gesagt, daß etwas Seltsames bevorstand. Was es war, wußte sie nicht, auch nicht, wo es war. Die Ahnung von etwas Unangenehmem machte alle Geräusche und alles, was sie sah, fremd – so das Papiergeraschel am Ende des Bettes, das Kichern der Zeitungsfrau, das Tischbein neben ihrem Korb und die leere Kohlenkiste an der Tür. Mieze warf einen trüben Blick auf den Schuster, der soeben eintrat; aber ihre Furcht stand in keinem Zusammenhang mit ihm, auch mit Teri nicht, die hinter ihm kam. Sie hatte nie zuvor so viele Menschen in dem kleinen Zimmer gesehen, noch so viel Gelächter gehört, und ihre Nerven vibrierten.

»Hier ist dein Geburtstagsgeschenk!« rief die Pförtnerin, indem sie sich auf den Boden neben Miezes Korb setzte. »Hier ist dein geliebter Max! Zurückgekommen zu seiner Mieze! Sieh ihn dir an, Mieze! Er sieht genauso aus, als ob er lebte!«

Mieze starrte auf das Ding auf dem Fußboden vor ihr, und jedes Haar an ihrem Körper sträubte sich. Das Ding sah Max ähnlich; aber es roch nicht wie Max! Es glotzte sie an mit glänzenden Augen, deren Unbeweglichkeit eine Drohung enthielt, der sie nicht gewachsen war. Und der Geruch war todesähnlicher, abstoßender als alles andere, was Mieze bisher gekannt hatte. Einen Augenblick blieb sie unentschieden und bewegungslos; dann brach ihre Seelenangst in einem gellenden Schrei aus. Spuckend und fauchend wich sie rückwärts über den Rand ihres Korbes aus und versuchte, auf das Bett zu springen. Aber sie verrechnete sich in der Entfernung und glitt auf den Fußboden zurück, die Bettdecke mit ihren Krallen herunterziehend.

»O guter Gott, Mieze!« jammerte die Pförtnerin. »Sie ist erschrocken vor Max!«

Sie wollte die Katze von der Bettdecke lösen; aber Mieze wehrte sich und schlug ihr die Zähne in die Hand. Die Pförtnerin riß sich mit einem Schrei von ihr los, und Mieze sprang erneut auf das Bett, flog über die Kissen und landete, ihre schwachen Kräfte zusammenreißend, schreiend auf dem Kleiderschrank. Das da unter ihr schien ihr ein Höllenspuk.

»Was geht denn hier vor?« fragte der Kohlenträger durch das offene Fenster. Er hatte wie allwöchentlich seine Last Holz nach oben getragen und im Hof den Lärm gehört.

»O du mein Himmel, Mieze ist verrückt! Mieze ist verrückt!« piepste Teri mit zitternden Händen. Sie sah aus wie ein verängstigter Gnom mit ihrem Kopftuch und ihrem schleppenden Rock.

»Mein armer Liebling!« jammerte die Pförtnerin. »Es ist doch ihr dreizehnter Geburtstag, und ich wollte ihr etwas Gutes antun!«

»Ich werde sie einfangen«, sagte der Schuster, indem er einen Stuhl heranzog.

Mieze fauchte oben auf dem Kleiderschrank; ihre Augen glühten rot. Niemand kam es in diesem Augenblick in den Sinn zu sagen, daß das eine Stuhlbein zerbrochen gewesen und nur notdürftig angeleimt war. Der Schuster stieg hinauf, das Bein gab nach, und bei dem Bemühen, sein Gleichgewicht zu bewahren, trat er mit dem Fuß so heftig auf den dünnen Holzsitz, daß er ebenfalls zerbrach. Die Schreckensschreie der Frauen begleiteten seinen Sturz.

»Jesus Maria!« Der Kohlenträger schrie laut auf, während er sein rundes, verschwommenes Gesicht an das Drahtgitter preßte.

»Ich werde sie schon herunterkriegen«, sagte der Schuster in unheilvollem Ton. Mit gerötetem, ärgerlichem Gesicht stieß er die Frauen zur Seite und verließ die Stube, sich die Sitzfläche reibend. Kurz darauf kehrte er mit einem Eimer voll Wasser und einem langstieligen Besen zurück.

»Einen Besen nehmen für meine Mieze!« wehklagte die Pförtnerin und rang die Hände.

»Besser wäre es, ihr würdet die ausgestopfte Katze verstekken«, riet der Kohlenträger, indem er eine bequemere Stellung vor dem Fenster einnahm.

Teri hob Max vom Fußboden auf und verbarg ihn in einer Kommode.

»Jetzt müßt ihr zurücktreten«, sagte der Schuster, den Eimer neben dem Schrank niedersetzend. Er packte den Besen in der Mitte mit einer Hand und hob ihn wie einen Speer über den Kopf. Als die Borsten über den Rand von Miezes Versteck kamen, begann sie zu spucken und dagegen zu kämpfen. Der Schuster bewegte den Besen von einer Seite zur andern; denn er wollte nicht, daß ihm Mieze auf den Kopf sprang. Als sie unversehens auf die andere Seite schoß, flog der Besenstiel zurück, schlug gegen die Hängelampe und zerbrach das dünne Glas.

»Die ist dahin!« rief der Kohlenträger draußen vor dem Fenster.

»Halt den Mund, du Landstreicher!« brüllte der Schuster

mitten in der Arbeit. »Sonst will ich dir eins versetzen, damit du Grund hast, ihn aufzumachen!«

»Steigen Sie hier drauf«, sagte die Zeitungsfrau, indem sie ihm einen Küchenschemel reichte. »Er ist fest«, keuchte sie und wischte sich mit dem Handrücken die Lachtränen aus den Augen.

Der Schuster stieg auf den Schemel. Er konnte Mieze nicht sehen; denn es dämmerte stark, und sie war bis zur Wand zurückgewichen. Er fühlte jetzt, daß der Besen etwas Festes berührte, das Widerstand bot. Mit einem frohlockenden Siegesruf stieß er zu, und eine alte Küchenuhr, die dort seit Jahren vergessen gelegen hatte, polterte herab. Sie landete ausgerechnet in dem Wassereimer. Der kleine Hof widerhallte von dem Freudengeschrei des Kohlenträgers. Die Pförtnerin begann zu weinen; Teri machte sich mit erschrockenem Gesicht daran, das übergeschwappte Wasser aufzuwischen. Der Schuster gönnte der Uhr einen einzigen Blick, dann schlug er mit dem Besen wütend auf die Decke des Schrankes ein, bis der Besen Mieze traf. Mit zornigem Schwung warf er sie auf das Bett. Schlapp fiel sie auf den Rücken. Er ergriff sie beim Nackenfell, tauchte sie zweimal ins Wasser und warf sie mit der abschließenden Bemerkung »So, das wäre getan!« auf den Boden.

Tränen strömten über das Gesicht der Pförtnerin, als sie Mieze aufnahm und mit einem Handtuch trockenrieb. Die alte Katze lag in ihren Armen und rührte sich nicht, nur krampfhafte Zuckungen zitterten zuweilen über ihren Körper.

»Vielleicht kommt sie wieder in Ordnung, wenn sie trocken ist«, sagte die Zeitungsfrau zweifelnd und beugte sich nieder, um Augen und Zähne der Katze zu untersuchen. »Sie ist nicht verrückt, sie hat sich nur furchtbar erschreckt.« Mißbilligend schüttelte sie den Kopf. »Den Lohn für einen Monat Arbeit für das Ding dranzugeben – das war kein glücklicher Einfall«, fügte sie hinzu. Dann drehte sie sich um und hastete aus dem Zimmer, denn es wurde jetzt höchste Zeit für sie, den abendlichen Rundgang anzutreten.

Teri trug den Eimer auf den Hof hinaus und kam zurück, um ein warmes Tuch um die Schultern zu nehmen; denn auch sie mußte jetzt zu ihrer abendlichen Arbeit weggehen. Draußen im Hof tauschten der Schuster und der Kohlenträger einige grobe Worte, bevor sie sich trennten.

Nachdem alles ruhig war, legte die Pförtnerin Mieze in ihren Korb und stopfte ein Stück Flanell um sie herum, um sie warm zu halten. Dann stellte sie den Korb draußen auf die Türschwelle und setzte sich daneben in dem milden Herbstabend. Des Schusters Lampe schien von der gegenüberliegenden Seite in den Hof heraus, und wieder klopfte sein Hammer. Über dem alten Schornstein erschien ein Stern, und plötzlich war die Farbe am Himmel ausgelöscht.

Die Pförtnerin schluchzte in ihre Schürze. »Arme Mieze, arme, arme Mieze!« sagte sie erstickt mitten in ihren Tränen. Endlich hob sie ihr tränennasses Gesicht und lehnte den Kopf an den Türrahmen. »Oh, lieber Gott«, flüsterte sie in die Dunkelheit hinein, »dafür zwanzig Pengö! Und ich hätte so nötig neue Schuhe gebraucht!«

In dem Korb neben ihr lag die alte Katze ohne jede Bewegung, denn die Zuckungen quälten ihre steifen Glieder nicht mehr.

DER WEISSE TOD

Justin Scott

Auf Hunde konnte der Kater durchaus verzichten, aber er liebte die Abwechslung. Das Kommen und Gehen auf einer Farm füllte die gähnende Langeweile. Also war der Kater selbstverständlich zur Stelle, als die neuen Hunde in den großen rot-weiß-blauen, mit Luftlöchern durchsiebten Air-France-Containern eintrafen und es ans Auspacken ging.

Die Menschen waren aufgeregt. Schließlich hatten sie keine ruhige Minute mehr gehabt, seit sich die Kojoten über die Schafe hermachten. Dabei hätte es Kojoten in Connecticut eigentlich gar nicht geben dürfen. Und trotzdem waren sie plötzlich dagewesen: groß, böse und hungrig. Eines Nachts hatten sie ein Lamm gerissen und sich dann zwei Mutterschafe geholt. Die Menschen beschimpften sie als »böse Bande«. Die Katze wußte es besser. Sie hatte sich auf eigene Faust kundig gemacht und auf ihre vorsichtige Art herausgefunden, daß es sich keineswegs um eine »Bande«, sondern um eine Familie handelte – um eine Familie, bestehend aus drei fast ausgewachsenen männlichen Jungtieren mit Mutter und Vater, wobei letztere erstaunlich gut miteinander harmonierten. Die Frage, ob sie »bösartig« zu nennen waren, war eine intellektuelle Spielerei, die den Kater nicht interessierte. Tatsache war, daß die Kojoten alles, was ihnen in die Quere kam und sie überwältigen konnten, als ihr Futter ansahen. Aus diesem Grund hatten die Menschen drei Hunde kommen lassen, die in Frankreich speziell zur Bewachung von Schafherden abgerichtet worden waren.

Der Kater hatte automatisch angenommen, daß es sich bei diesen Hunden nur um Königspudel handeln konnte. Seine

Erfahrung mit französischen Hunden beschränkte sich nämlich auf seinen langjährigen Hausgenossen Roger, einen prächtigen Pudel, der allerdings so betagt war, daß ihm die Zähne bereits ausfielen; der Kater fand gelegentlich in Ecken eines dieser Beißwerkzeuge, die rund und abgewetzt wie Kiesel in einem Flußbett herumlagen.
Statt dessen entstiegen den Air-France-Containern drei Monster, die mit Roger soviel Ähnlichkeit hatten wie ein Huhn mit einem Habicht. Mit wolkenweißem Fell, Staturen wie Mähtraktoren und Zähnen, die man gesehen haben mußte, um es zu glauben, glotzten sie mißtrauisch in die Runde. Nachdem sich der Kater vom Dach des Lieferwagens aus erst einmal eine neue Perspektive verschafft hatte, gab er den Neuankömmlingen die Namen Weißer Tod Eins, Zwei und Drei, um sie auseinanderzuhalten. Selbst die Menschen waren im ersten Augenblick eingeschüchtert, bis Weißer Tod Eins, Zwei und Drei, nachdem sie sich offenbar vergewissert hatten, daß keine Kojoten in unmittelbarer Nähe lauerten, mit ihren voluminösen Schwänzen wedelten.
Mit dem Weißen Tod Eins, Zwei und Drei auf dem Farmgelände blieben die Schafe in dieser Nacht unversehrt. Als man den Nachbarshund am nächsten Morgen tot auffand, behaupteten die Menschen, die Kojotenbande habe sich statt dessen an ihm vergriffen. Familie, dachte der Kater, keine Bande. Eine Familie mit Mutter, Vater und drei großen Jungen. Eine bösartige Bande, sagten die Menschen. Und der arme Hund habe keine Chance gehabt.
Die Katze konnte nicht einsehen, daß das eine Tragödie sein sollte. Der sogenannte »arme« Hund war ein gemeines Vieh gewesen, das sich stets einen Spaß daraus gemacht hatte, Karnickel, Streifenhörnchen und Katzen zu vernaschen. Eigentlich konnte nur von einer positiven Wendung der Dinge gesprochen werden.

Am darauffolgenden Morgen ging es den Schafen bestens, und ein anderer Nachbarshund war tot. Die Kojoten, so sagten die Menschen, seien verzweifelt. Eines Tages würden sie an den falschen Hund geraten. Es wurde sogar erwogen, den Weißen Tod auszuleihen. Der Kater beschloß, sich die Leiche anzusehen.

Er entdeckte einen weiteren üblen Schurken, der sein verdientes Ende gefunden hatte. Merkwürdigerweise hatten die Kojoten ihn gar nicht aufgefressen. Sie hatten ihm nur sauber wie ein Tierarzt mit dem Skalpell die Kehle durchtrennt. »Was glotzt du da!« schrie ein Mensch mit einer Schaufel den Kater an. Der Verlust des Hundes hatte ihm offenbar zugesetzt.

»Glotze ja gar nicht«, murmelte der Kater vor sich hin und tappte davon.

In den folgenden Nächten blieb es auf allen Ebenen ruhig: Schafe – null, Hunde – null, Kojoten – null. Die Kojoten hätten sich verdrückt, behaupteten die Menschen, was nicht stimmte. Sie verhielten sich ruhig und überdachten die neue Lage. Der Kater konnte sie wittern. Er war auf eines ihrer Opfer gestoßen, ein dämliches Opossum. Sie hatten es auf freier Wildbahn erwischt. Entsprechend vorsichtig verhielt sich von da an der Kater. Er achtete besonders auf die Windrichtung, mied offene Plätze, und, wenn er einen solchen überqueren mußte, vergewisserte er sich zuvor der Fluchtmöglichkeiten, wozu im Fall von Kojoten nur Bäume dienen konnten. Sich irgendwo zu verstecken, wo sie graben konnten, war zwecklos. Es mußten Bäume sein, sonst nichts. Mittlerweile verliefen die Tage des Weißen Todes nach einem bestimmten Muster: Es wurde im Stall geschlafen, mit den Kindern herumgetollt, in der Sonne gedöst und gefressen. Gelegentlich fühlte der Kater ganz überraschend ihre Augenpaare auf sich gerichtet und gewöhnte sich an, einen großen Bogen um sie zu machen. Trotzdem ereilte ihn ein häßlicher Schreck ... und daran war die Menschenmutter schuld, die manchmal die Schnelligkeit einer Schlange entwickelte. Sie schnappte ihn schwungvoll von seinem Plätzchen auf der warmen Motorhaube des Lieferwagens und vollführte mit ihm im Arm einen ihrer (für sie) vergnüglichen Walzer über den Hof bis hin zum Weißen Tod. Dabei sang sie, wer den nächsten Tanz mit ihr wolle, und ließ ihn wie einen Leckerbissen an der ausgestreckten Hand über die Schnauzen des Weißen Todes baumeln. Als der Kater steif wurde, drückte sie ihn lachend an sich und sagte: »Die tun dir doch nichts, Katerchen. Die sind viel zu gut erzogen. Stimmt's nicht?« fragte sie, und alle drei sahen mit undurchsichtigem Ausdruck in den schwarzen Knopfaugen zu ihr auf.

Die Menschen debattierten über einen weiteren toten Hund eines Nachbarn, der in einem Kombi auf den Hof gefahren kam. Wieder war die Kehle durchgebissen, stellte der Kater fest, als er nachsehen ging. Es handelte sich um einen großen Golden Retriever, der genug Fleisch auf den Knochen hatte, um eine ganze Kojotenfamilie satt zu kriegen. Sein Körper allerdings war unversehrt; bis auf einen gebrochenen Fuß, wie der Kater entdeckte. Der Hund hatte sich wenigstens gewehrt.

Es begann zu regnen, und der Kater machte sich auf den Heimweg; er war nachdenklich und bereute seine Neugier bereits. Er hatte einen langen Weg vor sich und würde naß werden. Schließlich fiel er in eine leichte, kilometerfressende Gangart und nahm eine Abkürzung über ein weites Heufeld. Der Kater hatte gewußt, daß der Retriever ihm nicht grün gewesen war, aber um Katzen zu jagen, hätte er abspecken müssen.

Tiefergehende Überlegungen waren nicht die Stärke des

Katers. Schnelle Entscheidungen, das war eher seine Sache. Er verhedderte sich so in seine Gedankengänge, daß er über ein völlig verdattertes Streifenhörnchen fiel und sich beinahe den Fuß gebrochen hätte. Er überschlug hastig die Stunden bis zum Abendessen, sagte sich, zum Teufel damit, und jagte nach dem Imbiß. Das Streifenhörnchen hatte Vorsprung und verschwand in einem Loch. Es im Regen auszubuddeln war eine matschige Angelegenheit. Der Kater kehrte ihm gerade den Rücken, als hinter ihm etwas durch die Luft rauschte.

Idiot, dachte er, und drückte sich instinktiv platt ins nasse Gras, du hast den Tod verdient. Der Kojote, dem Mond sei Dank, sauste wie der Intercity über ihn weg. Und sein Ende wäre sicher gewesen, hätte es sich um den Vaterkojoten und nicht um eines seiner plumpen Jungen gehandelt. Nach einem Satz von gut vier Metern landete der Kater schon wieder laufend im Gras und suchte in panischer Hast nach einem Baum, der, wie er aus Erfahrung wußte, auf Heufeldern ausgesprochen selten zu finden war. Idiot, Idiot, Idiot! Der Kojote war keuchend hinter ihm, machte schnell Boden gut und schrie nach seiner Verwandtschaft. Vor dem Kater lag eine Steinmauer, und dahinter erstreckte sich ein weiteres leeres Heufeld. Er machte einen Satz auf die Mauer und rannte über den Sims. Der Kojote heulte fast vor Freude über die Langsamkeit der Katze und setzte mit eingeknickten dürren Hinterläufen zum Sprung an. Der Kater sah das Loch, auf das er gehofft hatte, und zwängte sich durch die schmale Öffnung zwischen den großen Steinen in eine kleine Höhle, duckte sich, hielt die Luft an, wartete, daß sich sein Herzschlag normalisierte, während sich draußen die Kojotenfamilie frustriert knurrend und heulend versammelte.

Rechte Freude an dem Leben, das ihm eben geschenkt worden war, wollte beim Kater in diesem Augenblick nicht aufkommen. Regen tropfte von seinem Rückenfell. Und allein der Mond wußte, wie lange es dauerte, bis das Warten einer Familie von ausgehungerten Kojoten langweilig wurde. Und sie waren tatsächlich halb verhungert, waren nur noch Haut, Knochen und Zähne. Der Kater haßte es, mit nassem Fell zu schlafen. Draußen patrouillierten die Kojoten. Drinnen hörte die Katze ein Zischen und ortete das Geräusch im Dunkeln – in einer Ecke lag eine zusammengerollte Schlange. Es reichte ihm. Er fuhr seine Krallen aus, zeigte die Zähne und knurrte: »Verpiß dich, Schuppenkopf!«

Die Schlange blinzelte, glitt davon und verschwand wie eine Zunge zwischen den Zähnen in den Steinen.

Als der Kater in dieser Nacht nach Hause kam, schwenkte die Menschenmutter ihn in die Höhe und hätte ihn beinahe totgedrückt. »Gott sei Dank! Ich dachte schon, die Kojoten hätten dich erwischt. Sie haben wieder zwei Hunde getötet. Armes Katerchen! Du bist ja ganz naß! Hast du Hunger?«

Der Kater gab ihr zu verstehen, daß er Hunger hatte, und die Menschenmutter türmte so viel Hühnchen in seinem Napf, daß der alte Pudel Roger angetrabt kam, um nachzusehen, was für ihn übrigblieb. »Da ist für dich nichts drin«, erklärte der Kater kategorisch, und Roger antwortete: »Okay.« Er legte sich hin und sah dem Kater beim Essen zu, was den Genuß nur noch steigerte.

Roger lag da mit knurrendem Magen. Seine milchigen Augen glänzten in falscher Hoffnung, und die schwerhörigen Ohren waren auf die Geräusche der Nacht konzentriert.

»Kojoten«, erklärte die Katze knapp. »Vier Kilometer.«

»Exakt«, log Roger. »Dachte ich mir schon.«

Die Katze fraß weiter. Roger stellte die Ohren auf.

»Große Eule.«

»Exakt.«

Die Pan-Am-Linienmaschine New York – Boston flog mit fünf Minuten Verspätung übers Haus. »Lastwagen auf der Holzbrücke«, sagte der Kater.

»Exakt.«

Die Katze seufzte. »Hör mal, Roger. Tu mir einen Gefallen.«

»Und der wäre?«

»Geh nachts nicht raus.«

»Warum nicht?«

»Geh nachts einfach nicht raus.«

»Ich mach' immer nur einen kleinen Spaziergang. Weißt du doch. Ach so! Du meinst, die Kojoten könnten mich erwischen? Vergiß es. Ich gehe nicht weit. Außerdem werden wir doch von den Herrschern der Pyrenäen bewacht.«

»Hm.«

Der Kater verfügte über kein überwältigend gutes Gedächtnis. Die meisten Tage begannen für ihn immer wieder neu. Häufig erfreute er sich an Entdeckungen wie dem blauen Himmel, den weißen Wolken, Bäumen, ja selbst dem Geschmack des Futters. Die ernsten Dinge des Lebens meisterte er mit Instinkt. Sein Körper duckte sich unter dem Sprung eines Kojoten, was schneller funktionierte als jeder Gedanke. Trotzdem besaß er tiefverwurzelte Erinnerungen – zusätzlich zum Instinkt. Genaugenommen handelte es sich um vier dieser bleibenden Erinnerungen. Eine hatte etwas mit dem Geruch der Menschenmutter zu tun, der ihm gelegentlich weiche Knie bescherte. Die übrigen drei galten allesamt Roger. Als kleine Katze hatte der Kater dicht an Rogers hohem Schädel geschlafen und sich an dessen weicher Lockenpracht gewärmt. Stundenlang hatte Roger so vor dem Kamin gelegen, um das Kätzchen nicht zu wecken. Dann eines Tages, er war längst erwachsen gewesen und hatte Roger kaum noch registriert, hatte ihn ein schneller, aggressiver Terrier auf offenem Gelände erwischt, und es hatte übel für den Kater ausgesehen, bis Roger mit markerschütterndem Gebell aus dem Haus gerannt gekommen war; für den Kater war er ein ganz neuer Roger gewesen, einer mit furchterregendem Gebiß und Mordlust in den Augen. Soweit der Kater die Situation beurteilen konnte, befand sich der Terrier bestimmt noch immer auf der Flucht. Die dritte Erinnerung bezog sich auf den reifen Roger. Ein Schlaumeier aus New York, zu Besuch bei den Menschen, hatte die Bemerkung gemacht, wenn sein Zwergpudel über ein Sofa springen konnte, müßte ein ausgewachsener Königspudel wie Roger mindestens die Garage schaffen. Zur Verwunderung des Katers hatte Roger es versucht ... zweimal. Und genau das war der Grund, weshalb er sagte: »Roger, wir bleiben heute hübsch zu Hause. Okay?«

»Okay. Aber nur heute. Ich brauche meine Gymnastik.«

Der Kater saß bei Roger, bis dieser eingeschlafen war und die Menschen die Tür abgeschlossen hatten. Das dauerte eine ganze Weile, und er kam später los, als er gehofft hatte, doch daran war nichts zu ändern. Er schlüpfte aus dem Haus, benutzte jedoch das Badezimmerfenster im ersten Stock und nicht seine Katzenklappe ... für den Fall, daß der Killer die Farm beobachtete.

Von der Dachrinne aus verschaffte sich der Kater einen Überblick. Das beleuchtete Haus im Rücken, wartete er, bis sich seine Augen an die Dunkelheit angepaßt hatten. Die Schafe grasten. Er hörte die Kaugeräusche. Der Weiße Tod hatte die übliche Verteidigungsstellung eingenommen. Einer war zwischen Haus und Schafen postiert. Die beiden anderen patrouillierten die Grenzen des Pferchs. Ungefähr alle fünfzehn Minuten konferierte einer mit den beiden anderen, und gelegentlich tauschten sie die Rollen. Einmal schienen sie eine Falle aufzubauen. Zwei Hunde gingen zum Haus, während sich der dritte mit seinem weißen, wol-

ligen Fell zwischen den Schafen verbarg. Vermutlich sollte das die Kojoten zu einer Unbedachtheit verlocken. Aber die Kojoten fielen nicht darauf herein. Der Kater konnte sie mit dem Wind hören. Sie waren mindestens fünf Kilometer weit entfernt. Nach zwei Stunden änderte der Weiße Tod die Taktik. Sie steckten die Köpfe zusammen. Dann verschwand einer von ihnen in der Dunkelheit.
Der Kater, der ein exzellentes Gehör besaß, vorausgesetzt, er besann sich darauf, hatte gehört, was die Hunde verabredet hatten, und heftete sich an die Fersen des Pyrenäenhundes. Es war der Weiße Tod Zwei, dessen Silhouette der Kater im Lauf zwischen den Bäumen erkannte.
Zuerst hatte der Kater Mühe, das Tempo mitzuhalten. Der große Hund entfernte sich immer weiter von der Farm und legte eine Geschwindigkeit vor, die der Kater höchstens zwei Kilometer durchstehen würde. Aber er schaffte sogar drei Kilometer, bis das riesige Vieh endlich stehenblieb und die Nase in den Wind hielt. Dankbar erklomm der Kater einen niedrigen Ast, um zu verschnaufen. Eine Minute später schoß der Hund wie ein Pfeil davon. Der Kater hetzte mit pochendem Herzen hinter ihm her. Allmählich kam ihm der Gedanke, daß er auf dem besten Weg war, die einzige Katze Connecticuts zu werden, die je an Überlastung gestorben war. Danach erwog er ernsthaft, die Sache an den Nagel zu hängen.
Nach zwei weiteren mühseligen Kilometern kam der Kater zu dem Schluß, daß der dämliche Hund tatsächlich hinter den Kojoten her sein mußte. Die Katze witterte sie und hörte sie. Was der Weiße Tod Nummer Zwei allerdings nicht zu begreifen schien, war, daß die Kojoten umsichtig darauf bedacht waren, ihn nie näher als einen Kilometer weit an sich herankommen zu lassen. Der Kater hatte zwar keine Ahnung, wie man es in Frankreich machte, aber wer in Con-

necticut eine Familie von Kojoten überraschen wollte, der sorgte tunlichst dafür, daß der Wind gegen ihn stand. Der Kater beschloß, Feierabend zu machen, und lief nach Hause. Das laute Gezeter der Menschen weckte ihn am späten Nachmittag des folgenden Tages, und er reckte seine steifen, schmerzenden Gliedmaßen. Der Nachfolger des Wachhundes auf der Nachbarfarm war getötet worden. Er war ein scharf abgerichteter deutscher Kampfhund gewesen, was den Kater mächtig freute. Da er wußte, daß die Kojotenfamilie und der Weiße Tod Zwei kilometerweit entfernt gewesen waren, reduzierte sich sein Verdacht auf den Weißen Tod Eins und Drei. Andererseits dachte er besorgt daran, was passieren würde, falls er in dieser Nacht den falschen Hund beschattete und Roger spazierenging. Glücklicherweise jedoch war Roger mehr als erschöpft, nachdem er den ganzen Tag der Katze beim Schlafen zugesehen hatte. Das war ein Hobby des Pudels, für das der Kater kein Verständnis aufbringen konnte.

Der Weiße Tod hielt sich auch in dieser Nacht an die Strategie des Vorabends, und der Kater heftete sich bald an die Fersen des ausgewählten Jägers. Diesmal war es der Weiße Tod Nummer Eins, der größte der drei Hunde mit einem beeindruckenden Brustkorb. Er verschwand in gemächlichem Tempo in die Nacht, die Katze lief in einer leichten Gangart hinter ihm her. Der Kater war besonders vorsichtig, denn immerhin standen die Chancen 50:50, daß er es mit dem Killer zu tun hatte.

Gut einen Kilometer hinter der Farm bog der Hund in ein Wäldchen ab, das an ein Pferdegut mit einem Dobermann-Pinscher grenzte. Mittlerweile war es ein neuer Dobermann, da der alte, wie dem Kater jetzt einfiel, eine aufgeschlitzte Kehle hatte. In seinem Eifer kam der Kater zu nahe heran, und eine kritische Sekunde lang blieb der Weiße Tod

Nummer Eins stehen und starrte in seine Richtung. Die Katze ahmte die Silhouette einer krüppeligen Schierlingstanne nach. Der Hund lief weiter. Als er den Waldrand erreichte – und das war bereits so nahe an der Farm, daß die Katze das Flüstern der Pferde hören konnte –, legte sich der Hund plötzlich auf den Bauch, riß sein Maul mit den furchterregenden Zähnen weit auf, gähnte und schlief ein.
Dem Kater klappte die Kinnlade herunter. Der Weiße Tod Nummer Eins war ein Faulenzer. Er jagte keine Kojoten. Er schlief. Die Katze kletterte auf einen zerzausten Ahorn, machte es sich auf einem Ast bequem und wartete ab. Ungefähr eine Stunde nach Monduntergang stand der Pyrenäenhund auf, lief nach Hause und erzählte dort seinen Kameraden, daß die Kojoten ihn getäuscht hatten.
Der Weiße Tod Nummer Drei, der mit dem unheimlichen Leuchten in den Augen, erklärte seine Gefährten verächtlich zu erbärmlichen Versagern. Er wolle, so behauptete er, ein für allemal mit den Kojoten aufräumen. Der Weiße Tod Eins riet daraufhin der Nummer Drei, das Maul zu halten, wenn er nicht eins draufbekommen wolle. Beide Hunde standen sich plötzlich steifbeinig und mit gesträubten Nakkenhaaren gegenüber. Und einen wohligen Augenblick lang glaubte der Kater, es würde ein Gemetzel geben. Dann ging der Weiße Tod Zwei dazwischen und erinnerte die Kampfhähne scharf, daß sie den weiten Weg aus einer der besten französischen Ausbildungsstätten gekommen seien, um glänzende Arbeit zu leisten. »Hier geht's nicht um dich oder mich, sondern um Schafe!« Auch wenn dem Kater der Sinn dieser Argumentation nicht einleuchtete, Eins und Drei murmelten beschämt Entschuldigungen und nahmen ihre Patrouillengänge wieder auf.
Der Killer ist also Drei, dachte der Kater. Der schlanke, ranke Zwei würde im Leben keinen Kojoten zu fassen bekom-

men, und Eins mit der Heldenbrust verschlief seine Chancen. Drei hatte eine Schraube locker. Drei raste durch die Gegend und brachte statt Kojoten Hunde um. Weshalb, das wußte der Kater nicht, und es interessierte ihn auch nicht. Obwohl ... falls die Menschen recht hatten, und Hunde und Kojoten nahe verwandt waren, dann bestand immerhin die grauenvolle Möglichkeit, daß Drei sie einfach nicht unterscheiden konnte.

Die Menschen waren spät nach Hause gekommen. Der Lieferwagen war noch warm. Der Kater kletterte auf den Reifen unter dem vorderen Kotflügel und aalte sich in der Wärme des noch vibrierenden Motors. Dann kam ihm ein wunderbarer Gedanke. Vielleicht machte der Weiße Tod Drei jahrelang weiter und tötete jeden Hund im Land, während die Menschen die Kojoten dafür verantwortlich machten. Eine äußerst angenehme Vorstellung! Nur, wie war er überhaupt auf das Thema gekommen? Der Kater wurde unruhig. Etwas hatte ihn doch ... Gütiger Mond! Roger. Armer, schwerhöriger, dummer alter Roger. Eines Nachts würde der Weiße Tod ihn schnappen. Und der Kater mochte Roger. An den Grund für diese Gefühle konnte er sich im Augenblick nur nicht erinnern. Dämlicher Hund. Er hatte keine Chance. Selbst dann nicht, wenn es stimmte, daß er ein Marinehund gewesen war. Roger behauptete nämlich, zu einer Kommandoeinheit der SEALs gehört zu haben. Speerspitze der Siebten Flotte oder so was Blödes. Der Pudel behauptete, die Schiffsschraube eines U-Boots abgebissen zu haben. Kein Wunder, daß ihm die Zähne aus dem Maul fielen. Trotzdem, gegen den Weißen Tod hatte er nicht den Schimmer einer Chance. Und allmählich dämmerte es dem Kater wieder – der weiche Lockenkopf, der Terrier, die Garage.

Der Motor des Lieferwagens sprang mit lautem Dröhnen an.

Der Kater sprang hoch, knallte mit dem Kopf unsanft gegen den Kotflügel und sprang vom bereits rollenden Reifen. Heiliger Mond! Er war eingeschlafen. Hatte gar nicht gehört, daß sie eingestiegen waren.

»Paß doch auf die Katze auf!« sagte die Menschenmutter.

»Soll die blöde Katze doch selbst auf sich aufpassen. Roger, du bleibst hübsch auf der Veranda. Sonst machen die Kojoten Hackfleisch aus dir!« Der Lieferwagen ratterte über die Auffahrt. Kieselsteine spritzten nach allen Seiten und gingen wie ein Regen auf den Kater nieder. Als es wieder ruhig war, lief der Kater auf die Veranda. »Ich bleib' doch nicht auf der Veranda«, murmelte Roger dort. »Ich mach' meinen Spaziergang.«

»Hm. Ich geh' mit dir rüber zum Stall und zurück«, verkündete der Kater.

»Ne, ne. Ich mache einen richtigen Spaziergang.«

Draußen lauerte der Weiße Tod. Nicht unbedingt der richtige Zeitpunkt für einen Spaziergang. »Laß uns zum Schuppen rübergehen.«

»Du kannst gehen, wohin du willst, Kater. Ich jedenfalls mache einen Spaziergang.«

»Die Kojoten ...«

»Habe ich dir je erzählt, daß ich bei einer Kommandoeinheit der Marine gewesen bin?«

»Jeden Abend. Seit sieben Jahren.«

Roger hörte ihn nicht. »Ich nehm's noch mit jedem Kojoten auf, der sich blicken läßt.«

»Und wenn alle fünf auf einmal kommen?« fragte die Katze. Sie wußte, daß es zwecklos gewesen wäre, dem einfältigen Roger das Problem mit dem Weißen Tod Drei auseinanderzusetzen.

»Ich hör' die Bande rechtzeitig und laufe zur Veranda zurück. Und dich nehme ich mit. In Ordnung?«

Sie hatten den Schuppen erreicht, und Roger machte keine Anstalten umzukehren. Der Kater überlegte, was zu tun war, als plötzlich der Weiße Tod Eins hinter einer Futterkrippe hervorsprang. »Na, wo soll's denn hingehen, Jungs?«
»Auf 'nen Spaziergang«, antwortete der Kater. »Zum Schlittschuhlaufen ist es noch nicht ganz die Jahreszeit.«
»Ich würde mich nicht zu weit wagen«, riet der Weiße Tod Eins. »Wenigstens, bis wir die Kojoten erledigt haben.« Na, darauf können wir lange warten, Schlafmütze, dachte der Kater.
»Wir halten Augen und Ohren offen«, sagte Roger und stolzierte an dem großen Pyrenäenhund vorbei. Der Kater bewunderte Rogers Selbstbewußtsein. Er war zwar keine Intelligenzbestie, aber er bewies immerhin Stil, indem er sich von einem dahergelaufenen Ausländer nichts sagen ließ. Der Weiße Tod Eins trabte neben ihnen her.
»Na gut. Ich gebe euch Geleitschutz.«
»Nicht nötig.«
Der Kater dachte daran, daß der Weiße Tod Drei und fünf Kojoten die Gegend unsicher machten, und sagte daher: »Wenn's dir Spaß macht, bitte.« Und zu seiner Erleichterung blieb der riesige weiße Hund an seiner Seite.
Nachdem sie einen guten Kilometer gelaufen waren und geschnüffelt hatten, fragte Roger unvermittelt: »Wer bewacht eigentlich die Schafe?«
»Die zwei anderen. Das reicht vollkommen.«
Die Gedanken des Katers schweiften in die Ferne. In der mondlosen Nacht war kaum etwas zu sehen. Im Wind witterte er die Kojoten. Und er konnte hören, wie sie sich leise, in etwa drei Kilometer unterhielten. Er spitzte die Ohren nach dem Weißen Tod Drei, nach einem kurzen, schlurfenden Geräusch und einem plötzlichen Tod, wenn der Killer wieder einen Wachhund umbrachte. Solange der Weiße Tod

Eins bei ihnen war, waren sie sicher. Drei würde Roger niemals in Anwesenheit von Eins töten.
Eins war sehr still geworden. Zuerst hatten sich Roger und er angeregt unterhalten, hatten Kriegserlebnisse ausgetauscht. Roger hatte über Eskapaden im Mittelmeerraum gequasselt, und Eins hatte von der Wolfsjagd geprahlt. Schließlich hatte Eins durchblicken lassen, daß die Kojoten für sie ein Kinderspiel seien. Immerhin hätten sie es sonst mit richtigen Wölfen zu tun.
»Weshalb sind die Kojoten dann noch da?« hatte der Kater wissen wollen, und danach war Eins sehr still geworden.
Auf einer kleinen Lichtung waren sie schließlich stehengeblieben. Die Katze hörte seltsame Geräusche. Sie kletterten auf eine Birke, um sie besser einordnen zu können. Es waren die Kojoten. Und sie waren mittlerweile nur noch zwei Kilometer entfernt. Sie flüsterten erregt miteinander. Der Kater kletterte höher, bis er die Unterhaltung verstehen konnte.
»Wieder der weiße Hund. Der dämliche. Der mit den verrückten Augen.« Drei, dachte der Kater. Der mit den verrückten Augen war Nummer Drei. Der, der Kojoten jagte, anstatt Hunde umzubringen. Was, beim Mond, ging da vor?
»Wenn dieser Idiot mit den verrückten Augen je draufkommt, uns gegen den Wind anzugreifen, sitzen wir im Dreck«, sagte die Mutter mißmutig.
»Ich hätte Lust, ihm den Kopf abzureißen, bevor er's kapiert.«
»Es gibt einfachere Methoden, an Futter zu kommen, mein Sohn. Also gehen wir. Legt Spuren!«
»Verdammt. Wo ist der mit der Heldenbrust?« Der mit der Heldenbrust mußte Nummer Zwei sein.
»Der schiebt auf der Farm Wache.«
»Und die Schlafmütze?« – »Die schläft vermutlich.«

»Spurenlegen, habe ich gesagt. Lauft flußabwärts!« Die Katze sah von ihrem Ast zum Boden hinunter. Roger saß auf den Hinterläufen und starrte lächelnd in die Dunkelheit. Offenbar hatte er das Geschwätz der Kojoten für einen Lieferwagen gehalten. Der Weiße Tod Nummer Eins stand hinter ihm und wedelte gemächlich mit dem Schwanz. Und er sah kein bißchen schläfrig aus.

Der Kater war mit einem Satz vom Baum und landete unsanft auf allen vieren.

»Gehen wir nach Hause, Roger«, erklärte er.

»Augenblick noch.«

»Viele Zweikämpfe gehabt bei der Marine?« fragte Nummer Eins.

Roger sah ihn an. »Nein.« Er bewegte die Kinnladen und versuchte, mit der Zunge einen lockeren Zahn zu lösen.

Der Kater hörte, wie die Kojoten durch das Flußbett planschten, das in gut dreihundert Meter Entfernung parallel zu dem Waldpfad verlief, auf dem sich der Kater mit den beiden Hunden befand.

Der Kater horchte angestrengt. Nummer Drei entfernte sich weiter. Er suchte die Kojoten wieder in der falschen Richtung. Man konnte sich über diese französischen Meisterschüler wirklich nur wundern.

Der Kater trat unauffällig näher zu Roger und rieb sich an dessen Vorderlauf. Dabei flüsterte er leise: »Roger, dieser Hund ist ein verrückter Killer. Er hat sämtliche Hunde der Nachbarschaft erledigt, und jetzt bist du an der Reihe.«

»Was hast du gesagt? Was brabbelst du da?«

Der Blick des Katers schweifte zu Nummer Eins, dessen Schwanz rhythmisch hin und her schlug. Der Weiße Tod sah auf die Katze herab. Du weißt, daß ich's weiß, du Mistvieh, dachte die Katze. Du hast mich heute nacht bemerkt. Du hast nur so getan, als ob du schläfst.

Der Kater versuchte Roger eine weitere Warnung zuzuflüstern.
»Warum gehst du nicht endlich nach Hause, du hinterhältiges Katzenvieh!« knurrte Nummer Eins.
»Laß den Kater in Ruhe«, mahnte Roger sanft. »Er kann nichts dafür.«
»Was, bitte, soll das denn heißen?« forderte der Kater.
»Verdufte, solange noch Zeit ist!« entgegnete Nummer Eins.
Laß den Kater in Ruhe«, wiederholte Roger, stand auf und baute sich vor dem großen Pyrenäenhund auf.
Dieser Pudel ist wirklich dämlich, dachte der Kater. Er riskiert tatsächlich meinetwegen sein Leben. Wofür hält er diesen Killer? Für Kaugummi? »Roger«, sagte der Kater laut. »Ich lauf mal rasch zum Fluß runter. Ich bin durstig. Kommst du mit?«
»Ich warte lieber hier.«
»Komm bitte mit. Ich seh' im Dunkeln so schlecht.«
Roger lachte. »Du hast doch Augen wie eine Katze! Schon gut. Ich komme ja.« Sie verschwanden im Gestrüpp. Der Kater lief geschmeidig voraus. Der große Pyrenäenhund heftete sich dicht an ihre Fersen.
Der Wind stand noch immer gegen sie, doch der Winkel war flacher geworden. Es konnte nur noch Minuten dauern, bis die Kojoten die Witterung des Hundes aufnehmen würden oder der Weiße Tod umgekehrt die Kojoten hören mußte. Für den Kater hieß es, jetzt oder nie.
Er rannte zum Fluß und das Flußbett hinauf, indem er von Stein zu Stein sprang. Hinter einer Biegung sah er sich plötzlich den goldgelben, hungrigen Augen eines Kojoten gegenüber.
»Deine Mutter treibt's mit Hunden!«
Damit machte der Kater auf der Hinterpfote kehrt und raste flußabwärts den Weg zurück, den er gekommen war.

Jaulend setzten die Kojoten ihm nach. Die Kojotenmutter überholte ihren Gefährten und die Söhne und schrie: »Ich hole mir deine Leber, Katze!«

Der Kater schlitterte von bemoosten Steinen zu glitschigem Treibholz, landete schließlich auf kühlen, nassen Kieseln, jagte die Uferböschung hinauf und prallte beinahe gegen Roger, den der große Pyrenäenhund in die Enge getrieben hatte und der jetzt mit dem Rücken zu einem Baum stand.

Der Kater bemerkte zufrieden, daß die Instinkte des alten Pudels noch so weit intakt waren, daß er sich Rückendekkung in Form eines Baumes verschafft hatte. Davon abgesehen machte er einen hilflosen, völlig verwirrten Eindruck. Er schien nicht begreifen zu wollen, daß der Weiße Tod Nummer Eins ihm an den Kragen wollte.

Mit peitschendem Schwanz setzte der große Pyrenäenhund zum Sprung an. Er war so berauscht von seiner Lust zu töten, daß er die Kojoten erst hörte, als diese auf die Lichtung stürmten. Einen endlosen Augenblick lang rührte sich keiner. Dann sprang der Kater auf Rogers Rücken und zischte: »Spring!« Und damit grub er die Zähne in das Fell des Pudels.

Roger sammelte seine morschen Knochen und sprang. Tatsache war, daß er vor der Garage gar keine so schlechte Figur gemacht und schon beim zweiten Versuch die Dachrinne erreicht hatte. Der Kater hatte den Eindruck, daß er diesmal die Garage glatt übersprungen hätte, wenn eine im Wald gestanden hätte. Er schnellte jedenfalls so hoch und so weit, daß der Kater beinahe heruntergefallen wäre. Er rettete sich nur mit Hilfe seiner Krallen, was Roger zu einem zweiten Satz veranlaßte, womit der Weiße Tod Nummer Eins sich auf der Waldlichtung endgültig allein fünf wütenden Kojoten gegenübersah.

Der Kater hätte sich das Gemetzel gern angesehen, aber er befürchtete, Roger könnte sich verlaufen und unfreiwillig an den Ort der Gefahr zurückkehren. Der Kater blieb daher auf dem Posten und lenkte den alten Pudel mit Zwicken heimwärts, was ihm auch kein geringes Vergnügen bereitete.

Nummer Zwei und Drei waren vor dem Haus. Die Katze wartete, daß das Schlachtgetümmel leiser wurde.

»Euer Partner hat gesagt, er braucht Hilfe. Er ist auf dem Wildpfad. Gut drei Kilometer von hier. Einer von euch soll gleich kommen, der andere fünf Minuten später.«

Der Pyrenäenhund mit den irren Augen stürmte in die Dunkelheit. Drei Minuten später folgte ihm der mit der Heldenbrust.

»Habe ich gar nicht gehört«, keuchte Roger und sank erschöpft auf die Veranda.

»Wenn wir Glück haben, gibt es morgen nur noch einen Pyrenäenhund und keine Kojoten mehr.«

»Aber ich habe gar nicht gehört, daß er das gesagt hat.«

»Vielleicht hast du's nicht mitgekriegt, weil der Zug gerade vorbeigefahren ist.«

BESTECHLICH

Carolyn Wheat

Zehn – zähl noch mal nach – zehn.

Er hatte nie beabsichtigt, zehn zu haben.

Wer auch um Himmels willen?

Aber da waren sie, alle zehn – miauten und wirbelten um ihn herum, rieben sich an seinen Beinen, wobei sie ihre Haare über die Hose seiner blauen Uniform verstreuten, und man weiß, wie das ist, irgendwie empfand er es als angenehm, daß sich Lebewesen freuten, ihn zu sehen, wenn er die Tür aufmachte. Und die zufrieden waren, daß er zu Hause war, anstatt zu meckern, daß er wieder zu spät komme, und was ihm einfiele, bei Hanratty's haltzumachen, um ein paar Bier mit den Kumpels zu trinken, und ob sich das Flittchen Shawna Taylor auch bestimmt nicht wieder an ihn rangemacht habe? Zehn Katzen schlugen mühelos eine Ehefrau aus dem Feld. Besonders eine Ehefrau, die selbst als Bullengroupie angefangen hat und deshalb aus eigener Erfahrung wußte, wie die Mädchen bei Hanratty's hinter den verheirateten Kerlen her waren.

Aber zehn. Über eine oder zwei könnte man zur Not hinwegsehen. Über drei – nicht so leicht, aber drei könnte man noch als halbwegs normal durchgehen lassen. Zehn gingen jedoch weit über das erträgliche Maß hinaus. Dooley unten in der Polizeiwache – oh, er konnte Dooley schon hören. »Zehn abgedrehte Katzen in einer abgedrehten Atelierwohnung, was zum Teufel soll das? Sind das die einzigen Pussys, die du zur Zeit rumkriegst, Perkie?«

Er würde nicht mal sagen können »Nenn mich nicht Perkie«. Zehn Katzen, da gab's nichts mehr zu sagen.

Fernando würde dann auch loslegen. Wenn Dooley anfing, machte Fernando mit. Bösartige Zwillinge, bei der Geburt getrennt, auch wenn Dooley ein großer, schwarzer Mittelfeldspieler war und Fernando ein kleiner Puertoricaner mit mehr Mundwerk als Muskeln.

Er seufzte über diese ganze Ungerechtigkeit, langte dann hinunter und tätschelte den Kopf des Tieres, das seinem Bein am nächsten lag. Er hatte ihnen allen Namen gegeben, aber es dauerte eine Minute, bis ihm einfiel, daß die orangene mit den bernsteinfarbenen Augen Linda war. Er hatte sie nach alten Freundinnen benannt, doch leider waren zwei Namen übriggeblieben. Noch drei dazu, und er hätte in diesem Moment mehr Katzen in seiner Wohnung gehabt, als er jemals in seinem ganzen Leben Frauen gehabt hatte.

Linda krümmte ihren Rücken und drückte sich laut schnurrend an seine Hand. Sie zuckte kokett mit dem Schwanz, wandte sich um und kam zu ihm zurück, um mehr zu bekommen.

Wenn nur die menschliche Linda sich auch so verhalten hätte, statt seine umherstreifenden Hände wegzuschieben und ihn fortzustoßen, wenn er doch bloß ein bißchen zärtlich sein wollte.

Die Katzen stießen ihn nie fort. Sie spürten gerne seine kräftigen Hände auf ihrem seidigen Fell.

Er mußte sie loswerden. Na ja, sechs von ihnen auf jeden Fall. Vier gingen gerade noch so. Vielleicht konnte er vier behalten und den Spott der Polizeiwache überleben.

Doch wohin mit ihnen? Hier in der Gegend gab es kaum Bauernhöfe, die bereit waren, noch ein paar Scheunenkatzen aufzunehmen. Im nördlichen Teil des Staates gab es Bauernhöfe, aber dieser Teil war für ihn eine große grüne Welt des Unbekannten.

Geboren und aufgewachsen in Brooklyn, war er gerade mal

zehn Meilen aus Greenpoint rausgekommen, und Bauern kannte er keine.

Seine Mutter? Würde sie eine oder zwei Katzen aufnehmen? Alte Damen mochten doch Katzen, oder?

In Büchern vielleicht. Aber Anthea Rose McKechnie Perkins war keine alte Dame, wie sie im Buch steht, sie war eine biertrinkende, bingospielende Baseballfanatikerin, die ihr Gesicht verziehen und sagen würde: »Wehe, du bringst diese dreckigen Katzenviecher hierher, dann hau' ich dir ein paar hinter die Ohren.«

Vor fünfzig Jahren war Anthea Rose aus Liverpool weggezogen, aber ihre Zunge erinnerte sich noch allzugut an die alte Heimat. Genau wie die Hand, die ihn so oft aufs Ohr geschlagen hatte, daß es noch immer in seiner linken Kopfhälfte rauschte.

Mum kam also nicht in Frage. Wo konnte er seine Lieblinge sonst nur hinbringen?

Auf keinen Fall ins Heim. Er sah in die traurigen grünen Augen von Betsy – der ersten, die er mit nach Hause gebracht hatte – und dachte daran, wie man sie in einen kleinen Käfig stecken würde und dann in einen kleinen Ofen, um ihren geschmeidigen kleinen schwarzen Körper zu ersticken, und er fühlte sich, als sei er es, dem die Luft abgeschnürt wurde. Nein, nicht Betsy. Egal was geschah, Betsy mußte bleiben. Aber die anderen mußten fort. Wenn er nur wüßte, wohin mit ihnen.

»Hey, Junge«, rief Dooley, als der Anfänger die Polizeiwache betrat, zwei Pappbecher mit Kaffee in den Händen. »Bringst du Perkie jetzt den Kaffee? Wirst wohl auch noch den Tisch für ihn aufräumen? Ihm das Frühstück machen wie eine nette kleine Ehefrau?« Der Junge war noch sehr jung, und Dooley liebte es, ihn fertigzumachen. Die Röte begann in seinem Nacken und stieg Zentimeter für Zentimeter bis hinauf zu seiner Stirn. Sogar die Kopfhaut unter dem kurzen blonden Haar leuchtete rot, wenn er verlegen war – und das kam ziemlich häufig vor.

Fernando ließ eine anrüchige Bemerkung fallen über andere Dinge, die gute Ehefrauen für ihre Männer taten, und die Röte des Jungen wechselte fast ins Violette.

»Hast du meinen Partner gesehen?« Der Junge wandte sich an Olivetti, den Dienstältesten der Gruppe und einzigen neben Perkins, der ihn mit einem Minimum an Respekt behandelte.

»Im Knast«, sagte Olivetti, wobei er eine Zigarre von einem Mundwinkel in den anderen schob.

Der Junge setzte die Kaffeebecher ab. Der Kaffee sah aus wie heiße Milch. Er öffnete vier Zuckerpäckchen gleichzeitig und leerte sie aus, dann rührte er die süße Brühe mit einem roten Plastikstäbchen um.

»Hey, danke, Randy.« Perkins trat an den Tisch, nahm seinen Kaffee, drückte ein kleines Loch in den Plastikdeckel und trank ihn so, wie er war. Der Junge fragte sich, ob man ihn vielleicht am Anfang milchig und süß trank, und wenn man älter, erfahrener würde, erst den Zucker und dann die Milch wegließ und schließlich das schwarze, ölig aussehende Zeug, das eher aussah, als gehöre es in ein Auto als in einen Magen, pur tränke.

Er fragte sich, ob er verdammt noch mal je erwachsen werden würde.

Ihr erster Halt war eine Weinstube in der Siebten Straße. Ein netter kleiner Laden, der praktisch die ganze Nacht geöffnet hatte, und Perkins wußte, daß sie dort im Hinterzimmer ein gewisses Büchlein führten, weshalb er und Perkins hier waren. Etwa alle vier Monate mußte man einen Bericht über solche Lokalitäten schreiben. Man würde ihn nie schließen, und – um ehrlich zu sein – wollte sie vielleicht auch gar nicht aufschreiben, aber man mußte es tun und sie eine Strafe zahlen lassen.

Die Idee kam ihm schlagartig, sobald er die Schwelle überschritten hatte. In Läden gab es immer Katzen. Gutgenährte, freundliche Katzen, die sich zu den Kunden schlichen oder auf Reissäcken saßen und sich im Schaufenster sonnten.

Genau das, was Linda und Heather und Tiffi brauchten: gute Plätze in der Nachbarschaft. Man würde sich um sie kümmern, und das beste war, er könnte sie jederzeit sehen, konnte seine Hand zu ihnen hinunterstrecken und spüren, wie sich ihre weichen, pelzigen Körper an seine rauhe Haut schmiegten.

Doch wie konnte er die Idee rüberbringen, ohne daß der Junge etwas hörte? Er mochte Randy, auch wenn er noch nie einen Anfänger gesehen hatte, der so feucht hinter den Ohren war, aber man mußte zugeben – das Kindgesicht des Jungen verriet alles. Wenn er das mit den Katzen herausfände, würde es nur eine Minute dauern, bis Dooley und Fernando dahinterkämen, und von dem Moment an wäre sein Leben die Hölle.

Er legte deshalb seine Hand auf den Arm des Ladeninhabers, schob ihn behutsam in den hinteren Raum und sagte, er wolle mit ihm unter vier Augen sprechen. Er bat Randy, draußen zu bleiben und darauf zu warten, daß die Spieler mit ihren Wettscheinen hereinkamen.

Hector Rosario gefiel die Idee nicht. Der Ausspruch »Keine *gatos*« zeigte seine Haltung ziemlich deutlich. »Ich will keine *gatos* hier drin. Das ist ein sauberer Ort.«

»Ja, aber er könnte sauberer sein, wenn Sie keine Mäuse hätten. Katzen können da nützlich sein«, sagte Perkins in seinem überzeugendsten Tonfall.

»Ich habe keine Mäuse«, protestierte der Inhaber der Weinstube, wobei sein Schnurrbart vor Entrüstung bebte. »Ich habe keine Mäuse, und ich habe keine Katzen. Keine *animalitos*, auf keinen Fall.«

»Ja, aber Sie könnten Katzen haben. Ich meine, eine oder zwei Katzen hier drin würden es gemütlicher machen. Lassen die Kunden sich wie zu Hause –«

»Zwei? Was meinst du mit zwei?«

»Es ist eine«, unterbrach Perkins, bevor der Mann es sich anders überlegen konnte. »Heute abend gegen acht kann ich sie vorbeibringen.«

Die Augen des kleinen Mannes bekamen einen gerissenen Ausdruck. »Und was bekomme ich dafür, daß ich dir diese Katze abnehme?«

Perkins seufzte. Er hatte gewußt, daß dies kommen würde, obwohl er nicht verstand, warum. Seiner geliebten Linda ein Heim zu geben sollte doch für sich schon Belohnung genug sein. Aber die Welt war hart, und man mußte geben, um zu bekommen.

»Also dieses Mal haben Sie Glück, Mr. Rosario. Heute sehe ich hier keine Hinweise auf Wettspiele. Aber in vier Monaten komme ich wieder, und es wäre besser, wenn ich dann keine Wettscheine in Ihrer Kasse fände.«

Rosario lächelte, und seine goldenen Zähne blinkten, als er einen großen Sack mit Katzenstreu vom Regal nahm.

Der Junge konnte es nicht glauben. Oh, er hatte alles darüber in der Polizeiakademie gelernt; er war nicht dumm. Er wußte, daß es früher Bullen gegeben hatte, die Schmiergeld kassierten, aber er hatte gedacht, diese Zeiten seien längst vorbei.

Doch hier nahm sein Partner, sein eigener Partner, der fast nie bei der Arbeit fluchte und blitzsauber war, Bestechungsgeld dafür, daß er ein Auge zudrückte.

Die Weinstube war schmutzig. Randy wußte es, und Perkins wußte es, und dennoch verließen sie das Lokal, ohne den Besitzer aufgeschrieben zu haben. Keine Durchsuchung des Kassenbuchs auf Wettscheine, keine Verhaftung, und Perkins, der den Kerl zu einem privaten Schwätzchen ins Hinterzimmer geführt hatte.

Es lief auf eines hinaus: Korruption.

Und er, Randy Piasecki, steckte bis zu den leuchtendroten Spitzen seiner Ohren mit drin.

Das mehr oder weniger gleiche Szenario spielte sich noch vier weitere Male ab. Zwei der Ladeninhaber schienen die Idee, Katzen aufzunehmen, sogar zu mögen, was Perkins ein gutes Gefühl gab, und die beiden anderen sagten zumindest langfristig zu.

»Für Sie, Officer Perkins, könnte ich vielleicht eine Katze aufnehmen«, sagte Leventhal, der Metzger. »Eine winzig kleine *katz*, keine große fette *mamzer*, die so viel ißt, daß sie nie Mäuse fangen will.«

Der Grieche Tony, ein Schuhmacher, brummelte ein bißchen wegen der Milchpreise, aber als die Verletzung der Brandschutzgesetze im hinteren Teil des Ladens erwähnt wurde, willigte er barsch ein, Andrea bei sich aufzunehmen.

Die Pizzatypen zeigten sich einverstanden, zwei zu nehmen, was Perkins wirklich einen guten Tag bescherte, und er war zufrieden mit seiner Idee, so zu tun, als habe er eine Maus gesehen, die von der Toilette zum Lagerraum der Pizzeria gelaufen sei. Heather und Jeri würden sich an Mozzarella und Anchovis laben, und er konnte vorbeischauen und sie streicheln, wenn er regelmäßig donnerstags seine Pizza abholte.

Der Ort, an dem er nicht fragte, war das chinesische Restaurant. Doch alles in allem war es ein guter Tag gewesen. Fünf Katzen untergebracht. Noch eine übrig. Und der Junge kein bißchen klüger, was bedeutete, daß er sein Geheimnis vor Dooley und Fernando bewahrt hatte.

Wenn ein guter Bulle auf die schiefe Bahn gerät, dann richtig. Das war der kluge Spruch, den Randy auf der Akademie gelernt hatte. Es konnte mit einer kostenlosen Tasse Kaffee anfangen, doch war man einmal schwach geworden, so ging es unaufhaltsam bergab, und bald gab es Bullen mit Ferienhäusern in den Bergen und schicken Autos.

Sie hatten bei einer Menge kleiner Läden haltgemacht, und überall hatte Perkins mit dem Inhaber ein Privatgespräch geführt, immer an einem Ort, an dem Randy ihn nicht hören konnte. Sie hatten ausnahmslos jeden Laden verlassen, ohne auch nur einen Strafzettel auszustellen, obwohl die Gesetzesübertretungen ihnen aus jeder Ecke ins Auge sprangen. Nachdem sie gegangen waren, hatte Perkins ein Lächeln, so groß wie die Bronx, auf seinem nicht sehr attraktiven, aber netten Gesicht.

Es war auf eine schauerliche Weise aufregend.

Schauerlich, weil Perkins ein anständiger Kerl war und ein guter Partner, und man verpfiff seinen Partner nicht, egal, was er tat. Außerdem brachte Perkins ihn nie in Verlegenheit. Jedenfalls nicht mit Absicht.

Aufregend, weil er sich wie Serpico fühlte. Das Schicksal des ganzen New York Police Department lastete auf ihm, einem unerfahrenen Anfänger. Er könnte bei der Korruption mitmachen, einen Teil des Bestechungsgeldes einfordern und ein grauhaariger alter Veteran werden, dem der Zynismus aus jeder Pore triefte.

Oder er könnte ein Held sein. Seinen Partner auffliegen lassen. Ihn in die Falle gehen lassen und die Welt wissen lassen, daß er selbst keinen Dreck am Stecken hatte.

Er wußte noch nicht, welchen Weg er gehen würde, aber

allein die Tatsache, daß es einen Weg gab und daß seine nächsten Schritte nicht nur seine eigene Zukunft bestimmen, sondern sich auch auf eine Menge anderer Leute auswirken würden, faszinierte ihn zutiefst.
Mit einem Serpico würden sich Dooley und Fernando nicht anlegen. Als ein Mann, der seinen Partner verpfiffen hatte, würden sie ihn verachten, aber gleichzeitig hätten sie Angst vor ihm. Angst davor, was er über sie herausfinden könnte.
Wenn nur Dooley statt Perkie Schmiergeld kassierte. Dann wäre es einfach; Dooleys armseliges Leben könnte er ruinieren, ohne auch nur eine Sekunde zu zögern.
Doch Perkie war anders. Er mochte Perkie. Er wollte nicht, daß Perkie ein dreckiger Bulle war.
Aber es war so. Randy hatte es mit eigenen Augen gesehen.

Fünf Katzen und ein Katzenkorb.
Zuerst mußte man die Katze, die man fangen wollte, jagen, und natürlich rannten auch alle anderen weg und versteckten sich unter dem Bett oder sprangen auf den Küchentisch. Annie schaffte es sogar bis auf den Kühlschrank, obwohl er beschlossen hatte, sie zu behalten.
Schließlich hatte er die richtige Katze in dem kleinen Korb mit den Löchern an den Seiten. Die Gefangene schrie aus Protest, was wie eine Mischung aus einem Schloßgespenst und einem kleinen Kind klang, das »Mami, ich will nicht ins Zeltlager gehen« jammerte. Fest entschlossen, die Arbeit dieses Tages zu Ende zu bringen und seine Lieblinge in ihrem neuen Zuhause abzuliefern, stapfte er die Treppe hinunter.
Zuerst waren sie verängstigt. Sie miauten kläglich und versteckten sich in den Ecken, und Perkins kam sich vor wie ein Scharfrichter, als er nach Hause ging, um die nächste zu holen. Sie würden sich an ihre neue Umgebung gewöhnen, und er hatte sehr deutlich gemacht, daß es besser sei, die

Katze wirke gesund und zufrieden, wenn er das nächste Mal einen Besuch abstattete.
Schließlich war es vollbracht. Fünf waren weg, fünf zu Hause. Morgen würde er zu einem indischen Grillimbiß gehen; das wäre genau das Richtige für Tiffi, die würziges Essen mochte.

Die ganze Nacht hatte er wachgelegen. Erst hatte er gehustet und sich im Bett gewälzt, dann war er zum Kühlschrank getappt, um die Packung Ben-und-Jerry's-Eiskrem aufzuessen, dann hatte er Ma erklärt, warum er nicht schlafen konnte, und sie schließlich davon überzeugt, daß es nicht daran läge, daß er am Tag zuvor einen besonders abscheulichen Mord gesehen hatte. Sosehr er es auch versuchte – Randy konnte Ma einfach nicht klarmachen, daß er nach drei Monaten in dem Beruf nicht Columbo war und auch noch nicht über seine ersten Leiche gestolpert war. Von Perkie erzählte er nicht: Er konnte nicht. Er hatte sie schon überzeugt, daß Officer Perkins so gut wie übers Wasser ging, und konnte sie jetzt nicht ihrer Illusion berauben. Schließlich war es die Aufgabe der Männer, Frauen vor der grausamen Wirklichkeit zu beschützen. Also seufzte er und trug die zunehmend schwerer werdende Bürde seines Verdachts allein.
Was sollte er tun?
Er sah die Möglichkeiten klar vor sich. Es gab keinen Zweifel. Ihm gefiel jedoch keine der Optionen. Er wollte nicht den Sergeanten informieren, der das Amt für Innere Angelegenheiten anrufen und ihn verwanzen würde, damit er seinen besten Freund bei der Polizei zu Fall bringen konnte und sich mit neunzehn Jahren und neun Monaten Isolation seitens seiner Polizeikollegen würde abfinden müssen. Keiner von ihnen würde jemals mehr mit ihm reden. Mehr als

alles in der Welt hatte er sich gewünscht, ein Bulle zu werden, und seinen Partner zu verpfeifen würde diesen Traum zunichte machen.
Aber falls er so weitermachte, wenn er ein Auge zudrückte – was dann? Irgendwann würde jemand Verdacht schöpfen. Es könnte ganz harmlos anfangen, aber nach einer Weile, wenn Perkins begonnen hätte, einen neuen Wagen zu fahren und über Urlaub in den Bergen zu reden, und wenn er schließlich verkündete, er besäße ein Boot – würde jeder wissen, was das zu bedeuten hatte. Wen man ein Boot besaß, ging man unter. Es gab keinen Ausweg.
Und solange er, Randy Piasecki, Perkies Partner war, würde er ebenfalls untergehen, auch wenn er nicht eine Minute im selben Boot gesessen hätte.
Das war nicht fair.
Wie konnte Perkie ihm so etwas antun?
Er würde schweren Herzens zum Sergeanten gehen und erzählen, was er gesehen hatte. Und der Sergeant würde den Telefonhörer in die Hand nehmen und –
Oder doch nicht? Was hatte Randy überhaupt gesehen? Ausflüge ins Hinterzimmer, das war alles. Keine Geldübergabe, keine Details. Lediglich private Unterhaltungen und die Tatsache, daß keine Strafzettel geschrieben worden waren.
Das war nicht genug.
Aber es war verdächtig.
Als er seine blaue Uniformhose zuknöpfte, fiel ihm die Lösung ein. Er hatte einen kleinen Kassettenrekorder, ein Weihnachtsgeschenk seines Onkels Julius. Jeder fragte sich, wie Julius darauf gekommen war, daß ein Bulle einen Kassettenrekorder brauche, aber jetzt stellte sich heraus, daß er sehr nützlich war. Er würde, mit einem Aufnahmegerät bewaffnet, den Beweis aufnehmen und dann entscheiden, was mit den Informationen zu tun war.

Wenn er es auf Kassette hatte, würde der Sergeant ihm zuhören müssen. Und wenn er sich, aus irgendeinem Grund, bezüglich Perkie getäuscht hatte, konnte er das Band vernichten und wieder seinen üblichen Pflichten nachgehen.
Er seufzte erleichtert auf, als er den Rekorder in die Innenseite seiner blauen Uniformjacke gleiten ließ.

Eine mußte er noch loswerden. Eine Katze war noch unterzubringen, dann konnte er sich entspannen. Vier waren in Ordnung. Ein wenig ungewöhnlich, aber er hatte es Annie die Nacht zuvor versprochen und konnte sie nicht enttäuschen. Sie war ein wildes kleines Ding mit Smaragdaugen und einem solchen Fauchen, daß Katzen, doppelt so groß wie sie, ängstlich einen Rückzieher machten. Er lächelte, als er sich daran erinnerte, wie sie vom Kühlschrank auf ihn heruntergeschaut hatte.
Eine noch. Tiffi, die Kurzform von Tiffani, und obwohl er die Katze gern mochte; die echte Tiffi war auf dem Valentinsball im P.S. 211 mit Ricky Mogelescu abgehauen, woraufhin er als Verlierer untröstlich durch die Menge geirrt war. Deshalb war Tiffi diejenige, die er heute unterbringen mußte. Die Jungs vom Jamaika-Grill waren gelassen, und er sah keine Probleme.
Bis er sein Auto in der Neunzehnten Straße geparkt hatte, hinter einem weißen Lieferwagen. Er legte seine Dienstmarke ins Fenster und sperrte ab. Er ging die Straße hinunter auf die Weinstube zu, um bei Lindas neuem Zuhause vorbeizuschauen.
Da klang ein leises Miauen aus der engen Gasse zwischen dem Sandsteinhaus und dem Appartementhaus aus Backstein. Ein ganz leises Geräusch, das sein Herz aufgehen ließ, denn er erkannte es sofort und wußte, daß es an ihm war, etwas zu tun.

Es waren vier Katzenjungen, etwa eine Woche alt. Süße kleine Dinger, orange und grau-weiß gesprenkelt, so als ob ein Maler sie mit dem Pinsel bespritzt hätte. Eins hatte einen kleinen Fleck auf der Nase, und ein anderes hatte einen leuchtendorangefarbenen Schwanz und –

Er war verliebt.

Schlicht und einfach verliebt.

All die anderen Katzen, die er in der Nachbarschaft gefunden hatte, waren ausgewachsen gewesen, oder beinahe ausgewachsen. Sie waren dreckig und hungrig gewesen und so dünn, daß man ihre Rippen fühlen konnte, wenn man sie streichelte. Sie waren menschenscheu – und das aus gutem Grund. Er hatte sie angelockt, ihnen tagelang Futter gebracht, um sie dann mit dem Katzenkorb einfangen zu können.

Die Kätzchen stolperten ohne Angst auf ihn zu, ihre winzigen rosa Zungen erforschten seine Hand, und die spitzen Krallen bohrten sich so sanft in seine Hand, daß er es kaum spürte. Ihre kleinen Näschen verzauberten ihn, und ihre riesigen Augen zogen ihn in ihren Bann.

Er mußte sie haben. Und die Katzenmama auch, falls sie mitkommen wollte. Entweder war sie tot oder auf der Jagd nach dem Frühstück.

»Ich komme zurück«, versprach er ihnen. »Ich hole den Korb und komme zu euch zurück. Wartet einfach hier, bis ich mit dem Dienst fertig bin.«

Vier plus vier ist acht. Wenn die Mama auftauchte, neun.

Damit war er fast wieder so weit wie am Anfang.

Randy haßte den Grillstand. Nicht die Musik – nette, heitere Reggaemusik – oder die Jungs mit ihren riesigen Strickmützen. Nein, der Geruch war schlecht, weil es Ziege war und er jetzt wußte, daß es Ziege war. In Wahrheit hatte der Geruch ihn nicht gestört, bevor er es wußte, aber nun stellte er

sich eine Ziege mit kleinen Hörnern auf dem Kopf vor, die sich an einem Spieß drehte. Es war nicht das, was man sah, denn das Grillfleisch war gehackt, aber trotzdem.
Der Laden war noch geschlossen, deshalb war nur der Koch da. Perkins lotste ihn ins Hinterzimmer. Zu Randy sagte er, er solle draußen Wache stehen.
Doch das tat Randy nicht. Er schlich sich hinter den Perlenvorhang und nestelte an den Knöpfen seines Rekorders herum. Schließlich, als er sich vergewissert hatte, daß er nicht gesehen werden konnte, nahm er den Rekorder heraus und schaltete ihn ein. Dann hielt er ihn so in die Höhe, daß das Mikrofon zum Eingang zeigte.
Was er hörte, erschütterte ihn bis ins Mark.
»Du mußt mir aus der Patsche helfen«, sagte Perkins. »Ich bin am Verzweifeln. Du mußt mindestens zwei, wenn nicht gar drei nehmen.«
Nehmen?
Was nehmen?
Sollte es nicht andersherum sein? Sollte nicht der Grillmann Perkie etwas geben? Zum Beispiel Geld?
Es sei denn –
O nein. Nicht das. Keine Drogen. Der blitzsaubere Perkie benutzte doch nicht etwa die Läden als Tarnung, um mit Rauschgift zu handeln – ließ halbseriöse Geschäftsleute mit Crack oder Heroin dealen –
Warum sonst würde der Grillmann etwas annehmen?
Warum sonst wäre Perkins so verzweifelt? Irgendein großer Drogendealer hatte Perkie in der Hand, und Perkins mußte nun die Ladenbesitzer mit brutalen Methoden dazu nötigen, das Produkt zu pushen?
Da war was Großes. Groß und dreckig und ziemlich aufregend. Weil er, Randall James Piasecki Junior, alles auf Band hatte.

Er würde in die Zeitungen kommen. HELDENHAFTER POLIZIST LÄSST DROGENRING AUFFLIEGEN.
Er wurde bereits rot im Gesicht.
Heldenhafter Polizist.
Der Perlenvorhang schwang auf, und der Grillmann kehrte in den vorderen Teil des Ladens zurück. Randy ließ beinahe den Kassettenrekorder fallen und kramte in seiner Jackentasche, als sein Partner vor ihn trat.
»Das wirst du nicht brauchen«, sagte Perkie, und Randy machte sich fast in die Hose. Hatte Perkins den Kassettenrekorder gesehen? War das der Teil, in dem der ehrliche Polizist von den Drogendealern fertiggemacht wurde?
Aber Perkie fügte hinzu: »Wir stellen hier keine Strafzettel aus. Ich habe hier drin keinen indischen Hanf gefunden. Heute nicht.« In der Nachbarschaft war der Grillstand gut bekannt als bester Ort, um einen dicken Joint aufzutreiben. Wenn Perkie nicht mißtrauisch war, glaubte er vielleicht wirklich, Randy versuche nur, seinen Strafzettelblock herauszubekommen, anstatt seinen Kassettenrekorder einzustecken.
Draußen auf der Straße dachte Randy darüber nach, was er als nächstes tun sollte. Sollte er versuchen, noch mehr auf Band zu bekommen? Perkie dazu bringen, daß er zugab, Dreck am Stecken zu haben? Er ließ seine Hand in die Tasche gleiten und drückte den Aufnahmeknopf.
»Weißt du, ich habe ein bißchen was von dem gehört, was du da hinten gesagt hast«, begann er zaghaft.
»O Mann, du weißt gar nicht, was das für eine Erleichterung für mich ist.« Randy stieß einen langen Seufzer aus; etwas von der Anspannung in seinen Schultern fiel von ihm ab. »Ich meine, zuerst wollte ich nicht, daß du es erfährst, aber jetzt brauche ich deine Hilfe, Partner. Ich brauche sie dringend.«

»Hilfe?« Sosehr er sich auch bemühte, seine Stimme unter Kontrolle zu halten – sie sprang in das quietschende Falsetto eines Heranwachsenden, das Fernando so gern nachmachte. »Du willst, daß ich dir helfe, die Geschäfte in unserem Revier auszunehmen?«

»Na ja, ausnehmen ist etwas übertrieben«, warf Perkie ein. »Ich bitte sie nur, etwas zu tun, was auf Dauer gut für sie ist.«

»Gut für sie? Ich meine, ich verstehe, was du sagst, aber ist Geld alles? Sicher, eine kurze Zeitlang werden sie viel Geld verdienen, aber auf lange Sicht könnten sie mit dem Leben bezahlen. Und du auch. Ich möchte nicht, daß so etwas passiert.«

»Tod? Geld?« Perkins blieb mitten auf der Straße stehen und handelte sich den feindseligen Blick eines Kindermädchens ein, das einen Kinderwagen schob. »Wovon sprichst du?«

O nein, Perkins wußte es. Er hatte kapiert, daß er ihr Gespräch aufgenommen hatte, und jetzt wurde er vorsichtig. Randy überlegte, wie er sagen konnte, was er sagen mußte, ohne es direkt auszusprechen. Wenn er es offen aussprach, würde Perkie schweigen, aber wenn er es andeutete, konnte er vielleicht ein Eingeständnis aus seinem Partner hervorlocken.

»Ich denke, Menschen mögen es, in ein Geschäft zu gehen und eine Katze im Fenster zu sehen. Es gefällt ihnen stehenzubleiben, um sie zu streicheln und sie schnurren zu hören.« Perkie lächelte, als er begann, sich in sein Thema hineinzusteigern. »Wenn du in der Pizzeria sitzt und allein ißt, ist es schön, wenn eine Katze ankommt und sich an deinem Bein reibt, vielleicht sogar auf deinen Schoß springt. Du kannst sie mit etwas Käse füttern – aber nicht mit Peperoni. Zu scharf.«

Randys Gesicht wurde puterrot, und er stotterte, als er sagte:

»Spiel kein Theater. Behandle mich nicht wie ein Kind. Ich weiß, was ich weiß, ich habe gehört, was ich gehört habe. Du hast den Typen gezwungen, nach hinten zu gehen, damit er zwei nimmt, dabei wollte er überhaupt keine. Du läßt diese Jungs für dich Drogen verkaufen, und ich will damit nichts zu tun haben. Verstanden?«

»Er nimmt Katzen auf«, sagte Perkie verwirrt. »Meine Katzen. Ich – also, die Wahrheit ist, ich habe zu viele. Wirklich viele Katzen.« Er ließ seinen Kopf fallen, und jetzt stieg die Röte in sein Gesicht, obwohl er alt genug war, schwarzen Kaffee zu trinken und das zu genießen.

»Ich habe sie hier in der Gegend aufgelesen«, erklärte er. »Sie sahen so traurig aus, so hungrig. Ich hatte nicht vor, sie zu behalten, ich wollte sie nur füttern und vielleicht ein Zuhause für sie finden, aber das ist nicht leicht, weißt du.«

»Katzen.«

»Katzen. Gestern hatte ich zehn.« Perkies blaue Augen flehten Randy an. »Weißt du, was Dooley und Fernando zu zehn Katzen sagen würden?«

»O ja. Ich kann es mir gut vorstellen. Zehn?«

»Zehn. Fünf habe ich bereits untergebracht, und heute mußte ich nur noch die Jungs vom Grill anhauen, und alles wäre vorbeigewesen, aber dann habe ich diese Kätzchen in einer Gasse gefunden, und jetzt bin ich wieder bei neun. Der Typ vom Grill hat gesagt, er nimmt zwei, dann bleiben noch sieben, aber das sind eindeutig vier zuviel, verstehst du, was ich meine?«

»Kätzchen.«

»Ich zeige sie dir.«

Er tat es, und als Randy Piasecki die vier Kleinen mit ihren großen glänzenden Augen, den süßen kleinen Knopfnäschen, den peitschenden Schwänzen und den Babykrallen sah, verliebte er sich ebenfalls in sie, denn jeder Junge, der

nicht an eine Ziege denken mochte, die sich an einem Spieß drehte, mußte sich in Katzenjunge verlieben, und so endete alles gut. Er nahm zwei, und Perkie nahm zwei, und es gelang ihnen, drei weitere in der Apotheke, beim Inder und in der Bäckerei unterzubringen.
Aber nicht im Chinarestaurant.

COPYRIGHTVERMERKE

Wir danken den Verlagen und Rechteinhabern für die freundliche Erteilung der Abdruckgenehmigungen. Die Copyrightvermerke wurden nach bestem Wissen und Gewissen erstellt. Nicht aufgeführt wurden Texte, die nach dem Kenntnisstand des Verlages gemeinfrei sind. Sollten dennoch Urheberrechte falsch wiedergegeben oder vergessen worden sein, geschah dies ohne Absicht. Der Verlag ist selbstverständlich zu einer Nachhonorierung bereit und bittet möglicherweise nicht berücksichtigte Rechteinhaber, sich mit ihm in Verbindung zu setzen.

7 *Lilian Jackson Braun:* Der Dunkle. Aus: Lilian Jackson Braun: Die Katze, die zuletzt lachte. Deutsch von Christine Pavesicz. © 1999 Verlagsgruppe Lübbe GmbH & Co. KG, Bergisch Gladbach

19 *Lilian Jackson Braun:* Der Kater mit den langen Schnurrhaaren. Aus: Lilian Jackson Braun: Die Katze, die zuletzt lachte. Deutsch von Christine Pavesicz. © 1999 Verlagsgruppe Lübbe GmbH & Co. KG, Bergisch Gladbach

39 *Carole Nelson Douglas:* Midnight Louie in der Baker Street. Aus: Carole Nelson Douglas (Hrsg.): Tierisch kriminell. »A Baker Street Irregula« © 1998 by Carole Nelson Douglas. Für die deutschsprachige Übersetzung von Kenzo Fukai © 1999 Econ Verlag in der Ullstein Buchverlage GmbH

75 *Jan Grape:* Katzenjunge spielen Detektiv. Aus: Carole Nelson Douglas (Hrsg.): Tierisch kriminell. Econ Verlag. München 1999. »Kittens Take Detection 101« © 1988 by Jan Grape. Dieser Nachdruck erfolgt mit Genehmigung der Autorin. Für die deutschsprachige Übersetzung von Beatrice Beckmann © 1999 Econ Verlag in der Ullstein Buchverlage GmbH

99 *Patricia Highsmith:* Mings fetteste Beute. Aus: Patricia Highsmith: Kleine Mordgeschichten für Tierfreunde/ Kleine Geschichten für Weiberfeinde. Aus dem Amerikanischen von Melanie Walz. © 2004 Diogenes Verlag AG Zürich

113 *Patricia Highsmith:* Der leere Nistkasten. Aus: Patricia Highsmith: Der Schneckenforscher. Aus dem Amerikanischen von Dirk van Gunsteren. Copyright © 2003 Diogenes Verlag AG Zürich

133 *Lisa Lepovetsky:* Das letzte Treffen. Aus: Carole Nelson Douglas (Hrsg.): Tierisch kriminell. Econ Verlag. München 1999. »Final Reunion« © 1998 by Lisa Lepovetsky. Dieser Nachdruck erfolgt mit Genehmigung der Autorin. Für die deutschsprachige Übersetzung von Julia Riesz © 1999 Econ Verlag in der Ullstein Buchverlage GmbH

148 *Peter Lovesey:* Gingers Waterloo. Aus: Martin H. Greenberg und Ed Gorman (Hrsg.): Krimikatzen. Verlagsgruppe Lübbe. Bergisch Gladbach 1992. »Ginger's Waterloo« © 1991 by Peter Lovesey. Abdruck mit Genehmigung der Liepman AG, Zürich. © der deutschen Übersetzung by Verlagsgruppe Lübbe GmbH & Co. KG,